诗词文本细读举例

王朝华　著

九州出版社
JIUZHOUPRESS

图书在版编目（CIP）数据

诗词文本细读举例 / 王朝华著. -- 北京 ：九州出版社，2020.8

ISBN 978-7-5108-9475-6

Ⅰ．①诗… Ⅱ．①王… Ⅲ．①古典诗歌－诗词研究－中国 Ⅳ．①I207.2

中国版本图书馆CIP数据核字(2020)第168864号

诗词文本细读举例

作　　者　王朝华　著
出版发行　九州出版社
地　　址　北京市西城区阜外大街甲35号(100037)
发行电话　(010)68992190/3/5/6
网　　址　www.jiuzhoupress.com
电子信箱　jiuzhou@jiuzhoupress.com
印　　刷　定州启航印刷有限公司
开　　本　710毫米×1000毫米　　16开
印　　张　15
字　　数　270千字
版　　次　2020年9月第1版
印　　次　2020年9月第1次印刷
书　　号　ISBN 978-7-5108-9475-6
定　　价　59.00元

序 一

读书不易，解书更难。王朝华教授在本书第一讲中已道尽其中甘苦。知难而进，自然能以狮子搏兔之力以之，故精彩叠现，读者开卷便知。

我尤其赞赏解读须从细读入手。不同的文化有不同的思维方式，我国先贤主张的细读，首倡涵咏，就是要沉浸于作品，诵其书，知其世，友其人，得其真性情。真性情有别于客观事实，是指从作品中反映出来的作者对现实世界的真感受。西方人以"镜与灯"喻文学，或如镜之反映现实，或如灯之表现情感。我国则以"水中月"喻之。水中月乃天上月之迹也，迹自履来，然迹非履也。好诗之象既是客观世界之映像，更是对此世界之感应。此说颇得文学虚构之本质。体验之象与客体不即不离，得"象外之象"。故解读犹奏乐，不可离谱，但同一乐谱因不同人自有不同理解与奏法。愚以为解读之难在乎此。

知难而进，难在知而不轻易之，贵在知而不断探索之，此其所以能进也！王教授此书为其读书教学之心得，愚感其用功之深，用意之诚，成一家之言，乃书数言以示共勉。

林继中
庚子雨水后一日于我园

序 二

对于诗歌，知之不易，说之亦难。

周汝昌说："读诗说诗，要懂字音字义，要懂格律音节，要懂文化典故，要懂历史环境，更要懂中华民族的诗性、诗心、诗境、诗音。"说诗，尤其是阐释中国古典诗歌，既需要丰富的美感经验，很强的审美能力，而且还要有较深厚的古代文化素养和文字的表达能力，其实说诗最见出一个人文学方面的功力与学识，是综合素养的体现。

一

说诗要以生命的感觉、感发为基础。诗首先是一个生命感觉化的世界，"性灵出万象"，诗是诗人对世界的感知和表达，对世界没有感觉的人，其实是进入不了诗歌世界的。要说诗，你最好也会写诗，很多说诗者本身也写诗，甚至就是诗人。朝华君是一个富有诗性的人，平日也写诗，旧体诗、现代诗都写，且时有得意之作。他对语言的感性保持着很好的感觉，故对古人的作品有"同情之了解"。其实这正是进入诗人生命世界的重要的通道。心有同感，故有戚戚焉。如他说陶渊明的诗《和郭主簿》时说道：

"蔼蔼堂前林，中夏贮清阴"，堂前是茂盛的树林。中夏，那是夏天的中间，是最热的时候，可是因为有这一片树林，就能"贮清阴"，就能把清凉贮存起来，把清爽、阴凉的气息留住。"贮"是一个很俗的字，但是用在这里却是最好的，把树林所带来的"清阴"之美，写得那么饱满，那么令人愉悦。上一句的"蔼蔼"两个字，形容树林的茂盛，也是很好的词语，除了写了树林的茂盛，还传达了一种富有生机的祥和的气息。所以写的是堂前的树木，却仿佛不自觉地就写出了心中的喜悦，十分自然地流露出诗人对田园生活的热爱。

说韦应物词《调笑令·胡马》时说：

祁连山和焉支山，从读音来说，名字听起来都有一种悦耳动听的感觉。这种字词的读音，能给诗词语言的表达增加美感，是高明的诗人都会注意到的。如果"焉支山"改作"龙首山"，效果就完全不同了。所以，古代诗文中写到美人，有称"谢娘""卫娘"的，都是美人的代称，不管这种代称出处是什么，都是跟这个姓的读音有关，"谢娘""卫娘"好听，绝不会有人称美人为"王娘"的，因为难听。

又如他在解读《诗经·陈风·月出》时说：

牛运震《诗志》则说此诗："极要眇流丽之体，妙在以拙峭出之，调促而流，句整而圆，字生而艳，后人骚赋之祖。"我特别有兴趣的是，他说到"字生而艳"，可谓别有会意，说得特别有感觉。这些生涩的词用来形容美人，它们所带来的新鲜感，能给人一种"艳"的感觉，更能显示美人的光艳，读来使人有"惊艳"之感。本来"鲜"和"艳"就是连在一起的，新鲜的事物，往往能给人"艳"的感觉，所以有"鲜艳"这个词。

这样的富于悟性和灵性的文字，在这本书中触目皆是，他带着你感知诗的语言所具有的魔性，感知文字的本真，察知生命的跃动。诗的语言不只是一种符号，更是诗人对世界的一种呼吸，饱含着生命的气息。朝华君对诗的文字的理解，往往是教科书、辞书上找不到的，而是与生命的丰富而敏锐的感觉相联系的。正因为有这份对文字与生命的感悟，他能真正走进诗人的心灵世界。

当然，诗歌也是对世界的一种感知方式。正如严羽《沧浪诗话·诗辨》中所云："夫诗有别材，非关书也；诗有别趣，非关理也。然非多读书，多穷理，则不能极其至。"说诗，需要对诗以及诗外的世界有感受能力，而这种感受中内蕴着理路和思力。生命的感觉连接着思性，你若没有"妙悟"，对诗歌的理解依然停留在词语的表层。故说诗要能感诗人之所感，且能发现这感觉隐藏着的事物的真谛。说诗既在文字之中，又是在文字之外。朝华君说：

这世界上只有两种人，一种是高人，一种是低人。高人总是很少，陶渊明是高人中的高人。只有真正的高人，才懂得在最普通的日常生活中安顿自己的灵魂，才愿意在琴书相伴之中度过闲静的岁月，才会在平凡的事物身上看见世界的光辉。也许失去了树木，田园便失去了它的标志，失去了自然的庇荫。这使我想起孟子所说的"故国乔木"，想起"桑梓"这一个被用来指代家园的词语。而且，正是在树木身上最鲜明地体现了大自然四时的流转与光影的变幻。这些平常的树木，因此寄托了诗人对田园的热爱，以及他对自然丰富的感受。

如此读诗是沉浸在诗中了，也是沉浸在诗人的生命世界里的，是一种很高的诗性智慧。从感性出发，走向对生命的审视，咀嚼出生命的特有滋味。说诗因此是感性和理性的结合。

孔子说"诗可以兴"，也就是说，诗歌的世界，和读诗人的世界是应该相互映照的。读诗时，假如你的生命和诗歌的世界无法互联互通，诗歌的世界也就变成了一般符号化、知识化的世界。读朝华君的诗歌评析文字，你会明白，读诗、说诗其实应该是诗歌和鉴赏者相互发现的过程。

二

诗人的创作，是现实时空和文化时空交合的产物。故说诗，一方面你必须对诗人所面对的现实时空的感发有深深的同情；另一方面，你要理解诗人，对诗人的作品能做出客观的权衡评判，又必须熟谙诗人生长的文化时空，熟谙诗歌的传统，所以中国古代学术强调"辨章学术，考镜源流"。

我们看一些诗歌的评析类文章，多停留在对诗歌写了什么、用了什么手法等进行一般性的复述，似懂非懂、似是而非。对所写内容和表现手法的特殊性和价值没有做出评估或无力做出准确的判断。这样的鉴赏还不是真"知"，这样的文章，也就不会给读者带来真正的收获。

朝华君生于书香门第，饱读诗书，博学而多识，故说诗能深知其味，深得诗人之意。如说曹植诗时，他品评道：

曹植诗中的景物描写，往往介于虚实之间，由于情感强烈的投注，他笔下的景物往往超脱于写实之外，如同印象派画家笔下的风景一样，呈现出强烈的主观色彩。中国古典诗歌里的这种表现艺术，发端于屈原，经由曹植、阮籍、柳宗元、李贺、李商隐以及晚年的杜甫等诗人的创造性的发挥，而焕发光彩。这种表现艺术，与一般所谓的"借景抒情"或"情景交融"的表现手法有本质的区别，往往在更深刻的层面上体现心灵与外物相互融合的本质关系。曹植诗歌的这一特点，在一定程度上，使他的诗歌艺术远离了作为建安诗歌母体的乐府，脱离了在他父亲以及"建安七子"手里得到发扬光大的汉乐府偏重写实的传统。曹植的诗铺采摛文，描写物色，往往介于赋与比兴之间，显示出高度意象化、象喻（象征）化的特征。

对曹植诗景物描写的这种细致的辨析，从发端到历代诗人创造性发挥的勾勒，从一般的"借景抒情"或"情景交融"到高度意象化、象喻（象征）化的辨析，我们对曹植诗中的景物描写的独特性与创造性便有了更为深切的了解。读诗，要知其味，你一定要懂得分辨，知道其来龙去脉，知道书写内容和书写方式发展的历史。要有整体感，要能在更大的时空把握对象世界，知道与他人的同和不同，知道对象所处的准确位置。

我们生活的世界，知识的碎片化带来知识的泡沫化。信息爆炸，知识获取途径的便捷，却并没有带来我们对世界的真正的了解。相反，很多人，或人在很多的时候，对于生活与世界的认知更是"无明"了。缺乏知识谱系的建构，我们对这个世界的认知其实是蒙昧的。

我很喜欢读这样的文字（以下所引的两段文字，出自不同的章节）：

实际上柳宗元之后，还是有些人写过《杨白花》，宋人、元人、清人皆偶有所作，明人所作特多，除了前面提到的陆深、徐熥之外，著名的诗人高启、袁凯、杨士奇、王世贞、胡应麟、陈子龙、柳如是等皆有所作。这些作品基本上也都是歌咏本事，而别无寓意，遣词命意或多或少都受到胡太后与柳宗元的影响。

以长短句为主的合乐的歌词，它的兴起虽然与当时新兴的音乐——燕乐有关，但是燕乐并不像大多数人所认为的那样，是词体产生的关键因素，词的产生和兴起，与南朝乐府有更直接、更根本的关系。词体兴起之后，曾长期在民间流行，而后才引起文人写作的兴趣。文人词的写作，在中唐之前只有零星的尝试，到了中唐才有所增加，并在文体上表现得更加成熟，代表作家有张志和、韦应物、白居易、刘禹锡、王建等。对于这些作家来说，词的写作仍然只是一种尝试，所以各自流传的词作都很少。

语言朴素而明晰，在相关知识信息的勾连中，你心中便有了一个世界，你也就走进了这个世界，你由此获得真知、真识。而朝华君这种知识建构能力，或者说，对诗人创作所生长的文化时空，包括诗歌发展的文学传统及历史文化传统的认识，并不是读一些文学史、文化史就可以实现的，而是长期读书穷理、融会贯通使然。

三

一般来说，阐释者的不同时空，也同样会影响阐释的角度、方法、功能。我们常说，一个时代有一个时代的文学，阐释也如此。不同时代、不同的人，有不同的阐释角度。不过，就作品的阐释而言，理解会有对错，更会有深浅之别，有不同层次的理解。受知识背景、情感阅历、审美趣味和能力、文学风气和时代风尚等的影响，人们对文学作品的理解会呈现出很大的差异。孟子说："一乡之善士，斯友一乡之善士；一国之善士，斯友一国之善士；天下之善士，斯友天下之善士。以友天下之善士为未足，故又尚论古之人。"人的追求和境界是不一样的，这也决定了你认知的范围，认知的广度和深度。审视中国古代诗话对诗歌的评鉴，不难发现这种差别处处皆是。

很显然，朝华君是不甘平庸者。他在书中针对各种曲解和误读的现象指出："误读与曲解有两种情况，一种是"硬性"的，比如词语理解的错误、典故理解的错误、名物训诂方面的错误都是'硬伤'；另一种是'软性'的，比如对文本主题思想的误读和对句意的曲解，包括所有空洞、肤浅、缺乏真实知见与切实感受的解读。一种肤浅的理解、一种空洞的理解往往是更严重的误读。相对于'硬伤'来说，'软伤'要难治得多。"有见于此，故他在诗歌的分析中，对现实与历史中以"诗无达诂""一千个读者就有一千个哈姆雷特"所表达的诗歌理解差异性的说辞来遮蔽的平庸、错误的阐释至为不满，时有恨恨之言。

这里面也许包含着他对这个时代学术研究中存在的良莠不分，以外在的职称、学位、发表论文数量和杂志级别、人才称号为学术标尺的风气的痛恨。在目前高校的管理中，依然存在漠视学术研究中最重要的内在学养、轻视科学精神和人文精神的现象。个别高校教师学术研究的旨趣不在于追求真知，不在于对他人、对社会的贡献，而是被引导在势利的途中奔走。文学的本质应该是激发人们对真、善、美的追求，可是我们这个时代的文学写作与研究却往往在追逐名利中失去应有的品质。

书中对一些在诗歌阐释中的"空洞的理解""肤浅的理解"进行了批评，这其实更多的是对这个时代学术研究的一种无奈，一种呐喊。记得有一次在讲座中，有学生问及他的信仰时，朝华君回答说："真、善、美。"我想学术研究也同样应该追求真、善、美。我在朝华君的文字中，看到他追求和传播真、善、美的努力和诚意。他对各种平庸甚至有害的误读与曲解的批评，体现了他的学术追求和品格。

1924年朱光潜先生曾发文说："现在一般研究文学的人都偏重散文尤其是小说。对于诗词很疏忽。这件事实可以证明一般人文学欣赏力很薄弱。现在如果要提高文学，必先提高文学欣赏力，要提高文学欣赏力，必先在诗词方面特下功夫，把鉴赏无言之美的能力养得很敏捷。"时间过去近百年，这些话却好像是对当下说的，让我们感叹不已。在信息化、智能化高速发展的今天，提高人的审美能力变得更为迫切。朝华君长期从事中国古代文学教学工作，把文本阅读能力的培养放在第一位，让许多青年学子语言能力和审美能力得到提升。现在，他把教学的部分成果整理出版，相信一定能让更多的人获益。

黄金明

二〇二〇年四月

目　录

内

篇

第一讲　关于文本解读的一点思考

第一节　文本解读的重要性

这是一本关于诗词文本阐释的书。"内篇"是对一些诗词名篇的解读，这部分内容是我新开设的网络在线课程"诗词文本细读"的讲义。我希望通过具体诗词作品的解读，能有助于提高读者阅读中国古典诗歌的能力，增强兴趣，并且希望我对文本的解读能作为一个示例，给大家的学习和研究提供一点参考。今天要讲的是第一讲，题目是：关于文本解读的一点思考。文本细读其实就是文本解读的一种方式，而且在我看来，是文本解读最基本的方式，你不细读还能怎么读呢？难道是"粗读"？所以我讲到文本解读，差不多指的就是细读。关于文本解读，学界其实还存在一些认识上的问题。有些问题没有想清楚，就会影响我们对文本的解读。关于文本解读，我在这里想侧重谈两个问题。第一个问题，我想谈一谈文本解读的重要性。第二个问题，我想谈一谈文本误读的问题。我们先来谈第一个问题：文本解读的重要性。在谈论这个问题的时候，我将在最后一部分对文本细读的概念做一点说明。

我们首先要在思想上认识文本解读的重要性，要重视文本解读。这照理应该是不成问题。但实际情况并非如此。比如搞古代文学研究的人常常会认为考据很重要、发现材料很重要，前些年流行的时髦的观点则认为宏观研究很重要、发明一种什么新理论很重要，而大家恰恰都认为文本解读不重要。其实，从根本上来说，忽视文本解读的重要性，就有可能脱离文学研究的本体，使一切研究终归于落空。前些年古代文学的研究，就曾经流行过各种宏观研究，提出了不少空洞的理论和观念，还喊过一些口号，什么重写文学史之类的，热闹了几年，最终几乎没有留下什么有价值的东西。其实，很少有人意识到，这种落空根本的原因正在于缺乏理解文本的能力。前辈有许多有修养的学者，他们往往也具有宏观的视野，但是往往都非常重视文本的解读，比如闻一多先生、朱光潜先生、钱钟书先生。钱先生的《谈艺录》《管锥编》可以说都是鉴赏之书。说起来，一个人没有读几本书，视野非常狭隘，思想非常庸俗，怎么搞宏观研究呢？宏观研究，对有些人来说，只是赶时髦的一种姿态，一种自我标榜，最后的结果难免是落空。文学文本解读，特别是细读，实际上就是带有研究和批评色彩的鉴赏，文学文本的阅读理解能力，其实可以说也就是鉴赏能力。所以我们讲文本解读的重要性，也就是讲鉴赏的重要性。至今仍然有很多人看不起"鉴赏"，认为"鉴赏"好像是小道。前面我们提到，现在搞古代文学研究的人，通常会认为"考据"才是真学问、真功夫。其实这么认为的人，通常自己也没有考据的能力。他们标榜考据的重要性，其实是出于某种扭曲的心理。还有很多搞文学研究的人，做梦都想发现新材料。很多著名的学者，为了显示自己的"扎实"，特别强调"要靠材料说话"，甚至说什么没有新材料就不要写文章。这种想法是可悲的。他们不知道真正高明的人，是能够在旧材料中发现新东西的人。大家都视而不见，可是你看见了，这就叫高明。大家都看到苹果从树上掉下来，可是只有牛顿从中看到了万有引力。西方有个学者曾经说过，真正的学者就是能够在司空见惯的事物中发现问题的人。其实孔子早已经说过类似的话，他说："温故而知新，可以为师矣。"温习旧知识、旧材料，能够有新的发现，就可以当老师啊，这真是高见啊。可惜大多数人并不明白，孔子到底在说什么，这句话是什么意思。文本解读需要的正是一种"温故而知新"的能力，解读经典文本要有所发明，要有所发现，要发前人之所未发。朱熹《鹅湖寺和陆子寿》诗云："旧学商量加邃密，新知培养转深沉。"解读文本需要的也正是在"商量""旧学"中"培养""新知"的悟性和能力。由此也可见，解读文本并非"小道"，而是一件不容易的事，所以前人有"解人难得"的感叹。我偶尔写点考据的文章，说实话觉得不难，而一旦要写鉴赏文章，要解读文本，便有"如临大敌"之感，觉得非振作精神，使出浑身解数不可，有时为了解读一个词语，也觉得有如狮子搏兔一般，必须全力以赴。

在我看来，鉴赏是十分重要的，也是考验一个文学研究者、一个文学批评家的试金石。文学鉴赏集中体现了一个读者（学者）的文学素养和审美能力。对于文学鉴赏来说，首先是要读懂，不光字面的意思要读懂，更要读懂作品的高低好坏，而且不光要"得之于心"，要有心得，而且还要"传之于口"，能把你的心得、你的高见说出来。这对于鉴赏者是一个很高的要求，你必须对文本所表现的深层意蕴、所表现的艺术内涵和境界有深切的感受和理解，而且还要把你的感受和理解说清楚。从某种意义上说，你必须跟李白、杜甫站在一样的高度上，你才有可能读懂他们，才有资格和能力解读他们。我有一次给一个中学语文教师培训班开讲座，我讲了这些话，有的人听了觉得很吃惊，因为大多数人从来没有这样想过，也没有听人这么说过。可是道理原本就是这样。你不跟人家站在同一个层面上，你怎么跟人家对话？怎么能理解他们呢？所以鉴赏"谈何容易"啊！你研究了一辈子的诗歌，或者教了一辈子的书，你不能说我看不懂诗。你连诗都看不懂，你还说考据，你考什么据呢？你连诗的好坏都看不懂，你要把什么东西教给别人呢？但是实际上，大多数人的研究和教学都是在看不懂文本的基础上进行的，这样的研究不是难免有漏洞，而是本身就是一个漏子。我这样说，在不知情的人看来，有点夸大其词、危言耸听的意思，但我讲的是可悲的事实。很多人搞了一辈子的古代诗歌研究，其实没有真正搞懂诗的好坏，因为没有搞懂，所以其实对古代诗歌也没有真正的兴趣，对于他们来说屈原、阮籍、陶渊明、李白、杜甫、柳宗元、李商隐、苏轼等伟大诗人的作品只是他们工作时必须使用的材料，他们的精神生活，跟那些伟大的作品几乎没有什么关系。

清人论学强调义理、考据、辞章，认为学问之道不外乎此三者，其实已经明确认识到义理、辞章的重要性，义理和辞章正是文本解读与鉴赏的基本内容。考据是为了理解辞章、发明义理，脱离了义理和辞章，考据不但毫无意义，而且会陷于迷误。我们要研究文本，就要注重义理、辞章的分析和探讨。鉴赏本身所需要的正是熔义理、考据、辞章于一炉的综合、贯通的审美认知能力。 实际上文本解读与鉴赏是一切文学研究的出发点和归宿，是一切文学研究的基础，而一切文学研究，其最终的目的是为了提高人们的理解能力和鉴赏水平。

近些年来文学研究表面上看起来更丰富、更深入、更开阔，但实际上由于面对文本的无能，许多研究往往是没有价值的。就古代文学研究来看，现在最时髦的是跨学科研究，是作家群体研究，是家族文学研究，是流派研究，是文体研究，是区域文学研究，是各种边边角角的研究。这些研究有个共同点就是找空白来填补，带着取巧和钻空子的心理。可笑的是，很多人把"填补空白"看作学术研究价值和水平的体现。我觉得最糟糕的就是现在"市面上"流行的那些"填补空白"的"研究"了。这种"填补空白"的"研究"在硕士、博士论文中尤为泛滥。过去比较传统的研究，是作家、作品研究，看起来很土，而且也有方法和观念方面的弊端，但总的来说，比较实在，没有脱离文本，也敢于面对大家熟悉的研究对象和问题。我的意思当然不是说流派、家族、群体等不能研究，而只是说在当代稍显空疏、浅薄的学术背景下，这些研究往往隐含着脱离文本、逃避问题的弊病，表面上花样翻新，实际上言不及义，表面上填补空白，实际上漏洞百出。

从 20 世纪前期开始，西方的文学研究以及其他人文学术研究就形成了注重文本解读、注重语言分析的风气。比如英美新批评、结构主义、哲学阐释学，都很重视文本的解读。其中英美新批评，对于文学文本细读的重视和强调特别突出，以至于人们现在提到文本细读就会想到新批评，好像文本细读是英美新批评发明的。从广义上说，文本细读应该是我们解读文本的基本方式，这一点我在开头就说过了。"细读"就是深入、细致地解读，这是我们阅读和研究文本的基本方式，真正切实有效的解读，很难离开"细读"。我所说的"文本细读"，就是广义的"文本细读"。中国古人讲到读书，也常常强调"细读"，比如苏轼《送安惇秀才失解西归》诗说："旧书不厌百回读，熟读深思子自知"；又比如元好问《与张中杰郎中论文诗》说："文须字字作，亦要字字读，咀嚼有余味，百过良未足。"古人谈诗论艺，虽然总体来看是偏重于谈论整体的感受和印象，但是也有对细节的关注和讨论，所以有"练（炼）字""诗眼"之类的说法。

狭义的"文本细读"这个概念，则是由英美新批评提出来的。新批评是 20 世纪二三十年代活跃于英美的文学理论流派，注重文本细读，主张文学的"内部批评"，把文本看作与社会历史、政治文化相隔绝的独立自足的封闭体，反对 18 世纪后期以来流行的把文学与社会、历史结合在一起的注重外部研究的文学批评。法国的丹纳、德国的莱辛、俄国的别林斯基正是这种注重外部批评的代表。20 世纪八九十年代，由于国内对文学研究界、评论界长期盛行的极端庸俗的社会学研究方式的反感，注重"内部批评"与"文本细读"的英美新批评曾引起中国理论界的兴趣和共鸣，但很快就被注重外部研究的文化批评、文化研究的热潮所取代，很快在人们眼里就成了过时的东西。前面我说过，广义的文本细读对文学研究和批评来说，永远不会过时。英美新批评过于强调文本的封闭性，显然是矫枉过正，但它重视细读的思路和方法，仍然值得借鉴。对于脱离了时代背景和作家生平就不会解读作品的人来说，强调文本细读，强调文本独立自足的封闭性，都是十分必要的。我所理解的文本细读，不排斥知人论世的方法，不排斥对外部因素的考察，不排斥文化批评的眼光，但是必须承认文本独立自足的本体地位，必须立足于文本本身。在这里附带说明一下，在西方理论视野中，"文本"是一个比较复杂的概念，我们这里说的文本细读的"文本"，相当于我们通常说的"作品"。

前面我们说过文学鉴赏要熔义理、考据、辞章于一炉。具体来说，细读的内容包括词语的音义、句义、句式、意象、修辞、主题、思想意蕴、情感内容、篇章结构等。对于解读古典文本来说，第一步要做的是切词断句、识字辨义。这第一步很多人就做不好。比如陶渊明的《归园田居·其一》开头说"少无适俗韵，性本爱丘山"，

"少无适俗韵"的意思是说"我从小就没有适合于世俗的气质、性情","适俗韵"就是"适俗之韵",所以这三个字要读作"适俗——韵",应该这么切词,可是我看中学名师教案,有把"俗韵"作为一个词来讲的,从原文看,这样解释就不通了。诗人强调的是自己的"韵",也就是自己的气质、性情,读作"适——俗韵",这样切词,这个意思就没有了——实际上整个句子的意思也都变了。而孙绍振老师对这个句子的理解也让人十分惊讶,他说:

> 这个"韵"字用得很奇。"适俗韵",明显自相矛盾。既然是适俗了,还有什么韵味可言呢?韵,令人联想到诗,联想到高雅之品位,联想到气韵、风度,想到风雅的事——韵事。这里的"韵",因为超越了世俗,应读作"少无适俗——韵",其间才有一点比字面更深长的意味。(见所著《月迷津渡——古典诗词个案微观分析》)

这样的解读就偏得更远了。他以为"韵"这个字只能是褒义词,所以做出这么奇特的解释。他不认为"适俗韵"是偏正结构的短语,不把它读作"适俗之韵",而是把一个五言的句子,拆成两个残缺不全的句子,解释为:我"少无适俗"(我从小跟世俗不合拍),我"韵"(我格调高)。孙老师的误读跟那个中学老师的误读,"异曲同工",都有切词不准的问题(孙老师还有词义误读的问题,就是对"韵"这个字的理解有问题),原因都是缺乏语感,不通文法。很多中小学语文教学名师,往往缺乏语感,对文本内涵几乎没有什么知觉,却往往能抓住一两个词不放,把整首诗或整篇文章串起来讲,还讲得前仰后合、绘声绘色。这是非常令人担忧的事。

我随手举"少无适俗韵"这个句子的误读为例,看起来似乎比较不能说明问题,因为不典型,这个句子很少有人会像他们这么解读。但是其实也是可以说明问题的:第一,这么平直这么有名的句子都会读错,说明我们可能什么句子都会读错;第二,虽然大多数的人没有像上面所举的两个例子那样,对这个句子做出类似误读,但是很多人对这样的误读可能并不反对,很多人没有误读只是出于从众的心理,只是因为大家从来都这么读;第三,类似这样的误读其实比比皆是。

第二节　克服无所不在的误读

接着我们讲第二个问题，误读的问题，我取了一个标题叫"克服无所不在的误读"。我们必须充分认识文本的误读与曲解是一个普遍存在的现象。我们应当充分认识并且正视这种现象的存在。真正有价值的理解是一种"正确而且深刻"的理解，真正有价值的理解离不开对文体客观意义的追寻和揭示。否则文本的解读必然将沦为自说自话、不着边际、言不及义的随意发挥。而在我们追寻文本客观意义过程中，我们几乎必然会遇见各种各样的误读和曲解。所以文本解读的本质，在某种意义上，可以说是发现误读并克服误读的一个过程，虽然我们常常并不一定在解读过程中直接指出错误、订正错误，但是真正有价值的解读必然包含对误读和曲解的发现与克服。要有这一点认识，这至关重要。

误读和曲解有两种情况，一种是"硬性"的，比如词义理解的错误、典故理解的错误，名物训诂方面的错误就都是"硬伤"；有一种是"软性"的，比如对文本主题思想的误读、对句意的曲解，包括所有空洞、肤浅、缺乏真实知见与切实感受的解读。一种肤浅的理解、一种空洞的理解往往是更严重的误读。相对"硬伤"来说，"软伤"要难治得多。一般人在解读文本时如果犯了"硬伤"，都会觉得羞愧，可是如果犯了"软伤"，哪怕是胡说八道，却一点都不会觉得羞愧。为什么犯了"软伤"，就可以"不知羞耻"呢？因为既然是"软伤"就可以辩解和掩饰，何况对很多人来说，文本解读原本就是可以"诸说并存"的，各种说法都"可以理解"。实际上，这也说明了人们对误读和曲解的严重性缺少起码的认识。文本解读存在的各种误读、曲解的实际情况，常常是"硬伤"和"软伤"纠缠在一起，而且有时可能还分不出"软"和"硬"。对于有些人来说，甚至"硬伤"也可以转变为"软伤"。比如一位教授在电视上讲《论语》，她说"唯女子与小人难养也"这个句子中的"小人"的意思是"小孩子"。这么解释无疑是不应该有的"硬伤"，可是在她看来，这至少是还可以讨论的问题，即便错了也不是"硬伤"，反正没有人可以起孔子于地下，当面向他对质取证——而且对于有些人来说，就算孔子亲口说了也未必就可以确定，因为"作者之用心未必然，而读者之用心何必不然"（谭献《复堂词录序》），读者可以有自己的理解啊，不一定要听作者的啊。作者不一定有这个意思，读者可以不一定没有这个意思啊——这真是一句妙语啊，一个"未必"一个"何必"，把所有的确定性都消解了。

没有了意义的确定性，我们来解读什么啊？在现在的很多人看来，追究作者的"本意"或文本的"本意"（严格说来作者的"本意"和文本的"本意"是有区别的，是并不完全一致的，但我在这里所说的"作者"可以看作是文本的代表，所以作者的"本意"也就是文本的"本意"），简直就是钻牛角尖。在我们这个时代，由于缺乏常识，由于缺乏基本的认同感，在文本理解上面出现的许多"硬伤"，都已经被大家转变为"软伤"。"硬性"的和"软性"的误读、曲解加在一起，可以说误读原本就是无所不在的。在我们这个缺少理解力的时代，这种普遍误读的情况更为严重。不过也正是由于误读无所不在，文本的解读因此具有无限的可能性，文本的意义也因此是难以穷尽的。

放弃对文本客观意义的追寻与揭示，一切的解读和研究将是毫无意义的。虽然解释具有不可克服的主观性，虽然解释的客观性不可能完全实现，而且解释的主观性在某种意义上值得尊重和理解，但是我们不能因此放弃追寻文本客观意义的努力。正因为存在解释的主观性与差异性，对于文本客观意义的追寻与揭示显得更为必要，更为重要。我因此最不能原谅一种颇为流行的观点，这种观点特别强调解读的多义性、主观性，并且认为这种主观性和多义性是合理的，甚至认为是"丰富"了文本的意义。在我看来，如果这也算是一种"丰富"的话，那这种"丰富"就是肥胖症式的臃肿，必将拖累文本，并且给阅读理解带来严重的负担。在我看来，真正有价值的解读或者说阐释，本身就是一项减肥消肿的工作（需要澄清问题，消除误解）。很多人经常会说，文本解读"只要能自圆其说就可以""只要说得通就可以"，或者说"可以有不同的理解"；很多人甚至认为阅读理解的分歧越多，说明文本的内涵越丰富。这么说来，最好的作品就是莫名其妙的作品，最好的解读就是众说纷纭、莫衷一是的解读。这些貌似通达的观点，对各种误读和曲解表现出令人惊异的、盲目的宽容，实际上是非常错误和有害的。如果"只要能自圆其说就可以""只要能说得通就可以""可以有不同的理解"，那就必然导致墨子所说的"一人一义，十人十义"的结果，也就是"公说公有理，婆说婆有理"，往前再推一步，甚至就会得出"文本解读无所谓对错"这样极端的结论（你别以为没有人这么看，其实有不少人就持有这样的观点，他们会说文本解读的目的不在于找到结论和答案，没有"标准答案"，没有什么一定是对的）。这种观点在本质上往往意味着文本理解能力的缺失，意味着对文本意义的盲目和无知（如果你非常深切地认识到作品真实的内涵，非常深切地理解作家要表达的是什么，你就不会说怎么解读都可以，就不会说没有什么对和错）。这种错误的观点，常常会引董仲舒的"诗无达诂"、谭献的"作者之用心未必然，读者之用心何必不然"

以及西方谚语"一千个读者就有一千个哈姆雷特"之类的话来作为"证词"，甚至会引西方接受美学、阐释学的一些话来作为依据，实际上都是错误的。董仲舒、谭献的话和西方谚语，只能用来说明理解和阐释的主观性和多义性，但是不能用来证明这种主观性和多义性对文本的理解来说是合理有效的。你完全"可以有不同的理解"，完全可以"何必不然"（或者你干脆就"想当然"），但这只是你自己的事，至于理解是否正确、深刻、高明，则是另一回事。刘禹锡的诗句"沉舟侧畔千帆过，病树前头万木春"，你可以引来说明事物在新陈代谢中不断向前发展的道理，或引来表达自己展望未来、充满希望的心情；李商隐的诗句"春蚕到死丝方尽，蜡炬成灰泪始干"，你可以引来赞美教师热爱教学、甘于奉献的精神。你可以有所引申发挥，甚至可以断章取义，为己所用，甚至你也可以曲解误读，但你不能说这是诗人或文本的"本意"。道理就是这么简单，但很多人并不明白。我认为这是一种丧失了理解能力的时代病的症状。而我们的教育和学术在这个方面充当了推手。

我非常吃惊也非常沮丧地看到，前些年一直流行的各种辩论赛，这种辩论赛都是这样的规矩，定一个主题，分出正反论点，抽签决定你是正方还是反方，然后开始辩论。抽签决定了你的立场和观点，而你必须为这样的观点辩护，即便你原本并不赞同，现在你要努力去"自圆其说"，要把不通的说通。这种比赛充斥于电视节目、学校和其他单位的各种文化活动中。我不知道我们想干什么，我们想培养什么样的人。我们要培养一种失去了灵魂只会夸夸其谈的人吗？我们要培养一种可以用遥控器掌控的没有自己脑子的机器人吗？古人说："修辞立其诚"（《易·文言》），失去了"诚"，失去了真实，失去了对"真理"的信仰，一切的语言都是垃圾。之所以要辩论，是因为你有话要说，是为了求真求实，是为了"实事求是"，是为了把道理讲清楚。现在倒过来，你必须为抽签决定的观点辩护。这种辩论赛是对青少年心灵的残害，也是对正义和真理的践踏。从这个角度来说，对各种误读、曲解的漠视和同情，不但是丧失理解力而且也是丧失良知的表现——实际上是先丧失了良知，然后就丧失了理解力——良知和理解力是有关系的。这种辩论赛的流行，与文本解读存在的混乱，在本质上是相关联的。阐释的行为本身是人存在的一种方式，是人认识和理解自我与世界的基本方式。对于人的存在来说，阐释无所不在，而对于经典文本的阐释，直接影响了我们认识和理解自我与世界的能力和水平。就此而言，文本的解读，可谓有大义存焉。

阅读理解的多义性是客观存在的，文本的意义也必须在充满多义性的阅读或误读中获得实现。但我们不能因此抹煞解释的差异中包含着对错与高低之分，否认这一点，必然导致对文本的背弃。屈原、司马迁、阮籍、陶渊明、李白、杜甫、苏轼、曹雪芹等人被确认为中国文学史上最优秀的作家，就是因为文学的好坏、高低自有公论，这公论的背后就是客观标准，虽然这种标准是模糊的，而且也不可能得到所有人的认同，但是如果没有这种标准以及确立在这种标准之上的公论，那么一切有关文学的评论或研究都是虚妄、无谓的空谈。只有"正确而且深刻"的"不同理解"才是有意义、有价值的，曲解和误读只会添乱，甚至使文本的真实意义淹没在充满噪音的众声喧哗之中。对于真正有价值的解读，文本不应该是一个垃圾袋，不应该是什么东西都可以往里头装。伽达默尔的解释学，因为过于强调解释差异的合理性，给他的学说留下了明显的缺陷和严重的漏洞。

对于读者或解释者来说，"误读"甚至是不可避免的，这种"误读"对于读者或解释者甚至是有价值的，但对于追寻文本的客观意义，对于正确理解文本本身来说，所有的错误都是应该克服的障碍。许多人常常错误地强调了误读对于文本理解的价值。大家都知道《韩非子》书中记载的郢书燕说的故事吧。故事说楚国有人写信给燕国的相国，晚上写信的时候灯光不够亮，他就叫边上伺候的人点上烛火，说"举烛"，结果自己一不留神把"举烛"这两个字也写到信中。燕国的相国收到了信，看到"举烛"两个字，以为大有深意，以为是劝告燕国要用贤明之士来治国的意思，就向燕王报告了这个意思。燕王一听很高兴，就用了一些贤明的人来做事，结果国家大治，治理得很好。郢书燕说的误读对燕国君臣不失为一件有价值的好事，但正如韩非子所说"治则治矣，非书意也"，国家是治理好了，但不是书信的本意。这种误读对于"郢书"的理解却有害无益，毫无价值。韩非子举出这个寓言的目的也正在于说明"今世学者多似此类"，旨在讽刺当世学者的各种曲解和误读。

此外，从接受美学的角度看，有些误读、曲解对于我们考察阐释者与接受者的思想观点、知识结构以及文本流传过程中的各种问题有一定的价值和意义，但是这是另一个问题。我们不能因为某人犯了强奸罪为我们研究犯罪心理学提供了一个有价值的案例，我们就认为他的行为本身值得肯定。误读曲解可能对于读者、阐释者本人而言，具有某种"合理性"，比如一个识字不多的人误解了一首诗，这种误解在某种意义上是"可以理解"的，是"合理"的——但这种"可以理解"的"合理性"只是对误读者局限的一种理解和确认，而与以理解、揭示文本意义为目的的解读行为本身的"合理性"毫无关系。

也许存在少数"有水平"的误读，对于文本的理解有某种价值，但这种价值也不在于误读本身，而在于它可能对于正确、深刻理解文本有某种启发的意义——换句话说，它的价值在于为我们克服误读提供了参考和帮助，正如科学实验中的一些失败为最终的成功提供了有益的教训和启发。就此而言，有些错误之所以有价值，也是因为它从反面的意义上曲折地反映出真理的价值。放弃对真理的追求，一切谬误都只是谬误，都没有价值。放弃对文本客观意义的追寻与揭示，一切误读也都只是误读，都没有价值。我之所以不厌其烦地谈论文本误读与曲解的问题，是因为就我所知道的情况来看，文本误读与曲解是如此严重，充斥着课堂和各种学术著作，而人们对于误读的问题、对理解力丧失的问题普遍缺乏正确的认识，并因此严重影响了文本的解读，影响了教学和研究。

我们对于文本的误读和曲解要有正确的认识。有了正确的认识，我们才能更好地发现问题，解决问题，才能对文本做出更切实有效、更有价值、更正确、更深刻的解读。首先我们要认识到文本误读和曲解的普遍性和严重性。这个说起来容易，做起来其实不容易。泛泛而论，你也许会说这个问题我也有所认识。可是如果我们对文本缺乏应有的理解力，我们就不能充分认识到文本误读和曲解的普遍性和严重性，就不能发现问题、解决问题，就可能动不动就说"可以有不同的解释"或者说"各种解释都有合理性"。我们要拒绝那种源于无知的虚假的宽容和通达。很多人在教学中甚至极少发现别人有什么误读和曲解，这其实是一件十分糟糕的事。误读和曲解是如此之多，缺乏发现与排除误读和曲解的能力，就意味着缺乏乃至丧失解读文本的能力。但更糟糕的是，有一种人不但自己发现不了问题，而且还不愿意看到别人发现问题，如果你告诉他说某种解读是错误的，他听起来就不自在，尤其是你所说的这种错误的解读是出自某个权威，他就更不自在了。由此可知，平庸能使人扭曲。有的人会误把自己的平庸当做"中庸"。《中庸》云："极高明而道中庸"，不要把缺乏智性的平庸跟"极高明"的"中庸"混为一谈。下一节我想随手举几个文本误读和曲解的例子，简单做一点分析和说明，使大家对文本误读和曲解的问题先有一点事实上的认识。

第三节　文本误读举例

这一节讲的两三个误读的例子，是为了配合前面我讲误读的问题，想让大家先对误读的情况有一定的认识。本来设想举李白和杜甫的诗为例，来说明误读的问题，关于李白的诗，我想举的例子是《静夜思》《独坐敬亭山》《怨情》和《蜀道难》，这些诗也都是名篇，至今都存在比较严重的误读和曲解，可是由于课时和体例所限，我在这里暂且只举杜甫的诗为例，来说明误读的问题。

我们先谈一谈杜甫名篇《春望》的颔联，"感时花溅泪，恨别鸟惊心"。为了让大家对整首诗有点印象，我们先来把这首诗看一遍：

国破山河在，城春草木深。

感时花溅泪，恨别鸟惊心。

烽火连三月，家书抵万金。

白头搔更短，浑欲不胜簪。

对于这首诗的颔联，也就是第二联，从来就有两种解释。一种解释是人因"感时"见花而"溅泪"，因"恨别"见鸟而"惊心"，"感时"和"恨别""溅泪"和"惊心"的都是人（也就是说主语是诗人）；另一种解释是花因"感时"而"溅泪"，鸟因"恨别"而"惊心"，"感时"和"溅泪"的主语是花，"恨别"和"惊心"的主语是鸟。现在比较流行的看法或者基本上成为定论的看法认为两种解释都有道理，可以并存，而且这种结论似乎让大家觉得很满意。如果要在两种解释之间有所取舍，也有不少人倾向于赞同后者，就是把花和鸟理解为主语。认为两种理解可以并存的，如邓魁英、聂石樵的《杜甫选集》、谢思炜的《杜甫诗》等。《唐诗鉴赏辞典》所收鉴赏文章（作者徐应佩、周溶泉）也主张两说可以并存，而且说这种理解的不同"正好见好诗含蕴之丰富。"我手头另有一本上海古籍出版社出的鉴赏辞典《古诗海》所收鉴赏文章（作者朱大刚）也主张两说并存，而且也说："这种鉴赏古典诗词经常产生的多义性现象，丰富了诗的内涵、增强了诗的魅力，超出了原作者的感觉之外。"我最怕听到的就是这种认为解释有分歧可以说明文本是佳作，或者可以丰富文本内涵的话，可是会这么说的人还真不少。在他们看来，各种误读还可以给诗人增光。除非文本本身因为存在某种问题，比如出现无法订正的讹夺（文本流传过程中可能出现了文字的错漏，有时没有可靠的依据可供校正），在类似这种情况下产生了某种解读的分歧，有时是可以理解的。但是，像《春望》的颔联，文字本身显然没有任何问题，而且说起来，语言还比较平易，却出现了理解上的分歧，面对这种分歧，作为解读者，如果不能做出判断和取舍，照理应该感到不安，而不应该感到满意，觉得是一件好事。认为两种解释都可以通，都可以并存，实际上等于承认作者也不知道自己到底在说什么。这有什么好高兴的呢？我不知道为什么大家面对各种解释的分歧，都不会有半点的不安，都能欣然接受，皆大欢喜。难道大家都已经达到忘掉是非的境界了吗？人教版《教师教学用书（语文八年级上册）》对所选课文《春望》的解读，受专家意见的影响，也主张两说并存，而且说："这两种解释实质上并无区别，都表达了感时伤世的感情。"前面说的是赞同两说并存。而倾向于认为是用拟人的手法写花鸟"溅泪"和"惊心"的，也就是倾向于后一种解释的，比如有刘开扬和刘新生《杜甫诗集导读》、葛晓音的《杜甫诗选评》等。赞同这种读法的人，大约都有一个想法，认为这样理解显得更有深意，也更能显示杜诗修辞的手段。

在我看来，这种解释的分歧和含糊（认为两种都可通）是令人遗憾的事。这是比较平易的诗句，又是如此为大家所熟知的一首诗，经过千百年来无数读者反复阅读和阐释，更不应该存在理解上的错误。其实，很明显，这两种解释，只有前者是正确的。原因是：第一，这不是一首"寓言"体的诗（如汉乐府《枯鱼过河泣》《蛺蝶行》和曹植的《吁嗟篇》之类的动植物寓言诗），也不是那种"比兴寄托"体的诗（如杜甫的《朱凤行》），这首诗文本的抒情主体很显然是人，是诗人，而不是动植物，不是花鸟，从整首诗的语境来看，"感时""溅泪"与"恨别""惊心"的主语只能是人（或者说诗人）。第二，与第一点相关，这是一首直抒胸臆的抒情诗，具有鲜明的写实特征，表达的正是作者强烈的"感时""恨别"的心情，作者本人就是文本的抒情主体，"感时""恨别"的主体只能是人（也就是诗人），不可能突然"移情"转为花鸟。在这种写实的语境中，无知无觉的花鸟不应成为文本抒情的主体，说花"感时"、鸟"恨别"，是非常奇怪的话，突然插入拟人化的表达，完全是乖谬不通的，而且也破坏了行文的连贯性。第三，除了在寓言体或比兴体的诗文中，说鸟因为"恨别"而"惊心"，也不符合古人体物的常情，也就是说不符合古人写鸟的常情。在古人笔下，鸟虽然也可以被赋予某种感情色彩，但是鸟是没有"心"的，就像鱼或者昆虫一样，古人不会说"鸟心"或"鱼心"，所以杜甫不会写一只"惊心"的鸟。第四，这首诗的抒情主体是诗人，主题是"感时""恨别"，"感时""恨别"的主语不应该是花鸟，把花鸟当做主语，严重削弱了诗歌语言的表现力。从整首诗来看，"感时花溅泪，恨别鸟惊心"，主语是人，语言表达直接有力，能写出诗人"感时""恨别"的忧伤之情。见花而"溅泪"，见鸟而"惊心"（未必是闻鸟鸣而惊心），真切地表现了极度伤心的人的心理感受。杜甫《登楼》这一首诗的首联说："花近高楼伤客心，万方多难此登临"，写感时伤世之情，也是写看到花使人伤心，跟"感时"一联的写法是一样的。《春望》一诗，首联写国破之恨，颈联写战火不断、亲人离散的"感时""恨别"之情，尾联写忧思愁苦的情状，都是从诗人的角度直接写出，颔联忽然插入两句，从花鸟的角度写"感时""恨别"之情，显得十分别扭和奇怪。而且这首诗的颔联是一篇之关键，具有总括主题、承上启下的作用，忽然转换主语，整首诗就成了一首莫名其妙的"破诗"。

说起来，之所以会有这样的误读，主要是因为这两句诗都省略了主语"我"，如

14

果在"感时"和"恨别"前面都加上"我"就好了，皆大欢喜，就不会有把花鸟当作"感时""恨别"的主语这样的误读了。可是五言诗每句字数有限，只有五个字，不省略就写不成诗，只能写成散文。所以诗有诗的句法，这种省略主语的句式，在中国古代诗歌中特别在近体诗中，可以说比比皆是——就这么省略了一个主语，大家就把两个流传了一千多年的非常明白易懂的名句读糊涂了，说来足以令人沮丧。这首诗的最后一联："白头搔更短，浑欲不胜簪"，也是省略了主语——好在只有人有"白头"，要不然，是不是也会成为聚讼千年的公案？造成对这一联诗的误读，也跟对"花溅泪""鸟惊心"的直接误解有关。其实这种误解也是不应该的。"花溅泪""鸟惊心"，就是"花使（人）泪溅""鸟使（人）心惊"，是所谓的使动结构。"溅泪"解释为"使（人）泪溅"，显得比较生涩一点，但是"惊心"解释为"使（人）心惊"，却是十分自然而且常见的说法（自然得让人都不觉得是使动结构，我们现在还会说"惊心"，都没有觉得是什么使动）——因为是对偶句，"花溅泪"与"鸟惊心"的语意，可以在上下互文的关系中得到更明确的表达（也就是说"花溅泪"的意思可以参照"鸟惊心"来理解），那么"花溅泪"也就不难理解了。

其实对于这一联的句意，还有另一种解释，只是这种解释跟前面提到的那种误读可以归为一类。这种误读认为，"感时""恨别"的主语是人，但是"溅泪""惊心"的主语是花鸟，把句意解释为：人因"感时"伤心，看到（带着露水或雨水的）花，感觉花好像也在"溅泪"，人因"恨别"伤心，看到鸟，感觉鸟好像也在"惊心"。这种解释，除了说花在"溅泪"、鸟在"惊心"跟前面说过的那种误读是一样有毛病之外，主要的毛病是把两个一意贯通的句子截成两段，而且句意也不通顺。把"我因感时见花而溅泪，我因恨别见鸟而惊心"曲解为："我感时花在溅泪，我恨别鸟在惊心"。如此解读，"感时"与"溅泪"，"恨别"与"惊心"的主语就不统一了，而是分属人和花鸟，诗的意脉就断了。"感时"的是人，"溅泪"的是花；"恨别"的是人，"惊心"的是鸟，这是什么意思啊？这是一种混乱的表达。实际上，如果"感时"与"溅泪"，"恨别"与"惊心"的主语分属人和花鸟，这一联就只能解释为"我感时花在溅泪，我恨别鸟在惊心"这样似通不通的话。如果一定要勉强把它"说通"，像前面所说的那样，解释为："人因感时伤心，看到（带着露水或雨水的）花感觉花好像也在溅泪；人因恨别伤心，看到鸟感觉鸟好像也在惊心"——那就需要"增字解经"，需要增加原文所没有的词语，也就是说需要歪曲和篡改原文，而且更重要的是，这么理解这两句诗就没有什么意思了。

当然，也有人不赞成解释为"花在溅泪、鸟在惊心"的，比如萧涤非先生的《杜甫诗选注》就认为这两句应该解释为花使人溅泪，鸟使人惊心，并且引了杜甫诗《赠王二十四侍御契四十韵》中"晓莺工迸泪，秋月解伤神"两句为旁证。萧先生在注文中特别对"溅泪"的是人不是花做了一番解释，他说：

> 关于"感时"句，有人认为"感时花溅泪"，"花"并不"溅泪"，但诗人有这样的感觉，因此，由带着露水的花，联想到它也在流泪。按果如此说，溅字就很难讲得通。溅泪并不同于一般的流泪，溅是迸发，有跳跃义。谢灵运诗："花上露犹泫"，如果是写带露的花，也许可以说"泫泪"，却不能说"溅泪"，因为花上的露水是静止的。故此处"泪"字仍以属人为是，所谓"正是花时堪下泪"也。

这样的解释不能说明任何问题。其所以应该理解为人在"溅泪"而不是花在"溅泪"，根本与"溅"字无关。而且，如果花流泪不可以叫做"溅"，人流泪又何尝可以叫做"溅"呢？这样的解释暴露了注家说诗的拘紧和局促。

以上我们举杜甫《春望》一诗的颔联为例，对误读的问题做了比较详细的分析和说明。这种分析和说明，对我来说既烦琐又枯燥，但是为了把问题讲清楚，只好勉为其难。我们刚刚讲的，对于这两句诗的误读，主要是对字面意思、对句意的误读，而误读其实还有更深层面的误读。我们仍然以《春望》的颔联为例，来讨论这个问题。

我们前面说了，对于"感时花溅泪，恨别鸟惊心"这两句的句意理解也有正确的，可是对句子字面意义理解对了，不等于对诗意的理解就不会有问题。对诗句所蕴含的更深层次的意义，对诗句所蕴含的作者更深微的思想感情和心理感受，以及由此体现出来的意境、境界的感受和理解是更难的事情。诗歌的这种深层意蕴，我姑且称之为"诗意"。对于阅读理解和鉴赏来说，句意的理解是基础，可是对句意有正确的理解，不能保证对诗意的理解也是正确的。由此也可见理解的困难。对诗意的误读和曲解，对于阅读理解和鉴赏来说是更本质的问题，而事实上这种误读和曲解的情况也更普遍、更严重。很多人理解对了字面的意思，可是对诗意的理解通常还是肤浅的、偏颇的、扭曲的、无聊的、空洞的、荒谬的。

就《春望》的颔联来说，比如萧涤非的注本解释句意是对的，但他引司马光的话来解释诗意却是有问题的。司马光说："'山河在'，明无余物矣；'草木深'，明无人矣。花鸟，平时可娱之物，见之而泣，闻之而悲，则时可知矣。"（《温公续诗话》）从司马光的评论看，可见他对句意的理解是对的（他说"见之而泣，闻之而悲"，显然是认为"溅泪"和"惊心"的主语是人），可是对诗意的分析却是十足的呆话。但是司马光的这两句话，却是大家最爱引用的评论《春望》的名言，有的人虽然不引他的原话，但是解读诗意直接受了他的影响。司马光解读首联的话我们暂且不论，我们只讨论他解读颔联的话。司马光说，花鸟在平时原本是可以娱人的、让人赏心悦目的东西，可是现在诗人却看到花而哭泣，听到鸟鸣而感到悲伤，时事的不堪由此也可想而知了。这两句诗的主题是表现诗人"感时""恨别"的心情，而不是要说时事有多糟糕。司马光的话，最后归结为"则时可知矣"，颇有离题之嫌。但是，这个"离题"不要紧，这是表面的问题，关键的问题在于他用"花鸟是平时可娱之物"这句话来解释诗意。现在的人解读诗意，最爱讲的也是这样的话：花鸟本来是让人赏心悦目的春天美好的事物，可是现在却让诗人感到伤心。这样的解读看起来似乎没有任何问题，而且合情合理，却其实是一种一般化、概念化的肤浅、空洞的解读。这样的解读，不但无助于诗意的理解，而且是对诗意的遮蔽，妨碍了正确而且深刻的理解。

说花鸟是"平时可娱之物"，却让人感到伤心，这能说明什么问题呢？按照解释者的意思，无非是想说，连"平时可娱之物"都让诗人感到伤心，说明诗人内心非常痛苦。这样的理解，实际上是将诗意的表达理解为大家最爱说、最能接受的"反衬"。然而，诗句写忧伤苦恨之情，并非借"平时之可娱"以表现（反衬）"今日之可悲"。这两句诗的好处，在于比较深切地表现了遭遇乱离的诗人内心的忧伤和痛苦，写出了怀抱伤痛的人内心的敏感和脆弱。心里带着伤的人，恰似惊弓之鸟，对于外物有一种特殊的敏感，花鸟草木，都能使人触目伤怀。这是从人对自然物（花鸟）的同情中表现内心的忧伤和痛苦，这种与外在世界联系在一起的忧伤和痛苦，在某种意义上体现了存在的悲剧感。不过，在人对自然物深切的同情中，往往隐含着"美"的感受，对于忧伤的人来说，这种"美"本身就能使人感到一种更深的悲哀。记得大约二十年前，我曾看过一部带有写实色彩的，表现16世纪威尼斯妓女生活的影片，名字叫《绝代宠妓》，其中女主角维诺妮卡说过一句台词，给我留下深刻的印象，她说："美好的事物令人潸然泪下。"她是一个名妓，也是一个诗人，只有诗人才会说出这种话。那么，为什么美好的事物会使人潸然泪下呢？那是因为美本身具有悲剧性。人为什么会看见美呢？为什么会从花鸟草木这些平凡的事物身上看到美的光彩呢？其实所有的美都是从终有一死的人的眼中映现出来的，都是在生命的有限性中显现出来的。所以对美特别敏感的人，常常有一颗忧伤的心。所以多愁和善感常常是联系在一起的，《红楼梦》中的那个"见花落泪，见月伤心"的女诗人就是一个代表。一般人没有诗心，对世界缺乏深切的感受，也从来不会因为看到花鸟草木而感到悲伤，所以也就无法理解"感时花溅泪，恨别鸟惊心"这样的句子，所以就会有人把写实的理解为拟人的，所以就会认为这一联诗的好处，在于借"平时可娱之物"作为反衬来加重抒写心中的悲伤，可以说都是浅人之见。

　　杜甫的《哀江头》写家国之恨，其中写到马嵬事变，表达了诗人对李杨爱情悲剧的同情和悲悯，诗人写道："明眸皓齿今何在？血污游魂归不得。清渭东流剑阁深，去住彼此无消息。人生有情泪沾臆，江草江花岂终极！""明眸皓齿"两句直接写杨妃之死；"清渭东流"两句，上句写杨妃死葬渭滨（马嵬就在渭水边上），玄宗接着入蜀，但"清渭"之"东流"，"剑阁"之"深"，却写出了深长的悲哀，所以下面接着是一个绝望的句子，"去住彼此无消息"，写的是生死永隔的憾恨；"人生有情泪沾臆，江草江花岂终极"，这两句写诗人心中的忧伤悲慨之情，就整首诗来说，这两句不仅是为李杨的悲剧而发，也包含了家国之恨：人生不免有情就会泪沾胸臆，那无边的江草江花啊，哪有个了结的时候！这也许是只有杜甫才写得出来的句子，在对自然深切的体认中，写出深沉的悲剧感，写出心中与花草同其无穷的悲哀，在对永无穷尽的江草江花的感叹中，表达了有限的人生面对茫茫无际的宇宙所产生的那种俯仰不能自已的悲慨之情，思想情感的表达于是超越于一时一事之外，具有更加深广的意味。可惜的是，大家解读"人生有情泪沾臆"这两句诗，却都只看到了"反衬"，说是借花草的无情，写人的有情。萧涤非的注本，邓魁英、聂石樵的注本，谢思炜的注本，都是这么说的。就像"感时花溅泪，恨别鸟惊心"两句并非借花鸟之"可娱"写心中之可悲一样，这两句诗也并非借花草之无情写人之有情。我所举的《哀江头》中的这六个句子，写李杨爱情悲剧的憾恨之情，几乎可以抵得上白居易的一篇《长恨歌》，可惜的是，很少有人能真正读出它的好。

　　最后我想简单说一下，前面曾提到的杜甫《登楼》一诗的首联两句："花近高楼伤客心，万方多难此登临。"《登楼》是杜甫流寓成都时写的一首七律，诗写感时伤世之情，也是杜甫诗中的名篇。我前面在讨论"感时花溅泪"的句意时，举《登楼》首联为例，说两者写的都是感时伤世之情，都是写看到花使人伤心。现在我们来看一下这两句诗写什么，我要侧重讲的是第一句。第一句说"花近高楼""伤"了"客心"。"花近高楼"说明花开在靠近高楼的高树之上，登上高楼的人可以近距离地看到花；"客心"是"客子的心"，也就是漂泊者的心。第二句说自己在"万方多难"之际登上了高楼，首联就直接表达了感时伤世之意。这第一句，平中见奇，发端便有奇崛之意，读来使人有心悸之感，的确非杜甫不能作。"花近高楼"乃是孤绝之花，孤绝之花能伤孤绝之心，能使一个老病交加、百忧交集的漂泊者孤绝的心为之惊颤。这靠近高楼的花，看起来是那么显眼，就更平添了触目惊心之感。诗写的是感时伤世之情，第一句却只以"客心"两个字接住，写得真是含蓄深沉。然而，这"客"正是此时最能体现诗人自身现实境遇的身份，"客心"是此刻诗人最真实的"心"，所以"伤客心"

的表达便获得了真实的力量。诗人感时伤世的情感正是从客子的心中翻涌而出，带着漂泊者深沉的伤痛。如果把"客心"改为"忧世之心"，就会直接削弱语言的力量。

对于诗人来说，写出一个好句子，就意味着他将失去绝大多数的读者。就"花近高楼伤客心"这个句子来说，我没有见过有意义的解读。为了节省篇幅我想只举两个例子，而且也不再多加评析。一是萧涤非先生的《杜甫诗选注》，他解释说："花近高楼，正好赏玩，却说伤客心，这是因为正当万方多难之秋。"二是葛晓音的《杜甫诗选评》，她解释说："花近高楼使人伤心，是因为春光再度，而诗人依然客居在外。"他们的解释听起来都无可挑剔，但在本质上其实都脱离了文本，对"花近高楼"这四个赫然在目、非常要紧的字都视而不见。我举的这两个例子，都出自当代最好的学者，其他人的解读，一般来说，就更不可取了。

由杜甫的《登楼》我想起了李商隐的《天涯》，也顺便简单说一下。这是一首五言绝句，诗是这么写的：

春日在天涯，天涯日又斜。

莺啼如有泪，为湿最高花。

这首诗大约写于诗人在东川节度使幕府时，诗写日暮途穷之感，天涯沦落之悲。前两句说春日人在天涯，又正当一天的黄昏，看见天涯日斜；后两句说黄莺的悲啼如果有泪水的话，请用泪水为我沾湿那最高的花。莺啼本有悲切之意，有时听来感觉仿佛真能助人悲伤。后两句由写实转向写虚，却转得让人浑然不觉，尤为神妙。"莺啼""高花"可以是写实的，但是说"如有泪""为湿"，却是虚拟之词，都是从凭空设想中写出，这就给诗意带来了象征的色彩。后面两句，"莺啼如有泪，为湿最高花"，语气间已隐隐透露出按捺不住的哀激之思。这"最高花"正是孤高之花，孤绝之花，是诗人孤绝之心的写照，一颗孤绝的心，需要的正是泪水的滋润。这首诗中的"最高花"，与杜甫《登楼》起句所写的高楼伤心之花，具有十分相似的内涵。可惜的是，人们对于"最高花"的理解也是错误的。清人姚培谦《李义山诗笺注》解释说："最高花，花之绝顶枝也，花至此开尽矣。"他说"最高花"是开到最后的花，这就意味着花事阑珊，春天就要过去，这是把后两句误读为一般的伤春之词。这么解读，诗人就白写了两个奇异不凡句子。说"最高花"是开到最后的花，说花开到"最高花"就快完了，也完全是想当然的话——其实高处的花往往更早凋谢。今人解读李商隐的这首《天涯》，就我所知也没有什么高见，一般都同意姚培谦的话，都把后两句解释为伤春之词。比如刘学锴、余恕诚的《李商隐诗歌集解》，周振甫的《李商隐选集》等都是这样的。

　　我在前面讨论文本解读的问题，特别强调误读的普遍性和严重性。所以我在这里举杜甫诗为例，对文本误读的情况做一点具体的说明。其实只就杜甫诗的解释来说，误读和曲解的例子也还很多。我在以后解读文本的过程中，也会涉及误读的问题，也会辨析一些误读的例子。我在这两节中对误读所作的举例辨析，其实也可以看作文本细读的例子。

第二讲　《诗经》中的爱情诗

第一节　关于《诗经》的几点说明（上）

这一讲我们讲《诗经》中的爱情诗。在具体讲作品之前，我们有必要先对《诗经》这部书作一点介绍和说明。由于时间有限，我侧重讲一讲最基本的相关知识和问题。我先讲一讲有关《诗经》的基本知识，然后针对几个重要的问题，再谈一谈我的一点认识。在谈到我的认识时，我会举作品为例来说明问题，会有对作品的解读，也可以看作是我解读《诗经》文本的补充。

《诗经》是中国古代最早的诗歌总集，在先秦时代《诗经》通常称《诗》或《诗三百》。这部总集，共收作品三百零五篇。照通常的说法，《诗经》所收的这些作品的写作年代，上起西周初期，下至春秋中叶，从公元前 11 世纪到公元前 6 世纪，约500 年。这些作品收集的地域范围包括今天河北、河南、山西、山东、陕西以及湖北、安徽的北部。相关知识的介绍，我们讲三点。

一、《诗经》作品的收集与编辑

《诗经》收集的诗歌，上下数百年方圆数千里，可以说是一个大工程。这与周代朝廷重视礼乐制作有直接的关系，《诗经》的收集与编订是与礼乐制度的建设直接相关的。周人缔造的礼乐文明离不开诗和音乐，《诗经》中的诗歌也正是和音乐甚至舞蹈结合在一起的歌词、乐章。古人关于《诗经》的收集，有"采诗"和"献诗"之说，也就是说《诗经》主要是通过"采诗"和"献诗"这两个渠道收集起来的。"采诗"的说法出自汉人，从情理上说，应该是可信的。汉人认为周王朝派人到民间采集诗歌的主要目的是为了观察风俗、考正得失。应该说，采诗至少还有两个目的，一是制作礼乐的需要，二是审美和娱乐的需要。"献诗"之说出于先秦史书《国语》，其中有这样的话："故天子听政，使公卿至于列士献诗。"其实也只有十分简单的记载，但从情理上说也是可信的，而且也可以从《诗经》中的作品得到印证。"公卿列士"应该包括周王室和诸侯国的卿大夫，他们有可能献自己的诗，也有可能献别人的诗。

编辑、整理《诗经》的大概是王室的乐官，"大师"之流的人物。他们把通过"采诗"和"献诗"收集来的诗歌编辑、整理，然后献给朝廷。这些乐官既要编订诗篇，还要负责教授诗歌。《周礼·春官》说："大师……教六诗，曰风，曰赋，曰比，曰兴，曰雅，曰颂。"关于《诗经》的编订成书，古代长期有孔子删诗的说法，其说出自司马迁的《史记·孔子世家》，但是有许多证据和理由，说明司马迁的说法是靠不住的，说明《诗经》这本书，应出于孔子之前。这个问题，我们就不展开说了。《论语·子罕》说孔子晚年，"自卫返鲁，然后乐正，雅、颂各得其所"。说明孔子不满诗乐的混乱，对诗乐做了一番整理的工作，并没有说他删诗。

二、《诗经》的分类

《诗经》三百零五篇分为六类，这六类是：国风、小雅、大雅、周颂、鲁颂、商颂。国风又分十五个小类，即十五国风，共一百六十篇。小雅七十四篇，大雅三十一篇。《周颂》三十一篇，鲁颂四篇，商颂五篇。国风、小雅、大雅、周颂、鲁颂、商颂，这六类合并起来是风、雅、颂三类。

将《诗经》中的诗篇分为风、雅、颂，根据是什么呢，风、雅、颂是什么意思？汉代以来有各种不同的看法，可以说至今还没有绝对的定论。从汉到唐盛行的权威的说法是《毛诗序》的说法。《毛诗序》认为风、雅、颂是根据政教功能的不同来分类的，这种说法与《诗经》的实际情况大不相符。宋人抛弃了"政教功能说"，提出了"曲调说"，认为风、雅、颂分类的依据在于曲调的不同，在于音乐性质的不同。最有代表性的观点，是史学家郑樵提出来的，他的《诗辨妄》指出风、雅、颂是三种不同的曲调，他说得十分简明扼要，他说："乡土之音曰风，朝廷之音曰雅，宗庙之音曰颂。"也就是说，风是地方乐曲，雅是朝廷乐曲，颂是宗庙乐曲。十五国风收的是地方的乐歌，二雅（大雅、小雅）收的是朝廷的乐歌，三颂也就是周颂、鲁颂、商颂收的是宗庙的乐歌。这种看法，比汉人的"政教功能说"合理，从宋代至今广被人们所接受。《诗经》的作品是在长达五百多年的时间中收集起来的，绝大多数的作者已湮没无闻，不可考知。能够知道姓名的只有七位，涉及作品十几篇，其余的绝大多数的作品只能算是无名氏之作。这些无名氏的作者，包括地位不同的士大夫文人和部分来自社会各阶层、身份不同的民间诗人。

三、《诗经》的应用与传授

《诗经》是一部用于礼乐制度的乐歌。它也是周王朝和诸侯公室教育贵族子弟的教科书。前面我们提到了《周礼·春官》，有大师教"六诗"的说法，"六诗"就是风、赋、比、兴、雅、颂。这里说的"六诗"与《毛诗序》说的"诗有六义"的"六义"，在字面上是一样的，都是风、雅、颂、赋、比、兴，但实际内容、实际含义是不同的。《毛诗序》的"诗有六义"后来被唐人孔颖达解释为"三体三用说"。孔颖达认为风、雅、颂是《诗经》体裁上的分类，赋、比、兴则属于表现手法。大师所教的"六诗"，其中"比"和"兴"，教的内容大概与赋诗言志有关。就是教那些贵族子弟用"比"和"兴"的方法，用比类的方法，用断章取义、引申发挥的方法，来运用《诗经》中的作品，这是《诗经》在各种交际场合的应用。包括应用于外交，通过赋诗言志的方式，使《诗经》中的诗歌成为委婉致意的外交辞令。《左传》在这方面有一些生动的记载，记载了一些在外交场合赋诗言志的事例。先秦时代拿《诗经》来打比方的这种断章取义、借题发挥的应用方式，可能干扰了人们对诗歌主旨的认识，使诗歌的本意隐而不彰，汉代儒生对于《诗经》各篇主旨的曲解，也许与此有关。

先秦私学传授《诗经》以孔门为最盛。孔子传《诗》，特别看重《诗》的社会功能和伦理价值。《论语·阳货》云："子曰：'小子何莫学夫《诗》？《诗》可以兴，可以观，可以群，可以怨。迩之事父，远之事君。多识于草木鸟兽之名。'"强调的正是《诗经》的社会功能和伦理价值。《论语·季氏》云："不学诗，无以言。"《论语·泰伯》云："兴于诗，立于礼，成于乐。"（把诗和礼乐相提并论，认为学诗是完善君子人格的重要内容。）皆可以见出孔子对《诗经》的重视。孔门教育对《诗经》的重视，提高了《诗经》的地位，扩大了《诗经》的影响，到了战国时代，《诗经》被儒者尊为经典，位居儒家的"六经"之首。一般认为，《诗经》被称作"经"始于汉人，实际上根据《庄子·天运》《礼记·经解》以及新出土的战国文献《郭店楚墓竹简·六德》可以推断，战国时代已有"六经"之名，《诗经》被称为"经"可能远在孟子之前。

秦代焚书坑儒，《诗经》首当其冲，历经浩劫。汉初恢复文化建设，《诗经》和其他典籍在余烬中重生，《诗经》主要靠口头记诵，才得以复活。西汉传授《诗经》特别有名的有齐、鲁、韩、毛四大家，后世称这四家所传的《诗经》为"四家诗"。齐，指齐人辕固；鲁，指鲁人申培；韩，指燕人韩婴；毛，指鲁人大毛公毛亨和赵人小毛公毛苌。汉武帝废黜百家，独尊儒术，设五经博士，重视今文经学，由汉代通行隶书写定的被称为今文经的齐、鲁、韩三家《诗》，被列为官学，是朝廷钦定的学术。

而由战国古文字写定的被称为古文经的《毛诗》，即毛亨所传《诗经》，自称传自孔子的门徒子夏，却未能列于官学。东汉后期，兼通今古文经的经学大师郑玄为《毛诗》作笺，才使《毛诗》声名鹊起。三家《诗》虽列于学官，却日渐衰落，先后亡佚、失传，只有《毛诗》流传不衰。我们现在看到的《诗经》就是《毛诗》的传本。对六朝以后的古人来说，《毛诗》差不多就是《诗经》的别名。

古人传授和研究《诗经》，是以经学为主导的。经学开始于汉代，是一门专攻儒家经典的学问，经学要服务于政治，所以特别重视政教思想与道德伦理价值的阐发。经学有汉学、宋学之分，总体来看，汉学重"美、刺"，宋学重"义理"，清代汉学复兴，特别重"考据"。"汉学"是汉、唐经学研究的主流。汉学研究《诗经》的代表著作是《毛诗序》《毛诗郑笺》和《毛诗正义》。《毛诗》是毛亨、毛苌所传，称《毛诗故训传》，简称《毛传》，郑玄为《毛诗》所作的《笺》则简称《郑笺》。在《毛诗》的每一篇题下写有一段类似题解的文字，称为《毛诗序》或《诗序》。其中，系于首篇《关雎》题下的序言，是一篇总论，篇幅比较长，称为《诗大序》，其他各篇题下的类似题解的文字称为《诗小序》。《诗大序》总论《诗经》，认为诗歌与社会政治有密切的关系，提出了"六义"之说。《诗小序》说明各篇主旨，只有片言只语，好附会史实，专言美刺，解释主题，不是赞美就是讽刺。《毛诗序》是何人所作，有各种说法，如孔子作，诗人自作，毛亨作，卫宏作，子夏作，史官作，子夏先作、毛亨续作等说法，至今也没有定论。现代比较流行的说法是汉人卫宏所作。其实卫宏所作的可能不是《诗序》，而是《诗序》的注。《毛诗序》可能由来甚古，出自先秦之世，其中可能加上了毛亨的解释和发挥。《毛诗序》是汉学说诗的重要依据。唐代孔颖达的《毛诗正义》是汉学的集大成之作，继承了毛、郑经学以"美、刺"说诗的传统，进一步肯定了《诗经》是一部充分体现颂美与讽刺精神的政治诗。汉学讲"美、刺"，在一定程度上揭示了诗歌与政治的关系，但解释题意篇篇不离"美、刺"，就难免附会和歪曲。

宋学是宋、元、明经学的主流。宋学不满专讲"美、刺"的毛、郑《诗》学。代表著作有苏辙的《诗集传》、郑樵的《诗辨妄》、王质的《诗总闻》和朱熹的《诗集传》等。宋学研究《诗经》最重要的代表人物是朱熹，他的缺点是处处带着理学家的眼光看诗，不仅指责《诗经》中的许多爱情诗为淫奔之诗，而且他以理说《诗》，常常脱离训诂，随意穿凿，有很多迂阔之谈。

《诗经》不但是一部儒学的经典，同时无疑也是一部文学的经典。在古人眼里，《诗经》是文学的最高典范，是历代诗人、作家学习的楷模。《毛诗序》提出"《诗》

有六义焉，一曰风，二曰赋，三曰比，四曰兴，五曰雅，六曰颂"，关于"六义"中的风、雅、颂，我们前面已经说过，下面我们讲一下赋、比、兴。古代学者常常以"六义"中的赋、比、兴来总结《诗经》的写作艺术。《诗经》中常用于直接叙述的手法称为"赋"，"赋"主要用于叙述和描写；《诗经》中常用的比喻手法称为"比"；《诗经》中常用的借景起情、借物发端起兴的手法称为"兴"。朱熹《诗集传》说："赋者，铺陈其物而直言之也。比者，以彼物比此物也。兴者，先言他物以引起所咏之词也。"这个说法具有代表性，概括了古人对赋、比、兴的理解。以上是有关《诗经》的一些知识性问题的介绍和说明。

第二节 关于《诗经》的几点说明（下）

下面我想简要谈谈我对《诗经》一些问题的认识。第一，我想就比兴的问题做一点补充说明。赋、比、兴，最难讲的是兴，而兴又是跟比连在一起的。钱钟书在《管锥编》中讨论到比兴，也说"兴之义最难定"。比兴的概念是中国古典诗学的核心概念，但是自古以来，对于这个问题的认识和理解，就众说纷纭，颇为混乱。刘勰《文心雕龙·比兴》说"比显而兴隐"，在他看来比兴的区别似乎只在于显和隐。刘勰的看法是有道理的。孔颖达《毛诗正义》也说："赋直而兴微，比显而兴隐。"从毛郑说诗开始，就已经分不清比和兴了，经常混在一起，实际上那是因为比和兴在本质上原本是相通的，朱熹《诗集传》解说具体的诗句也每每有"比而兴"的说法。兴在本质上可以说是一种间接的、隐性的比。兴的作用还在于触物起兴，所以用于诗中一篇或一章的开头。但是如果撇开用于开头这一点，比的作用何尝没有"起兴"的意思——真正好的比喻都能感发意志，触动人心。只是相对于比来说，兴能表达更为隐约深微的感触。兴之为辞，表现心与物的关系更加模糊，更加深沉，最有深意。孔颖达《毛诗正义》说："兴，起也，取譬引类，起发己心，诗文诸举草木鸟兽以见意者，皆兴辞也。"这段话对于兴的解释最为精辟，它包含三点要义：其一，兴的作用在于起发人心；其二，兴的本质是比，是一种象喻，兴起发人心，实质上借助的是比的手段，即"取譬引类"；其三，从更深广的意义上说，兴的本质在于"举草木鸟兽以见意"，凡是借自然物来表达思想感情，可以说就是兴。结合前面所引的"赋直而兴微，比显而兴隐"的说法，可见孔氏对比兴的实质有深切的认识。相比之下，朱熹对兴的定义，所谓："兴者，先言他物以引起所咏之词"，实际上是一句比较空洞的话，却备受重视，为人们所乐道。而且朱熹这么说，听起来让人觉得，兴似乎是可有可无的"他物"，和"正文"没什么关系。而事实上，他就是这么认为的。除了前面这个有名的"定义"之外，他还说过"《诗》之兴，全无巴鼻"，说过《诗经》的兴"多是假他物举起，全不取其义"（见《朱子语类》卷八十、卷十八）。照他这么说，《诗经》的兴都是没有来由没有意义的，跟"正文"没什么关系，在他看来兴的作用似乎只在于在声韵、节奏方面，为"正文"的展开作铺垫和跳板。朱熹这么说，也许多少含有跟好以微言大义附会比兴的汉儒唱对台戏的意思，但不管怎么说，都是极端错误的，是对《诗经》最有深意、最有表现力的艺术手法的严重曲解和贬损。钱钟书先生对于朱熹的看法，颇有同感，他说兴的作用是"功同跳板"（见《管锥编》第一册），从这个比喻就可以看出钱先生对兴的误解。虽然有一种常见于民歌童谣的"兴"，只有声韵方面的效果而没有实际意义，但严格说来，这不能算兴。实际上《诗经》中的兴，几乎都有意义的。王先霈在《中国古代诗学十五讲》中，对朱熹和钱钟书的观点也表示赞同，并举《孔雀东南飞》开头的起兴为例，来说明有一种兴是没有意义的。他说："《孔雀东南飞》的开头'孔雀东南飞，五里一徘徊'，就属于这样的兴，就不能以意义说。当做说话，它差不多毫无意义；在音乐性上，它具有幽远的意味。"这显然是不对的，这两个起兴的句子，可以说是大有意义，这意义主要不在于"音乐性"，而在于语言文字所表现的具有内涵的形象。我们只要把"孔雀"换成"麻雀"，就知道这两句诗不是没有意义的。王先生是一位当今难得一见的有才情和见识的前辈学者，他的观点虽然偶有不可取，但他的书还是值得看的。

司马迁在《史记·太史公自序》中说："《诗》记山川、溪谷、禽兽、草木、牝牡、雌雄，故长于风"，又说："《诗》以达意"，在他看来，《诗经》是通过记述自然界的事物来表达思想感情的。他这么说是颇有深意的。在《诗经》的比兴手法中，体现了人与天地万物同生共感的密切关系，体现了农耕文明所孕育出来的对于自然万物怀有深切同情的艺术精神。就此而言，比兴就不仅仅是"手法"，而是在生存论和诗歌艺术本质论的层面上，具有双重的本体的意义。

《诗经》中有很多精彩的比兴，由于时间的限制，这里只举两三个兴的例子，来简单说一下。先来看《邶风·燕燕》：

燕燕于飞，差池其羽。之子于归，远送于野。瞻望弗及，泣涕如雨。

燕燕于飞，颉之颃之。之子于归，远于将之。瞻望弗及，伫立以泣。

燕燕于飞，下上其音。之子于归，远送于南。瞻望弗及，实劳我心。

仲氏任只，其心塞渊。终温且惠，淑慎其身。先君之思，以勖寡人！

这首诗写送别，写卫国国君送妹妹远嫁他国，写离别时的悲伤之情。前三章头两句意思差不多，是借写燕子飞鸣来发端起兴。这两个起兴的句子，有点像"孔雀东南飞，五里一徘徊"两句，说起来真是和"正文""所咏之词"没有什么关系，"燕燕于飞"，燕子飞来飞去，与离别何干呢？借南唐中主李璟的话来说是："'风乍起，吹皱一池春水'干卿何事？"风把一池的春水吹皱了，关你什么事啊？李璟是懂得冯延巳这个句子的好处才故意这么说的，是用打趣的话来表示赞赏。可是对于读不懂、没感觉的人来说，"风乍起，吹皱一池春水"，的确是"干卿何事"啊，与冯延巳这首《谒金门》词中写的闺中人的相思之情，有什么关系啊？钟嵘《诗品序》说"气之动物，物之感人"，人心与物色原本自有深微而难以言传的感应关系，所以诗人吟咏性情，寄兴于物，便能传写难言之情、微隐之思。所以，"风乍起，吹皱一池春水""燕燕于飞，差池其羽"，原本确实与闺思离情无关。可是，当你看到了这一池的春水，看到了这飞来飞去的燕子，它就不再是跟你无关的了，当诗人把它写到诗中，它就与人心发生了关系——就好比是照相，那一棵树，一丛花，本来跟你没什么关系，可是当它们跟你这个人照在一起的时候，它们就跟你发生了关系，所以人总是愿意选好看的景物作为自己的背景来拍照。《邶风·燕燕》这首诗的起兴，其实是赋而兴，是写实而兼起兴，写燕子上下翻飞的情景，极为真切、传神。"差池其羽"，写燕子参差的羽翼，"颉之颃之"，写燕子上下翻飞的样子，"下上其音"写燕子的飞鸣，都是白描的好句子。这"燕燕于飞"的情景，原本正是从伤心哭泣的人的眼中写出，这真切的情景，将永远定格在离别的那一刻，对于诗人和读者来说，这飞鸣的燕子，将永远浮现在忧伤的记忆之中，上下翻飞，低回不去。"燕燕于飞，颉之颃之。之子于归，远于将之。瞻望弗及，伫立以泣"，行人已经远去，把悲伤的送行者遗弃在郊野，我们应该向诗人致敬，在如此悲伤的画面中，仍然收容了微不足道的燕子，勾勒出它们小小的身影，使我们在看到人的悲伤的同时，也看到我们赖以生存的世界。

前面这个例子我们讲得比较多，下面我们再举两个例子，就只是简单说一下。第一个例子是《邶风·泉水》，第一章开头四句是这么写的："毖彼泉水，亦流于淇。有怀于卫，靡日不思。"这首诗写的是远嫁他国的卫国女子的怀乡思归之情。"毖"通"泌"，是形容水流涌动的样子；"泉水"和"淇"都是卫国河流的名字。诗借泉水涌动流入淇水，兴起怀卫之思，一方面，泉水和淇水原本就是卫国的河流，由此起兴，十分自然地表现了对故国的思念；另一方面，涌动不息的流水，又仿佛能触动心底无穷的忧思，这一层"比"的意思，是借"兴"来表达的，妙在若有若无，含而不露，与后世直接用流水来比喻忧愁的写法不同。顺便说一下，"有怀于卫，靡日不思"，意思是说，心里怀念卫国，没有一天不想，两句直接抒情，写对卫国的怀思之情，也写得言简意深。这是四言诗的好处，语短情长，在起兴之后，用这么简短有力的句子接住，写得真是精力弥满。第二个例子是《唐风·蟋蟀》，第一章开头四句说："蟋蟀在堂，岁聿其莫。今我不乐，日月其除。"意思是说，蟋蟀进入厅堂，转眼又要到岁暮了，现在我不好好乐一下，日月很快就消逝了。蟋蟀在堂，进入室内，是秋已经深了。《豳风·七月》云："七月在野，八月在宇，九月在户，十月蟋蟀入我床下。"也写蟋蟀进入室内，以见出节序的推移。"聿"与"曰"通，是语助词。"莫"是"暮"的古字。这四句诗，由蟋蟀在堂来起兴，写到候虫的活动，自然引起迟暮之思与日月易逝的感慨。在这里，时间的感受、生命的体验，在不经意间就与自然联系在一起，体现了古人浑朴而又深远的情怀。这里的兴，可以说介于赋与兴之间。三四两句，也接得好，写日月易尽，应当及时行乐，十分斩绝有力，这也是四言诗的好处。

前面是我要讲的第一点，有关比兴的问题。下面讲第二点，《诗经》的体裁与语言。《诗经》有四言诗和杂言诗，以四言为主，四言是《诗经》典型的体式。四言这种体式，在《诗经》中大放光芒，四言诗的艺术在《诗经》的时代已经登峰造极，无比辉煌的《诗经》几乎耗尽了四言诗体的所有的能量。一种文体往往在它兴起之后，就迅速走向辉煌，然后就走向衰落。四言诗是这样，五言诗也是这样。五言诗的黄金时代是汉魏。不过比起四言诗，五言诗在辉煌之后，犹有余力，又经历了漫长的演变。四言诗虽然在汉魏六朝仍然流行，却已经完全失去了往日的风光。从诗体的演变来看，四言诗在汉代以后就退出主流，被五言诗以及后来的七言诗所取代。但是文学艺术的演变，并不是一浪高过一浪的"发展"，就好比人的生命，人的一生，实际上也是发展与衰退同步进行。幼稚的童年，因此永远使人怀念，按照老子的意思，人最好回到婴儿的状态。在古人的眼里，《诗经》在文学史上，具有无比崇高的地位，就像古希腊的悲剧和史诗，在西方人眼里也是不可逾越的典范。古老的四言诗，语言简约朴拙，却具有非凡的特殊的艺术表现力，这种表现力在《诗经》中得到了充分的体现。大道至简，要言不烦。就此而言，《诗经》的语言也许是一种离真理最近的语言，就像荒山中的顽石，比起美人头上的黄金更能体现物的本质，我们不能因为它的朴素而轻视它。

前面我们在举例的时候，也说到《诗经》语言的好处，在此不妨再举两个例子。《邶风·击鼓》写士兵怀念家室，想起夫妻之间的情义，写出了这样的句子："死生契阔，与子成说。执子之手，与子偕老。"意思是说，无论死生聚散，都不能改变我们的约定、我们的"成说"，我握住你的手，要永远跟你在一起，直到终老。这四个句子，写得情深义重，读来有一种特别庄重的感觉，好处全在于四言的句式，只有四言，才能说得这么斩绝和坚定，才能说得这么掷地有声。再比如《小雅·隰桑》，写男女相思之情，有两个这样的句子："中心藏之，何日忘之？"言简意深，莫过于此，两句就胜过千言万语。心中深藏着对他的思念，哪有一天能忘记啊？一个陈述句，配上一个反问句，真是恰到好处，天衣无缝。"藏"和"忘"押韵（"忘"读平声），加上句末的两个语助词"之"字，读来有余音缭绕、情思不绝之感。《诗经》中还有很多朴素动人的句子，我常常想起《邶风·柏舟》这首忧伤的诗。当你觉得无助的时候，如果你想起其中的句子："我心匪石，不可转也。我心匪席，不可卷也"（我的心不是石头，不可以转动，我的心不是席子，不可以卷起来；我有我的意志，不是可以随便改变的），想起这样的句子，你心中仿佛能感觉到一种力量。这是最朴素的比喻，带着感叹的语气，排比而出，有一种直抵人心的力量。当你孤身困在人群之中，你也许会觉得《邶风·柏舟》最后的两个句子是世界上最好的句子："静言思之，不能奋飞。"

《诗经》的语言，还有很多好处，比如善于用连绵词，有些词语流传至今，比如：邂逅、栖迟、经营、拮据、艰难、参差、绸缪、窈窕、辗转。其他就不多说了。

最后一点，我想简单讲一下，《诗经》忧伤、怨刺的思想感情。《易传》云："作易者其有忧患乎？"其实"五经"之中，不独《易》是忧患之书，《诗》《书》也是忧患之书。一部《诗经》，也可以说是充满了忧伤、怨刺的思想感情。李白《古风》云，"哀怨起骚人"，其实"诗人"（"诗人"这个词，在古代有时特指《诗经》的作者）也多哀怨之词，所以孔子说："诗可以怨。"汉人何休《春秋公羊传解诂》论《诗经》云："男女有所怨恨，相从而歌。饥者歌其食，劳者歌其事。"他的评论也特别强调了《诗经》"有所怨恨"的主题。通常人们引何休的话，只引后面两句，借此来说明《诗经》面对现实的写作态度和写实的精神。其实"饥者""劳者"之歌，正是"怨恨"之歌，而其所以能写出"怨恨"，也正是因为有能够面对现实的写实的态度和精神。这种可贵的态度和精神，被后世的诗人概括、总结为"风雅兴寄"，并被后人所继承和发扬，成为中国古典文学光荣的传统，使两千多年专制社会的文学，避免完全沦为强权的附庸和帮闲的工具。

《小雅·四月》云："君子作歌，维以告哀。"说君子作歌，是因为有忧患哀伤的感情要表达。《诗经》中单单是"心之忧矣"这个句子，就出现了二十多次。这个句子四个字只有两个实字，加上了"之"和"矣"，便是深长的咏叹。不过在我的印象中，带有"心之忧矣"的句子，写得最好的是《魏风·园有桃》中的诗句："心之忧矣，其谁知之？其谁知之，盖亦勿思！""盖"要读作"盍"，是"何不"的意思。诗句的意思是说：心中忧伤啊，有谁知道呢？有谁知道啊，何不算了呢？短短四句诗，却写得如此变幻莫测，曲尽唱叹之意。

朱熹《诗集传序》说《国风》中的诗大多是"男女相与咏歌，各言其情"。十五国风中的确有很多爱情诗。由于时间的限制，接下来有关《诗经》文本的解读，我们就只选国风中的几首爱情诗来跟大家一起学习。

第三节　《郑风·风雨》

这一节我们讲《郑风·风雨》，我们先来读一遍这首诗：

风雨凄凄，鸡鸣喈喈。既见君子，云胡不夷？

风雨潇潇，鸡鸣胶胶。既见君子，云胡不瘳？

风雨如晦，鸡鸣不已。既见君子，云胡不喜？

这首诗一共三章，每章只有四句，每章的意思差不多，前两句写风雨鸡鸣，后两句写见面的喜悦。"凄凄"形容风雨的凄凉，"潇潇"是拟声词，形容风雨之声。"喈喈""胶胶"，也是拟声词，形容鸡叫的声音。"既见君子，云胡不夷"，"夷"，是"平"的意思，是说见到了君子，心里哪里还会有不平的感觉呢？也就是说见了君子心里就舒坦、踏实的意思。《召南·草虫》写见了君子的感觉是"我心则降"，"降"是"悦服"的意思，心悦诚服，"我心则降"，意思是说，心里舒坦，一颗躁动不安的心就放下来了，跟"云胡不夷"的感受是相似的。"既见君子，云胡不瘳"，"瘳"是"病愈"的意思，是说见到了君子，哪里还会有病呢？相思的痛苦有如疾病，"既见君子"，解除了痛苦，病就好了。《卫风·伯兮》说"愿言思伯，甘心首疾"，又说"愿言思伯，使我心痗"，也是借疾病的感受写女子对男子思念的痛苦。"既见君子，云胡不喜"，是说见到了君子，哪能不高兴呢？"云胡不夷""云胡不瘳""云胡不喜"，在这三个句子中，"云"是发语词，"胡"是疑问词。

"风雨如晦，鸡鸣不已"，意思是说，刮大风下大雨，天黑得像夜晚，鸡叫个不停。"如晦"，就是"像夜晚"，"晦"是"夜晚"的意思。令人惊奇的是，古今注家解释"风雨如晦"，大都说"晦"是"昏暗"的意思。说"晦"是"昏暗"或"黑暗"的意思，"如"这个字就不能解释为"像"，说"雨下得像昏暗"，或者说"刮风下雨天黑得像昏暗一样"，都是不通的话，所以就有不少人把"如"解释为连词"而"，"风雨如晦"就是"风雨而晦"，意思是刮风下雨使天色变得昏暗。这样的曲解令人沮丧。如陈奂《诗毛氏传疏》、程俊英《诗经译注》、梁锡锋《诗经》、雒三桂和李山的《诗经新注》等，都是这么解释的；古今绝大多数的注家如姚际恒、马瑞辰、方玉润、高亨、陈子展等，虽然没有直接说"如"是"而"的意思，但都说"晦"是"昏暗"的意思，都说"鸡鸣"是指雄鸡报晓，那实际上等于承认"如"应读作"而"，而不是读作本字，解释为"如同"的"如"——因为既然说"晦"是"昏暗"的意思，就不能说"像昏暗"，既然说鸡鸣指的是雄鸡报晓，雄鸡报晓时分还在夜里，也就不能说"像夜晚"，因为本来就是夜里。我查看了今人注解二三十种，只有余冠英和蒋立甫两人解释"晦"为"夜晚"（"晦"意为"夜晚"，是"晦"字的常见义，如《易·随》"君子以向晦入宴息"；《左传·昭公元年》"晦淫惑疾，明淫心疾"，"晦"字都是"夜晚"的意思）。"如晦"解释为"像夜晚"，十分顺当自然，比喻风雨大作天昏地暗的景象，可谓真切。有时开始下大雨的时候，天一下子就黑下来，感觉真像是晚上啊。解释为"而晦"，那只是说下雨显得天色昏暗，是比较一般的意思——风雨的天气，天色哪有不阴沉昏暗的呢？"如晦"解释成"而晦"，从语法和意思上看都很别扭。这种曲解其实是为了迎合《毛传》《郑笺》和《毛诗序》作者对主旨的看法，因为他们一致认为这首诗是以公鸡守时报晓来比喻君子身处乱世而不改操守。公鸡凌晨报晓，天还很黑，夜色还没有消退，"如晦"自然不能解释为"像夜晚"，所以只好"另辟蹊径"，解释为"而晦"。

　　"凄凄""潇潇"，多少已见出风雨之大，加上"风雨如晦"这一句，风大雨大甚至是风狂雨暴的情景，就真是宛然如在目前了。天气变化大的时候，动物就有反应，风狂雨暴，就会引起鸡的躁动不安，所以"喈喈""胶胶"地叫个不停。这里写风雨鸡鸣也很真实，我小时候就经常看到这种情景。风雨不但会引起动物的反应，而且会引起人的反应。清末词人况周颐说，"吾观风雨，吾览江山"，心中常常会有一种"不得已"的感触。在刮风下雨的时候，人心里往往会有一种情不自禁的莫名的感触，有点不安，有点失落，甚至有点悲哀的感觉。"情不自禁"也就是况周颐所说的"不得已"。如果是一个伤心人，面对这种风雨凄凉的景象，他的不安、失落和悲哀就会加重。所以，"昨夜风兼雨""帘外雨潺潺"对于李后主来说，"梧桐更兼细雨，到黄昏，点点滴滴"对于李易安来说，都是难堪的情景。所以，面对凄凉的风雨，人有时需要一点慰藉。能给人心带来一点慰藉的，也许是一杯酒，也许是一首歌，也许是一个人——对于因为相思而感到烦恼不安的恋爱中的女人来说，最好的慰藉，自然莫过于见到意中的"君子"了。清代学者孙星衍有个联句说："最难风雨故人来"，更何况来的可不是一般的"故人"，更何况是"如晦"的风雨呢——其欢乐喜幸之情又当如何呢？这首诗，一连三个重复的反问句，传达的正是无以言表的欢乐喜幸之情。由此可见，这每章的前两句写风雨鸡鸣，看似无关紧要，却是必不可少的句子，有了这两句，后面两句写"既见"的喜悦，便有水到渠成之感。也许对于后世的读者来说，更有印象的甚至不是诗中所表现的男女见面时的喜悦之情，而是作为背景出现的风雨鸡鸣，就像我们回忆过去的生活，有时事件和心情都已模糊不清，而当时的背景却历历在目——读完这首诗，掩卷而思，风雨鸡鸣之声恍然犹在耳畔——相对于无常的人事来说，背景原本就具有更加恒久的意味。

接下来我们继续讲《郑风·风雨》这首诗，我们侧重讲讲有关误读的问题。此诗三章的意思都差不多，《诗经》的重章叠句，各章的词句往往有基本重复的，只改变少数几个词语，这种词语的变化，往往主要是为了变文避复，改变字面，避免行文完全重复而造成的单调，虽然这种变化也带来了意义的某些变化，如这首诗中写风雨的"凄凄""潇潇""如晦"，写鸡鸣的"喈喈""胶胶""不已"，写心情的"夷""瘳""喜"，意思各有不同，但是基本意思是一样的。这首诗的好处正在于抒情的单纯，反复其辞，写的却是最单纯的喜悦之情，《诗经》中有很多短篇都是这样的。可是，许多读者往往对这种行文的变化盯住不放，刻意求深，以为大有深意，硬生生把它们拴在莫须有的逻辑链条上，这是古今学者共有的毛病。人们在解读《诗经》时，对这种行文变化，最常见的曲解是硬说成是"递进"，人们似乎很为作者担心，怕作者抒情时只顾重复而不懂得"递进"。对于这首诗的解读，就有不少人在行文的变化中看到了"递进"。比如清人李光地的《诗所》就说："凄凄，风雨初至而寒凉也；潇潇，既至而有声也；如晦，风雨而晦冥也。鸡初鸣则喈喈然相和，再鸣则胶胶然相杂，三鸣而将旦，则接续以鸣，而其声不已矣"；又说："夷如病初退，瘳如病既愈，喜则无病而且喜乐也。"他说："凄凄"是风雨刚来有点冷，"潇潇"是风雨"既至"而有声音，"如晦"是天都昏暗了；鸡开始叫是"喈喈然相和"，接着再叫是"胶胶然相杂"，第三次叫个不停，天就亮了；"夷"是病刚退，"瘳"是病已经好了，"喜"是没有病而且高兴。真不知道他在说什么。这样的解读完全是病狂人的自言自语，初而再，再而三，毫无递进关系的诗意，被他十分"连贯"地解释成"层层递进"。难道风雨"初至"时是"寒凉"就没有声音，"既至"之后才有声音却并不"寒凉"？难道鸡"初鸣"是"喈喈"，"再鸣"就变声为"胶胶"了？难道诗中的女人见到"君子"时的心情经历了三个"阶段"：先是"如病初退"，然后是"如病既愈"，最后才是"无病而且喜乐"？李光地的解读很荒谬，可是跟李光地的见解差不多的还不少，比如姚际恒《诗经通论》说："'喈'为众声和，初鸣声尚微，但觉其众和耳。再鸣则声渐高，

'胶胶'，同声高大也。三号以后，天将晓，相续不已矣。"他说雄鸡刚报晓是众声相和，但声音还比较微弱；接着再鸣，其声"胶胶"，声音就更大了；最后一次叫个不停，天就快亮了。又比如陈震《读诗识小录》说："'凄凄'第动于气，'潇潇'则传于声矣；'喈喈'犹清音作引，'胶胶'则长吭迭更矣；'夷'则惬怀人之素愿，'瘳'则愈忧世之深衷矣！妙！"他说风雨刚来的时候，只是触动了风气，所以是"凄凄"，接着才在声音上表现为"潇潇"；雄鸡刚开始报晓的时候，是先发出"喈喈"的"清音"来开个头，接着才"胶胶"地引吭高唱，叫个不停；"夷"只是放下了怀人的心思，"瘳"则是平复了忧世痛苦。都是添油加醋，无中生有的读法，硬是看出了"递进"。而且可悲的是，我看得出他们自己也感觉说不通了，可是还是硬要把它说通。比如李光地，他大概也觉得雄鸡报晓的长鸣之声，不能是"喈喈""胶胶"，不能用这种词来形容，于是他就用"相和"和"相杂"来"补救"，想让自己的解释能"自圆其说"。姚际恒的想法也差不多。古人的这一些奇谈怪论，对今人还很有影响。比如扬之水的《诗经别裁》关于这首诗的解读，就引了李光地的话，并表示赞同，说："每章各易数字，而意有递进。"这种影响十分常见，我就不多举例了。值得一提的是，此诗各章的意思虽然都差不多，但是第三章忽然一改上文用叠字写风雨鸡鸣，而变为"如晦"和"不已"，这种行文微妙的变化，出其不意而又若不经意，读来真使人感到惊喜。"风雨如晦，鸡鸣不已。既见君子，云胡不喜？"跟前两章相比，这最后一章多少也有一点总括的意思，置于篇末，可谓恰当有力。这种行文上的变化，注家们都看不到，偏偏只看到了并不存在的"递进"。

今人解读这首诗，基本上都认为这是爱情诗，但是古人曾长期认为这是一首带有政治色彩的诗。《毛传》解释这首诗说："兴也。风且雨凄凄然，鸡犹守时而鸣喈喈然。"认为诗有比兴寄托的意思。《毛诗序》说得更明白："思君子也。乱世则思君子不改其度焉。"认为诗的主题是思念在乱世中能坚持操守的君子。郑玄的笺，没有增加什么内容，只是重复了一下《毛传》和《诗序》的意思。在他们看来，诗中的"风雨"是"乱世"的象征，"鸡犹守时而鸣"则是比喻"君子不改其度"。宋代以前的人都认同《毛传》和《毛诗序》所代表的权威的说法。宋人开始对旧说表示怀疑和不满，朱熹的《诗集传》说这首诗的主题是："淫奔之女言当此之时见其所期之人而心悦也"，明确认为是爱情诗，不过他习惯用"淫奔"这个词来谈论《诗经》中的爱情。他动不动就说"淫奔"，不仅不会让我觉得正派，反而让我觉得他自己仿佛是戴着有"色"眼镜来看《诗经》的。《毛传》《毛诗序》对此诗主题的解读，其实有很多不通的地方。第一，诗写鸡鸣曰"喈喈""胶胶"，显然不像是"守时"报晓的雄鸡长鸣之声。《说文解字》云："喈，鸟鸣也。""喈"，古音读作"叽"。"胶"，本字应作"嘐"（三家诗皆作"嘐"），古音大概读作"修"。第二，刮风下雨原本并不影响雄鸡打鸣，也不会给雄鸡报晓增加什么难度，鸡又不需要冒雨报晓，以风雨鸡鸣比喻"乱世则君子不改其度焉"，可以说是没什么意思。第三，对于把"守时而鸣"的公鸡看作"乱世"中"不改其度"的君子的人来说，"鸡鸣不已"这一句似乎特别有"意味"："不已"体现的正是努力和坚持，可是他们也许忘了，雄鸡报晓都是"适可而止"，如果不是神经出了问题，是不会"不已"地叫着。第四，"风雨如晦"，"如晦"是天黑得像夜晚的意思，可见写的是白天，与雄鸡凌晨时的啼鸣无关；把"风雨如晦"曲解为"风雨而晦"，舍其平直而求其曲折，绕了弯来解释，其实正是为了迎合雄鸡"守时而鸣"的说法——可是他们怎么就忘了，鸡鸣时分正是"黎明前的黑暗"，天原本就是黑的，"风雨而晦"，雨下得天都暗了，真是鬼才看得见啊。第五，从文本本身来看，只是写见面的喜悦，而从所表现的情意来看，应是写男女之情，照《毛传》和《毛诗序》这么读，其实完全脱离文本。

　　《毛传》和《毛诗序》对《诗经》具体作品的解读有很多无稽之谈，有很多脱离文本的曲解。可是从汉代到唐代，它们的解读长期被奉为权威，人们大多深信不疑，很少有异议。《毛传》《毛诗序》和《郑笺》，可谓三位一体，代表汉学对《诗经》的阐释，虽经苏辙、郑樵、王质、朱熹等人所代表的宋学的质疑和驳斥，但其消极的影响至今没有清除，清人对于汉学的推崇，一定程度上干扰了人们对汉学流弊的认识。在目前这种虚假、浮夸的"复古"潮流中，有些人甚至一味好古，认为从文学的角度研究《诗经》不免有些浅薄，主张站在经学甚至汉学的立场上来解读《诗经》，好像不这样不足以显示自己的古奥和深厚，虽然他们其实根本没有经学的根底。我之所以在前文对《毛传》和《毛诗序》的曲解做了具体的说明，是因为我看到人们对这首诗的理解至今仍然受到它们的影响。大多数的人虽然已经不同意《毛传》和《毛诗序》对此诗主题的看法，但是对于它们的错误缺乏真正清晰的认识，虽然认为这是一首爱情诗，但大多数人仍然莫名其妙地坚持把"风雨如晦"解释成风雨使天色变得昏暗，把"鸡鸣"理解为公鸡打鸣报晓，好像鸡除了报晓之外都不会叫；而且照大家的理解，这对男女是在凌晨时冒着暴风雨相见的，听起来也有点离谱，在诗中也不见有任何交代。这首诗的好处，正在于从风雨鸡鸣的凄凉暗淡与躁动不安中写出相见的喜悦，倘若写的是雄鸡报晓，对于诗意的表达来说就没有什么意思。明清一些著名的注家，不论其以为主题是什么，都是把"晦"解释为昏暗，把"鸡鸣"解释为雄鸡报晓。姚际恒意识到说凌晨时下雨使天色变得晦暗有所不通，就刻意说诗意说的是天快亮了因为下雨又变得晦暗，他说："'如晦'，正写其明也。惟其明，故曰'如晦'。惟其'如晦'，则凄凄、潇潇时尚晦可知。诗意之妙如此。无人领会，可与语而心赏者，如何如何！"他居然还为自己这种钻洞觅缝、夹缠不清的曲解感到十分得意。方玉润的《诗经原始》大概是受到姚氏的影响，也说"风雨如晦"是"天将明反晦"。中国古代曾流行文字狱，这些文人学者常常是受害的对象，可是他们解释诗文时常常用的正是制造文字狱的专家惯用的那套钻皮出羽、洗垢索瘢的法宝。由此可见，受害者与迫害者其实常常还是师出同门的。现当代注家大多数认为这首诗主题是写爱情，但十之八九也都解释"晦"为昏暗，所有的人都解释"鸡鸣"为雄鸡报晓，在此就不具体罗列了。这种误读可以看作以毛、郑为代表的汉学流弊的"后遗症"。有些人甚至还坚持认为《毛传》和《毛诗序》的解读也是有一定道理的。比如陈子展、杜月村的《诗经导读》说：

> 《风雨》是诗人于风雨之夜怀念君子以及见到之后，为发于无限喜悦的心情而作。《诗序》说："《风雨》，思君子也。乱世则思君子不改其度焉。"提出这个严肃的主题，应该说是可以接受的。它千百年来，曾经鼓舞过不少有志之士，在危难之际，仍能立身行己，始终如一。就是在解放前那些"风雨如晦"的年月里，我们有不少同志，也曾以"鸡鸣不己"相激励。自朱子"风雨晦冥为淫奔之诗"（《诗集传》）一说出来，《风雨》一诗的意义为之一变。今天解释此诗的同志，大都认为是女子怀人之诗，或谓为写妻子与久别的丈夫重逢的诗，或谓为写女子与情人夜间幽会的诗。这些说法，于诗义可通，未为不是。然就诗的主题思想言，似宜于仍取《序》说。因为，此诗的积极意义在于鼓励人之为善不息，不改常度，造次不移，临难不夺。倘争论其必为淫奔的诗，则有何根据，有何意义呢？

这种说法认为对主题的判断和取舍主要看它是不是"严肃"和"高尚"。这种说法虽然非常古怪，却也不是新的发明，比如明人田汝成就说："《风雨》之诗，《序》以为世乱君子不改其度，而必以为淫奔之诗；《王风·君子阳阳》，《序》以为贤人仕于伶官，与《邶风·简兮》同意，而必以为室家思夫之作；夫毛公之序《诗》与朱氏之注《诗》，皆未得诗人之面命也。即如《序》说，犹足以存礼义于衰乱，昭贤达之忧勤，乃改曰淫奔室家之辞，既无可以助名教，而反以之导淫佚，此何意也？"（见郑方坤《经稗》引毛奇龄《白鹭洲主客说诗》引田氏语）又比如今人扬之水的《诗经别解》，虽然更倾向于认为此诗是写男女之情的，但是关于诗的注解主要引的还是《毛传》和《毛诗序》，而不做任何说明；而且在文中评论《毛诗序》对主题的解释，也说"如此解释，不能说它不对"，又说"而最被人传诵的则是'风雨如晦，鸡鸣不已’，所谓乱世君子不改其度，多少意味便都由此境生出，这一句诗，也好像有了独立于诗外的深刻含义。”说明她对于旧说的错误缺乏应有的认识。在这一段话之后，作者说："不过依照这样的解释，诗意虽好，情意却平，实际上它的原意也许只是表达了一种最平凡最普通的情感，即两情之好。"虽然她在某种程度上否定了《诗序》的解释而表示可以理解为"两情之好"，但是"诗意虽好，情意却平"之类莫名其妙的话，却更暴露了她对于诗意模糊不清的理解和认识。今人注本还有一些倾向于赞同毛郑旧说的例子，就不多举了。

《诗经》国风和小雅的诗篇中，常有"未见君子""既见君子"之类的表达，有的也是写男女之情，有的则不是。《小雅·隰桑》云："隰桑有阿，其叶有难。既见君子，其乐如何！隰桑有阿，其叶有沃。既见君子，云何不乐？"《唐风·扬之水》也有"既见君子，云何不乐""既见君子，云何其忧"之句。前者写男女之情，后者则不是，但句式和句意都跟《风雨》各章的后两句相似。上文曾引及的《召南·草虫》第一章云："喓喓草虫，趯趯阜螽。未见君子，忧心忡忡。亦既见止，亦既觏止，我心则降。"则是既写"既见"的快乐，也写"未见"的忧苦。写"未见"的忧苦，正所以见出"既见"的喜乐。"觏"通"媾"，指男女交合。郑玄的笺说："既媾，已婚也"，不如孔颖达的疏说得更明白："媾，合也。"诗借昆虫的鸣叫和跳跃来起兴，很有意思，"喓喓""趯趯"之中，有一种兴奋和不安，给下文写情欲的躁动提供生动有趣的联系和暗示。许多动物在求偶时，都会兴奋地鸣叫和跳跃，了解大自然奥秘的古人，对此大概也有真切的认知吧。《诗经》中不少的作品，写男女之情，并没有多少遮掩和忌讳，从中可以窥见初民的纯朴和率真，这首《草虫》就是这样的。

第四节　《郑风·东门之墠》

东门之墠，茹藘在阪。
其室则迩，其人甚远。
东门之栗，有践家室。
岂不尔思？子不我即。

关于此诗主旨，《毛诗序》说："刺乱也。男女有不待礼而相奔者也。"《毛诗序》专好以美刺说诗，给这首诗贴上"刺乱"的标签。不过，撇开这一点不说，其认为这首诗是写男女之情，却是对的，《郑笺》也明确说此诗是"女欲奔男之辞"。今人解读这首诗一般也都以为是情歌。但是，今人对于此诗抒情主人公是谁，看法却很不一致，有男子词、女子词、男女唱答之词三种不同的意见——显然也不可能有第四种意见。这种分歧，在很多人看来，不但无关紧要，而且正好印证了"阐释多义性"的妙说。但是在我看来，这种分歧是不能接受的，特别不能接受解读为男女对唱。当然，问题的关键是这种分歧是可以避免的，可以根据文本做出应有的、合理的判断。在我看来，这首诗恰如《郑笺》所言，应是女子之词。我们先来看看诗的大意。

这首诗两章八句，一共只有三十二个字，是《诗经》中的短篇。第一章说：城东门外是广场，土坡上长着茜草。那房子离得很近，那人却离得很远。第二章说：城东门外是栗树，栗树边上是那整齐的房子。怎能不想你啊，是你不来找我。"岂不尔思，子不我即"，诗的最后两句，更像是女子的口吻，所以应该是女子之词。（"墠"是平旷的场地；"茹藘"是茜草，一种多年生蔓草，根可以用作红色的染料；"阪"是土坡；"迩"是"近"的意思。栗树，是一种乔木，从诗里看不出是一两棵还是一片树林；"践"的意思有不同的解释，这里取马瑞辰的说法，解释为"整齐"；"有践"的"有"是形容词的词头，有强调该形容词的作用；"即"是"就"的意思，也就是"前来接近"的意思。）这首诗写一个女子对一个男子的思慕、爱恋之情，看起来有点像是单相思（但也不一定）。"东门之墠，茹藘在阪"与"东门之栗，有践家室"应该合起来看，前后互相补充，勾勒了一幅颇为完整的画面：在东门外的广场边上，土坡上长着茜草，附近还有栗树，就在那栗树边上有一座整齐的房子——那就是"他"的家。对于诗中这个痴情的女子来说，那房子以及房子边上的景物，具有不可思议的魔力，牵引着她的目光和心思。"东门之墠，茹藘在阪"，这两句虽然没有写到那座房子，但从下文的"其室则迩"一句可以想见，下一章"有践家室"一句又进一步点出，两章之间互相照应，行文也有一种参差的美感。第一章写东门外的景物，并不直接写出房子，第二章接着写东门外的景物才点出房子，如此写来，仿佛能使人在曲折的章法和笔意中，读出宛转的心思。那房子是整个画面的中心，其他的景物——广场、土坡上的茜草、栗树，都是围绕房子展开的。这些景物映衬着房子，对于这个女子来说，那一草一木仿佛都有不平凡的意义。只有一个心里有爱情的人，她才能看到这些东西，也许一个人只有在她年轻的时候心里才会有这样的爱情。我读这两章的头两句，"东门之墠，茹藘在阪"和"东门之栗，有践家室"，不觉怦然心动。如此朴素简单的语言，写的只是即目所见，却真能使人触物起兴，为之感思，在真切、分明的景物中，仿佛可以想见她企而望之的身影。当然，这前面两句所带来的所有的感觉，都是与后面两句联系在一起的。

前一章的后面两句，"其室则迩，其人甚远"，写得真可谓言简意深，含而不露，深切地表达了怀思向慕之诚与咫尺天涯、可望而不可即的怅恨之情。后一章的后面两句，"岂不尔思？子不我即"，带着少年人的纯真的口吻，表达了相思的痴情和得不到回应、不能相见的失落感，读来使人有深衷浅貌，语短情长的感觉。"子不我即"，正是对上文"其人甚远"的一个呼应和说明。"子不我即"，也许并不是他真的不想来找她，但不管怎么样，不管是不想还是不能，甚至是不知，结果是一样的"子不我即"，是他最终没有来，在她的感受中，这是多么令人沮丧的事啊——但是话说出口却显得有些平淡。《王风·大车》同样是写男女之情，有"岂不尔思？畏子不敢""岂不尔思？畏子不奔"的句子，与"岂不尔思？子不我即"的表达相比，形似而神不似，前者热烈、放纵而近于挑逗和调情（虽然其实是自说自话），后者则含蓄平淡而有低回之思。这首诗上下两章的后面两句，表情达意，皆若喃喃自语，读来更平添了不少低回沉思之意。若作男女对答之词，则读来不免顿觉无味，破坏了文本所营造的宛转低回的语境。

从以上的解读中可以看出，上下两章原本是一意贯通的，应该理解为同出一口，如此则上下两章互相补充、互相照应，情景的表达才更完足，而且也体现了章法构思上参差映衬的好处。很多人主张看作男女对答之词，则不免将原本上下贯通的意脉拦腰截断，看起来更热闹，却是对艺术完整性的破坏。为什么有那么多人主张看作对答之词？我猜想有这么几个原因：一是对现代民歌对唱形式的过度联想，认为这么读就是以今证古，以古证今，显得既有学术性又有现代感；二是认为看作对答之词，显得更丰富、更热闹、更活泼有趣；三是看到了"岂不尔思"的"尔"和"子不我即"的"子"，就以为是对答之词，很多人解释《诗经》中类似的文本（比如《唐风·绸缪》，有"子兮子兮，如此良人何"之句）都说是对唱。实际上，"岂不尔思""子不我即"完全是自言自语式的表达，是内心的独白，而不是对话。前面提到的《王风·大车》，显然也不是对唱的。不过，归根结底，这种误解的根本原因是缺乏对语言艺术的感受力。在此不妨举一个例子来看看，下面是新出的一个《诗经》注本（刘毓庆、李蹊注本）对《东门之墠》的解读，我抄录其中的一段：

这首诗两章的结构是比较特殊的。看起来像是一个人自言自语，但"自语"与"与人语"的结构形式是不同的，这首诗乃是由男女对唱的演唱形式造成的。一章似为男词，似怨；二章当为女词，似谑。男子由茹藘起兴，表示了对女子的美慕之情。女子则以思家室作答，表示自己正期待着男子的爱情。可以看出这男子是老实的，他只是望室思人，而不敢采取行动。而女子则是以逸待劳，她暗示男子：勇敢些，来吧，我等着你呢。这是蓄之已久的爱情之火的喷吐，也是追求幸福生活迈出的勇敢的一步。此诗与《大车》诗意颇为相似。清牛运震《诗志》云："意中遥拟，指日其人，恍如觌面呼，则切言之曰子。始而若自语，既而如与人语也。甚矣，思之妙也。"这个理解也很有意思。

到处都是这种令人沮丧的解读。作者认为应该看作男女对答之词，和这种误解相适应的正是一种撒娇卖弄式的解读，这种本质上由于无知无觉而造成的解读，给诗歌涂抹了浓厚的劣质脂粉，让诗歌失去了本色，也失去了生命，是对文本肆意的扭曲和践踏。令人惊异的是，作者所特别引用的清人牛运震的话，却是从女子之词的角度来分析诗意的，恰好与作者的理解相反，作者在引了之后还特别肯定牛氏的说法"也很有意思"——这正好充分说明了作者虽然说得煞有介事，却其实是毫无主见的。看一本书，你只要看到有这么一段文字，你就该知道整本书是怎么回事了。我们不妨再举一个例子。书中关于《东门之墠》的第五条注解，注释"践"的意思说：

《韩诗》作"靖"，训"宁静"，也有"思"意。此为双关语，表面上是说他有个完好、稳定的屋子（家室），实际上是说他应该有个稳定的家室，委婉地表明想成为他的家室（老婆）。或以为"践"当"整齐"讲（马瑞辰）。

解释一个"践"字，居然能读出一堆意思来（何况这个"践"字到底是什么意思也还不能断定）。说"靖"这个字，解释为"宁静"，又说"也有'思'意"，也是无中生有的解释。这样胡思乱想、无中生有的解释，读来使人觉得难堪。

读这首诗，很容易让人想起《论语·子罕》所引的逸诗以及孔子的评论："'唐棣之华，偏其反而。岂不尔思？室是远而。'子曰：'未之思也，夫何远之有？'"诗的意思是说："唐棣的花啊，翩翩然摇曳着。怎能不想你啊？只是你住得太远了。"诗也写得很有意思。"岂不尔思？室是远而"，与《东门之墠》中室迩人远的感叹不同，可谓相映成趣。"岂不尔思？室是远而"的意思，也许本来只是感叹住得太远，并非真的不想，可是孔子却说："那不是真的想啊，要不哪有什么远的呢？"《论语》中孔老师跟同学们谈诗，都是这种断章取义、连类引譬、借题发挥式的评论。

第五节　《陈风·月出》

这一节我们来看一下《陈风·月出》这首诗。

月出皎兮，佼人僚兮，舒窈纠兮，劳心悄兮。

月出皓兮，佼人懰兮，舒忧受兮，劳心慅兮。

月出照兮，佼人燎兮，舒夭绍兮，劳心惨兮。

这首诗字面的意思很简单，三章在字面上虽然有所不同，但是意思几乎是一样的。这种字面的变化主要是为了押韵，是变韵换字。《诗经》虽然不是格律诗，但是古人也注意到韵脚的字要有变化，否则读起来效果就不好了。当然，这种字面的变化，也是为了避免过于单调的重复。"皎""皓""照"，三个字写月色的皎洁明亮，意思完全一样。"僚""懰""燎"，意思其实也差不多，都是形容女子面容明艳姣好。"佼人"，就是"美人"，这个"佼"字，跟女字旁的这个"姣"字相通。"窈纠""忧受""夭绍"，意思也一样，都是形容女子体态的婀娜多姿，三个词都是叠韵的连绵词，而且三个词也是音近义同，读音相近，意思相同。"劳"是"忧"的意思，"劳心"就是"忧心"。"悄""慅""惨"，意思也相近，都是形容心忧不宁的感觉。这个写作"惨"的这个字，实际上应该是"懆"。在古代这两个字写法十分相似，字形十分相似，容易相混。绝大多数的人，在注解这些同义词、近义词的时候都过于拘谨，生怕这些词的意思是一样的，都要努力在词义上把它们区分开来，我觉得这实在不是聪明的做法。比如有的注本在注释中解释"窈纠"为"形容女子行走时体态的轻盈优美"，解释"忧受"为"形容女子行走时的舒迟婀娜"，解释"夭绍"为"形容女子体态柔美"（见赵逵夫选注的《诗经》），这样的解释显然很勉强，是吃力不讨好的事。"轻盈优美""舒迟婀娜""体态柔美"，是什么关系啊，又有什么不同呢？而且"行走时"三个字也是节外生枝，画蛇添足，词义本身看不出有包含"行走"的意思。

这里有两点我想特别说明。一是"窈纠"这个词，各种注本都认为"纠"的读音要读作"角"，这个词要读成"姚角"。我觉得在这里还是读作"鸠"好，按照普通话的读音来读就好了。一篇作品中，所有的字都照普通话读，只有一个字特别读成"古音"，没有必要，也不合适，除非这个字的读音有特殊的传承方面的原因。很多对语言没有感觉的人，都把"欲说还休""一樽还酹江月"的"还"，读成"孩"，把汉代官员级别的名称"二千石"的"石"读成"蛋"，却偏偏要把"远上寒山石径斜"

的"斜"读成"霞"，把"仁者乐山"的"乐"读成"要"，这是奇怪的事啊。第二点我想说的是，各章第三句的"舒"这个字，绝大多数人都看作形容词，解释为"舒缓"之类的意思，并引申出"安闲""娴雅"之类的意思。还有极少数的人认为"舒"在这里是发语词。"舒"解释为"舒缓"，是接受了《毛传》的影响。《毛传》解释"舒"和"窈纠"说："舒，迟也。窈纠，舒之姿也。""迟"就是迟缓、纡徐的意思。实际上，这么解释，"舒"就跟后面连在一起的形容词"窈纠""忧受""夭绍"意思重复了，这三个词都有"舒缓"的意思——《毛传》说"窈纠，舒之姿也"，其实就是用"舒"来解释"窈纠"了，把"舒"看作"窈纠"的同义词了。显然，一个单音节的形容词跟一个双音节的形容词，连缀成文，叠加在一起，意思又重复，从文法和语义上看都有毛病。《毛传》说"窈纠，舒之姿也"，那么，照《毛传》的意思，"舒窈纠"就要翻译为"舒缓的舒缓的姿态"。这是不通的话。那么，这里的"舒"是什么意思呢？"舒"就是"舒展""伸展"的意思。"舒窈纠"的意思就是"舒展着婀娜的身姿"。这么解释十分顺当自然。《说文》云："舒，伸也"；《广雅》云："舒，展也"。"舒展""伸展"正是"舒"字的常见义，为什么就弃而不用了呢？

前面我就《陈风·月出》这首诗字面的意思做了说明和解释，下面我们来分析这首诗。余冠英的《诗经选》，在解题中对这首诗的大意有一个比较简明、准确的概括，我们不妨把这个"解题"转引在这里，他是这么说的："这诗描写了一个月光下的美丽女子。每章第一句写月色，第二句写她的容色之美，第三句写行动姿态之美，末句写诗人自己因爱慕彼人而悄然心动，不能自宁的感觉。"这首诗写了一个月下美人，表达了诗人的赞叹、思慕之情，这种令人销魂的美，给诗人带来了深长的忧伤。以后我们凡是讲这种以第一人称口吻写的诗，我们就都直接用"诗人"来指称抒情主人公吧。这是一首奇异的诗。每一章第一句写月色，第二、第三两句写美人。怎么写月色和美人的呢？其实什么都没写，只有赞叹，带着惊奇和迷醉的口吻。"月出皎兮，佼人僚兮，舒窈纠兮"，这脱口而出的诗句，是发自心底的、接近无声的赞叹。一连三个句子，一气贯通，这接二连三的赞叹，足以摇荡人心，令人销魂。第一句"月出皎兮"，可以说是赋而兴，既是赋又是兴，一方面是写眼前真实的月色，这是赋；另一方面，也可以说是触物起兴，由月及人，由赞叹月色的美引起下文对美人的赞叹，月与人的美于是浑然融为一体，这是兴。第二、第三两句赞叹美人的容色与体态之美，写的只是印象和感觉，却能勾魂摄魄，传神写照，使人想见她的光彩。写女人的美，可以有不同的写法，但写好并不容易。《卫风·硕人》是这么写卫庄公夫人庄姜的美貌："手如柔荑，肤如凝脂，领如蝤蛴，齿如瓠犀，螓首蛾眉。巧笑倩兮，美目盼兮。"描写她的美是这样的：手像白茅的嫩芽，皮肤洁白像凝结的油脂，脖子像一种白色的虫，牙齿像葫芦瓜的籽，额头方方的像蝉的额头，眉毛像蚕蛾的触须。笑容很美，眼睛黑白分明，顾盼流光。这是写美人的名篇佳句，也的确写出了特色，主要是用工笔描摹的笔触，用类似于汉赋的那种铺张的写法，写美人的容貌，形容备至，颇有质感。但我觉得，写得特别好的是，在于一连串的比喻之后，突然抛弃了比喻，出现了最后两个白描的句子，换了一副笔墨，连句式也随之改变，变为感叹句，写得真是变幻莫测，夭矫多姿——"巧笑倩兮，美目盼兮"，写得好啊，真是画龙点睛之笔，有了这两句，前面的一连串的描写，那些比喻就都成了铺垫。但这是一种旁观者的眼光，从旁观者的眼里看一个美人。《陈风·月出》则不同，这个美妙的"佼人"，是从一个醉心忘情的恋人的眼中看出来的，所以，所有的描写仿佛都是多余的，于是只剩下了感觉，只剩下了无声的赞叹。

这首诗写美人，先从月色写起，而且用的是跟写美人一样的语言，一样的句式，一样的赞叹。虽然只有短短的一句诗，却写得情景俱在，感觉都胜过了一篇《月赋》。诗人将月和人并置，连在一起赞叹，在诗人的眼中，这皎洁的月光，和他心目中的美人一样，令人迷醉，令人赞叹。也许，一个对月光视而不见的人，他也看不到女人的光彩——在这首诗中，月光与美人正是彼此交融，相映生辉。从本质上来说，造化之所生的人体也是大自然的一种产物，就其最深的本质意义而言，一个女人的美和一棵树的美是一样的。树之所以有大美，是因为它生长在日月之所照临的天地之间，我们在它身上可以看见日月的光辉，可以听见风雨的吟啸，可以看到无限的风光。其实人也是如此。一篇《陌上桑》，开篇"日出东南隅，照我秦氏楼"两句，在我看来，最是必不可少的要紧的句子。朝阳初上，耀眼的光辉映照在楼头——正是在辉煌的日色映照之下，展现出罗敷闪光的形象。我最近常常想起阮籍的《咏怀诗》第十四首："开秋兆凉气，蟋蟀鸣床帷。感物怀殷忧，悄悄令心悲。多言焉所告，繁辞将诉谁？微风吹罗袂，明月耀清辉。晨鸡鸣高树，命驾起旋归。"在这首诗中，我看到了什么呢？看到了绝望之余的飞翔，仿佛只因为有了明月清风的照拂，你就不会在绝望中沉沦。我们应该感谢宽宏大量的造物者，不但给世界创造了太阳，而且还创造了月亮，使我们在黑夜里可以看到神奇的光辉，可以看到尘世的奇迹。顾城说，女人是唯一看得见的神。《陈风·月出》这首诗写月下美人恍若神女，全篇都是感叹句，带着惊奇的口吻，重复着简单的句子，喃喃自语，有如祝咒，仿佛是祭神的歌曲。陈国与楚国相邻，其俗与楚相近，亦好巫觋，盛行巫风。《陈风·月出》这首诗与屈原的《九歌》有十分相似的气质，带着南方诗歌特有的哀怨、绮靡的情调和迷幻的色彩。

这首诗每章前三句，带着惊奇赞叹的语气，写月色与美人之美。第四句忽然转折，从惊奇赞叹直接跌入了忧伤，读来有梦断魂惊之感，使人为之怅然不已。读到最后这一句，我们才恍然有所感悟，才发现原来在忘情的赞叹之中已然潜藏着内心的忧伤。"劳心悄兮"，短短的一个感叹句，读起来却有长言咏叹的意味，有一种特别深长的意味，加上三章的重声叠唱，反复歌咏，十分深切地抒写了相思的忧伤。

这首诗在艺术形式上颇有奇特的表现。第一是用字、用词很特别。"僚""懰""燎"，"窈纠""忧受""夭绍"，还有"佼人"，这些新鲜生涩的词用来写美人，在《诗经》中绝无仅有，能给人带来特殊的陌生感。宋人吕祖谦《吕氏家塾读诗记》说："此诗用字螫牙，意者其方言欤？"他认为这首诗用字生涩，可能是保留了陈国方言的特点。《诗经》经过王朝乐官的润饰和整理，从文字上看，十五国风的差别已经不大，地域色彩并不明显，但可能也还保留了一些地方的特点。牛运震《诗志》则说此诗："极要眇流丽之体，妙在以拙峭出之，调促而流，句整而圆，字生而艳，后人骚赋之祖。"我特别有兴趣的是，他说到"字生而艳"，可谓别有会意，说得特别有感觉。这些生涩的词用来形容美人，它们所带来的新鲜感，能给人一种"艳"的感觉，更能显示美人的光艳，读来使人有"惊艳"之感。本来"鲜"和"艳"就是连在一起的，新鲜的事物，往往能给人"艳"的感觉，所以有"鲜艳"这个词。第二是句法的变化。姚际恒《诗经通论》说："每章四句，又全在第三句，使前后句法不排；盖前后三句，皆上二双也。后世律诗欲求精妙全讲此法。"他的意思是说，这首诗每章四句，只有第三句句法与前后另外三个句子不同，这就在排比的句式中显示出变化。第三句句式的变化，改变了前后三个排比的句式。除了第三句，其他的三个句子，都是上二字成双的音节，除掉句末的语气词"兮"字，都是上二下一的节奏，比如第一章第一句要读作"月出——皎（兮）"；而只有第三句，是上一下二的句式，比如第一章第三句要读作"舒——窈纠（兮）"。这种句法的变化，能给行文和情感的表达带来波澜，这个变化出现在第三句，又似乎预示着最后情感的转折，仔细想来，真可谓是神来之笔。第三是声韵之美。这首诗在声韵上的表现可谓绝妙。全诗句句押韵，举第一章为例，韵脚是"皎""僚""纠""悄"。除了韵脚之外，"佼人"的"佼"，"劳心"的"劳"，也跟韵脚叶韵。此外，还有出现在韵脚的叠韵连绵词。而且这三章叶韵的字，在上古音属"幽"部和"宵"部，这是相邻的两个韵部，音韵相通，可以通押，所以从押韵的角度来说，这首诗可以说是一韵到底。所以从整首诗来看，这首诗读来，真是回环缭绕，特别具有声韵上的美感。此外，诗中三个形容忧思的词，"悄""慅""懆"，不仅叶韵，而且同声，声母相同，古音同属清母。这三个字，声情相通，读起来是嘈嘈切切的齿音，有助于表达愁惨骚屑的情思。第四是每一句以语气词"兮"字收尾。这种写法在《诗经》中也颇为罕见，可以说是奇文。"月出皎兮，佼人僚兮，舒窈纠兮，劳心悄兮。"读来真是一唱三叹，余音绕梁。这种效果，就全靠这一连四个的"兮"字了。从某种意义上说，这个"没有实际意义"的虚词，给这首诗歌带来了生命——没有了这个"兮"字，它还能够算是诗吗？《吕氏春秋·音初》篇载有一首一句之歌，那就是《候人歌》，就这么一句："候人兮猗！"传说大禹娶涂山女为妻，省视南土，久而不归，涂山女就唱出了这支歌，表达她望夫归来的心情。这首歌只有四个字，"候人"就是"等人"的意思，"兮"和"猗"读音相近，是语气词。这一首歌全靠后面这两个字相连语气词，才取得了特殊的抒情效果，才有了诗歌的意味。《吕氏春秋》说《候人歌》"实始作为南音"，照这么说，它就是产生于我国南方的最古老的情诗。这个"兮"字，古音读作"啊"。我们应该俯身向这个"啊"字稽首致敬，这是人类最初发出的"元音"，一切伟大的诗歌，都起源于这一个能使人心颤动不已的永恒的声音。

第六节　《陈风·泽陂》

今天我们来讲《陈风·泽陂》这首诗。

彼泽之陂，有蒲与荷。有美一人，伤如之何！寤寐无为，涕泗滂沱。

彼泽之陂，有蒲与蕳。有美一人，硕大且卷。寤寐无为，中心悁悁。

彼泽之陂，有蒲菡萏。有美一人，硕大且俨。寤寐无为，辗转伏枕。

我们先来看一下诗的字面意思。"泽"，是湖沼、池塘或者湿地。"陂"在这里的意思是指水边，水的边际就是接近陆地的地方。现代注家大都直接把这个"陂"字解释为"堤岸"，马马虎虎也可以算是对的吧。"陂"这个字有"堤岸"的意思，但在这里是泛指水边，不是所有的水边都有堤岸。"蒲"，是蒲草，就是香蒲。"有美一人"，照大家的意思，一般都翻译为"有一美人"。有的注本说"有美一人""等于说'有一美人'"，说"等于"就更不对了，"有美一人"，特别强调的是"有美"，尤其强调的是"美"。"有"是形容词的词头，带有强调后面形容词的意思。所以严格说来，"有美一人"不是"有一美人"，而是"一人有美"，是赞叹一个人"有美"。"有美"，意思差不多就是"真美"。所以，说"有一美人"，意思就平淡多了。"伤如之何"，意思很明白，意思就是"忧伤得不知道该怎么办"。《郑笺》说："伤，思也。我思此美人，当如之何而见之也。"这个解释是不对的，但到现在还一直有人引用。"伤"解释为"思"，然后更进一步解释句子的意思为：我想这个美人，该怎么样才能见到她呢？这完全是添枝加叶，把一个四言的句子硬生生拆作两个句子，而且必须给原文增加词语，才能勉强把这个解释说通。这就是增字解经，增字解经原本是注家之所忌，是要尽可能避免的事。诗句的本意跟"怎么样才能见到她"毫不相干，哪有"如之何而见之"的意思？即便"伤"可以解释作"思"，这样的解释，相对于原文来说，也是完全说不通的，是无中生有。汉代的经师，专攻章句之学，解释词语是他们的专长，但实际上不见得精于此道，他们解释词句往往随意发挥，有各种莫名其妙的曲解，有时感觉都跟现在的那些没有古汉语基础、不知句读、不通文法的国学专家差不多。我看今人的著作，只要引用未经他人点校的文言文，往往断句都有很多问题，如果是他们亲自动手"整理古籍"，点校古书，那就是古籍的不幸了。再说，"伤"也不能解释为"思"。《尔雅·释诂》也说："伤，思也。"实际上，"伤"没有"思"的意思，虽然"忧伤"也可以说是一种"思"，一种"情思"，所以有"忧思"这个词，但那是另一回事，你不能说"伤"是"思"的意思、是"想"的意思。晚唐诗人温庭筠的名作《商山早行》，有"客行悲故乡"之句，这个"悲"字，也常常被人解释为"思"，而且还引《汉书·高祖本纪》"游子悲故乡"的话来作为佐证。其实"悲故乡"，是"为故乡而悲伤"的意思，"客行"的"游子"因为离开故乡而悲伤，这种悲伤中当然包含了对故乡的思念，所以，"悲故乡"就其大意而言，也可以说是"因为思念故乡而悲伤"，但是"悲"本身不是"思"的意思。朱熹《诗集传》解释第一章"有美一人"以下四句说："有美一人而不可见，则虽忧伤而如之何哉，寤寐无为，涕泗滂沱而已矣。"他的说法也很奇怪，把"伤如之何"解释为"虽然忧伤却又能怎么样呢"，而且更与下面两句直接联系在一起，把"寤寐无为，涕泗滂沱"这两句理解为对"如之何"的直接回应。朱熹的意思是说：虽然忧伤却又能怎么样呢——只有"寤寐无为，涕泗滂沱而已矣"。我们在前面已经说过，"伤如之何"，就是"忧伤得不知道该怎么办"的意思，如果直译就是"忧伤得怎么办啊"，也就是忧伤得受不了的意思。"如之何"是补语，说明"伤"的程度和状况。朱熹注释经典，常常脱离文本随意发挥，这样的解释一方面割裂了词句，跟《毛传》一样，把句子强拆了，另一方面又穿穴组织，强行把上下文按照他臆想的逻辑关系串在一起。有人大概是受了他的影响，把"伤如之何"这个句子翻译为"除了忧伤能有什么办法"，这就更离谱了。"寤寐无为"，"寤"是醒着，"寐"是睡着，"寤寐"组成一个词，在这里偏指"寤"，这个句子的意思是说，不论是醒着还睡觉，都无所事事，什么事都做不了，有一种魂不守舍，不知所措的感觉。"涕泗滂沱"，现在是一个成语，"涕"是眼泪，"泗"是鼻涕，"涕泗"组成一个词，也是偏指"涕"的；"滂沱"本来是形容雨大，这里借来形容泪如雨下的样子。说到这里，我们先把第一章的大意串讲一下。这一章的大意是说：那池塘的边上，有蒲与荷；那个人真美啊，让我忧伤得不知道该怎么办；我整天不知所措，忍不住泪如雨下。

从第一章就可以看出，这是一首忧伤的恋歌。《毛诗序》解释这首诗的主题说："刺时也。言灵公君臣淫于其国，男女相说，忧思感伤焉。"从这首诗的本文来看，一点也看不出有"刺时"的意思，看不出有什么讽刺时俗的意思，而且陈灵公君臣的淫乱，与诗中所写的"男女相说，忧思感伤"的内容也没有什么关系。如果只截取"男女相说，忧思感伤"这句话，那么《毛诗序》对于这首诗主题的说明还是对的。孔颖达的《毛诗正义》更进一步发挥说："止举其男悦女，明女亦悦男，不然不得共为淫矣。"他说，这首诗虽然只是单方面举出男人喜欢女人的事，但是也可以说明女人也喜欢男人，要不然就不能"共为淫"，不能一起"做坏事"了。这样的话感觉像幼儿园小班的同学说的，听起来令人失笑。我在这里随手顺便举了《毛诗序》《郑笺》《毛诗正义》《诗集传》关于这首诗的一些解释，这些具体的解释，有的对现在的人还有影响，有的已经影响不大了，我在这里特别想借此说明的是，理解的困难，或者说阐释的困难。这些都是最权威的解释，却是笼照在文本上面的迷雾。

下面两章的大意跟第一章差不多，我们简单说明一下。第二章"有蒲与蕑"的"蕑"是兰。第三章的"菡萏"，是荷花的别名。这首诗写到的蒲、荷、兰，都是水生的植物。第二章"中心悁悁"，"中心"就是"心中"，"悁悁"是心情郁闷的意思。第三章"辗转伏枕"，是写心中烦忧，辗转无眠，翻来覆去睡不着觉。这下面两章，写到这个所思之人的形象是"硕大且卷""硕大且俨"。"硕大"是形容身材高大。这就涉及一个问题，这个人，这个所思之人是男人还是女人？换句话说，这首诗写的是男思女还是女思男？这个问题现在比较难确定。从现代汉语的语境来看，一般不用"硕大"这样的词来写女人，更不会用来形容心爱的女人，但是在《诗经》中，"硕人"这个词，可以指男人，也可以指女人。在《邶风·简兮》中是用来指男人的，在名篇《卫风·硕人》中却是用来指女人的——指卫庄公美丽的夫人庄姜，而且诗中写道"硕人其颀""硕人敖敖"，还特别强调她身材高大的美。此外，《小雅·车辖》中也称身材高大的美人为"硕女"。这里我们暂且听从大多数古人的看法，把这个所思之人看作女人，那么这首诗写的就是男思女。应该说，美人也的确可以是身材高大的，欧美的白种女人中就有很多美丽的"硕人"。相对于现代人，对于生产力低下而且更容易被疾病和死亡所困扰的古人来说，身材"硕大"健美的女人，无论从健康或者生殖的角度来看，也许都更容易引起人们的美感。《诗经》中的"硕人""硕女"这样的词，本身就含有赞美的意思。"硕大且卷"的"卷"，《毛传》说"卷，好貌"，"好貌"就是美好的样子；这个"卷"跟"娟"字相通，是形容女人长得好看。从这个"卷"字来看，诗中写的这个"硕大且卷"的人也更像是女人。古今有不少人主张这个"卷"字，应该解释为形容鬓发的美。这么解释，是认为"卷"跟"鬈"相通，这大概是受了《齐风·卢令》"其人美且鬈"这句诗的影响，不过"其人美且鬈"的"鬈"是不是能照本字解释为发美，也是个问题。《毛传》和《郑笺》对这个"鬈"字有不同的解释，但都不认为是头发美的意思。不管怎么样，我觉得从语言的表达来看，这样写人，将硕大和发美这样不同类的词语并列在一起，显然是不够妥当的。我们一般也不会这么夸赞一个人，说她"身材高大而且头发很美"。而且，解释为鬓发美，跟下文的"硕大且俨"行文也不相称。"俨"是端庄的意思。

上面我们对《陈风·泽陂》这首诗字面的意思作了解释和说明，也顺便涉及一些误读的问题。下面我们来看看这首诗的情感内容和艺术上的表现。前面我们说过，这是一首忧伤的恋歌，写的是相思的忧伤，这种忧伤也许与失恋有关，至少是带着失恋的心情。《诗经》中有不少诗只是抒情没有叙事，或者很少叙事，很少对情感所涉及的事情有比较完整的叙述。《诗经》中的爱情诗往往更是这样，是单纯的抒情诗，只写悲欢苦乐之情，而不涉及具体的情事，不涉及具体的事件，前面我们讲过的《郑风》的两首诗《风雨》和《东门之墠》，就都是这样的。这首诗也是这样。我们只看到他相思的忧伤和痛苦，但是对于他们的关系和具体的情况可以说是一无所知。我们根本不知道，这个可怜的男人，是因为被抛弃而痛苦，还是只因为"求之不得"而悲伤，或者是另有缘由，总而言之，是他的爱情出现了难以克服的障碍。既然作者没写，我们也就不必枉费心思，去做过多的猜想。这首诗三章，每章六句，内容大致相似。第一章没有写到这个美人的形象，后面两章写她的形象是"硕大且卷""硕大且俨"，这是一个身材比较高大的美人，模样美好而又端庄。后面两章重复写到她的形象，与上一句"有美一人"的反复咏叹结合在一起，更加突出了这个女人美好的形象。对于抒情主人公来说，或者干脆说对于诗人来说，这正是一个占据了他的心、迷住了他的魂的、使人念念不忘的形象。诗的三章都有"寤寐无为"一句，写出了相思的难堪，只有带着失恋的心情，深深地陷落在相思的痛苦之中的人，才会有这种失魂落魄、什么事也做不了的感觉。第一章在"寤寐无为"之后，紧接着是"涕泗滂沱"一句，这真是伤心语，读来使人黯然。这一句接得似乎有点突然——怎么突然就哭出来了？人在伤心欲绝的时候，就会突然哭出来，而且哭得如此不能自持，以至于泪如雨下，"涕泗滂沱"。有了这个句子，下面两章的抒情，"中心悁悁""辗转伏枕"，就显得有点多余了，虽然"辗转伏枕"一句，也写得情景真切，写出了忧思愁苦、辗转无眠的况味。汉末秦嘉的《赠妇诗三首》写离别相思之情，其一也就是第一首中有这样的句子："长夜不能眠，伏枕独辗转"，直接借用了"辗转伏枕"这个句子，写得情意缠绵，也不失为好句子。其实这首诗的第一章是写得最好的。"有美一人"后面紧接着就是"伤如之何"，看起来很不连贯，没有任何的过渡，但好处正在这里，这种不需要过渡的突如其来的悲伤，读起来让人有心悸的感觉——仿佛那女人的美就能直接引发人的忧伤，只要一念所及，便能使人悲从中生，不能自已。在突如其来的悲伤的袭击之下，绝望的人禁不住泪如雨下，由此引出"涕泗滂沱"，可以说是水到渠成，顺理成章。这第一章，写得最是情深意苦，辞简而哀。

关于这首诗，我最想讲的，最有兴趣的是它每一章开头的"兴"。因为三章开头的"兴"内容都差不多，我们在此就以第一章为例来作一点说明。"彼泽之陂，有蒲与荷"，这样的"兴"最难讲，因为它涉及人心与外物、人心与自然的深微的关系。在有的人看来，这样的"兴"似乎可有可无，没有什么意思，似乎只是起到发端的作用，它与引起的"所咏之词"——"有美一人，伤如之何"，似乎也没有什么关系。但在我看来，这种"兴"的好处，正在于它与"所咏之词"的关系是若即若离的。因为若即若离，所以不是直接的关联和比附，而是触发联想，感发意志，并且给想象留下了空间，使语言的表达更有张力。这是《诗经》的魅力，与汉魏以后的比兴不同。"彼泽之陂，有蒲与荷"，这是最平实、最朴素的词句，没有夸饰，没有描摹，更没有借景抒情，却是最好的句子，它展示了世界本来的面目，唤醒了我们对大自然最初的斑斓的记忆，而当它们，这水以及水边花草，与一个美丽的女人以及爱的忧伤并置在诗行中，这爱的忧伤连同所爱的女人，便在自然的映照之下焕发了光彩。在我看来，这开头两个看似无关紧要的句子，是诗中最不可缺少的句子。这水边的花草装点了我们眼里的世界，也装点了我们的感情，因为有了它们，我们的爱与哀愁才如此美丽动人，才值得诗人反复歌咏。如果没有这开头两个起兴的句子，这首诗就会与虎豹失去了皮毛一样，失去了光彩。"彼泽之陂，有蒲与荷"，可以说是兴而比，是兴中带比。一方面，是触物起兴，在自然的印象中展现爱情，那水边寂寞的鲜花芳草于是与爱的忧伤以及所爱的女人联系在一起；另一方面，正是在这种映衬与联系之中，那水边的鲜花芳草乃至水本身，与"有美一人"便有了模糊的比的关系。这种比是一种模糊的映照，在本质上体现了人与物质世界深层的关系，也显示了《诗经》深沉浑朴的艺术境界。这种比不是表面上的比附，不是《郑笺》所认为的那样，是以蒲喻男，以荷喻女，是"蒲以喻所说男之性，荷以喻所说女之容体"。从《诗经》的整体情况来看，《郑笺》想入非非的理解，不符合《诗经》比兴的实际情况。《郑笺》的这种理解，给具有"现代意识"的现代人带来了某种"启发"。闻一多就认为，《诗经》中反复出现的"山有……，隰有……"的句式，比如"山有扶苏，隰有荷花"（《郑风·山有扶苏》），"山有榛，隰有苓"（《邶风·简兮》），都是有关两性的隐语。他说这种句式凡是"以大木小草对举的"都是性的隐喻（见其所著《风诗类钞》）。他的看法，也不符合《诗经》的实际情况，这里暂且不论。倒是可以顺便一提的是，闻一多《风诗类钞》认为，《陈风·泽陂》这首诗是："荷塘有遇，悦之无因，作诗自伤。"他的这个说法，也颇有影响，照他这么说，"彼泽之陂，有蒲与荷"，就不是比兴，而是纯粹写实的"赋"了。这么读，诗就没什么意思了，而且也不符合《诗经》的修辞特点，脱离了《诗经》的语境。照他的说法，"关关雎鸠，在河之洲。窈窕淑女，君子好逑"，那就是"河边有遇，悦之无因"了。《诗经》中的"兴"往往写得像"赋"，虚拟的表达看起来有点像写实，我们对此要有应有的认识。我手头有几本今人所作的《诗经》注本，其中多半是把"彼泽之陂，有蒲与荷"看作写实的，看作"赋"。对于缺乏诗歌艺术感受力的人来说，把"兴"读成了"赋"，是一件既省力又方便的事。《陈风·泽陂》这首诗的起兴，让我想起了《邶风·简兮》的最后一章：

山有榛，隰有苓。云谁之思？西方美人。彼美人兮，西方之人兮！

写得真是太好了。写的也是相思爱慕之情，只是这里的"美人"是个男人，诗写的是女思男。"山有榛，隰有苓"，托物起兴，也是写得像废话，却能因此唤起美好而又渺远的情思。隰，是低湿之地，榛是一种树，苓是一种草。"云谁之思？西方美人。"想的是谁啊？是那西方的美人。这是自问自答，自言自语，传达的是兴奋和痴迷的心情。诗中的女人爱上了一个来自"西方"的男人，一位舞蹈家。这"西方"大概指的是秦、晋等卫国西边的国家（大家要知道《邶风》其实也是卫国的歌曲）。最神奇的是最后两句："彼美人兮，西方之人兮！"那美人啊，西方的人啊！这是纯粹的废话啊，却是绝妙好辞，在脱口而出的感叹中，表达了赞叹不置、惊喜莫名、意乱情迷的爱慕之思。

我年轻的时候写过一首诗，题目就叫《泽陂》，在这一节课的最后，我念给大家听一下：春有桃花夏有荷，泽陂底事泪滂沱？美人芳草无穷意，今日相逢恨最多。这首诗化用了《陈风·泽陂》的诗意，在某种意义上，也反映了我对《陈风·泽陂》的理解。

第三讲　曹操和曹植的两首诗

第一节　曹操《短歌行》（上）

这一讲我们要分别讲曹操和曹植的一首诗，今天我们先来讲曹操的《短歌行·对酒当歌》这首诗。曹操（155—220），字孟德，小名阿瞒，沛国谯（今安徽亳州市）人，出身于宦官家庭，因参与镇压黄巾军有功而发迹起家。建安元年（196）曹操迎汉献帝迁都许昌，先后消灭各地割据势力，实现了北方的统一。曹操官至大将军、丞相，建安十八年（213）被册封为魏公，二十一年（216）被册封为魏王。曹操死后，曹丕代汉，追尊其为武皇帝，故世称"魏武帝"。

曹操的诗今存二十余首，全部是乐府诗。《三国志·魏志·武帝纪》注引《魏书》曰："及造新诗，被之管弦，皆成乐章。"可见他熟悉音乐，受汉乐府的影响甚深。他现存的诗，都用汉代乐府旧曲，风格古朴质直，带有民歌色彩。他的诗颇有伤时悯乱之作，深刻地反映了汉末战乱的现实和人民的苦难。

面对《短歌行》这首诗，有时我会失去解读它的勇气。我必须面对各种误读和曲解，这些误读和曲解，历时既久，早已深入人心，甚至已经成为定论。这是中国诗歌史上最有名的、流传最广的诗篇之一，但是现在就我所能看到的，可以说真正读懂它的人很少。我现在要来解读它，必须鼓起一点勇气。我们来把这首诗读一遍：

对酒当歌，人生几何！譬如朝露，去日苦多。
慨当以慷，忧思难忘。何以解忧？唯有杜康。
青青子衿，悠悠我心。但为君故，沉吟至今。
呦呦鹿鸣，食野之苹。我有嘉宾，鼓瑟吹笙。
明明如月，何时可掇？忧从中来，不可断绝。
越陌度阡，枉用相存。契阔谈䜩，心念旧恩。
月明星稀，乌鹊南飞。绕树三匝，何枝可依？
山不厌高，海不厌深。周公吐哺，天下归心。

　　《短歌行》，是乐府题名，属于乐府《相和歌·平调曲》。曹操的《短歌行》今存二首，本篇原列第一。这首诗的写作时间一向没有定论，从篇末以周公自比的语气来看，至早也应该作于建安十八年（213）被册封为魏公之后，从诗中整章直接引用《小雅·鹿鸣》的诗句来看，更有可能作于建安二十一年（216）被册封为魏王之后。如果我的推断没有错，那这首诗就是写于作者去世前三四年之内。关于这首诗，我们首先必须明确，这是一首写宴会的游宴诗。游宴是当时流行的题材，是建安诗歌比较突出的内容之一。《文心雕龙·乐府》篇，就把三曹乐府诗归为"述酣宴"和"伤羁戍"两类。刘勰所说的"述酣宴"，指的就是当时流行的游宴诗。因为作者本人就是宴会的主人，所以，从作者的角度来说，也可以说这是一首宴宾客的诗。整首诗写的显然就是宴会的情景和感受。北大中文系编的《魏晋南北朝文学史参考资料》（上册）引清人朱嘉徵《乐府广序》云："短歌行，歌对酒，燕雅也"，并且解释说"他认为这是用于宴会的歌辞，是可信的。"余冠英先生《三曹诗选》也说："这一篇似乎是用于宴会场合的歌辞。"这么说其实有待商榷，他们的意思也许是想说，这是写宴会的歌辞，但是却说成是用于宴会的歌辞，写宴会跟用于宴会是两回事。《魏晋南北朝文学史参考资料》说"是可信的"，余先生说"似乎是"，可见对于这是一首游宴诗这一个明显的事实，大家还不是十分确定。这首诗一共三十二句，每四句一转韵，也就是四句押一个韵，而且跟四句一韵相配合，是四句一意，也就是四个句子表达一个相对独立的、完整的意思，所以这首诗在结构上，就自然分成了相互关联的八章。因为汉魏乐府都是配乐演唱的歌词，所以从音乐的角度来看，八章也可以称为八解。下面我们就来逐章讲解这首诗。

　　第一章："对酒当歌，人生几何！譬如朝露，去日苦多。"这一章的意思是说，人生苦短，所以对着酒就应当唱歌，应当酣饮高歌。发端"对酒当歌"，写来便有情不自禁的感觉，接着一个反问句，带着感叹的语气，延伸了上一句情不自禁的感觉，直接抒写人生苦短的感慨。"人生几何"这一句，从情感内涵到语气，都是对开头这一句最恰当的呼应。一方面是因为人生苦短，所以应当酣饮高歌；另一方面，却正是在酣饮高歌之际，意识到欢会苦短，良辰易尽，更加深切地意识到人生的短暂。"譬如朝露，去日苦多"两句，上承"人生几何"一句，补足人生苦短之意，把人生苦短的意思写的更加充分和完整，写来颇有有余不尽之意。"去日苦多"，其实就是"来日苦少"的意思，换句话说就是"人生苦短"的意思，感叹已经过去的日子苦于太多，就是感叹人生苦短。陆机模拟曹操《短歌行》的同题之作，有"来日苦短，去日苦长"的句子，就是从"去日苦多"一句生发变化出来的。一般人的注解，往往被字面的意思所拘束，对于这一点"言外之意"似乎理解得不够清楚。比如余冠英《三曹诗选》注释说："这两句说人生本来很短暂，可悲的是逝去的日子又已甚多。"听起来好像"逝去的日子又已甚多"跟"人生本来很短暂"是两回事。人教版高中《语文》第二册，课文注释"去日苦多"一句说："苦于过去的日子太多了。有慨叹人生短暂之意。"其实不是"有慨叹人生短暂之意"，而是原本写的就是人生短暂的意思。

　　第一章"对酒当歌"这一句中"当"这个字，一般认为可以有两种解释：一种是解释为"对"的意思，认为"当"就是"对"的意思，"对酒当歌"就是"对着酒对着歌"的意思；另一种解释认为"当"就是"应当"的意思。照前一种解释，那么"对酒当歌"是对文，也就是对仗，借用后人谈论近体诗格律的术语来说，叫做"当句对"，也就是一句之中自成对仗，就这个句子来说就是"对酒"和"当歌"对仗。一般人大概觉得对仗总比不对仗好，至少显得很整齐，就像不识字的老阿婆看到字写得像算盘子一样整齐就觉得好看，所以赞同前一种解释的还比较多。而其他的人往往认为两种解释都可以通，实际上是无所取舍，比如叶嘉莹先生的《汉魏六朝诗讲录》就只是把两种解释都串讲一下。赞同前一种解释的，比如：余冠英的《三曹诗选》的注文说："'当'，义同'对'"；曹道衡、俞绍初的《魏晋南北朝诗选评》的注文说："与'对'意同，面对。一说作'应当'解"，是倾向于前一种解释；北大中文系编的《魏晋南北朝文学史参考资料》的注文说："'当'，门当户对之当。张正见《对酒》首句曰'当歌对玉酒'，与此意同。或以为'当'乃应当之当，亦可"，也是倾向于前一种解释。此外，人教版高中《语文》第二册，选了这首《短歌行》，注文直接说："当，也是对着的意思。"其实这里的"当"，只能是"应当"的意思。"当"虽然有"对"的意思，但是"当歌"解释为"对着歌"，不符合古人遣词造句的习惯，古人不会称"对着歌"为"当歌"，就像古人只说"对酒"，也不说"当酒"，"对酒"在古代是一个颇为常见的词，但没有人把"对酒"说成"当酒"。又好比我们会说"眼福"，但没有人会说"目福"，虽然"目"就是"眼"的意思。而且，"歌"怎么"对"呢？"歌"跟"酒"不一样，不是实物，在通常的表达中，"歌"是不可以"对"的。《魏晋南北朝文学史参考资料》（这是20世纪五六十年代编的一套好书）引了陈朝张正见《对酒》诗中的句子"当歌对玉酒"，来证明"当"是"对"的意思，但其实这个句子中的"当"不是"对"的意思，而是"应当"的意思。张正见《对酒》一诗是这么写的：

　　当歌对玉酒，匡坐酌金罍。

　　竹叶三清泛，蒲萄百味开。

风移兰气入，月逐桂香来。

独有刘将阮，忘情寄羽杯。

这首诗前六句都是对偶句，"匡坐"是"正坐"的意思，就是"正身而坐"的意思，"当歌"对"匡坐"，"歌"和"坐"相对，显然是动词，"当歌"不可能解释为"对着歌"，"当歌对玉酒"的意思是"应当唱着歌对着玉酒"。当然更重要的是，"对酒当歌，人生几何！譬如朝露，去日苦多"，只因为有了这个"当"字，这一连四个句子，读来才有慷慨悲歌的意味。这第一句如果理解为"对着酒对着歌"，那就是一落笔就先写了一个呆句，而且连累了后面三句，使第一章失去了原本所具有精神和意气。曹操《对酒》一诗虽然内容跟《短歌行》不同，但是诗的第一句说"对酒歌"，也是对着酒唱歌的意思（"对酒歌"的"歌"是动词，但是对于毫无语言素养、毫无语感的人来说，也可能把这个"歌"读作名词，把"对酒歌"解释为"对着酒和歌"）这样的表达原本比"对着酒对着歌"更符合语言和生活的情理。

第二节　曹操《短歌行》（中）

汉末魏晋之间的诗人，最爱用"朝露"来比喻人生的短暂，那带着幻灭感在晨光中闪烁的晶莹的露珠，大概给他们留下了难忘的印象。古诗《驱车上东门》云："浩浩阴阳移，年命如朝露"；秦嘉《赠妇诗·其一》云："人生譬朝露，居世多屯蹇"；曹植《赠白马王彪》云："人生处一世，去若朝露晞"，《送应氏·其二》云："天地无终极，人命若朝霜"；嵇康《五言诗·其一》云："人生譬朝露。世变多百罗"；张华《轻薄篇》云："促促朝露期，荣乐遽几何？"类似的句子可谓触目皆是。不过从这些相似的感叹中，我们更可以听到的是，一个战乱频仍、疫病流行的时代人们共同的心声。汉末魏晋之间，诗人的歌咏中充满了死生之感，因为对于他们来说，最触目惊心的大概就是无所不在的死亡了。他们的诗文也反复见证了那个丧乱时代的悲剧。很多年前我坐火车，在一个凌晨路过安徽的亳州站，听到车上的广播说"亳州站到了"，睡意朦胧之中，我就想起了一千多年前的那个"亳州"人——曹操，想起他写的一篇简短的公文《军谯令》：

吾起义兵，为天下除暴乱。旧土人民，死丧略尽，国中终日行，不见所识，使吾凄怆伤怀。其举义兵已来，将士绝无后者，求其亲戚以后之。授土田，官给耕牛。置学师以教之。为存者立庙，使祀其先人。魂而有灵，吾百年之后何恨哉！

这是建安七年（202）曹操打败袁绍、刘备之后，驻军故乡沛国谯县（今亳州）时所颁布的一道军令，命令抚恤阵亡将士的家属，为阵亡的将士立庙，为其家属从事生产、接受教育提供帮助。这是一个非凡的文学家写的一篇令人称奇的应用文，读来令人耸然动容。短短的一篇文章，体现了一个有理想的非凡的政治家的怀抱和性情。这是曹操给我留下印象最深的作品之一。其中"旧土人民，死丧略尽，国中终日行，不见所识"，寥寥数句，写丧乱之余故乡人物凋零、城市荒凉的情景，读来真是触目惊心。他的《蒿里行》中的诗句："铠甲生虮虱，万姓以死亡。白骨露于野，千里无鸡鸣。生民百遗一，念之断人肠。"写的也是触目惊心的丧乱的景象和诗人伤时悯乱的心情。曹植《送应氏·其一》云：

> 步登北芒阪，遥望洛阳山。
>
> 洛阳何寂寞，宫室尽烧焚。
>
> 垣墙皆顿擗，荆棘上参天。
>
> 不见旧耆老，但睹新少年。
>
> 侧足无行径，荒畴不复田。
>
> 游子久不归，不识陌与阡。
>
> 中野何萧条，千里无人烟。
>
> 念我平常居，气结不能言。

这是诗人眼里的帝都洛阳，是多么萧条、荒凉的景象。曹丕《与吴质书》云：

> 昔年疾疫，亲故多离其灾，徐、陈、应、刘，一时俱逝，痛可言邪？昔日游处，行则连舆，止则接席，何曾须臾相失！每至觞酌流行，丝竹并奏，酒酣耳热，仰而赋诗，当此之时，忽然不自知乐也。谓百年已分，可长共相保，何图数年之间，零落略尽，言之伤心。顷撰其遗文，都为一集，观其姓名，已为鬼录。追思昔游，犹在心目，而此诸子，化为粪壤，可复道哉？

书信中的这段文字，充满了死生亲故之感，读来使人为之黯然。信中说到的"昔年疾疫，亲故多离其灾，徐、陈、应、刘，一时俱逝"，指的是"建安七子"中的徐干、陈琳、应玚、刘桢都死于建安二十二年（217）的瘟疫。其实"七子"中的王粲也是死于同一年的瘟疫，不过徐、陈、应、刘是死在河南，而王粲是死在安徽。"七子"中除了孔融和阮瑀此前已经先死之外，其余五人，全都死于建安二十二年的瘟疫。死亡的事实是多么令人触目惊心。曹丕的《典论·论文》是论文之作，他在文章中说："盖文章，经国之大业，不朽之盛事。年寿有时而尽，荣乐止乎其身，二者必至之常期，未若文章之无穷。"说到文章的不朽，想到的却是人生的短暂，所以下文更有年命易尽的感恸之言："日月逝于上，体貌衰于下，忽然与万物迁化，斯志士之大痛也！"孔融的《论盛孝章书》，是写给曹操的一封信，请曹操援救友人，可是信的开头就说："日月不居，时节如流，五十之年，忽焉已至"，写的也是岁月易逝，年命倏忽之感。这种忧生念死的感叹，在汉魏之际诗人文士的作品中，真有下笔不能自休的感觉。

　　我之所以不惜"离题"、不惮其烦地举了这几个例子，是为了说明在建安前后那个时代，死生这个问题对于作家来说，的确是一个特别突出的敏感问题，死生之感牵动着他们的心思，形诸吟咏，见于文辞，便有不绝于耳的忧思感叹之音——而我特别要说明的是——诗人曹操也不例外。而且我还想借此说明的是，我们应该对汉魏之际那个丧乱的时代有所认识，这样我们才能对建安文学中如此突出的咏叹生死的主题有更深切的认识和理解。曹操的这首《短歌行》，第一章就带着情不自禁的语气，写年命无常、人生苦短的忧伤，写来颇有慷慨悲歌之意。这种忧生念死的嗟叹，既是那个时代共同的心声，也体现了不免一死的人心中永恒的悲哀、憾恨之情——这样的诗句因此也容易触动人心，引起共鸣。人生无常的感叹，其实可以说是当时游宴诗最常见的主题之一。《古诗十九首》中的《今日良宴会》一首，前半云"今日良宴会，欢乐难具陈。弹筝奋逸响，新声妙入神"，写宴会上顾曲赏音之乐，后半却忽而转出了"人生寄一世，奄忽若飙尘。何不策高足，先据要路津"这样感叹年命短促、人生失意的句子来；曹植的《箜篌引》，前半首写置酒高会："置酒高殿上，亲交从我游。中厨办丰膳，烹羊宰肥牛。秦筝何慷慨，齐瑟和且柔。阳阿奏奇舞，京洛出名讴。乐饮过三爵，缓带倾庶羞。主称千金寿，宾奉万年酬。"可谓极写宴饮歌舞之乐。而后半首却突发变徵之声，转出"惊风飘白日，光景驰西流。盛时不再来，百年忽我遒。生存华屋处，零落归山丘"这样令人心惊的忧患生死的哀叹；曹丕的《善哉行·朝游高台观》一诗，前面也是极写宴游之乐，后面却又忽然转出乐极生悲之感："乐极哀情来，寥亮摧肝心。"仔细想来，这及时行乐的背景，原本正是短暂无常而又充满忧患的人生，这转眼间就散去的宴会，岂不正是无常人生的缩影？转眼之间，曲终人散，一切复归于沉寂，那片时的欢乐，反而更映照出人生虚幻的面影。对于生活在丧乱之际的人们来说，这种生死忧患之感，更有摧人心肝的力量。《风俗通义》云："灵帝时，京师宾婚嘉会，皆作魁㲳，酒酣之后，续以挽歌。魁㲳，丧家之乐；挽歌，执绋相偶和者。"在宴请宾客乃至婚庆的宴席上，干脆在酒酣耳热之际直接就演奏用于丧葬的挽歌哀乐，在他们看来，似乎应该带着哀悼的心情，面对这眼前短暂的宴游之乐，在极端的行为中，反映了那个充满生死忧患的时代人们特殊的心理。从游宴诗的流行可以看出，当时宴游之风的盛行，曹操父子就是这种风气的倡导者。这种频繁的宴游，在某种意义上，乃是对充满生死忧患的人生的慰藉，正因为如此，在丝竹乱耳、酣饮高歌之际，能使人不禁"忧从中来，不可断绝"。嘉会良辰，原本就能触动人生无常的哀感，何况酒和音乐都能摇荡人心，往往更使人难以抑制心中的忧伤悲慨之情。诗的第二章，"慨当以慷，忧思难忘。何以解忧？唯有杜康"，正是紧接着第一章，写心中慷慨不平，难以排解的忧思。"慨当以慷"，就是"当慨而慷"，将"慷慨"二字颠倒间隔，是为了叶韵和写成四字句，所以"当以"这两个字在这里其实没有什么实际意义，也就是说，"慨当以慷"就是"慷慨"的意思。"慨当以慷"，在这里是形容心忧不平的感觉。"何以解忧？唯有杜康"两句，紧接在"慨当以慷，忧思难忘"两句之后，写忧思的深重，只有沉醉在酒中才能消解。这让人想起孔融的名言："座中客常满，樽中酒不空，吾无忧矣！"《诗经·小雅·頍弁》末章云："如彼雨雪，先集维霰。死丧无日，无几相见。乐酒今夕，君子维宴。"意思是说：就像是要下大雪了，先有雪珠凝结。死亡随时都会降临，没有多少相见的时间了。今夜快乐地沉醉在酒中吧，只有宴会才能使君子乐而忘忧。这是写贵族宴会的诗，写面对死亡要饮酒作乐，"死丧无日，无几相见"，是赤裸裸地把死亡摆在了面前。对于汉魏之际的士人来说，这是他们熟悉的经典诗句，大概也是最容易引起同感和共鸣的诗句。前面我们提到清人朱嘉徵《乐府广序》说："短歌行，歌对酒，燕雅也。"说曹操这首《短歌行》是写歌酒宴乐的"燕雅"之作，曹操的这首诗反复引用《诗经》的成句，似乎有意无意之间，颇有承袭风雅之意，我们也的确可以从这首诗中领略到风雅的余音回响。这首《短歌行》颇能上承风雅余绪，而自出己意，自铸新词，是四言诗体的回光返照。

这首诗第一章一落笔就从人生的忧思写起，第二章接着更进一步写忧思的深长，写慷慨不平、难以释怀的忧思。这深长的忧思是与人生苦短的感叹联系在一起的，但又超越了人生短暂的忧患，具有更为深广的内涵。这人生苦短的感触，原本就足以引发无穷的忧思。曹丕的《善哉行·上山采薇》云："高山有崖，林木有枝。忧来无方，人莫知之。人生如寄，多忧何为？今我不乐，岁月如驰。"这首《善哉行》是写游子思乡的，但中间这一段诗却表达了与人生苦短的感触联结在一起的极其深广的忧思。曹操的这首《短歌行》，情感基调是悲凉的。这开头两章抒写人生的忧思，也有"忧来无方"的感觉，而且写得一唱三叹，若有余哀，具有笼罩全篇的力量。诗的第五章"明明如月"四句，写"不可断绝"的忧思，第七章"月明星稀"四句，即景抒情，写忧伤彷徨之情，正是对开头两章的呼应。抒写人生的忧思原本就是这首诗歌的主题之一，从乐府的角度来说，这一主题就是乐曲的主旋律，它重复出现在乐章之中，正是十分自然的事。可是对于不能真正理解诗意的人来说，这种重复却给人一种突然而来、突然而去的莫名其妙的感觉。对于第五章和第七章的各种曲解，实际上也是因为对这首诗整体的诗意缺乏应有的感受和理解。

前面我们之所以费了很多的时间，讨论了诗的一二两章，是因为对这开头两章的理解直接影响了我们对下文、对整首诗的理解，而且也是因为现在已经没有人能够比较正常地理解这些诗句。我看到人们异口同声地说，诗人之所以有这样人生苦短的感叹，是因为想到要建功立业，是因为建立功业的志愿还没有达成。比如《魏晋南北朝文学史参考资料》解释第一章的意思说："欢宴之际，感到功业未成，盛年易逝，日子过去得苦于太多了"；曹道衡、俞绍初《魏晋南北朝诗选评》说："（此诗）可能作于建安十三年（208）之后。其时由于赤壁之战失利，统一大业受阻，故诗中既有'流光易逝'的喟叹，也表达了诗人'欲得贤才以早建王业'的愿望。"又在注释中解释"慨当以慷，忧思难忘"两句说："人生短促，逝去的日子又很多，因此发愤，难忘功业未成的忧思"；孙明君的《三曹诗选》在此诗的"题解"中说："诗人在觥筹交错、轻歌曼舞的盛大宴会上，并没有沉醉，他的思绪依然久久地萦绕着统一大业的进程，难以释怀，所以他才发出'人生几何'的喟叹"；上海古籍出版社编辑并出版的鉴赏辞典《古诗海》，收有周建国鉴赏这首《短歌行》的文章，其文云："旧解往往只从及时行乐方面去看开头几句。乍一看，其中也不免有几分感伤。但透过表象，我们自可领略到这人生如朝露的感慨中激荡着时不我待的思虑，与其《秋胡行》'不戚年往，忧世不治'的思想是一致的。大业未成，使诗人'幽思难忘'，他举杯销愁，慷慨放歌。这不无激发与宴的才志之士乘时立功的用意。"

我看到的到处都是这样使人沮丧的解读。诗句明明只有人生苦短的感叹，可是所有的解释都要不顾一切地强行跟功业扯在一起，强行加入原文没有的意思，都迫不及待地把人生苦短的感叹直接置换为功业未建的感叹。《魏晋南北朝文学史参考资料》和曹、俞的注本，都只是在注释中解读句意，就已经脱离了文本；至于孙明君的"题解"和周建国的鉴赏文章，则是更进一步的解读，很多人解读文本，一旦展开解读，就不仅脱离了文本，而且也脱离了正常人应有的思路。他们居然能够在"'人生几何'的喟叹"中，看出"他的思绪依然久久地萦绕着统一大业的进程"；居然能够"透过表象"，"领略到这人生如朝露的感慨中激荡着时不我待的思虑"。第二章"慨当以慷，忧思难忘。何以解忧？唯有杜康"，是接着第一章，抒写心中难以排遣的忧思，"何以解忧？唯有杜康"，说来不无颓唐之意，也可见其忧思之深。可是他们这些专家、教授、博导，不允许曹操这个英雄、这个政治家有"个人情绪"，哪怕"不免有几分感伤"也不行，更不允许他"沉醉"于歌酒，于是，这第二章就被解释为"大业未成，使诗人'幽思难忘'，他举杯销愁，慷慨放歌。这不无激发与宴的才志之士乘时立功的用意"。在他们的解读下，诗人所抒写的深深的忧伤，却变成了一种兴奋剂，居然有催人奋进的功能。孙和周的解读，思路和风格颇为相似，这种类型的解读其实在专家、学者中非常有代表性。这种游离于文本之外的解读，由于丧失了对文本内涵真实的感受，往往都带有撒娇的语气和夸张的表情。

自从清人张玉谷《古诗赏析》说这首《短歌行》是"叹流光易逝，欲得贤才以早建王业之诗"后，几乎众口一词，都说诗的主题是渴慕贤才，感叹功业未成，简直要把这首诗说成是诗体的求贤令了。张玉谷的话几乎是一锤定音，给后来无数的人解读此诗提供了现成的答案。人们几乎都忘了，这原本是一首游宴诗，都顺着张玉谷的意思，逐章曲解，把它完全读作"政治诗"。

接着，我们讲诗的第三章。诗的第三章是这么写的："青青子衿，悠悠我心。但为君故，沉吟至今。"衿，是衣领，青衿为周代贵族学子所服，是周代的学生装；"悠悠"，形容情思之长；"沉吟"，意思略近于"低吟"，这里是指人在沉思的时候发出的类似呻吟的声音。这一章前两句，是直接引用《诗经》的成句，借以表达诗人对宾朋故旧的深情，诗句出自《诗经·郑风·子衿》，是原原本本的"借用"。这一章的大意是说：青青的是你（们）的衣衿，悠悠的是我的心思。只为了你（们）的缘故，我一直沉吟到如今。这是诗人表达对宴会上宾朋故旧的怀思想慕之情，写得真挚动人，充满深情。前两句称对方曰"子"，后两句称对方曰"君"，两相呼应，语气间有一种殷勤恳切的意思。"青青子衿，悠悠我心"，前两句写想念之情，含意未申，意犹未尽，后两句"但为君故，沉吟至今"，补足其意，恰到好处地表达了感念故旧的深情厚意，读来令人感叹。这四个句子，抒情颇为直白，但是读来却有深婉的意味。《诗经》的成句和诗人自己造的句子是如此自然地组合在一起，让人觉得《诗经·郑风·子衿》中的这两个句子，似乎原本就是跟后面这两个句子搭配在一起的。从诗的第六章"越陌度阡，枉用相存。契阔谈宴，心念旧恩"这四句来看，诗人特别属意的宾客，大约是从远道而来，跟诗人是久别重逢，所以写思念之情特别殷切。

诗的第四章："呦呦鹿鸣，食野之苹。我有嘉宾，鼓瑟吹笙。"四句都是借用《诗经·小雅·鹿鸣》的首章。《鹿鸣》本是宴客之诗，借鸣鹿吃原野上的苹草起兴，写宴会的美好和欢乐。作者在此直接引用，写的也是宴会的美好和宾主相得的欢乐。不过，值得特别提起的是，《鹿鸣》这首诗，照《毛诗序》的说法，不是一般的宴客之诗，而是君王宴群臣的诗。这一点不知道为什么都被大家忽略了。《毛诗序》说："《鹿鸣》，燕群臣嘉宾也。"《郑笺》也赞同《毛诗序》的说法。而且郑玄注《仪礼·乡饮酒礼》也说："《鹿鸣》，君与臣下及四方之宾燕，讲道修政之乐歌也。"郑玄注《仪礼》采用的是《齐诗》的说法，可见《齐诗》与《毛诗》一样，也认为《鹿鸣》是君王宴群臣的诗。清末的王先谦根据《后汉书》和《三国志》的相关文献考证，得知《韩诗》也跟《毛诗》《齐诗》一样，认为《鹿鸣》是君王宴群臣的诗。《齐诗》《韩诗》以及《毛诗序》对于《鹿鸣》主题的看法，对于曹操和当时的一般士人都是常识，何况曹操对于他的前辈、当时极负盛名的儒学大师郑玄，也是了解并且怀有敬意的（他有一首诗《董逃歌》，还提到了郑玄，称赞郑玄"德行不亏缺"）。大家都认为《鹿鸣》是君王宴群臣的诗，对于汉魏时期的士人来说，一般人不会在自己写宴会的诗中随便引用，这样做对他们来说是不合适的，而且也是可笑的。只有身份相当的人，才会在写自己宴客的诗中直接引用《鹿鸣》的诗句。所以《短歌行》这首诗应该写于曹操晚年被册封为魏王之后。在被册封为魏王的前三年，曹操已被册封为魏公，虽然也可以算"君"了，但是总觉得还跟《毛诗序》所说的那个身为宴会主人的君王的身份不相称。身为魏王的曹操，在身份和地位上也更接近于他在诗的最后一章借以自比的周公。曹操在这首诗的第四章整章引了《鹿鸣》的诗句，显然不只是出于艺术上的考虑，这种巧妙的"借用"，一方面适应诗歌主题的需要，写宴会的美好和欢乐，另一方面则暗示了自己的身份——君王，这不是一般的身份，作为宴会的主人，他必须有所表示，否则也是不得体的。显然只有暗示是不够的，所以在最后一章更直接地借周公自比，以显示自己仅次于"万乘之尊"的身份。

　　第三章写对宴会上的宾朋故旧深沉的想念之情。这想念的对象是宴会上的宾客，是现场的人。亲朋故旧之间，久别重逢之际，表达向来的怀思想慕之情，正是情理中的事，是十分自然的事。相亲相爱的人在久别重逢之际，也许心里最想说就是一向积压在心中的思念。不要一看到写的是思念，就以为对象是不在身边的人。这是我们理解这首诗应有的起码的认识，没有这一点起码的认识，我们的理解就会乱套，就会陷入迷途。这是一首写宴会的诗，而且写的是诗人宴客的诗，写宾主相得之欢，写感激故旧之情（我这里用"感激"这个词，意思差不多就是感念，就是带着强烈感情的感动和感念），写故旧之谊，契阔之思，正是题中应有之义。这第三章、第四章和第六章写的正是诗的"正题"。我们干脆在这里先把第六章的意思也解释一下。第六章："越陌度阡，枉用相存。契阔谈宴，心念旧恩。""阡陌"本来是指田间的小路，这里泛指道路；"枉"，是枉屈的意思，是对别人表示敬意的谦辞；"用"是"以"的意思，也就是"而"的意思，是连词；"存"是省视、看望的意思；"契阔"就是聚散的意思，"契"是聚合、相聚，"阔"是隔绝、分离，这里偏指聚合的意思，是阔别之后的相聚，有久别重逢的意思；"谈宴"就是叙谈宴饮；"旧恩"，是旧日的情谊。这一章前两句是写朋友远道而来，枉驾相访。想象来自远方的客人，越过一条条的小路，来看望自己，写得真好，字里行间隐含着感激之情，不但写出了朋友对自己的深情，也写出了自己对朋友的厚谊。后两句是写彼此相聚在一起，宴饮叙谈，心里想着旧日的情谊。这一章写感念故旧之情，也写相聚宴饮的美好，写得也是情真意切，辞简意深，充分体现了四言诗的好处。

我们刚才讲了，这首诗的第三章、第四章、第六章写的是宾主相得之欢，感激故旧之情，写的是故旧之谊，契阔之思，这正是宴客之诗的题中应有之义。这第三章、第四章和第六章写的正是诗的"正题"，这三章互相映照、互相补充，反复表现了宴会的美好和欢乐以及作者感念故旧的深情。在《文心雕龙·明诗》篇中，刘勰把游宴诗的基本内容概括为"怜风月，狎池苑，述恩荣，叙酣宴"。这三章所写的，就是属于"述恩荣、叙酣宴"的内容。这首诗八章，第一、第二、第五、第七四章抒写人生忧患之思，第三、第四、第六三章写宴会的美好和欢乐以及感念故旧之情。这是这首诗的两个主题，交互出现在诗中，深切地表现了诗人起伏不平的复杂的感情。诗把宴饮之欢、感念故旧之情与人生的忧思结合在一起写，写得尤为感人至深。一方面，正是在歌酒欢会之际，更容易触动人生无常的哀感；另一方面，正是在体认人生无常的忧思中，才更深切地感受到欢会的难得和亲故之情的珍贵，诗因此写得一唱三叹，感慨不已。

可是所有的人都不肯像我这样理解这首诗。他们都说第三、第四、第六这三章，都是表达求贤的愿望，表达作者求贤若渴的心情。他们往往把诗中提到的人都直接称为"贤才"。为了节省篇幅，我只简单举两三个例子，比如：余冠英《三曹诗选》注解"青青子衿"两句说："这两句用《诗经·郑风·子衿》篇成句，表示对贤才的思慕"，注释"呦呦鹿鸣"四句说：《鹿鸣》本是宴客的诗，这里借来表示招纳贤才的热情"；曹道衡、俞绍初《魏晋南北朝诗选评》注释"但为君故，沉吟至今"的"君"说："指作者心目中的贤才"，注释"沉吟"一词说："低声吟唱。不时吟唱《子衿》诗句，以表达对贤才的思慕之深"；注释"明明如月"四句说："明月之不可掇，暗寓贤才之难得……这四句是作者想象之词，写不得贤才之忧"；注释"越陌度阡"两句说："古谚有'越陌度阡，更为宾主'的话，这里用其成句，言贤才远道来访"；注释"旧恩"一词并说明"越陌度阡"一章的大意说："旧恩，旧日的情谊。以上四句也是想象之词，写求得贤才之喜。"我想说明一下的是，这里我举的是余冠英先生和曹道衡先生的例子，他们也是当代最好的学者，影响也最大。我举他们为例，不是因为他们不好，而是因为他们是最好的，他们的看法在某种意义上说，是最有代表性的，代表最高的水平和权威的意见。我本人对这些前辈学者，还是怀有敬意和好感的。其他各家注解或解读大同小异，例子实在太多，不烦多举。

前面我想说的是，大家都把第三、第四和第六章解读为表现"求贤"的主题，这是非常严重而且不可理喻的曲解。解读为"求贤"，那这三章的内容就与眼前的宴会无关，这首写宴会的诗就不知道在说什么。解读为"求贤"，结果通常就把这三章都解读为设想之词，前面所举曹道衡、俞绍初的注本和孙明君的注本，就是这么看的。因为既然是"求贤"，求的肯定是不在眼前、不在身边的人。把这三章都看作虚构的情景，这显然与宴会诗的主题不相符，也与这三章的语境不相符。"青青子衿，悠悠我心。但为君故，沉吟至今。呦呦鹿鸣，食野之苹。我有嘉宾，鼓瑟吹笙……越陌度阡，枉用相存。契阔谈䜩，心念旧恩"，这些完全不是设想之词，根本不是虚拟的情景。这三章写宴会的美好和欢乐，写宾主相得之欢以及作者感念故旧的深情，如此真切诚挚，完全是私人的口吻，根本不是"求贤令"的语气，理解为"求贤"，读起来难道不让人觉得肉麻？理解为"求贤"，一般认为作者诗中所表示"渴望"的"贤才"是泛指，而不是特指具体的人，这跟诗句所表现的非常具体的情景，非常真切、非常具体的指向完全不一致。"青青子衿，悠悠我心。但为君故，沉吟至今"，对象非常具体，完全是私人的语气；"越陌度阡，枉用相存。契阔谈䜩，心念旧恩"，对象也非常具体，而且完全是对具体事实和情景的叙述。也有人认为作者所渴望的"贤才"是特指具体的人，那也是不通的。

这是一首游宴诗，写的是带有"公宴"性质的宴会，这种诗原本带有应酬的性质，只是出自曹操这样有个性、有才情的作者之手，又加上他是高高在上的君主，在写作上不必像他的臣僚那样，有过多的顾忌，所以才写出一首与一般应酬诗不同的、不落俗套的诗。作为一首带有应酬性质的诗，作者也不可能在写宴请宾客的诗中反复表达对现场宾客以外的"贤才"如痴如醉的"渴望"。照大家的理解，解读为一首"求贤"诗，其实不但没有抬高他，反而是厚诬了古人。《小雅·鹿鸣》写宴宾客，整首诗都是写宾主相得之欢和赞美宾客的话，这才是题中应有之义，曹操的《短歌行》直接引用《鹿鸣》的诗句，无疑也包含了赞美宴会和宾客的意思。

第三节　曹操《短歌行》（下）

前面我们讨论了主题误读的问题，接下来我们讲第五章和第七章。先讲第五章："明明如月，何时可辍。忧从中来，不可断绝。"这一章中的"辍"这个字，有异文，也就是不同的版本文字有不同，有写作"掇"的。《昭明文选》选了曹操的这首诗，这个字是写作"掇"的，而宋人郭茂倩编的《乐府诗集》选了曹操的这首诗，这个字写作"辍"。现在一般的看法，也是认为这两个字都可以通，人们大概也认为这是一个无头的公案，没有人就此作出应有的判断和说明，只是人们在具体解说诗意的时候，必须选择其中的一种。一般人选择的是"掇"，意思解释为"拾取"或"采摘"，包括人教版高中语文教材。为什么大多数的人选择"掇"呢？我想主要有两个原因。一是《昭明文选》是南朝人编的，是昭明太子萧统编的，比《乐府诗集》年代更古老，可能在大家看来也更权威，何况还有唐人李善权威的注释。李善注说："明明如月，言月之不可掇，由忧之不可绝也。《说文》：掇，拾取也。"二是大家都认为这首诗的主题是表现作者"求贤"的心愿，选择"掇"这个字，就方便大家把"明明如月，何时可掇"，解释为求贤不得的意思。选择了"掇"这个字，这两个句子，一般都解释为以何时能"采摘"到明月来比喻何时能得到人才。比如曹道衡、俞绍初的注本就解释说："明月之不可掇，暗寓贤才之难得"；孙明君的解释则认为这个明月是多功能的："以明月指代统一大业的完成，同时也暗喻着对士人的渴望"。不过前面提到的李善的解释，倒是没有把这两个句子解读为表现求贤不得的意思。李善认为句子的意思是以月亮不可摘取比喻忧愁不可断绝。他认为这一章只是写忧思不可断绝，这是对的，但是他没有想到，用月亮摘不到比喻忧愁不可断绝，这是多么蹩脚、多么不通的比喻啊。我们前面已经说过，"求贤"的主题是说不通的，所以从这个主题出发，选择了"掇"这个字，也是不足为据的。而且，更重要的是，以明月不可摘取比喻贤才不能得到，也同样是十分蹩脚的比喻。摘取明月与得到贤才，两者之间在本质上没有可比性。明月不可摘取是绝对的，以非人力所能做到的完全不可能实现的事情，来比喻一般来说可以通过努力可能做到的事情——这样的比喻毫无意义。再说，"摘取明月"的想象，也并不符合古人的思惟习惯，更不符合具有乐府本色，风格"古直"（钟嵘《诗品》说"曹公古直"）的曹操诗歌的语境。至于版本的问题，从校勘学的角度来说，单纯从时间的先后来看，根本不能说明问题，不能单纯凭版本时间的先后对异文做出判断和选择，不能说版本比较早就是对的。从我上面的分析可以看出，我认为这个字应该是"辍"。"明明如月，何时可辍。忧从中来，不可断绝"，以循环不已的明月比喻"忧来如循环"（秦嘉《赠妇诗·其一》）"不可断绝"的忧思，前两句和后两句的意思，原本是一意贯通的。这样的表达，语言才有弹性和力量，读作"明明如月，何时可掇"，又解读为比喻求贤不得，这样上下四句一意贯通的气脉就断了。这个"掇"字，在我看来无疑是"辍"这个字的错别字，是形近而讹，特别是草书提手旁和车字旁字形非常接近，传抄转刻的过程中很容易因为字形相近而出错。我偶然看到金性尧先生的《三国谈心录》中的一篇题为《王献之终身之憾》的文章，提到《淳化阁帖》所收王献之的《相迎帖》，该帖应该是王献之写给已经离婚回娘家居住的前妻郗道茂的一封信，表达离异给他带来的痛苦。金先生在文中全文抄录了《相迎帖》，开头几句是："相迎终无复，日凄切在心，未尝暂掇。一日临坐，目想胜风，但有感恸，当复如何？"令人感到吃惊的是，金先生对原文的标点显然有误，正确的断句应该是："相迎终无复日，凄切在心，未尝暂掇一日。临坐目想胜风，但有感恸，当复如何？"信的开头三句大意是说：想去迎接你，可是你终归是不会有回来的时候了，我心里悲切的感觉没有一天暂停过。"暂掇"的"掇"，显然也是"辍"的讹字。我查看了阁帖原迹的图片，这个字就是写作"掇"的。阁帖原迹并非王献之真迹，其字写作"掇"，正是摹写转刻时弄错的。

　　第五章借流转不已的明月写不可断绝的忧思，正是对第二章"忧思难忘"的回应和重申。说"何时"，说"不可"，写忧思的深长，语意颇为迫切。《文心雕龙·明诗》篇把游宴诗的基本内容概括为"怜风月，狎池苑，述恩荣，叙酣宴"，当时的游宴诗的确常常写到风月，因为宴会经常是在月夜举行的。这一章借明月写忧思，也正是即景取譬，就眼前所见到的明月来取譬，写来有触景生情的真实感。第七章："月明星稀，乌鹊南飞。绕树三匝，何枝可依。"这一章更是直接写月夜的景象，是一幅绝妙的月夜图。"月明星稀"四字，使人想见月色的明净和天空的高远。月光下的树影和飞鸟，似乎就是月夜最好的装饰，映现出月色的光彩和天空的神奇，但同时也更显示了月夜的幽深和凄凉，那深夜里栖息不定的乌鹊，更能惊动一颗怀有隐忧的、不安的心。这一章四句，只写夜景，却在景物的描写中表现了诗人迷茫的忧思。这一章让我想起阮籍《咏怀诗》的第一首："夜中不能寐，起坐弹鸣琴。薄帷鉴明月，清风吹我襟。孤鸿号外野，翔鸟鸣北林。徘徊将何见？忧思独伤心。"也写了凄凉的月色和栖息不定的鸟儿，只是比起曹操的诗，更直接表达了诗人忧伤彷徨的心情。可惜的是，一般的注家、读者眼中没有风月，他们心里念念不忘的都是一些"主题词"，所以看到了乌鹊，又想起了依止不定的贤才，甚至从"南飞"两个字看出贤才想投奔南方的孙权和刘备（这样的解读可以收入《笑林》，可是大家都不觉得可笑。照他们这么看，后面两句应该解释为：好在贤才又兜回来，绕了三圈，总算是去向未定）。现当代的注家，一般都认为这一章也是表达诗人思贤、求贤的心情。清末陈沆《诗比兴笺》解读这一章说："天下三分，士不北走，则南驰耳。分奔蜀吴，栖皇未定。"沈德潜《古诗源》解释这一章说："'月明'四句，喻客子无所依托。"沈德潜所说的"客子"也就是"贤才"。这都是书呆子说的梦话，但都是现当代注家最爱引用的话。钟嵘《诗品》说："曹公古直，甚有悲凉之句"，这"古直"确实是曹操诗歌的特色。这首诗凡有比喻，都写得清清楚楚，用"朝露"比喻人生的短暂，用循环不止的明月比喻忧思，喻体和本体都交代得毫不含糊。"古直"的曹公是写不出可以满足陈沆、沈德潜之类工于索隐比附的专家们解读的"密码诗"。而且，这里的乌鹊就是乌鸦，曹公是不会把贤才比作乌鸦的。顺便提一下，这首诗重复了四个"何"字，也可见诗人心中的疑虑和不安。

最后，我们来看第八章，诗的最后一章："山不厌高，水不厌深。周公吐哺，天下归心。"如果可以向诗人建议的话，我想请他删去这最后四句，免得让无数的读者产生误解，因为所有的曲解可能都跟这四句有关。如果没有这四句，诗中是找不到半点"求贤"的意思，找不到"求贤"的意思，"欲得贤才早建功业"也就无从谈起。应该说诗的最后四句确实表示了爱贤、求贤的心愿，但是这种以高山大海和周公自比的谦虚，与其说是谦虚，不如说是自负——实际上更表现了诗人雄视天下，不可一世的气概——只不过这种自负和气概由于隐藏在礼贤下士的态度中，而稍稍隐去了峥嵘的头角，显得有些深藏不露罢了。所以，说最后四句是表达爱贤、求贤的心愿，尚且不免是皮相之谈，怎么可以因为这四句诗，就要逐句附会，把整首诗看作是求贤令呢？实际上，这最后四句诗与题旨并没有多大关系，在整首诗中似乎显得有点"脱节"。因为那原本只是"曲终奏雅"，是出于作者对自己特殊身份的考虑而作出的"表态"——因为他毕竟是一个高高在上的统治者，是以主人的身份参加宴会的。我给"脱节"这个词加上引号，是因为从作者身为君主的身份来看，如果这首诗少了这最后四句，其实也是不完整的，甚至也是不得体的。这种"曲终奏雅"实际上也相应地表现在他臣僚的作品中。比如王粲《公宴诗》云："昊天降丰泽，百卉挺葳蕤。凉风撤蒸暑，清云却炎晖。高会君子堂，并坐荫华榱。嘉肴充圆方，旨酒盈金罍。管弦发徽音，曲度清且悲。合坐同所乐，但诉杯行迟。常闻诗人语，不醉且无归。今日不极欢，含情欲待谁。见眷良不翅，守分岂能违？古人有遗言，君子福所绥。愿我贤主人，与天享巍巍。克符周公业，奕世不可追。"诗写顾曲酣饮之乐，而结尾四句"愿我贤主人，与天享巍巍。克符周公业，奕世不可追"，不忘称颂一下"贤主人"（也就是曹操）。这也是出于对自己身份的考虑而作出的"表态"，也是"曲终奏雅"，而且也以周公来相比。区别只是在于身份的不同，前者是出自主人的自许，后者则是出自下僚的奉承。值得顺便说一下的是，从对"贤主人"的奉承、祝福来看，王粲的这首《公宴诗》所写的宴会显然是有曹操在场的，但是诗中所表现的也是对宴会的赞美，特别表达了对歌酒宴饮的赞美，流露出沉迷于行乐的心情。可以说这是当时游宴诗的一般特点，在曹操和他的臣僚之间，并不忌讳在游宴诗中表达他们赞美歌酒宴乐的真实情感，我们不必用后世"政治正确"的"觉悟"去要求和衡量古人。

郭茂倩的《乐府诗集》引唐代吴兢《乐府解题》的话评曹操《短歌行》，以为此诗主旨是"言当及时为乐"。这句评语久遭众人鄙弃，人们都觉得这是不值一提的看法。实际上这句评语至少比张玉谷的"叹流光易逝，欲得贤才以早建王业之诗"的判断更接近真实，虽然说主旨是"言当及时为乐"也是不够准确和全面的。但《短歌行》原本写的是歌酒宴饮之欢，在感叹人生短暂之余，着意叙写了宾朋相得之欢与故旧之谊，言外岂无人生苦短、应当及时行乐之意？吴兢是把曹操的《短歌行》和陆机《短歌行》放在一起评论的。陆机的诗是这么写的：

置酒高堂，悲歌临觞。人寿几何，逝如朝霜。

时无重至，华不再阳。苹以春晖，兰以秋芳。

来日苦短，去日苦长。今我不乐，蟋蟀在房。

乐以会兴，悲以别章。岂曰无感，忧为子忘。

我酒既旨，我肴既臧。短歌可咏，长夜无荒。

陆机的诗是对曹操《短歌行》的模拟，第一章和第三章，直接化用曹诗。诗写人生无常的忧思与感激故旧之情，也正是曹诗的内容。其中"今我不乐"一句，点出及时行乐的意思，其实这一层意思也隐含在曹操《短歌行》的诗句中。

我看到几乎所有的人，在解读曹操这首《短歌行》的时候，都显得特别有"政治觉悟"，特别有"政治敏锐性"，我不知道为什么这些不谙世事的"书生"满脑子里都是"政治"，似乎不用"政治"来解读曹操，不强调他作品的"政治性"，就不足以显示自己的高度，他们通过这样的解读，似乎也满足了自己对高不可攀的"政治"所怀有的意淫的心理。我看这种解读，隐隐感觉到词语间有某种失控的力量，显示了丧失理智（理解力）之后的狂乱的状态。其实丧失了理解文本的能力，也就一并丧失了理解人的能力。所以孔子说得好："不知言，无以知人也"（《论语·尧曰》）。孟子强调理解诗书要"知人论世"(《孟子·万章下》),又说自己最重要的特长是"知言"(《孟子·公孙丑上》),大概在他看来,不"知言"也是不足以言"知人论世"的。(由此也可见阅读理解的困难:不能"知人论世"就不足以"知言",就不能更好地理解文本,可是不"知言"又不足以"知人论世"——这就叫做"两难"。顺便说一下,孟子是一个无比自负的人,可是当学生问他有什么长处时,这个以治国平天下为己任的人却说自己只有两项听起来似乎不怎么重要特长,他说:"我知言,我善养吾浩然之气。"其中第一就是"知言",可见他跟孔子一样,认为"知言"很重要。这也说明我一开始就强调阅读理解的重要性,是符合圣人之意的。)

我前面想说的是,对于曹操《短歌行》的曲解,是因为面对文本的理解力有问题,而丧失了理解文本的能力,也就丧失了理解人的能力。将《短歌行》曲解为"求贤令"式的政治诗,是不把作者当人看,而是当做一台政治机器,而且实际上隐含着把诗歌当作政治附庸和工具的潜在意识。对于这些满脑子都是"政治"的酸腐僵硬的学究来说,死亡对于曹操来说,带来的似乎只有功业未建的遗憾。天地之美,人间之好,所有真正值得留恋的东西,在他们看来,似乎都一文不值。如果曹操是这样的一个人,他就不会是一个诗人,不会是一个只保留了二十余首的诗就足以光照后世的诗人;而且,他也不会是一个有光彩的政治家,他可能就变成了另一个董卓。曹操的临终遗令,无一言涉及军政大事,他交代的都是家庭琐事,分香卖履,留恋妾妇,表现了对人情的留恋。读曹操的诗文就可以看出,他是一个特别有理性的人(虽然也是一个很感性的人),他是一个知道天命之所在的人,在垂暮之年,对于功业,他不会有任何的强求和奢望的心理。曹操有《秋胡行》两首,是游仙诗,其中第一首可能是他写得最好的诗之一,只是其中字句或有错讹,有些句子难以索解。诗有四章。第一章写"我""晨上散关山",道路艰险,车驾为之摧折。这跟诗人建安二十年西征张鲁,自陈仓出散关的经历有关。接着写"我""坐盘石之上,弹五弦之琴。作为清角韵,意中迷烦",由写实转向虚构,带着幻想的笔意,写心中烦忧,弹琴寄意,磕磕绊绊的句子,似乎正呼应了迷乱的心情。第二章写有"三老公",三个外表不凡,"似非恒人"的老人(不像普通人的老人),突然来到"我"身边,跟我对话:"谓卿云何,困苦以自怨? 徨徨(何)所欲,来到此间?"他们问"我":你为什么这样,为什么困苦自怨? 如此惶惶不安到底是要干什么,为什么来到这里? 第三章写在"沉吟不决"之间,三个老人,三个居住在昆仑山上的"真人"就升天而去了。第四章,也就是最后一章,写"我"追上去想攀住他们,可是根本追不上。诗是这么写的:"去去不可追,长恨相牵攀。去去不可追,长恨相牵攀。夜夜安得寐,惆怅以自怜。"写追不上的憾恨和悲哀，写得触目惊心，读来令人伤心。这是一个不信神仙的人写的游仙诗，表现了一个不能在尘世得到安顿的灵魂的痛苦和悲哀。《精列》也是曹操的一首游仙诗，开头说："厥初生，造化之陶物，莫不有终期。莫不有终期。圣贤不能免，何为怀此忧？愿蟠龙之驾，思想昆仑居。思想昆仑居。"天地无穷，生年有限，这是现实的功业无法消弭的悲哀，只有幻想中的昆仑山上神仙之居，也许还能带来些许的安慰。对于那些怀有超越现实之理想的人，世俗的事功不是他们终极的追求，对于他们来说，那终究是跟生命本质分离的身外之物。我们对于曹操这个伟大的诗人也应该有这样的认识和理解。

其实，如果这首《短歌行》真的只是一首"欲得贤才以早建王业之诗"，它也不会流传如此之远，影响如此之深，我相信它所包含的真实的情感，曾经一定打动过许多普通的读者。

第四节　曹植《杂诗·其一》

这一节我们来讲曹植的一首诗，《杂诗·其一》。曹植，字子建，是曹操的第三子，曹丕的同母弟。曹植早年随父亲在军中长大，因为才华出众得到曹操的重视和喜爱，差一点被立为太子，后因任纵不羁而失宠。曹丕继位后，曹植备受猜忌打击，封地迁徙不定。到他侄儿魏明帝继位后，曹植多次上疏求自试，希望能有所作为，但他的愿望最终还是落空了。太和六年（232），曹植郁郁而终，年四十一，谥曰思，因为他最后的封号是陈王，所以后世常常称他为陈思王或陈思。曹植是文学繁荣的建安时代最杰出的代表作家，是自屈原之后四百多年内最伟大的诗人。他的诗现存八十首左右，多慷慨之气与哀怨之音，感情强烈而又深沉，语言精炼而又自然，达到了文质兼备的艺术境界，对五言诗以及中国古代诗歌的发展有重要贡献。

曹植有《杂诗》六首，见载于《昭明文选》。由于《文选》把这六首诗编在一起，又取了个总题目叫"杂诗"，表面看起来似乎是一组"组诗"，但实际上是内容没有什么联系、各不相干的六首诗。以"杂诗"命题，始见于《文选》所选汉魏人诗。"杂诗"不是原来的诗题，因原题已佚失，选诗的人便以"杂诗"称之。我们要讲的这首诗，根据《文选》的次序，在六首中排在第一位。下面我们就来看这首诗：

高台多悲风，朝日照北林。

之子在万里，江湖迥且深。

方舟安可极，离思故难任。

孤雁飞南游，过庭长哀吟。

翘思慕远人，愿欲托遗音。

形影忽不见，翩翩伤我心。

这首诗大约写于魏文帝黄初年间，当时曹植在鄄城（今山东鄄城）。旧注多认为此诗是诗人为思念其异母弟曹彪而作的，其说可信，今人亦多从其说。当时曹彪应该是吴王，封地在广陵（今江苏扬州）。广陵在当时地处魏国的东南边境，离曹魏的京都很远。曹彪大约是曹植在南方唯一的亲人。在曹操死后，曹丕即位做了皇帝，诸兄弟受到压迫和排斥，不能互通音问。黄初年间，诸王朝京师，任城王曹彰暴死，曹植与曹彪辞阙归藩。归途原本可以结伴同行，却被监国使者强行分开，临别之际，曹植写了著名的长诗《赠白马王彪》，抒写了悲哀怨愤的心情。我们现在要讲的这首诗，写作者对曹彪的思念，也正是在兄弟隔绝、深受压迫的处境中写出来的。

开头两句说，高台上多悲风，朝日照射着北林。台高则风大，故曰"多悲风"，"北林"给人幽深的感觉，朝日照在北林，辉煌中见出深沉、森严的气象。这开头两句，写得格调高远，兴象幽奇，显示出深沉郁勃、激越悲凉气息。这是真正神奇的诗句，在直截了当的叙写中，展现了心灵与物象交相辉映的境界。古今各家注解这开头两句诗，都要引《诗经·秦风·晨风》："鴥彼晨风，郁彼北林。未见君子，忧心钦钦"这几句诗来作解释，认为《晨风》这首诗也是怀人的，曹植诗中的"北林"一词即出于此诗。实际上两者毫无关系。"北林"一词颇多见于魏晋人的诗赋，如曹丕《善哉行》"飞鸟翻翔舞，悲鸣集北林"（开头也写到"高台"云："朝游高台观"），如阮籍《咏怀》（其一）"孤鸿号外野，翔鸟鸣北林"，又如曹植《幽思赋》"聆鸣鹤于北林"等（曹植赋文中恰好也写到"高台"，有"倚高台之曲阳"的句子）。这些句子，皆与《晨风》之"北林"无关。曹植的诗工于发端，往往落笔写来便有一种足以笼罩全篇的不能已于言的激荡人心的力量，如《野田黄雀行》开头"高树多悲风，海水扬其波"，《杂诗·其二》开头"转蓬离本根，飘飖随长风"，《赠徐干》开头"惊风飘白日，忽然归西山"以及本诗开头这两句，都是突出的例子。这些诗句，造语精奇而又不失汉魏古诗质直的本色，自有一种直击人心的力量。值得顺便指出的是，这里举出的例子，连同本诗开头这两句，都刚好写到了"风"，在曹植的这些诗句中，这天地之间无所不在的"风"，乃是一种激发悲思的无形的力量。

从下文"孤雁飞南游"一句可知，这首诗写的是秋天的景物。然而，曹植诗中的景物描写，往往介于虚实之间，由于情感强烈的投注，他笔下的景物往往超脱于写实之外，如同印象派画家笔下的风景一样，呈现出强烈的主观色彩。中国古典诗歌里的这种表现艺术，发端于屈原，经曹植、阮籍、柳宗元、李贺、李商隐以及晚年的杜甫等诗人的创造性的发挥，而焕发光彩。这种表现艺术，与一般所谓的"借景抒情"或"情景交融"的表现手法有本质的区别，往往在更深刻的层面上体现心灵与外物相互融合的本质关系。曹植诗歌的这一特点，在一定程度上，使他的诗歌艺术脱离了作为建安诗歌母体的乐府，脱离了在他父亲以及"建安七子"手里得到发扬光大的汉乐府偏重写实的传统。曹植的诗铺采摘文，描写物色，往往介于赋与比兴之间，显示出高度意象化、象喻（象征）化的特征。曹植的一些诗作，如《杂诗·其四》（南国有佳人），如《吁嗟篇》，则直接继承了芳草美人比兴寄托的写法。无论是高度意象化、象喻化的艺术表现，还是纯粹的比兴寄托（此两者有深微而又重要的区别），都体现了楚辞对曹植诗歌写作的影响，他和阮籍前后相承，延续了屈原诗歌的慧命。

上文所举曹植诗工于发端的例子，这些诗句都显示出曹植诗歌超脱于写实之外的象喻化的特征。比如"惊风飘白日，忽然归西山"这两句，写风是"惊风"、写太阳是"飘白日"，好像风能把太阳刮走，写太阳下山，是"忽然"就落下去，都带着强烈的主观感受，体现了生命的紧张感，外在的物象在主观情感强烈的投射之下，映现出诗人心灵的幻影，给诗意的表达带来幻想（想象）的气质。又如"高树多悲风，海水扬其波"，从表面上看，完全可以说这两句诗中的景物是写实的，但就其意象创造与组合的特点（"高树多悲风，海水扬其波"，所写的是带有普遍性特征的景物，又"高树"之后忽然接以"海水"，意象的组合具有明显的跳跃性，取象皆有虚拟的性质，从作者生活的实际情况来看，"海水"一句也确非写实，他不住在海边）以及发端起兴的功能来看，则诗句所呈现的物象又显然具有虚拟和想象的意味。如果结合《野田黄雀行》全诗来看，这开头两句诗所呈现的物象就更显然带有虚拟和想象的意味。这种介于写实与虚拟（想象）之间的写法，就是我所说的介于赋与比兴之间的写法。这里所说的比兴不是"比兴寄托"的比兴，而是对心物交感的表达，在这种表达中实际上更深切地体现了人与世界的本质关系。

接下来是"之子在万里，江湖迥且深"两句。"之子在万里"，写相隔之远，接着"江湖迥且深"一句，更写江湖远隔，路途艰阻。这两句诗造语直接有力，而又上下相承、互相补充，诗意完足饱满，确实能写出地远天长、江湖隔绝之感，以下"方舟安可极，离思故难任"两句由此自然生发，写隔绝的悲哀与相思的忧伤。"方舟"是两船相并的大船，"极"是"到"的意思，"任"是"承受"的意思。两句的意思是说江湖远隔，大船也到不了，离别的忧思令人难以承受。"之子在万里，江湖迥且深"

这两句诗浓缩成一句，就是"道阻且长"（《诗经·秦风·蒹葭》）或"道路阻且长"（古诗《行行重行行》）的意思，曹植分作两句写，表达更充分，意思更完足，显示出语言的张力。《穆天子传》记载穆天子见西王母于瑶池，在筵席上西王母为穆天子赋诗，有"道里悠远，山川间之"之句，合为一句也是"道阻且长"的意思，但此二句造语简古而意味深长，与"之子在万里，江湖迥且深"二句可谓异曲同工。西王母的诗句只是有感于穆王远道而来，故语意平缓；曹植的诗句则是写远隔的悲哀，故语意激切。李善注说"江湖喻小人隔蔽"，是把"江湖"这个词从上下文中剥离出来，根本不顾这个词在具体语境中的意义。在原诗的语境中，"江湖迥且深"一句，显然是与上一句"之子在万里"联结在一起的，是对上一句写空间远隔的补充。虽然"之子在万里，江湖迥且深"两句写兄弟远隔并非完全是对外在客观事实的叙写（鄄城离广陵事实上不足两千里），而是在因夸张而略带虚拟的语气中融入了主观的心理感受，但是这两句诗的基本意义仍然是对空间远隔的事实的陈述，而不是"比兴寄托"式的主观表现。

此诗后六句，专就"孤雁"的形象展开描写，表达怀人念远的忧思。对于道路交通和通讯都不发达的古人来说，对亲友远隔的忧伤和痛苦无疑会有更深切的感受，那天空中远征的飞雁，于是成了人们寄托思念的对象，在幻想中成了传递音书的信使。借飞雁传书写离别相思之情，是古典诗词中抒情的熟套。此诗的特别之处，是围绕"孤雁"这一形象，做更具体的描写和发挥，跟通常一两句带过的写法不同，显得意象更加丰满，抒情更加深切，也更增添了托物寄兴的意味。对于怀抱忧思的离居之人来说，这从庭院上空传来的孤雁凄厉的哀鸣之声，足以触耳惊心。"翘思慕远人，愿欲托遗音"两句，写仰望天空中的孤雁，翘首而思，怀慕远人，希望能托孤雁哀鸣的"遗音"寄去自己的思念。"遗音"在这里是指孤雁哀鸣的"余音"，就是飞逝的孤雁留下的声音，实际上也就是指孤雁传来的声音。诗人希望能将自己的心声，寄托孤雁的哀鸣传给远方的亲人，这是希望凭借大雁传递音书的一种更宛转的表达。（"遗"不是"赠与"的意思，不可以读"wèi"。古人表达寄去音信这个意思，不说"遗音"，而且"托遗音"语亦欠通。大多数注解都解释"遗"为"赠与"，是错误的。）可是孤雁飞鸣而过，翩然而逝，转瞬之间便已消失在天边——由孤雁南飞、过庭哀吟，写到翘思慕远、欲托音书，最后收结到"形影忽不见，翩翩伤我心"这两个句子上来，读来确实有令人伤神之感，仿佛可以想见诗人目送飞鸿，怅然若失的情状。这后六句诗借"孤雁"写离情，由于诗人主观情感强烈的投射，也同样给诗意蒙上了一点幻想（想象）的色彩。

　　下面结合这首诗接着谈一谈诗歌阅读理解方面的一些问题。《文选》李善注注解"高台多悲风"二句云："高台喻京师，悲风言教令。朝日喻君之明，照北林言狭，比喻小人。"（其注下文"江湖"一句亦云"江湖喻小人隔蔽"，我们前面已经做了说明）如此比附，则是中了以"比兴寄托"解诗的毒，以至于以猜谜之法读诗，把每个词语都看成了谜面。如此读诗不如无诗，使每个词语都失去了光彩。不过，李善注之所以有如此寻求"托意"的曲解，在某种程度上却正是因为诗句本身所具有的象喻的意味给注家带来了"误导"。

　　汉人善于以比兴（这里指的是比附）读诗，把一部《诗经》都读成了政教的宣传册。汉人王逸的《楚辞章句》也精于此道，他在《离骚经序》中，对楚辞创作中所采用的比兴手法作了如下的论述：

　　《离骚》之文，依《诗》取兴，引类譬喻。故善鸟香草，以配忠贞；恶禽臭物，以比谗佞；灵修美人，以媲于君；宓妃佚女，以譬贤臣；虬龙鸾凤，以托君子；飘风云霓，以为小人。其词温而雅，其义皎而朗。凡百君子，莫不慕其清高，嘉其文采，哀其不遇，而愍其志焉。

　　王逸的这段名言，至今仍被所有的楚辞专家奉为金科玉律，被认为是阐发《离骚》思想与艺术的不刊之论。《离骚》原本就是"比兴寄托"之辞，与《诗经》的比兴颇不相同，王逸论其比兴而说了这么一通话，看起来显得十分在理，实际上也的确揭示了能指与所指之间的某种关系，揭示了比兴寄托的具体含义。但是，王逸所揭示的只是能指与所指（词象与意义）的表面关系，这种抽象化、符号化的解读，阉割了语言，严重损害了诗歌语言的灵性。王逸就像是一个破解语言密码的专家，他所发明的"香草美人，比兴寄托"的阐释话语，给无数的专家提供了一把解读《离骚》的钥匙，至今影响人们对楚辞的阅读和理解。然而，当我们面对"朝饮木兰之坠露兮，夕餐秋菊之落英"这样的诗句时该怎么办呢？我们无疑会异口同声地说：这两句诗表现了诗人高洁的情操，表现了诗人志洁行芳的品质，木兰、秋菊以及朝露在此都是美好品质的象征。这样说并没有错，就像评论一幅画说"画得真像啊"，也并没有错，但是这种粗浅、僵化的评论无助于对作品的理解。与曹植的"高台多悲风，朝日照北林"之类的诗句不同，《离骚》中的这两句诗所写的内容完全是虚拟的，木兰、坠露、秋菊、落英诸物象，作为纯粹的象喻之物出现在诗中。然而，即便在这种象征性的、虚拟的叙写中，物象首先仍然是自在之物（而非象征符号），然后才有象喻之辞。读这样的诗句，我们看到的不应该只是忠贞高洁的品质，我们也应该看到木兰、坠露、秋菊、落英这些名词所指示的事物本身，并由此领会诗人对物质世界热切的感受以及由此体现出来的感性的迷狂，应该看到终有一死的生命对美好而又短暂的事物（坠露、落英）的迷恋和无言的悲哀，应该看到在朝饮坠露、夕餐落英的自叙中隐藏着的真正远离凡俗、孤高遗世的灵魂，甚至——我们还应该在"朝……夕……"的句式中（这一句式反复出现在《离骚》及屈原的其他诗作中）看到敏感的心灵在时间的压迫下所流露出来的紧张与焦虑的感觉。我脱离本题说了这么一通话，只是为了说明，读《离骚》这样的"比兴寄托"之辞，尚且不能以寻求"托意"为能事，而况读曹植"高台多悲风，朝日照北林"之类原本就不以"寄托"为意的诗句，就更不能专事附会，以寻求"托意"为能事了。吴小如解读此诗，对李善注曲解开头两句表示不满，说："这就把两句摹绘秋日景色的名句给牵强比附得全无诗意"（说这两句是写秋天景色的名句，其实也是过于坐实，把这两句诗看作写实的句子），但他自己解释下文"孤雁飞南游"两句，其"牵强比附"较之李善犹有过之，他说：

"孤雁飞南游"，表面上是写实，即作者在登高望远之际看到孤雁南飞。实则蕴涵着好几层意思。盖古人以"雁行"喻兄弟，曹彪封吴，无异流放，已似孤雁南游；今自己亦如孤雁，故"过庭"而"长哀吟"。"过庭"虽用《论语·季氏篇》"鲤趋而过庭"的字面，实借喻自己的入朝。（吴文见《汉魏六朝诗歌鉴赏辞典》）

"孤雁飞南游"两句，只是借孤雁南飞，过庭哀吟，寄托诗人怀慕远人的忧思，"翘思慕远人"以下四句即承上二句而补足其意（就是接着上文两句把这个怀人念远的意思补足了）。吴小如却说这两句"实则蕴涵着好几层意思"，完全是无中生有的解释，比李善注的那种曲解更加曲折。其说居然由"孤雁"而想到"雁行"，并进而落实为既是比喻曹彪又是比喻诗人自己，而"过庭"更居然被解释为用"鲤趋而过庭"的典故，是"借喻自己入朝"的意思。（"过庭"在这里是一个普通的词语，跟《论语》当中写孔子的儿子孔鲤"趋而过庭"毫不相干）这是由于对诗意缺乏确切真实的感受和理解，于是不免疑神疑鬼，把由词语所引起的所有的"相关链接"，都当做"题中应有之义"堆叠在一起。他解释"之子在万里"两句云："夫自己所思之人既远在万里之外，而下面'江湖迥且深'一句更是寓意深远，情韵不匮。盖江湖阻隔彼此之消息是一层；而'之子'却经过这样遥遥而艰难的路程走向万里之外，其身心所受之摧伤折磨可想而知，又是一层；况其身既远，他日归来更非易事，为对方设身处地着想，自然更深了一层"，说的也都是节外生枝的话，已经完全脱离了文本。

第四讲　陶渊明的两首诗

第一节　《归园田居·其三》

　　这一讲我们讲陶渊明的两首诗。关于陶渊明这个人，我想先做一下介绍。陶渊明（365—427），又名潜，浔阳柴桑（今江西九江西南）人。他的曾祖父是东晋名臣陶侃，官做到大司马，是东晋位高权重的政治人物。他的外祖父是东晋的名士孟嘉。孟嘉出身武昌望族，在当时的士林中很有名望，也受到不少大人物的赏识。他虽然当官，但是是一个不怎么热衷于仕进的官员。他特别喜欢喝酒，陶渊明爱喝酒应该跟遗传有点关系。孟嘉有个弟弟叫孟陋隐居不仕，在当时也有名望。大司马桓温、会稽王司马昱都请不动他。大家都听说他的高风亮节，就是没有机会见到他。京都士人为了见他，派人送信到武昌骗他说孟嘉病重，他急忙赶到京中，大家这才见他一面，引得大家赞叹。孟陋曾经给桓温写信说："亿兆之人，无官者十居其九，岂皆高士哉？我病疾，不堪恭相王之命，非敢为高也。"（《晋书·隐逸传》）他说，我只是身体不好没法当官而已，不是什么高人。天底下人那么多，十有八九是不当官的，难道都是高士吗？这话说得可真好，身为高人隐士，却不愿意自命清高。后来在刘宋的时候，在陶渊明死前一年，江州刺史檀道济去看陶渊明，檀道济劝陶渊明出来做官，说贤者处世有道则仕，无道则隐。陶渊明说"潜也何敢望贤，志不及也"，也不以高隐自居，说自己也不是什么贤者，自己隐居与什么贤者没关系，说自己只是没有能力做什么大事。话说得跟他的这个外叔祖很像。陶渊明的出身可以说是有背景的。陶渊明早年丧父，家道中落，因亲老家贫，年近三十，初入仕为江州祭酒，可是"不堪吏职"，不久就"自解归"，也就是辞职了。后来又任荆州刺史桓玄的属吏，任刘裕幕府的镇军参军、刘敬宣幕府的建威参军等职，但是时间都不长。最后在晋安帝义熙元年（405），任彭泽县令，在官仅八十余日，就挂冠而去，从此归耕田园，不再出仕。差不多从四十岁开始，回到他梦想的田园，躬耕力田，过着颇为艰难的生活，直到去世。刘宋时，曾召为著作郎，拒不接受。宋文帝元嘉四年（427）去世。死后友人私谥曰"靖节"，所以后世称他为"陶靖节"或"靖节先生"。私谥就是朋友给他取的谥号，非官方的，所以叫"私谥"。一般人有谥号，大多是由官方取定的。

除了陶渊明的朋友颜延之写了《陶徵士诔》之外，南朝梁朝的太子萧统是最早特别重视陶渊明的人。他给陶渊明编了文集，写了序，并且还为之作传，他的《陶渊明传》说陶渊明"少有高趣，博学善属文，颖脱不群，任真自得"。钟嵘的《诗品》称陶渊明是"隐逸诗人之宗"，在后世人的眼里，他是一个隐士，又是一个田园诗人，他的人和诗是高度统一的，都体现出很高的境界。他传世的诗作只有一百二十多首，文更少，只有几篇。他生前对于自己的诗名，对于自己身后的名声，似乎也没有什么期望，但这一百多首诗却为他赢得了不朽的名声，使他成为中国文学史上屈指可数的最伟大的作家之一。

关于陶渊明的归隐，最常见的说法是说，他因为不满官场的污浊和黑暗，所以就辞官归隐了。这无疑是一种概念化、简单化的认识。这种认识往往只能揭示部分的真实，而且通常是比较表层的真实。而部分的真实、表层的真实，往往是对整体真实、对事物的本质和真相的遮蔽，盲人摸象讲的就是这个道理。陶渊明生活在晋宋易代之际，这个时代不只是官场污浊，而且高层政治斗争非常激烈，王公武将各怀异心，互相倾轧。陶渊明曾经事奉过的主官桓玄和刘裕，就都有野心，都想当皇帝，只是桓玄失败了，而刘裕获得了成功。陶渊明的归隐应该与他对时局的认识有关。然而这种混乱的时局，对很多想混的人来说，也许正是个机会，正好浑水摸鱼，趁火打劫。可见人跟人是不同的，我们看一个人的行藏出处，应该从人身上找原因。陶渊明弃官归隐，固然与他厌恶官场的污浊有关，但我们强调的往往只是外因，只是官场的污浊和黑暗，我们忽略了内因，忽略了陶渊明这个人。要理解陶渊明的归隐，应该在他身上找原因。

一般人的归隐常常是为形势所迫，多少是有被迫的意思，而陶渊明的归隐，完全是他自己自主选择。他虽然屡次出仕，当了好几次官，但是每次时间都很短，好像是打短工，都没有久留之意，让人觉得他的出仕好像是为了最终的归隐做准备。孔子说"小人怀土"，陶渊明就是一个这样的"小人"。他是一个特别留恋乡土，热爱田园和自然的人，他对于乡土始终怀有农民式的爱，他的诗中非常真切地表现了对乡土的留恋。不了解这一点就不可能了解陶渊明的人和他的诗歌。我读陶渊明的诗，看到他有时在上任或出差的途中就想到回家了，印象特别深刻。《始作镇军参军经曲阿作》一诗，是他出任镇军将军、徐州刺史刘裕的参军时，在赴任的途中写的。诗是这么写的：

> 弱龄寄事外，委怀在琴书。
>
> 被褐欣自得，屡空常晏如。
>
> 时来苟冥会，宛辔憩通衢。
>
> 投策命晨装，暂与园田疏。
>
> 眇眇孤舟逝，绵绵归思纡。
>
> 我行岂不遥，登降千里余。
>
> 目倦川途异，心念山泽居。
>
> 望云惭高鸟，临水愧游鱼。
>
> 真想初在襟，谁谓形迹拘。
>
> 聊且凭化迁，终返班生庐。

诗人在诗中回顾了平生的志愿，回顾了自己从小就养成的委怀在琴书、寄身于事外的安贫乐道的人生态度，表现出对仕途的厌倦和对故土田园深深的眷恋。"眇眇孤舟逝，绵绵归思纡""目倦川途异，心念山泽居"，诗句中充满了客子的忧伤和迫切思归的心情。"暂与园田疏""终返班生庐"，都是说最终要回去，说"暂与"，说"终返"，反复表达了归隐田园的执念。《辛丑岁七月赴假还江陵夜行涂口》一诗，是诗人告假期满，从家里返回江陵赴职途中写的，诗中说"如何舍此去，遥遥至西荆"，又说"商歌非吾事，依依在耦耕。投冠旋旧墟，不为好爵萦"，刚要赴职，就表示了决意"投冠"归隐的心愿。《庚子岁五月中从都还阻风于规林二首》写因公出差回来可以顺道回家探亲，舟行途中被风所阻，其一诗中说"行行循归路，计日望旧居"、"江山岂不险，归子念前涂""谁言客舟远，近瞻百里余"，写来真有归心似箭之感。其二诗中说"久游恋所生，如何淹在兹。静念园林好，人间良可辞"，更进一步表达了辞别"人间"（官场）回归"园林"的迫切心愿。《乙巳岁三月为建威参军使都经钱溪》写出差途中的感受，也有"园田日梦想，安得久离析"的感叹。田园对于陶渊明来说，是肉体与灵魂的栖息地，辞官归隐的念头真可以说是"中心藏之，何日忘之"。《归园田居·其一》所谓"少无适俗韵，性本爱丘山"，对于陶渊明来说，毫无自我标榜的意思，官场对他来说有如罗网，所以才会有"误落尘网中"的感叹。归隐田园因此对他来说是一种解放，"久在樊笼里，复得返自然"，有一种重新获得自由的喜悦。《归去来兮辞》写辞官归去的感觉，是"乃瞻衡宇，载欣载奔"，有一种欢欣雀跃之感，仿佛带着儿童所特有的兴奋的心情。从来没有人在辞官的时候，怀有陶渊明这样的心情。一般人都是在得官赴任的时候才有这样的心情。

当然，陶渊明留恋乡土、热爱田园的性情，又是和他崇尚自然、追求纯真生活的人生理想联系在一起的。"自然"和"真"是陶渊明人生理想的基本内涵。我们现在说的这个"自然"，不是"大自然"的"自然"，"自然"这个词在古代没有"大自然"的意思。"自然"和"真"都是道家的思想观念，前者出自老子，后者出自庄子。"自然"就是"复得返自然"的"自然"，是"自然而然""自己这样"的意思。从道家的观念来说，"自然"这个词包含了自由的意思。"真"和"自然"是连在一起的，两者互相包含。《庄子·渔父》说："真者，所以受于天也，自然不可易也。"最高境界的"真"，就是"天真"，是与天道自然的精神相一致的。萧统的《陶渊明传》说陶渊明"任真自得"，他的《陶渊明集序》说陶渊明"论怀抱则旷而且真"，都说到陶渊明的"真"。陶渊明自己的诗中也说"真想初在襟""任真无所先"（前一句见前文引，后一句见《连雨独饮》一诗。"真想"指心中纯真的感受和意念。"任真"差不多就是率真的意思），他在《归去来兮辞》的序中说自己是"质性自然，非矫厉所得"。陶渊明是一个特别善于自我反省的人，他的诗文中常常不自觉地就表现出这一点。所以我们要知道，陶渊明的归隐既不是为形势所迫，也不是一时的冲动，而是一种理性的选择，是出于对自己本性的深切的反省和体认，出于对生命本质的感悟和思考以及对社会现实的清醒认识而做出的自主的选择。"人生似幻化，终当归空无"（《归园田居·其四》），"人生无根蒂，飘如陌上尘"（《杂诗十二首·其一》），"万族皆有托，孤云独无依"（《咏贫士·其一》），诗人对生命存在的虚无和孤独有深切的感悟和体认，这进一步促使他从世俗事功的追求中及时脱身。"当年讵有几，纵心复何疑"（《庚子岁五月中从都还阻风于规林·其二》），"吾生梦幻间，何事绁尘羁"（《饮酒·其八》），生年有限，人生如梦，更应该挣脱世网，纵心自适。

大家都知道陶渊明不为五斗米折腰、不肯束带见督邮的故事。只是因为上面州府的督察官员要来检查工作，他不愿意"束带"去见领导，就这样辞职了。这个故事中关键的细节是"束带"。去见领导扎个腰带，系个领带，打扮得正式一点，他都受不了，就辞职了。有的人说，这个故事不可信，原因是陶渊明没有那么冲动、那么幼稚、那么不成熟。但我是愿意相信的。他一点都不冲动，因为他早就想走人了，这件事只是一个诱因。对于一个随时都想卷起铺盖回家的人，而且还是像陶渊明这样不甘心受束缚的人来说，要特地打扮一下去见领导，见他所说的那种"乡里小儿"，他还真不一定受得了。而且"束带"对大多数人来说，也许是小到不能再小的事，可是对有的人来说不完全是小事，因为它事关人的尊严。所以陶渊明不肯"束带"见督邮，我看是可以理解的。王维就不理解，他在《与魏居士书》中说陶渊明是"一惭之不忍"（受不了一时的委屈）就辞职了，弄得后来日子过得惨兮兮的，很替陶渊明感到后悔。可是陶渊明自己一再说他愿意老死田园，过他的苦日子，他说"但愿长如此，躬耕非所叹"。其实陶渊明也不是"一惭之不忍"，不是受不了一时的委屈，他是一直都不想受委屈，不想长期承受羞辱。当官对他来说就是一种羞辱，如果不辞职就会有终身之惭。他在《归去来兮辞》的序中说做官的感受是"违己交病"，使他"怅然慷慨，深愧平生之志"。《饮酒·其十九》一诗回忆当初迫于贫困出来做官（"畴昔苦长饥，投耒去学仕"）的感受，也说"是时向立年，志意多所耻"，做官给他带来的是"多所耻"的羞辱感。喜欢半官半隐的王维不能理解陶渊明，他是比陶渊明低一等的人。王维应该也可以算是个高人，但是是比较低一等的高人。大家都说他是"诗佛"，其实不是很恰当，他的境界还没有孟浩然高，但是喜欢他的人，比喜欢孟浩然的人多多了。文学史对他的评价通常也高于孟浩然。不过跟他们同时代的大诗人李白和杜甫，对孟浩然的评价都特别高。王维过着半官半隐的生活，显示出优游自得的姿态，能满足更多的人的期待心理（他的不少诗句，如"松风吹解带，山月照弹琴""独坐幽篁里，弹琴复长啸"，像行为艺术一样，是有刻意表现自我的意思——"深林人不知"原本所要表现的是与世隔绝的超脱，却在不经意间显示出"作秀"的模样）。王维的诗表现的是一种比较不彻底的逃避，以及逃避之后的自我安慰。陶渊明不止有逃避还有毅然决然的拒绝，在他温和、平实的人生姿态中隐藏着真正孤高傲世的决绝的心。就人生和诗歌艺术的境界而言，陶渊明犹如绝尘而去的神马，不是凡间的"骏马"能赶得上的。在后代诗人中，孟浩然的境界大概是最接近陶渊明的，而王维则更接近于跟陶渊明同时代的谢灵运。孟浩然《仲夏归汉南园寄京邑耆旧》诗云："尝读高士传，最嘉陶征君。"他的性情和诗风都接近他所爱慕的陶渊明。王维的人和诗缺乏的是陶渊明的人和诗所显示的孤标绝俗的超越的精神。王维的境界与后来标榜"吏隐"的白居易比较接近，当然白居易表现得更加俗气。谢灵运、王维、白居易都特别信佛，但是他们比不信佛的陶渊明和孟浩然离佛所指示的境界更远。陶渊明和孟浩然的任真与自然，跟佛所宣示的通达无碍的自在的境界颇有相通之处。陶渊明的好处还在于他绝俗而不离于俗，从不刻意表现高人的姿态，还在于他对于人世的悲欢有远比一般人更为深沉的感受和体悟。

下面我们来看陶渊明的《归园田居·其三》。我们先来读一遍：

种豆南山下，草盛豆苗稀。

晨兴理荒秽，带月荷锄归。

道狭草木长，夕露沾我衣。

衣沾不足惜，但使愿无违。

《归园田居》这一组诗总共五首，写于诗人归隐后不久。这是其中的第三首。陶渊明的诗风以平淡自然著称，这首诗应该可以算是他最平淡的诗之一了。借用闻一多在《孟浩然》一文中夸孟浩然的话来说，叫做"淡到看不见诗"。面对这种"看不见诗"的诗，你最好三缄其口，最好闭嘴，别想去解读它，因为你可能开口便错。但我现在不能不说，只好试着说说看。

前四句说：在南山下种豆，田里的草长得很茂盛，豆苗却显得稀稀拉拉的。一早起来就下田去清除杂草，忙到晚上带着月色扛着锄头回家。"晨兴"，就是早晨起来，"兴"是"起"的意思。"理"，是治理、清理的意思。"荒秽"，这里指田中的荒草。后四句说：回家的时候经过狭窄的小路，路边长着长长草木，草木上的夜露沾湿了我的衣衫。衣衫沾湿了不值得感到可惜，只要能不违背我的心愿就好。

诗的前六句只是对一般事实的陈述，全是平铺直叙的写法，这种毫无雕饰的平实质直而又简练的语言，能让事物如其所是地呈现出它本来的面目。一二两句写"草盛豆苗稀"，这是农田中常见的情景，给人留下鲜明的印象，也暗示了种田的不易，但是语气却是轻松的，甚至还略带一点诙谐。不少人都说，这两句诗写作者刚学种田，不善经营，这是想多了，说明对诗的语言还不了解，也说明对农事可能也不了解。田里长草很正常，特别是新开荒的田地，更容易长草。《归园田居》组诗的第一首说"开荒南野际"，第二首说"我土日已广"，可见诗人回归田园之初，颇事开垦，这种豆的地大概也是新开垦的。三四两句写下田除草，早出晚归，可见劳作的辛苦。但语调仍然是轻松的，体现了诗人对劳动的态度。"带月荷锄归"，写来情景如画，对于像我这样从小参加过农事劳动的人来说，它能唤起关于劳动生活美好的记忆。对于诗人来说，这种感觉也是美好的，这种和劳作的辛苦联系在一起的美好感觉，只有热爱劳动的人们才能感受到。劳动创造了生活，也充实了生活，人们通过劳动，用双手跟这个世界建立了关系，与劳作的辛苦联系在一起的美能充实人的生命。陶渊明对此有深切的体认。组诗第一首说"开荒南野际，守拙归园田"；第二首说"桑麻日已长，我土日已广"，语意间也有一种劳动生活带来的满足感。五六两句可以说是接着第四句来写的，是对第四句的补充和延伸，写夜归的情景特别分明、真切，狭窄的道路、茂盛的草木、沾衣的夜露，还有前面写到的月色，给人留下难忘的印象。"道狭草木长，夕露沾我衣"，是劳动生活中并不重要的细节，但是那沾衣的夜露，和汗水一样，却仿佛是一种象征，凝聚着劳作的艰辛，所以接着十分自然地转出了"衣沾不足惜"这一句——"衣沾不足惜"，也就是辛苦不足惜。但是不说"辛苦"，只说"衣沾"，便有含蓄之意、蕴藉之思，而且只就眼前夜归的感受写出，显得既真切又自然。

　　这首诗只有八句，前六句平铺直叙，只是对事实的陈述，第七句不经意间就转出了心事，再由第七句自然带出了第八句，一锤定音，收束全篇。诗到了最后两句才出现了转折，并且由叙述转为议论，把诗意带到了新的境界，读来令人欢喜赞叹。这最后两句是一篇命意之所在，写得言简意赅，在平静的语气中，寄托了深沉的思想感情，表现了诗人不苟流俗的精神境界。"衣沾不足惜，但使愿无违"，字面上只说"不足惜"，读来却有珍重顾惜之意，"衣沾"之所以"不足惜"，那是因为人生有更足惜、更可惜的志愿在。这"愿"就是"志愿"，就是一个人的意志和心愿，这里面有他的理想，有他的初心，有他的信念，有超越于世俗之上的价值诉求。这个"愿"，在某种意义上也就是"道"。这个世界上只有两种人，一种是有"道"之士，一种是无"道"之人。一个有"道"之士一定有他不甘心放弃的"愿"，对于他来说，人生因此是一个修炼的过程、一个修道的过程。陶渊明无疑就是这样的人。孔子说："见善如不及，见不善如探汤。吾见其人矣，吾闻其语矣。隐居以求其志，行义以达其道。吾闻其语矣，未见其人也。"（《论语·季氏篇》）在孔子看来，能够"隐居以求其志"，是一种很高的人生境界，他说他没有见过这样的人。我想陶渊明应该就是一个这样的人，他归隐田园，躬耕于陇亩之间，就是因为他有他要追求和守护的理想和志愿。陶渊明有很多诗给我留下很深的印象。但是我之所以想讲"种豆南山下"这首诗，是因为不久前我突然想起这首诗的最后两句，这样的句子能给人带来信心和力量。

　　"道狭草木长，夕露沾我衣。衣沾不足惜，但使愿无违"，前一句说"沾我衣"，后一句接着就说"衣沾"，这里用了顶针的手法，写得一气流转，更加自然地表达了出自肺腑的真诚的心愿。陶渊明的诗爱用顶针的手法，如"幽兰生前庭，含薰待清风。清风脱然至，见别萧艾中"（《饮酒·其十七》），"相见无杂言，但道桑麻长。桑麻日已长，我土日已广"（《归园田居·其二》），"所以贵我身，岂不在一生？一生复能几，倏如流电惊"（《饮酒·其三》），"农务各自归，闲暇辄相思。相思则披衣，言笑无厌时"（《移居·其二》），都能在流转自如的节奏和语气中更好地表达诗人内心真实的感受，流露出自然率真的气息。

　　这是一首语言特别浅显的诗，所以被选入初二的语文课本。我如果告诉你这首诗也有严重的误读，你也许不会相信。我说的"严重"，一是指出现严重的误读，也就是误读本身是严重的；二是指大家都误读，是就误读的普遍性来说，这种普遍误读的情况也是严重的。我要说的误读有两点，我简单说一下。第一是"道狭草木长"的"长"字，误读为"zhǎng"，误解为"生长"的意思。有些注本对这个字不加注，凡是我见过加注的，都误读为"生长"的"长"。比如，北大中文系编的具有较高学术价值和参考价值的《魏晋南北朝文学史参考资料》注释"草木长"为"草木丛生"；孟二冬《陶渊明诗选注》与前述注释完全相同；人教版八年级上册《语文》课本，注释"草木长"的意思也是"草木丛生"，并加上注音"zhǎng"。"道狭草木长"的"长"显然应该读作"cháng"，这个句子写的是一时直观的感觉，诗人看到的是草木外在形象的疏密长短，看不到草木的"生长"，露水沾衣是因为草木的长（"cháng"），不是因为草木在"生长"，而且读作长短的"长"，跟"狭"是对称的，读作生长的"长"则句子失去平衡，实际上是病句，说"道路狭窄，草木在生长"，是莫名其妙的话。这个"长"字的误读，看起来是比较小的错误，对整首诗的理解影响不大，但是在我看来也不是小毛病，因为这种误读意味着语感的丧失——丧失了语感就不用再读诗了。第二是"但使愿无违"的"愿"，解释为指归耕的愿望。从诗意的理解来说，这是更严重的误解。比如，北大中文系编的《魏晋南北朝文学史参考资料》注释说，"这里的愿指归耕"；曹道衡、俞绍初的《魏晋南北朝诗选评》注释说，"愿，指躬耕隐居"；孟二冬《陶渊明诗选注》解释说，"愿，指隐居躬耕的愿望"；龚斌《陶渊明集校笺》解释为，"故陶渊明之愿，乃安于田园，坚持躬耕之愿"。"衣沾不足惜，但使愿无违"的"愿"显然应该指人生的理想、志愿，而并非指具体的躬耕之愿。隐居躬耕，相对于心中的志愿，只是外在的行迹，而且对诗人来说是已经实现的事实，不必如此郑重其辞地说"但愿能不违背躬耕的愿望"；而且"衣沾不足惜"，实际上就是说躬耕的辛苦不足惜，也就是"躬耕非所叹"（《庚戌岁九月中于西田获早稻》）的意思，如果接着又说希望能不违背躬耕的心愿，那就是无意义的重复。这样的理解套到"隐居以求其志"这句话，就变成"隐居以求躬耕之志"，显然是空洞无谓的废话。这首诗的最后两句最关键，这种误读影响了对这首诗思想深度的认识。实际上，这种误读是与注家本身没有更高深的人生志愿有关。陶渊明的诗，从词句的理解来看，难度是比较小的，但是注解错误并不少，其中有些错误是从来没有人"过问"的。当代注家的注本大多是抄来抄去，没有添乱就不错了。

第二节　《读〈山海经〉·其一》

这一节我们来讲陶渊明的《读〈山海经〉·其一》。这首诗是《读〈山海经〉》十三首的第一首。《读山海经》十三首是陶渊明晚年所作的一组诗。其中除了第一首和最后一首以外，其他各首都是分别写《山海经》与《穆天子传》中所记各事。《山海经》是先秦的古籍，记录神话和山川地理方面的事。《穆天子传》也是神话之书，记载周穆王驾八骏巡游天下的故事，该书是西晋太康年间汲郡人不准盗发魏襄王墓（一说魏安釐王墓）时发现的。这第一首有点像是组诗的序诗，主要写耕种之余饮酒、读书的乐趣，以及田园生活的美好。我们来读一遍：

孟夏草木长，绕屋树扶疏。

众鸟欣有托，吾亦爱吾庐。

既耕亦已种，时还读我书。

穷巷隔深辙，颇回故人车。

欢然酌春酒，摘我园中蔬。

微雨从东来，好风与之俱。

泛览《周王传》，流观《山海图》。

俯仰终宇宙，不乐复何如？

全诗十六句，刚好是四句一个相对独立的意思，这样就可以分为四个层次，每四句为一个层次。

开头四句，"孟夏草木长，绕屋树扶疏。众鸟欣有托，吾亦爱吾庐"，写田舍之美和托身田园，欣然自得的心情。前两句写田舍环境之美。"孟夏"就是初夏；"扶疏"是树木茂盛纷披的样子。初夏时节草木生长，屋前屋后掩映着茂盛纷披的树木。诗人用质朴的语言和平铺直叙的笔调写景，却给人以饱满鲜明的印象，表现出草木的生意和初夏这个生长的季节带给诗人的感受。这正是陶诗的好处，在简朴的词语中展现人和世界原初的关系。后两句触物感兴，由鸟及人，写自己对田庐的热爱，"托身已得所"（《饮酒·其四》）的欣喜之情溢于言表。诗人喜欢以鸟自喻。比如，《归园田居·其一》"羁鸟恋旧林，池鱼思故渊"写身在官场对田园的向往；《饮酒·其四》"栖栖失群鸟，日暮犹独飞"借离群的鸟写生存的孤独感。在"众鸟欣有托，吾亦爱吾庐"这两句中，诗人把自己和大自然中卑微的生命联系在一起，表达了回归自然的喜悦与万物各得其所的归宿感。"众鸟"之"欣有托"原本是从诗人的眼中见出，正是在对自然生命深切的同情中，表现了诗人亲近自然、热爱生活的感情。这开头四句从初夏草木的生长写到绕屋树木的茂盛，从绕屋树木的茂盛写到众鸟的托身得所，又从众鸟的托身得所写出自己对得以栖身其中的田庐的热爱，从结构上看针线很密，却又了无痕迹，确是天衣无缝，浑然一体。

在陶渊明的眼里，田园的美总是和树木联系在一起的。《归园田居·其一》说，"榆柳荫后檐，桃李罗堂前"，写屋前屋后的树木，有如数家珍之感；《和郭主簿·其一》说，"蔼蔼堂前林，中夏贮清阴"，说堂前是茂盛的树林，中夏，那是夏天的中间，是最热的时候，可是因为有这一片树林，就能"贮清阴"，就能把清凉贮存起来，把清爽、阴凉的气息留住。"贮"是一个很俗的字，但是用在这里却是最好的，把树林所带来的"清阴"之美，写得那么饱满，那么令人愉悦。上一句的"蔼蔼"两个字，形容树林的茂盛，也是很好的词语，除了写了树林的茂盛，还传达了一种富有生机的、祥和的气息。所以写的是堂前的树木，却仿佛不自觉地就写出了心中的喜悦，十分自然地流露出诗人对于田园生活的热爱。前面举的这两个例子，跟《读〈山海经〉·其一》这首诗开头写的一样，都是写树木以见田舍之美的。饮酒、读书是陶渊明在诗文中常常提起的隐居生活的两大乐事，而他也把这两大乐事和树木连在一起。他在《归去来兮辞》中设想田园生活的乐事是"引壶觞以自酌，眄庭柯以怡颜"，一边喝酒，一边看着庭院里的树木，他觉得这样的生活就值得向往。在晚年写给儿子们的《与子俨等疏》一文中，他回顾自己平生志趣说："少学琴书，偶爱闲静。开卷有得，便欣然忘食。见树木交荫，时鸟变声，亦复欢然有喜。"他说从小学琴书，有时特别爱闲静的生活，读书有所得，便高兴得忘了吃饭；见到树木交荫，不同的时节有不同的鸟儿在树荫中啼鸣，也觉得特别高兴。这是他在去世前不久，给他的儿子们写的信，信中说了这些无关紧要的话。但是正是在这些无关紧要的话中，表达了他的志趣、他的情怀，读来有春风拂面之感。这是什么志趣和情怀呢？我只想到了一个词，那就是"高人"。这是高人的志趣和情怀。这世界上只有两种人，一种是高人，一种是低人。高人总是很少，陶渊明是高人中的高人。只有真正的高人，才懂得在最普通的日常生活中安顿自己的灵魂，才愿意在琴书相伴之中度过闲静的岁月，才会在平凡的事物身上看见世界的光辉。也许失去了树木，田园便失去了它的标志，失去了自然的庇荫。这使我想起孟子所说的故国乔木，想起"桑梓"这一个被用来指代家园的词语。而且，正是在树木身上最鲜明地体现了大自然四时的流转与光影的变幻。这些平常的树木因此寄托了诗人对田园的热爱，以及他对自然丰富的感受。

前面我们讲了开头四句，接下去四句，"既耕亦已种，时还读我书。穷巷隔深辙，颇回故人车"，写田园隐居生活的清静和闲来读书的乐趣。这四句只是比较一般的叙述，但语意不失生动，仍能表现诗人隐居生活自得的心情。前两句"既耕亦已种，时还读我书"，说春耕过后，农事已毕，就可以读书了。这两句点出读书，先交待题面（因为这组诗就是写读书的，写读《山海经》）。说"既"，说"亦已"，口吻之间有农事已毕的轻松感；说"时还"，说"我"，口吻之间有欣然自得之意，可以见出读书的快乐。而说"既耕亦已种"之后，才"时还读我书"，虽然说的是农闲读书，却仿佛使人想见田园劳作的情景，使人觉得这样的读书似乎也是别有一种滋味。后两句"穷巷隔深辙，颇回故人车"，"深辙"是车驶过留下的轨迹，这两句是说自己住在偏僻的陋巷里，与大路隔绝，与车马隔绝，往往使故人回车而去。因为自己住得太偏僻，朋友要来找他也不容易。这两句写隐居生活远离了车马喧嚣，有清静自得之意，见出隐士脱俗的情怀。当然，这种清静的生活状态也正好是与闲来读书的心情相适应的。诗人在《归园田居·其二》这一首诗的开头写自己远离尘嚣的生活和心情，也说"野外罕人事，穷巷寡轮鞅。白日掩荆扉，虚室绝尘想"，意思是说，身在村野很少有世俗中的各种人事，住在偏僻的巷子里，很少有车马往来；白天也掩着柴门，在虚室中远离了尘俗的念头。诗的意思与此诗"穷巷隔深辙，颇回故人车"二句相近，只是这两句语意更加含蓄平和，与诗中所表现的欢悦的心情相一致。

"欢然酌春酒"四句写雨中饮酒之乐。这饮酒的欢乐是和田园生活联系在一起的。"摘我园中蔬"一句，写从自己的田里摘来蔬菜下酒，不但给饮酒之乐增添了情趣，也给诗意的表达增添了田园生活的气息。这原本是田园生活中最平常的事情，从诗人的口中说出却有欣然自足之意，体现了他热爱乡土的温厚纯朴的情怀。"微雨从东来，好风与之俱"这两个句子写雨特别传神，写出了细雨随风而至的动态和生命力。"从东来""与之俱"语出天然，状写风雨，有天真之趣。"好风"一词，是不经意间脱口而出的赞叹，仿佛带着些许的醉意。这两句写景，一句写雨，一句写风，在爱好骈偶的六朝人笔下最容易写成偶句，而在陶渊明这里，却写成了散句，笔意散缓，不但写出风雨飘洒的意态，也流露出诗人闲散自适的心情。苏轼说："渊明诗初看若散缓，熟看有奇句。"（惠洪《冷斋夜话》）他说陶渊明的诗乍一看好像写得比较散漫，再仔细看，往往能看出这些散漫的句子其中是有奇句的。苏东坡的这句话拿评价这两句诗也是很恰当的。从整首诗来看，这两句写景的句子显得特别重要。这首诗只有开头两句写景。如果少了这两句，从开头两句以下只写人事，则不免有偏枯之病。这两句诗处在诗的后半部分，又写得特别好，与开头两句呼应，有衬托全篇的作用，赋予这首田园诗以更加丰富的自然色彩，并从而使人事与自然融为一体。

诗的最后四句回到题面上来，写读书，"泛览《周王传》，流观《山海图》。俯仰终宇宙，不乐当何如？"重申读书之乐，补足题意，把题目《读〈山海经〉》的意思补写完整。陶渊明在天性中必定是一个有奇趣的人，他的人和诗也都有平中见奇的特点。他的朋友、当时著名的文学家颜延之在《陶徵士诔》中说他"心好异书"。这所谓的"异书"，想必包括这首诗中提到的《穆王传》和《山海图》。《山海图》应该就是插图本的《山海经》。这些书中神异的故事，也许在某种程度上满足了诗人超凡脱俗的梦想。诗说"泛览""流观"都有随意浏览的意思。这是一种凭兴趣读书的态度，不是为了"做学问"，更不是为了准备考试或者"搞课题"。这大概也就是诗人自己说的那种"好读书，不求甚解"（《五柳先生传》）的态度了。这种读书的态度好处在于脱离了功利，能有所会意，并因而得到读书的乐趣。所以"不求甚解"之后的一句话是"每有会意，便欣然忘食"，每每在读书中有所会意，有心得的时候，又高兴得忘了吃饭——看起来他最容易忘掉的是吃饭的事。诗的最后两句由读书的快乐引出诗人对人生的感受。"俯仰"是对人的生活、活动的一种形象化的概括，人活在这个世界上就是在一俯一仰、一举手一投足之间度过的。诗句的意思是说，在"俯仰"之间（相当于说在举手投足之间）便能与宇宙相始终，与天地精神往来，还不能快乐吗？不快乐还能怎么样呢？表现了诗人超脱凡俗的精神境界。这两句诗虽然紧接在"泛览《周王传》，流观《山海图》"之后，但不是对这两句的引申和发挥，而是具有总结全篇的意思，总写隐居耕读的自得之乐。"俯仰终宇宙"，与诗人在另一首诗中说的"纵浪大化中"（《形影神·神释》）的意思是相似的。纵身在宇宙大化之中，生命便能获得最终的解放和自由，体现道家的人生观。对于"俯仰终宇宙"这句诗，大家都解释为片刻之间，就能通过读书穷尽宇宙间的事（"俯仰"形容很短的时间），这样的理解是错误的。片刻的读书不可能穷尽宇宙间的事，这里的"终宇宙"，不是指在事理上穷尽宇宙的真相，而是指精神状态，指天人合一的精神境界，应该说这种境界在本质上与读书有关，但这里所表现的不是一时读书的具体效果。

第五讲　胡太后《杨白花歌》和柳宗元的同题之作

第一节　胡太后《杨白花歌》

这一讲我们讲北魏胡太后的《杨白花歌》以及柳宗元的一首同题的诗歌。

我们先来看一下胡太后的这首《杨白花歌》：

阳春二三月，杨柳齐作花。

春风一夜入闺闼，杨花飘荡落南家。

含情出门脚无力，拾得杨花泪沾臆。

秋去春还双燕子，愿衔杨花入窠里。

诗的意思是说，阳春二三月的时候，杨柳齐开花。一夜春风突然刮进了闺中，杨花飘荡就落到了"南家"。含情出门脚没有力气，拾得杨花泪水就沾到了胸口。但愿秋去春来的双燕子，把杨花衔回巢里。下面我念一下，我以前给报纸写的一篇有关这首《杨白花歌》的短文：

这首《杨白花歌》是北魏胡太后写的。胡太后原是北魏宣武帝的妃子，宣武帝死后，她年幼的儿子继位做了皇帝，她以太后之尊，临朝称制，执掌大权。这个年方三十余、不免孀闺寂寞之感的太后爱上了许多男人，而杨白花也许是其中最让她伤心的一个。

杨白花是北魏名将杨大眼的儿子。《梁书》卷三十九记载说："杨华，武都仇池人也。少有勇力，容貌雄伟，魏胡太后逼通之。华惧及祸，乃率部曲来降。胡太后追思之不能已，为作《杨白花》歌辞，使宫人昼夜连臂蹋足歌之，声甚凄婉。"这是一段具有传奇色彩的故事。胡太后"逼通"杨白花，而对于杨白花来说，跟一个胆大妄为的太后有私情，显然是一件危险的事。他害怕因此招来灾祸，于是率部曲投奔了南朝，改名杨华。胡太后"追思之不能已"，写下了这首《杨白花歌》。

这是一首失恋的哀歌，在绝望的悲伤中饱含着热切的感情。整首诗皆出之于比兴，托物言情，浑然一体。那随风飘逝的杨花，恰好与弃她而去的情人的名字相同。这样的"比兴"确实非同一般，对于作者来说，那风中飘荡的杨花，能使人触目惊心，黯然魂销。

诗从杨柳花开的繁盛写起，"阳春二三月，杨柳齐作花"，语气中仿佛带着些许的赞叹。然而，对于无常而又不幸的命运来说，繁盛却正是衰落的开始。一夜之间刮起了春风，那杨花就被无情的风带走了。"南家"，暗指南朝（梁朝）。"春风一夜入闺闼"，狂暴的力量，来得突然而且不可阻挡，从天而降的不幸，显示的正是命运的力量。这一句虽是比兴之辞，却出自真实的经验，写来自有触动人心的力量：夜里突然起风，风推动着门窗，刮进了房间，那情景原本就能使人梦断魂惊。"闺闼"就是"闺门""闺中"的意思。

五六两句是罕见的句子，那是真正的肺腑之言，只有陷身在失恋的痛苦中的人，才有可能写出这样的句子。含情出门去，给人的感觉是走投无路；"脚无力"是最平实的话，却是真正的伤心之语。失恋是一种疾病，失去了爱情就失去了生命的力量，使人双脚无力，难以自支。"拾得杨花"与"泪沾臆"原本并没有什么关系，可是就在俯身拾起杨花的瞬间，泪水却在不经意间溢了出来。悲伤的身体就像注满泪水的容器，一不小心的倾侧，就会使泪水倾泻出来。"拾得杨花"与"泪沾臆"有什么关系呢？与其说是因为"杨花"和情人同名触动了内心的伤痛，不如说是因为俯身拾起杨花的动作本身，使人不能自持，禁不住泪沾胸臆。这两句诗之所以非同寻常，不只是因为写出了真切的悲痛，也是因为表达的节制和含蓄。节制是一种美德，而真诚的感情拒绝夸饰和煽情。从字面上看，"脚无力"写的只是生理感觉；"泪沾臆"虽是直接抒情，但俯身拾起杨花的动作却掩饰了内心的伤痛，成为落泪的借口。

诗的最后表达了作者盼望情人回到身边的愿望。然而这是不可能实现的愿望。杨白花率部曲投奔南朝，不但背弃了爱情，而且事实上也背叛了国家，他是不可能再回来了。希望从南方归来的燕子把杨花带回故巢，以托物抒情的方式，在虚拟的隐喻中显示了愿望幻想的本质，也表现了相思的无望和痴迷。而成双的燕子秋去春回，其来有信，则更映照出离居的孤寂和相思的怅惘。

胡太后并不是一个诗人，却写出了一首非凡的诗。也许她原本就是一个真正的诗人，具有诗人善感与脱俗的品质。她写了这首《杨白花歌》，"使宫人昼夜连臂蹋足歌之"，这行为本身就是非凡的艺术表现，而且比她的诗篇具有更加令人惊心的悲痛的意味。

以上这篇文章是我应报纸之约，为"情人节"写的一篇"散文"。报纸约我写一篇有关"情人节"的应景的"散文"，我无话可说，就拿一首古人的情诗来说一说。因为要写得像"散文"，所以行文和一般鉴赏文章或讲义不一样。我没有写过这样的"鉴赏"文章，不过这种写法原本是我心里设想的写法之一，值得尝试。我年轻时读过林庚先生的几篇古典诗歌的鉴赏文章，觉得写得好，也是类似我这种写法，我的写法也许是受了他的影响。（前面在文章当中我引了《梁书》对于杨白花的记载，说胡太后"逼通之"，就是逼迫他跟自己私通。说胡太后写了《杨白花歌》"使宫人昼夜连臂蹋足歌之"，就是让宫女昼夜不停来演唱这首诗，手臂连着手臂，踏足而歌，而且是"声甚凄婉"，这种行为的确体现了胡太后悲伤绝望的心情。）

　　因为是应报纸之约，篇幅有限，文体有限，不能畅所欲言。下面我将就相关的问题再做一些补充说明。

　　胡太后与杨白花的故事见载于《梁书》和《南史》，《魏书·宣武灵皇后胡氏传》没有记载。但《魏书》本传记有胡氏逼幸清河王元怿之事，说她"淫乱肆情，为天下所恶"。可知胡太后所"逼幸"者，非止一人。这样的事发生在女人身上，显得颇为出格，发生在皇帝或其他有权势的男人身上则可以说是家常便饭了。与胡太后一样敢作敢当，而且颇为"淫乱"的武则天写有《如意娘》一诗，诗云："看朱成碧思纷纷，憔悴支离为忆君。不信比来长下泪，开箱验取石榴裙。"诗意是说，心思恍惚思绪纷乱把红的都看成绿的，我这么憔悴支离只是因为想你；你要是不信我最近总是流泪，可以开箱查验一下我的石榴裙（上面有泪痕）。诗写相思的哀怨，从某种意义上也可以说是写得婉转多情，可见武氏的才情。但跟胡太后的这首《杨白花歌》相比，那就显得没有什么意思了。第二句"憔悴支离为忆君"，写得"太抒情"，也太直白了，说我病病歪歪都是因为想你，跟柳永的名句"衣带渐宽终不悔，为伊消得人憔悴"差不多，本质上都是轻薄的话，心中有深情的人写不出这样"抒情"的句子。三四两句，写得如此轻巧，是貌似多情的花言巧语，也是真有深情厚意的人写不出来的"妙句"。胡太后和武则天都是"女强人"，她们都有强盗的脾气，但写起情诗来，婉转多情，却是女儿的本色。说起女人的"淫乱"，实际上往往与男人有关。古来以"淫乱"著称的女人多出于王侯之家、宫禁之中，因为她们熟悉那些身为帝王公侯的男人们的淫乱生活，并因此不免受到了感染，而且她们的"淫乱"往往也离不开那些同样"淫乱"的男人的配合。至于那些出身于青楼的女人，她们的"淫乱"生活就更是与那些"淫乱"的男人相关，是直接为那些"淫乱"的男人提供服务的。男女"淫乱"最大的不同是，女人一旦"淫乱肆情"，往往更无遮掩，而男人虽然暗地里十分淫乱，表面上却还要装得一本正经。

　　王夫之《古诗评选》评胡太后的这首《杨白花歌》说："胡妇媟词,乃贤于南朝天子远甚。"南朝天子多工于文词,多以文人才子自居,王夫之认为,胡太后的这首诗写得比他们好多了。沈德潜《古诗源》评价说："音韵缠绵,令读者忘其秽亵。"也是夸赞胡太后写得好,但跟王夫之一样,都没有忘记装一下正经。明人吴讷《文章辨体序说》则直接否定这首诗,说它是"淫鄙之辞"。可见再好的东西也会有人说它不好。如果这样的诗被贬为"淫鄙之辞",那么那些富于风情的南朝民歌几乎无一不是"淫鄙之辞"了。胡太后的生活虽然有些淫乱,但这首诗本身却只是写失恋的哀伤,超越于现实之上,与生活保持了距离,看不出半点淫鄙的意思。

　　胡太后是北朝人,但她写的这首诗却是南朝乐府的风味。也可见当时南朝文风对北朝文风的影响。冯沅君在《"杨白花"及其作者》一文中曾指出这首《杨白花歌》与鲍照《拟行路难》第八章开头几句相似,认为《杨白花歌》是受了鲍照的影响。鲍诗《拟行路难》第八章云:"中庭五株桃,一株先作花。阳春夭冶二三月,从风簸荡落西家。"从字面上看,的确有些相似。另外,《乐府诗集》著录南朝西曲歌《江陵乐》《孟珠》《西乌夜飞》诸首开头第一句都是"阳春二三月",《杨白花歌》的第一句应该也是对南朝民歌的直接套用。

　　王运熙、王国安《汉魏六朝乐府诗评注》,在《杨白花歌》一诗的"评析"中说"'春风入闺闼',比喻春心荡漾,萌生爱意";又说:"'脚无力'正是'含情'之注脚,见得失恋女子的娇慵之态。""春风一夜入闺闼"一句,并非如他们所说,是写什么"春心荡漾,萌生爱意",而是与下句一气贯通,写春风侵入闺闼,带走了杨花,"一夜"写出变故的仓促与无情。明人陆深《杨白花》诗云:"杨白花,随风起,春风吹江隔江水。杨花飞度江水东,绮房绣闼珠帘栊。不恨花无主,但恨花无力,一夜风来留不得。"其诗沿袭古辞的词意,"一夜风来留不得",可以说正是对"春风一夜入闺闼,杨花飘荡落南家"两句的发挥。又如明人徐熥《杨白花》诗云:"杨花如雪叶如丝,无奈东风一夜吹。飘落不知何处所,年年肠断暮春时。"其中"无奈东风一夜吹"一句,也是沿袭旧题的词意,写无情的东风一夜之间卷走了杨花。大约在古人看来,"春风一夜入闺闼"这样的句子是比较明白而不易产生误解的。至于说"脚无力"是"娇慵之态",那是把伤心欲绝的诗句看浅了,看作仿佛是卖弄风情的作态了。

第二节　柳宗元《杨白花》

上一节我们讲了胡太后的《杨白花歌》，对于后世的同题乐府来说，它就是"古辞"了。这一节我们讲柳宗元的同题乐府《杨白花》。《杨白花》属于北朝乐府中的杂曲歌辞，唐人写了大量的旧题乐府，但以"杨白花"为题，所见只有柳宗元一首。柳宗元是李白、杜甫之后，唐代最伟大的诗人之一，永贞革新的失败改变了他的生活，给他带来巨大的失败感。他的精神跟屈贾（屈原、贾谊）是相通的，政治生活的挫折，都曾经给他们带来沉重的打击。他们都是特别有悲剧感的诗人。柳宗元的诗表现了他心中深沉的忧伤寂寞之情。在这一点上，李商隐跟他比较接近。很多年前我住在外地，身边带着高步瀛先生的《唐宋诗举要》，我在凌晨读到柳宗元的两句诗"倚楹遂至旦，寂寞将何言"，和诗人一样，心中充满了寂寞的感觉。他们为何如此忧伤寂寞，最重要的原因是有理想和深情。元好问论诗绝句论柳宗元云："谢客风容映古今，发源谁似柳州深？朱弦一拂遗音在，却是当年寂寞心。"他把柳宗元和谢灵运联系在一起，后两句用朱弦上弹出的美好的琴音比喻柳宗元传世的诗篇，并指出其中所蕴含的寂寞之心。如此论诗，可谓知己之言。现在我们来看柳宗元的《杨白花》这首诗，其诗云：

杨白花，风吹渡江水。坐令宫树无颜色，摇荡春光千万里。茫茫晓日下长秋，哀歌未断城鸦起。

此诗沿袭古辞的题意，歌咏胡杨本事，写胡太后和杨白花的爱情故事，写胡太后失恋的忧伤。前四句也像古辞那样，借"杨白花"为双关比兴之辞，写得含而不露。杨白花随风而去，飘过了江水，使得宫树失去了往日的光彩。失去了爱情，世界便失去了光彩，春光虽然很美，却是徒自摇荡，只能令人心伤。"坐令"，就是"致使""空使"的意思。写"春光"曰"摇荡"、曰"千万里"，既写出了春色的浩荡，也写了心神不宁的感受。对于伤心的人来说，这无边的春光能摇荡人心，使人失魂落魄，难以自持。一般人对于"摇荡春光千万里"这样的句子最容易产生误解，以为既然写的是无边的春光，那就绝不是写悲伤的感情，殊不知"良辰美景奈何天"，这无边的春色原本也能撩人愁思。周邦彦《浣溪沙》词云："楼上晴天碧四垂，楼前芳草接天涯。劝君莫上最高梯。"天是一碧如洗的晴天，草是连天的芳草，正是无边的、明丽的春色，但是"劝君莫上最高梯"，写的却同样是无力面对这无边春色的悲伤落寞的心情。"坐令宫树无颜色，摇荡春光千万里"，这两句从字面看来似乎有点不一致，因为照"常规"说，既然说是春光摇荡，似乎就不应该说"宫树无颜色"，这就更给一般人的理解造成困难。明人唐汝询《唐诗解》云："风吹渡江者，谓白花南奔于梁也。所怀既远，足使我宫树无颜，而彼摇荡春光于万里之外。于是作此哀歌，几忘晷刻，才睹晓日，忽闻晚鸦之起矣。"把"摇荡春光千万里"理解为"而彼（指杨白花）摇荡春光于万里之外（指南朝）"，也就是理解为写杨白花在南朝春风得意。这样的解释完全是不合情理的胡思乱想，也不符合字面的意思（而且诗说"春光千万里"，没有"之外"的意思）。唐汝询解释诗的最后两句，认为意思是写因为伤心而几乎忘了时间，所以刚看到早晨的太阳，又突然听到"晚鸦"飞起来，这样理解也完全是错误的。诗中写的"城鸦"是"晓鸦"，他却误以为是"晚鸦"。唐氏是解读唐诗的名家，但我看他解读唐诗，基本上都是瞎说。今人论唐诗，却都很爱引他的话。今人注本中王国安《柳宗元诗笺释》对"摇荡春光"一句不做注解，高文、屈光《柳宗元选集》是今人的选本中唯一选有《杨白花》一诗的注本，注"坐令"二句云："谓杨白花离宫树而去，使树无光彩，比喻杨白花遗太后而去，太后失神，春心徒自摇荡。"是以"春心摇荡"解释后一句，也是有问题的，同样也是不合原文的曲解。字面说的是"摇荡春光"而不是"摇荡春心"，虽然太后的"春心"的确也随着"春光""摇荡"。然而这"春心"不是"徒自摇荡"的怀春之心，而是"伤春"之心。（而且说"杨白花离宫树而去"也是不对的，"宫树"是泛指宫中的树，不是专指杨柳，杨白花不是离宫树而去，是离太后而去。他们这么解释诗意，大概也是以为诗写了春光摇荡，宫树就不应该无颜色，要说无颜色，那一定是因为杨白花"离宫树而去"——其实"宫树无颜色"写的原本只是一种心理感受。）

　　诗的后两句是由胡太后作歌使宫人昼夜连臂踏歌的本事生发出来。"长秋"是皇后居住的宫殿，与上文的"宫树"相照应，点明了主题。"晓日下""城鸦起"，暗示了日夜交替的时间以及连续不断的哀歌。"晓日下"是一天将尽，"城鸦起"是一夜将尽（古时城上多有栖鸦，清晨乌鸦从城头飞起，发出鸣叫）。然而，日落乌起都传达了一种令人梦断心惊的感觉。前引唐汝询的话，说什么"几忘晷刻，才睹晓日，忽闻晚鸦之起矣"，完全是不知所云的胡话。"茫茫晓日下长秋"，句中"晓日"相当于说"白日"，不必拘泥字面解释为"朝日"。可以顺便提一下，柳宗元的各种集子此句皆无异文，古今注家也没有人说这个句子有异文，但是宋人许𫖮《彦周诗话》所引此诗，文字与诸本不同，"千万里"作"几千里"，"茫茫晓日下长秋"作"回看落日下长秋"。

　　柳宗元的这首《杨白花》辞意明白，显然是歌咏胡杨本事的诗，诗的最后两句更加明确是写宫女踏歌的事。但是仍然有人说是"自况"。宋人韩醇《诂训柳集》云："观诗意亦谪永后作。诗云'风吹渡江水'，又云'摇荡春光千万里'，亦以自况也。"似乎不说是"自况"，诗就没有意义。这种喜欢附会作者生平或附会史实来说诗的毛病，是古今相传的通病。从最广泛的意义上说，所有的诗都是"自况"的，但不是这种疑神疑鬼、处处坐实的"自况"。照韩醇的说法，几乎可以在所有的诗中看到"自况"，而人们其实也正是习惯于这样读诗的，所以几乎能够在所有怀古咏史诗中读出"讽今"的意思，甚至能够在所有带有感伤的作品中读出唯一的主题——"怀才不遇"。

　　章士钊《柳文指要》说："杨白花歌，除子厚外，少见有他人作，远不如明妃曲之泛滥，独清咸丰间山阳鲁一同咏杨白花（见《通甫类稿》）。"鲁氏《杨白花》诗云：

　　杨白花，春风能吹尔，吹尔作花还作雪，又能吹入深宫里。深宫不可居，春风还相欺，慎勿随风渡江水。渡江化作江上萍，一去烟波千万里。

　　实际上柳宗元之后，还是有些人写过《杨白花歌》，宋人、元人、清人皆偶有所作，明人所作特多，除了前面提到的陆深、徐熥之外，著名的诗人高启、袁凯、杨士奇、王世贞、胡应麟、陈子龙、柳如是等皆有所作。这些作品基本上也都是歌咏本事，而别无寓意，遣词命意或多或少都受到胡太后与柳宗元的影响。陈子龙所作《杨白花》一组四首，本集未见收，有人从清人陈济生所编的《天启崇祯两朝遗诗》（下称《遗诗》）中辑出。其一云："杨白花，春风一夜起，吹入长秋宫里飞，随风还堕春江水。堕水复作水上萍，飘荡江湖千万里。"其中"千万里"的"里"字，误作"重"，显然是"里"字之讹，但辑佚的人并没有发现（见叶石健《陈子龙十八首佚诗辑存》，《古籍研究》2002 年第 3 期），不知是清人旧编《遗诗》已有错讹，还是辑佚作者抄录时出了差错。今见有人转抄，字都写作"重"，未加订正，故顺便在此略作说明。陈子龙所作四首，词意平平，较高启、袁凯、王世贞之作逊色。章士钊所引鲁一同的诗作，词意与上面所举陈子龙所作第一首颇相似，显然是受到了陈诗的影响而近于剽袭。

第六讲　中唐的三首文人词

第一节　韦应物《调笑令·胡马》

　　这一讲我们讲三首中唐的文人词。词是在隋唐之际产生的新兴的抒情诗体。这种讲究格律，讲究平仄押韵，字有定数，韵有定声，调有定格，以长短句为主的合乐的歌词，它的兴起虽然与当时新兴的音乐燕乐有关，但是燕乐并不像大多数人所认为的那样，是词体产生的关键因素，词的产生和兴起与南朝乐府有更直接、更根本的关系。词体兴起之后，曾长期在民间流行，而后才引起文人写作的兴趣。文人词的写作在中唐之前只有零星的尝试，到了中唐才有所增加，并在文体上表现得更加成熟，代表作家有张志和、韦应物、白居易、刘禹锡、王建等。对于这些作家来说，词的写作仍然只是一种尝试，所以各自流传的词作都很少。这些被称作"诗客曲子词"的早期文人词，由于作者都是特别有文学修养的诗人，所以虽然只是尝试之作，但大都写得很好。这里我们选讲其中的三首词。

　　我们先来看一下韦应物的一首《调笑令》。韦应物是长安人，出身于官僚贵族世家，他自己也做过朝官和几任地方官，担任过滁州、江州、苏州的刺史。他做地方官，都能有所作为，能关心民生疾苦，对吏治的腐败也有深刻的认识，这些在他的诗中都有很好的体现。韦应物是一个自成一体的大诗人，他的人和诗都有很高的境界。他的山水田园诗特别有名，后世常常将他跟陶渊明、王维、孟浩然、柳宗元并称。他的山水田园诗以闲淡、高雅著称，但他年轻的时候做过唐玄宗的侍卫官，却颇有任侠之风，后来在洛阳丞的任上，还打过依靠中贵人仗势横行的军官，并因此受到处分。韦应物担任的最后一个职务是苏州刺史，离职的时候，一贫如洗，连回乡的旅费都没有，只好寄居在苏州城外的永定寺，大概一年后客死苏州。《唐诗纪事》记载说："韦苏州性高洁，所在焚香扫地，唯顾况、皎然辈得与唱酬。其小词不多见，唯三台令、转应曲流传耳。"引文提到的"转应曲"就是《调笑令》。顾况和皎然都是当时的著名诗人，皎然是一个和尚。韦应物流传下来的小词共四首：《调笑》两首，《三台》两首。下面我们就来看他的这首《调笑令·胡马》，我们先来读一遍：

胡马，胡马。远放燕支山下。跑沙跑雪独嘶，东望西望路迷。迷路，迷路。边草无穷日暮。

这首词写塞上一匹胡马失群、迷路的情景。"跑沙跑雪"的"跑"通"刨"，指动物以足爪刨地。燕支山，也写作焉支山、胭脂山，在甘肃山丹县东南，绵亘于祁连山和龙首山之间，是水草丰美的牧场。据说这一带山间长有胭脂草，花汁可制成妇女化妆用的红胭脂，为匈奴妇女所用。"跑沙跑雪独嘶，东望西望路迷"两句，颇为形象地写出了胡马孤独不安与四顾迷茫的样子。那暮色中塞草茫茫的荒野，见证了它的孤独和悲凉。词写的是马，却能引起人的同情和悲凉之感，因为人也有孤独感，也有离群失路的悲哀。词写失群的胡马，连带写出了苍茫的草原，就此而言，不妨说这也是一首写边塞景色的词，让人想起了北朝乐府《敕勒歌》。

然而，对我来说，这首词的动人之处不仅在于它写出了胡马孤独的形象或草原苍凉的景色，而且更在于它在孤独和苍凉的气象中展现了自由的境界。我特别喜欢开头所写的"胡马，胡马。远放燕支山下"，喜欢"远放"这一个词，读来仿佛有一种腾空一跃、绝尘而去的快感；而"胡马，胡马"的重复，则仿佛是对自由的感叹和召唤。

读这首词会让我想起汉代匈奴人的一首民歌，歌曰："亡我祁连山，使我六畜不蕃息；失我焉支山，使我妇女无颜色。"失去祁连山，使我们的六畜不能繁衍生息，失了焉支山，让我们的妇女容颜失色。这是失去家园的匈奴人的哀歌，读来使人忧伤。祁连山和焉支山，从读音来说，名字听起来都有一种悦耳动听的感觉。这种字词的读音，能给诗词语言的表达增加美感，是高明的诗人都会注意到的。如果"焉支山"改作"龙首山"，效果就完全不同了。所以，古代诗文中写到美人，有称谢娘、卫娘的，都是美人的代称，不管这种代称出处是什么，都是跟这个姓的读音有关，"谢娘""卫娘"好听，绝不会有人称美人为"王娘"的，因为难听，倒是有一个王干娘，也就是王婆，是《水浒传》《金瓶梅》中那个为西门庆设计引诱潘金莲，又教唆潘金莲害死武大郎的那个贪婪的老婆子，干娘是对老年妇女的称呼。俗话说王婆卖瓜，这个"王"字看来只好跟"婆"连在一起。

第二节　王建《调笑令·团扇》

这一节我们讲王建的一首《调笑令》：

团扇，团扇。美人病来遮面。玉颜憔悴三年，谁复商量管弦。弦管，弦管。春草昭阳路断。

王建有《调笑令》四首，这是其中的第一首。王建以善于写表现民间生活的乐府著称，与张籍齐名，号称"张王乐府"。"张王乐府"是元白新乐府的先导，而且他们乐府诗的成就绝不在元白之下。王建的诗特别著名的还有绝句《宫词》百首，写宫中女子的生活和情感。这首《调笑令》是写宫怨的，正是作者专擅的题材。嫔妃妻妾成群结队的古代帝王生活，造成了无数的宫中怨女，为中国古典文学中相延不绝的宫怨主题提供了素材和想象的空间。

团扇，是用丝织品制作成的圆形有柄的扇子，古时候宫中多用这种扇子，所以又称为宫扇。这首词以团扇起兴，写宫中嫔妃失宠的哀怨，首先自然让人想起汉代乐府《怨歌行》："新裂齐纨素，皎洁如霜雪。裁为合欢扇，团团似明月。出入君怀袖，动摇微风发。常恐秋节至，凉飙夺炎热。弃捐箧笥中，恩情中道绝。"这首诗又名《团扇歌》，相传为班婕妤所作，借"秋扇见捐"写失宠的忧思，这无情的扇子，从此便与女人的怨情相关。这首《调笑令》以团扇起兴，可以说是暗用了《怨歌行》的诗意。"团扇，团扇"，开头便有唱叹之意，这一个词的重复，真是恰到好处，读来如闻叹息之声。"美人病来遮面"一句顺着"团扇"写来，一意相承，接得最好。没想到这团扇原来还有"病来遮面"的作用。疾病总是与人类心中最深的羞耻感联系在一起，何况这疾病的背后更有失宠的屈辱，又何况这疾病能使玉颜憔悴、花容失色——所有这一切对于一个"美人"来说都是可羞的，都是难堪的，所以这一句"美人病来遮面"，真是词浅意深，曲折传达了美人心中无以言表的悲哀。然而，从另一方面来看，这个句子借"团团似明月"的扇子的映衬，却又写出了美人幽怨动人的神情和带着病态的美感。

接下去，写美人憔悴三年，见其失意已经很久了，因为失意憔悴，所以再也没有心思理会那些过去曾经喜欢的乐器了。"谁复商量管弦"，意思是"谁还有心思再理会管弦"，"商量"在这里是"斟酌""理会"的意思（是用来指人与物之间的关系）。爱好音乐，在古人看来无疑是一种特别富于风情的美好的品质，这个句子写美人失意之情，大概多少也暗示了她的才情和风韵。可是现在日子过得没意思，就失去了对音乐的兴趣了。（许多人在年轻的时候都曾经爱好音乐，到了中年以后就丢掉了，没心思再去理会它了。可见人生也许都是越过越没意思，最后都失去爱美的初心。）"弦管，弦管"的重复，与上下文没什么关系，只是按格律的要求，必须如此颠倒重复前一句句末两个字，与上面所举韦应物同调词中"迷路，迷路"的重复一样，在词中没有什么意义，它的作用相当于为了符合乐曲节拍的要求而添加的衬字。夏承焘先生说："《调笑令》的第四句，必须将第三句最后两个字颠倒过来重复两次，这就是调笑的口吻，但是王建这首词中，却把它变为感叹的口气，它的思想内容就提高了。"这是不符合实际的过度解读，而且一般人用这个曲调填词也都不再有"调笑"的意思了。有人大约受了夏先生的影响，说得更加不切实际，他说："本来'弦管'的叠语按律只为上句末二字'管弦'倒文重叠咏叹，不必具实义。此词用来却能化虚为实，使二叠语大有助于意境的深化和词意的丰富。全词之所以能曲尽'转应'之妙，与此大有关系。这样的句子，方称得上'活句'。"（见《唐宋词鉴赏辞典》所收周啸天文）词的结拍"春草昭阳路断"一句，点明题意，说明美人是一个被"打入冷宫"的失宠的嫔妃。昭阳，在这里指美人居住的"冷宫"。说春草遮断了通往昭阳宫殿的道路，见得君王已经很久没有来了，甚至也绝少有人经过这条路，写出深宫的冷落与幽闭的绝望。

应该说这是一首句意十分明白易懂的词，可是对它的理解却也有各种错误。其中最严重的是对结句的误解。夏承焘在《中唐时代的文人词》一文中简单分析了这首词，关于结句，他解释说："昭阳是指汉成帝宠妃赵飞燕所住的昭阳殿，由于飞燕得宠，皇帝不再到别的宫女那边去了，所以从昭阳殿到别宫的路上没有人迹，长满了青草。这是这个美人失宠的原因，也是她得病的原因。"（见夏氏所著《唐宋词欣赏》一书）这种误解一方面是由于拘泥于本事，认为昭阳既是得宠的赵飞燕所居住的宫殿，那么这里写到"昭阳"也应该是指得宠者居住的地方，其实诗人词客遣词命意哪有这么拘泥于故实，"昭阳"既可以指得宠者所居（如王昌龄《长信秋词》中的名句"玉颜不及寒鸦色，犹带昭阳日影来"），也可以借指一般嫔妃或失宠的嫔妃居住的宫殿（如韦庄有一首《小重山》词写宫怨，开头就有"一闭昭阳春又春"之句，"昭阳"正是一位幽闭深宫的失宠的嫔妃居住的地方，它只是作为宫殿的代名词出现在句子中的）。在王建的这首词中"昭阳"就只是嫔妃住所的代名词而已——只不过词中的嫔妃是个失意的人罢了。夏先生的这种误解，另一方面也是因为语感出了问题。从语法上说，"春草昭阳路断"，只应解释为"春草遮断了通往昭阳的路"，而绝不能解释为"从昭阳殿到别宫的路上没有人迹，长满了青草"。而且说"从昭阳殿到别宫的路"也很奇怪，难道君王去"别宫"一定要从"昭阳殿"出发？这样的误解是令人感到遗憾的。实际上，夏氏说词往往不足为训。就以他解说这首《调笑令》为例，除了有对结句的误解以及上文提到的过度发挥的毛病之外，他对句意的解读也不足取，如他说："美人用团扇遮面，因为病容憔悴怕见君王。学习管弦，原是为了要得到皇帝的宠爱，而现在管弦对她还有什么用处呢？"这样的解读过于落到实处，如把"美人病来遮面"解释为怕见君王，这样读句子就没意思了。倘若一定要较真来说，应该说这词中的美人不是"怕见君王"，而是早已见不到君王了。

上文提到的《唐宋词鉴赏辞典》的鉴赏文章（周啸天文）对于结句的解读也是不妥的，它解释说："'昭阳'，汉殿名，为汉成帝赵昭仪所居，用来指得宠的所在。'昭阳路断'即'君恩'已断，不直言这是因为君王喜新厌旧所致，而托言是春草萋萋遮断通往昭阳之路，含怨于不怨，尤婉曲有味。"作者可能意识到夏氏的解读在字面上就说不通，所以舍弃了夏氏过于曲折的解释，而解释句子大意为"春草萋萋遮断通往昭阳之路"。只可惜他的解释仍然认定"昭阳"只能是"用来指得宠的所在"，对句意产生了同样曲折而又古怪的误解，并且把原本情景分明的即景式表达，曲解为含混、隔膜的托喻之辞（该文说"春草昭阳路断"这个句子的意思是"春草遮断通往昭阳的得宠之路"，照这么理解，"春草"和"昭阳"就都是象喻之辞）。该文对于"谁复商量管弦"一句的解释也是错误的，它说："从下句的'复'字可会出，'三年'前美人曾有人与同'商量管弦'，以歌笑管领春风，而这一切已一去不复返。可见美人的'病'非常病，乃是命运打击所致，是由承恩到失宠的结果。'玉颜憔悴三年'，其中包含多少痛苦与辛酸。'谁复商量管弦！'将一腔幽怨通过感叹句表出。谁，有谁，也即'没有谁'。冷落三年之久，其为无人顾问，言下自明，语意中状出一种黯然神伤、独自叹息的情态。"它以为"谁复商量管弦"的意思，是感叹没有人、没有"谁"再跟她"商量管弦"，可见没有读懂这个句子。我们前面说过，"谁复商量管弦"是"谁还有心思再去理会管弦"的意思。

这首词"美人病来遮面"，另外有版本作"美人并来遮面"，是"合并"的"并"，现在仍有人主张用"并"字。生病的"病"改作合并的"并"，一字之差，顿使句意索然无味，而且"并来"其实有不辞之嫌，也就是说语法上不通；再说"遮面"也不需要两扇合并，写作合并的"并"字也不如写作生病的"病"字更能与下文写美人憔悴失意的意思相衔接。有人说："'并来遮面'，是一种舞态，美人跳舞时两手各执一扇，有时将两扇合并遮面障差。"（见黄进德《唐五代词选集》）这样解释不但了无意味，破坏了一个好句子，而且这个句子显然不是写舞蹈的——无心理会管弦的美人哪有心思跳舞呢？

第三节　刘禹锡《忆江南·春去也》

最后我们来看看刘禹锡的一首《忆江南》。刘禹锡也是中唐的大诗人，他和柳宗元、白居易是朋友，也跟柳、白二人齐名，晚年以太子宾客分司东都，住在洛阳，跟白居易往来酬唱。在思想境界上，刘禹锡跟柳宗元更接近，两人之间也颇有惺惺相惜之感，可惜柳宗元死得比较早，他们可贵的友谊也就中断了。刘禹锡和柳宗元都曾参加王伾、王叔文为首的短命的政治革新"运动"，失败后跟柳宗元一样，被贬为远州的司马，十年后调任远州刺史。这是中唐政治的悲剧，也是他们人生的悲剧。刘禹锡和柳宗元都是诗人中的思想家，他们对世界、对社会和人生都有超越常人的深刻的思考和认识。但是柳宗元的忧思太深了，比起柳宗元，刘禹锡的人生有更多的亮色，即便在困苦之中，也没有失掉他固有的豪气。我们可以在他的诗歌中分明看到这种罕见的亮色。下面我们来看这首《忆江南》，我先读一遍：

春去也，多谢洛城人。弱柳从风疑举袂，丛兰裛露似沾巾。独坐亦含嚬。

刘禹锡的《忆江南》词一组两首，这是其中的第一首。词前有题记云："和乐天春词，依《忆江南》曲拍为句。"一般认为刘禹锡的这一组词是和白居易的那一组三首《忆江南》的。不过白居易的这三首词，只有第一首和第三首是写春天的"春词"，第二首有"山寺月中寻桂子，郡亭枕上看潮头"之句，写的显然是秋天。刘禹锡的和作只有两首，大约和的只是白词的第一和第三首。

这是作者晚年以太子宾客分司东都洛阳时，病中与友人白居易的唱和之作，在当时就传唱一时，被称作《春去也曲》。词写于文宗开成三年，作者与白居易同年，这一年六十七岁。作者以垂暮衰病之年作此伤春之词，似乎有一份更深的哀感见于言外。开头一声呼喊和长叹"春去也"，声如裂帛，破空而来，读来令人心惊——与其说这是对春光消逝的感叹，不如说这是对在光阴中消磨将尽的生命的哀挽。一声长叹之后，接着一句"多谢洛城人"，笔意一转，写得婉转多情，词人要传话给春天，请它在离去之际好好地向洛阳城中的人道别致意（"谢"，在这里是告别致意的意思）。这个句子写得词意珍重，表达了词人对春光的顾惜、眷恋之情。春天去了，明年还会再来，原本可以不必如此郑重其辞，在这珍重的词语中隐含着美人迟暮的心情。"春去也，多谢洛城人"，这开头两句出之于呼告的语气，写得干净利落，摇荡生风，特别有感发人心的力量，在深沉的悲慨之中仍不失其激扬风发的意气，体现了这位特别具有理性精神、通脱超迈的"诗豪"的本色。"弱柳从风疑举袂，丛兰裛露似沾巾"两句，写暮春景色，仿佛也有依依惜别之情，带有拟人的意味，与"多谢洛城人"一句相呼应。然而，这两句不仅仅是借弱柳、丛兰抒写依依惜别的伤春之情，也描写了春天美丽的风情，表现了作者热爱春光的美好的感情。结拍忽然转出"独坐亦含颦"一句，章法空灵跳脱，从含颦（"颦"同"颦"）独坐的深闺寂寞女子的感受中，点出伤春之意，既强化了主题，也给词意平添了妩媚的姿色。

此词写迟暮伤春之悲，却同时写出了对春天的赞美和感叹。它的好处和特点，还在于写得蕴藉情深而出于流宕的笔调，别具一种流丽的美感。况周颐《蕙风词话》云："唐贤为词，往往丽而不流，与其诗不甚相远。刘梦得《忆江南》……流丽之笔，下开北宋子野、少游一派。惟其出自唐音，故能流而不靡。所谓'风流高格调'，其在斯乎！"他看出这首词有一种流宕的笔意，有一种不流于卑弱的格调，确能说出这首词的特点，不是泛泛之谈。

第七讲　韦庄的三首词（附说苏轼词一首）

第一节　《菩萨蛮·人人尽说江南好》

这一讲我们来讲唐末五代词人韦庄的三首词，作为我们解读韦庄词的参照和比较，我也将附带讲一首苏轼的《蝶恋花》。我们先简单介绍一下韦庄。

韦庄，字端己，京兆杜陵（今陕西西安东南）人，是韦应物的四世孙。韦庄出生在家道中落之后的官僚世家，少小孤贫，生活条件并不好，但学习很努力，为人不拘小节。壮年时寓居长安、洛阳，后流落江湖，漫游江南一带。韦庄多次参加进士考试，到唐昭宗乾宁元年（894），年近六十，才中进士，授校书郎。天复元年（901）入蜀依西川节度使王建，为掌书记，受到王建的器重。王建称帝，拜吏部侍郎兼平章事，前蜀开国制度的制定大多出自韦庄之手。韦庄仰慕杜甫的为人和诗才，在浣花溪畔寻得杜工部草堂旧址，结庐造屋，移居溪上，故其诗集名《浣花集》。韦庄任蜀相，颇有济世的愿望和情怀，可惜他任蜀相不足三年便病死了，终年约七十五岁。

韦庄是唐末五代时期重要的诗人，但在后人眼里，他的词更有名，与温庭筠合称"温韦"，是花间词代表作家。韦庄传世的词作约有五十五首，主要写男欢女爱、相思离别之情。但是他的词与他在唐末乱世的生活经历有关，与他遭遇乱离、流落江南、宠姬丧亡等生活经历有关，故其词每每在抒写相思离别之情的同时，别寓身世之感与怀乡之思。这在《花间集》所收的那些应歌而作的歌词中，并不多见，在一定程度上，拓展并深化了词的内涵，提高了词的品格。韦庄词语淡情真，风格清秀，清人周济评其词云："清艳绝伦，初日芙蓉春月柳，使人想见风度。"（《介存斋论词杂著》）

韦庄有《菩萨蛮》一组词五首，是他的代表作，是作者晚年流寓蜀中时写的作品。清代张惠言在他编的《词选》中说这一组词是"留蜀后寄意之作"，从这一组词实际的情感内容来看，张惠言说的是有道理的。这一组词追怀往事，写怀人思乡之情，寄托了很深的感慨。这一组词虽然可以看作是一个互相关联的整体，但每一首又有相对的独立性，我们完全可以把其中的每一首词作为独立的篇章来看。在这里我们选其中的第二首来讲，这是这一组五首词中最有名的一首。韦庄在唐末战乱中曾长期避地江南，也就是为了避乱，远离中原和故土，逃亡到了江南。这五首《菩萨蛮》中有两首特别写到了江南，写到了对江南过去生活的追思和怀念。除了我们现在要讲的这一首之外，还有第三首，开头便写道："如今却忆江南乐，当时年少春衫薄"，也是词人追忆江南旧游之作。现在我们来读一下第二首这首词：

人人尽说江南好，游人只合江南老。春水碧于天，画船听雨眠。

垆边人似月，皓腕凝霜雪。未老莫还乡，还乡须断肠。

我们先把这首词字面意思讲一遍。韦庄的词语言比较平实浅白，这首词写得明白如话，字面上的理解原本不应该有什么障碍。词的上片说：人人都说江南这地方好，游人也只合老于江南了。"合"就是"合该"，江南这么好，既然大家都说好，那他乡的游人也真是合该老于江南了。下面就进一步具体写江南的好。江南多是水乡泽国，春水碧蓝得跟湛蓝的天色一样，这使人想起江南水天一碧如洗的美景。白居易那首著名的《忆江南》词中有"春来江水绿如蓝"的名句，写的也正是江南春水的"美色"。接着由春水之美写到泛舟，"画船听雨眠"，泛舟于碧波荡漾的春水上，听着雨声睡觉。江南春天多雨，泛着画船，在睡梦中听着淅淅沥沥的雨声，这是江南生活的美。词的下片，接着写江南的好，"垆边人似月，皓腕凝霜雪"，那是写江南人物之美。山清水秀的江南可是出美女的地方，那当垆沽酒的人儿，美得像月亮一般，洁白的手腕像是凝结着霜雪。这两句写江南的美女，写得明晃晃的，很鲜艳，很鲜明。前一句是写总体的印象，后一句是特写，特写手。有总写有特写，虚实相衬，笔墨省净而勾勒分明。人用这双手触摸这个世界，手是人体最有感觉的部位，也是最引人注目的部位。女人的手尤其重要，所以维纳斯就断了手，她的美只能想象，你看不见她的手，却可以想见它们的美——她的手断得恰到好处。中国古代作家对于女人的手也很敏感、很关注。比如，曹植《美女篇》就说"攘袖见素手，皓腕约金环"，在他的《洛神赋》中也有类似的描写；南朝乐府《西洲曲》写美女是"阑干十二曲，垂手明如玉"，也写到手的美；苏轼词《贺新郎·乳燕飞华屋》写美人的手是："手弄生绡白团扇，扇手一时似玉。"这种例子很多，就不多举了。值得一提的是，韦庄这里写对往日江南旧游的追忆，特别写到了美女。而且这首词四句具体写江南的好，就用其中的两句专写美女。当一个人已经很老了（韦庄这时候已经六七十岁了），回想起过去的生活，还能如此清晰地记住江南的美女（这可是跟他没什么关系的酒家女啊），可见一颗男人的心，到老也变不了。这让我想起杜甫，在老病交加的晚年，这位伟大的诗人写了一首有名的长诗《壮游》，在这首诗中他追忆年轻时的越中之游，有"越女天下白，鉴湖五月凉"的句子。由杜甫的诗句我又想到李白的《越女词》，他说"镜湖水如月，耶溪女如雪"，与杜诗真是如出一辙，真是英雄所见略同啊。他们去的是现在的绍兴，耶溪就是若耶溪。李白、杜甫、韦庄，他们写江南女子的美，都只看到了白，真是一白遮九丑啊。值得一提的是，他们写美女的同时，都写了湖水，写了山水的美，山水与人物融为一体。女人其实也是一种风景，或者说也是风景的一部分。懂得女人也是风景，才懂得看女人。他们这样写美女，让人觉得别是一段风流，别有一种风神。

词中"垆边人似月"的"垆"是放酒瓮的台子，这里写的是个卖酒的美女，这很容易让人想起曾经在成都街上卖酒的美人卓文君。所以一般人都说这里用了卓文君来比况这个美女。俞平伯《唐宋词选释》、葛晓音《唐诗宋词十五讲》等，都说这里是暗用卓文君的典故。其实这跟用典、跟卓文君有什么关系呢？你不能因为卓文君卖过酒，就不允许别的女人卖酒，一看到写女人卖酒，就说是用了卓文君的典，这是什么道理啊。如果照这种套路解读作品，你还可以说这里用了汉代辛延年《羽林郎》诗的典故。他的诗写一个被人"调戏"的当垆沽酒的"胡姬"。中国自古以来解读诗词，就有喜欢附会的毛病。说这里是用典，对文本来说，这样的解释是多余的，是强加给文本的，因此也是不恰当的。

词的最后两句说：还没老就别回去，回去是会断肠的。"须断肠"，就是"必定会断肠"的意思。这首词一共八句，前面六句都在写江南的好，从"人人尽说江南好"写起，接着具体写江南的好，江南有风景之美、生活之美、人物之美，可以说是写足了江南的美、江南的好。对于流寓蜀中即将老死异乡的词人来说，旧日江南的生活原本也是值得怀念的。那时候毕竟年轻，还有希望，如今带着怀旧的心情，回首往事，就更有值得怀念的东西。所以这首词也可以说写足了江南的好，表达了词人对江南的追思和怀念，就像这一组词的第三首所写的那样，"如今却忆江南乐，当时年少春衫薄"，更是集中笔墨写词人对江南乐事的怀念。然而，"未老莫还乡，还乡须断肠"，在写足了江南的好处之后，在词的结尾，却在若不经意间接连转出"还乡"二字。"还乡""还乡"，这一个词的重复，仿佛有了某种召唤的意味，它重复出现在一首词的结尾，在一首词最关键的地方，像咒语一般，嗡嗡作响，回荡不已。读到最后这两句，我们才知道，原来这江南所有好处、所有美景，都是从一个异乡人落寞的眼睛里映现出来的。在"游人只合江南老"这种貌似流连忘返、乐不思蜀的话语中，原来掩藏着一颗思乡的心，一颗有家难回、欲归不得的游子痛苦的心。所以我们要知道

"只合"两个字写得好，可谓语淡而悲。人情同于怀土，对于安土重迁的古人来说，谁愿意漂泊，愿意老死异乡呢？所谓"只合"，其实只是不得已，是因为欲归不得、有家难回，是因为"还乡须断肠"，是因为家园荒废、亲友离散，远在中原的故乡正陷落在战乱之中。"只合"一词其实正是掩饰内心苦痛的一个借口。

这里"未老莫还乡"一句，从字面的意思来看，其实仍然是顺承，是接着上文写江南的好。江南这么好，所以还没老就别回去了。可是这里毕竟忍不住转出了"还乡"这个词，下一句"还乡须断肠"，又紧接着重复了"还乡"这一词，这深埋在心底的词语，仿佛在不经意间脱口而出，更加深切地表现了漂泊者的忧伤，更加深切地表现了念念不忘的"还乡"之思。词写到最后一句，"还乡须断肠"，才真正一转，真可谓是四两拨千斤，真可谓是一锤定音。我在开头就说了，韦庄的这组词写了怀人思乡之情。思乡，可以说是这组词的主题之一，反复出现在第一、第二、第三和第五首词中。第一首说"劝我早还家，绿窗人似花"，第二首说"未老莫还乡，还乡须断肠"，第三首说"此度见花枝，白头誓不归"，第五首说"洛阳城里春光好，洛阳才子他乡老"，在不同程度上皆与思乡之情有关。

从这首词中我们可以看到，韦庄的词在平直的语言中包含有一种曲折深沉的思想感情。确如陈廷焯《白雨斋词话》中对韦庄词的评价，他说"韦端己词，似直而纡，似达而郁"，说韦庄的词看上去是平直流畅，却又是曲折深沉的。他的词字面都很平直，往往写得直截了当。这首词一路写来，都是在写江南的好，可是在更深的层面上，却是写欲归不得的乡愁。这首词上片写江南的好，下片换头接着仍然写江南的好。一般人写词，在换头处要宕开一笔，要有转折，但是韦庄的词通常是写得一气直下，很平直，可是他直中有曲，这曲是内在的曲，归根结底是因为他心中有更曲折深沉的思想感情，这也是韦庄词不同于一般作为本色歌词的花间词的重要品质之一。

韦庄的诗有不少写流落江南的乡愁。比如，《南游富阳江中作》云："南去又南去，此行非自期""乡园不可问，禾黍正离离"，"禾黍正离离"化用《王风·黍离》的诗意，写的正是家园的荒芜；《江外思乡》云："年年春日异乡悲，杜曲黄莺可得知。"杜曲就是杜陵，是韦庄的故乡。这些诗句写的就是家园荒芜、欲归不得的忧思。只是诗直词曲，这种乡愁在诗中表现得更直接、更显豁罢了。

韦庄还有一首题为《思归》的诗，诗中有这么两句："外地见花终寂寞，异乡闻乐更凄凉。"这两句诗确实写出了漂泊异乡的游子的心理。花和乐都是美的，可是带给漂泊者的却是寂寞凄凉的感受。异乡风物之美常常是从漂泊者忧郁寂寞的眼里看出来的；异乡风物之美常常总能引发游子流落异乡的哀愁。游子对异乡的节物风光往往有一种特殊的敏感，正如杜审言《和晋陵陆丞早春游望》诗中所说的那样："独有宦游人，偏惊物候新。"不是异乡风物不美，而是这种美最能使人触目伤怀，最能引发莫名的哀愁，确实是"外地见花终寂寞，异乡闻乐更凄凉"。杜审言的诗中写早春景色也是特别美，是"云霞出海曙，梅柳渡江春。淑气催黄鸟，晴光转绿蘋"，但诗人的感受却是"忽闻歌古调，归思欲沾巾"。《古诗十九首》有句云："客行虽云乐，不如早旋归。"王粲《登楼赋》云："虽信美而非吾土兮，曾何足以少留。"正如俗话所说的"长安虽乐，不如故居"，我们读这一首词，也应该对作品中隐含的这一层曲折的感情有真切的体会和理解。可惜的是有许多人对这首词的理解是有错误的。也许他们误以为，既然把江南写得这么美，那就与怀乡之情无关，所以把这首词的主旨理解为只是对江南的赞美。

这首词开头两句重复"江南"一词，最后两句重复"还乡"一词，这两个词都是这首词的中心词。这种重复不但突出了追思江南与怀念故乡的主题，而且这种首尾的重复和呼应也增加了语言的韵律感，读来有余音绕梁之感。

韦庄这首词，让我想起苏轼的一首《蝶恋花》，我们也来看一下：

花褪残红青杏小。燕子飞时，绿水人家绕。枝上柳绵吹又少。天涯何处无芳草。墙里秋千墙外道。墙外行人，墙里佳人笑。笑渐不闻声渐悄。多情却被无情恼。

这首词大约写于苏轼谪居惠州时。词表面上写伤春之情，实际上写的也是漂泊者的悲哀。词的下片写路过一处庭院，听到围墙内荡秋千的佳人的笑语之声，产生了"多情却被无情恼"的懊恼的心情。普通人路过一处与己无关的陌生的庭院，一般是不会有这种感觉的。这是只有可悲的流浪者才会有的自作多情、自寻烦恼的感觉。一个天涯孤旅的客子，在异乡突然遇见美丽的陌生女郎，特别容易触发心中的孤单落寞之感。杜牧《南陵道中》诗云："南陵水面漫悠悠，风紧云轻欲变秋。正是客心孤迥处，谁家红袖凭江楼？"写的也是这种感觉。所有的漂泊者都带着一颗敏感和脆弱的心，像苏东坡这样神仙般的人物，也不例外。词的下片正是在这种自作多情、自寻烦恼的懊恼的感觉中，曲折地流露出一个浪迹天涯的漂泊者敏感、脆弱的心中所隐含的莫名的委屈、悲哀和深深的失落感。只是这种悲哀和失落感，被作者用喜剧的场景和戏谑的口吻遮掩起来。我为了苏东坡去了一趟惠州，到了惠州，心里感到非常悲哀，不知道为什么，我当时觉得现在惠州还是那么荒凉，对我来说它还是荒远之地。对于这个已经六十岁的老人，一千多年前的惠州，那是多么荒凉的"天涯"啊。

然而真正可悲的句子，是在词的上片中。上片写的是暮春的景物，隐含着伤春的心情，结合整首词来看，更隐含着天涯漂泊的悲哀。上片词在表面上只写暮春的景物，这景物本身也是美的。"燕子飞时"正是暮春时节，但是燕子、绿水、人家，以及无处不在的芳草，景物本身是美的。似乎只有"花褪残红""枝上柳绵吹又少"，让人觉得有点伤春的意思。但是花虽然已经褪去了残红，新生的青杏却挂上了枝头；柳絮虽然被风吹得越来越少，萋萋的芳草却已绿遍天涯。"花褪残红"紧接着就是"青杏小"，"枝上柳绵吹又少"紧接着就是"天涯何处无芳草"，似乎正是对春意阑珊的补偿、对伤春之情的消解。作者给这首词取了一个题目，叫"春景"，从字面上看，词写的似乎只是暮春的景色，而且这春色还是美的，上下片都没有多少感伤的意思。

　　然而，这无疑是一首忧伤的词，只是感伤之意不在于字面，而在于言外，正因为是意在言外，所以读来更有蕴藉深沉之感，读来令人悲不自胜。词的上片并无直接抒情的句子，但是在上下片词所营造的语境中，我们仍然可以感受到隐藏在多少有点冷落之意的暮春景物之中的寂寞忧伤的情思。残红褪尽之际，却生出青杏；柳絮飘零之余，却长满了芳草。这是自然生命的消长，在此消彼长的变化中，宇宙万物迁流不息。对于宇宙万物消长变化的观照和体验，既可以使人获得一种达观的眼界，又可以引发人心中无限深远的悲慨。苏东坡的体验，往往正是介于这两者之间。他的《八声甘州·寄参寥子》开头写道："有情风万里卷潮来，无情送潮归。问钱塘江上，西兴浦口，几度斜晖？"落笔写来真有一种纵观天地的气象，然而正是在这种达观的眼界中，写出了有限的生命面对潮涨潮落所显示出来的宇宙万物消长变化的力量，所引发出来的那种无常的感慨与身不由己的悲哀。《蝶恋花》这首词的上片，特别是"枝上柳绵吹又少。天涯何处无芳草"两句，也正是在关于自然生命消长的描写中，寄托了词人深沉的悲慨，而当这种悲慨与天涯漂泊的沦落之感结合在一起时，其悲慨又更深了一层。况且，大自然虽然有消长，但对于眼前的春天来说，对于有限的生命来说，却只有消磨和减损。对于伤春的人来说，"枝上柳绵吹又少"和"天涯何处无芳草"，都是春已老去的表现。"枝上柳绵吹又少"，写春色的消磨，体物真切细腻，造语纯朴自然，有动人之思。相比之下，杜甫的名句"一片花飞减却春"（《曲江二首·其一》）不免显得过于直白和刻意。"天涯何处无芳草"这个句子，自然让人想起《离骚》中的句子："何所独无芳草兮，尔何怀乎故宇？"这是抒情主人公在绝望之余向神巫灵氛问卜时，灵氛劝他远走高飞的话。屈原写出这样的诗句，实际上暗含了走投无路的悲哀，这种末路的悲凉之感多少也传给了苏轼的这个句子。"天涯何处无芳草"，读来有一种望断天涯的迷茫之感。然而，这首词的上片写景笔触颇为细致，在对景物深切而又细腻的感受中，却又体现了作者对自然、对春天最深沉的同情。《词林纪事》卷五引《林下词谈》云："子瞻在惠州，与朝云闲坐。时青女初至，落木萧萧，凄然有悲秋之意，命朝云把大白，唱'花褪残红'。朝云歌喉将啭，泪满衣襟。子瞻诘其故，答曰：'奴所不能歌，是"枝上柳绵吹又少。天涯何处无芳草"也。'"朝云不愧为东坡的红颜知己，能在看似平淡的句子中，看出作者深沉的忧伤。清人王士禛《花草蒙拾》说的是："'枝上柳绵'，恐屯田缘情绮靡，未必能过。孰谓坡但解作'大江东去'耶？"

苏轼的这首《蝶恋花》，跟韦庄的这首《菩萨蛮》一样，都是在异乡人寂寞的眼中写出异乡风景人物之美（都写到了春色和美人），并且在不动声色的语言中，写出这种美给漂泊者的心灵带来的慰藉和伤痛。

第二节　《荷叶杯》二首

韦庄与温庭筠并称，同为"花间词"的代表作家，但两个人的词风却是不同的，有清秀和秾丽之别。韦庄词风格的清秀淡雅其实是与他的词所表现的内容相适应的，是与他的词抒情的真切密切相关的。韦庄词多写相思离别、追忆旧欢的感情，从题材上看，这正是作为"艳科"的"花间词"的基本内容。然而，韦庄词所写的往往是自己切身经历的情事，与一般"花间"词人写的那些与自己人生经历没有多大关系的、纯粹为了应歌而作的歌词不同。温庭筠写的就全都是应歌而作的代言体的闺情词。韦庄是一个纯情的词人，他的词中所表现的相思离别、追忆旧欢的感情，往往有一种罕见的纯真的品质，带着少年式的忧伤，使人回想起那久已失落的纯真年代的爱情。词中写男欢女爱，就品质的纯真而言，可以与韦庄词相媲美的大概只有李煜和晏几道的词了。下面我们来看一下《花间集》所收韦庄的两首《荷叶杯》词。我们先看第一首：

绝代佳人难得，倾国，花下见无期。一双愁黛远山眉，不忍更思惟。

闲掩翠屏金凤，残梦，罗幕画堂空。碧天无路信难通，惆怅旧房栊。

这首词的好处特别在于上片，开头三句，"绝代佳人难得，倾国，花下见无期"，意思很浅显，说绝世佳人难得，再补充两个字"倾国"，说明佳人的确"难得"，有"倾城倾国"的美貌。这开头两句化用了李延年的《李夫人歌》，造语自然，犹如己出。第三句笔意一转，"花下见无期"，说再也见不到她了，当年美好的遇合，那花下美好的相会，一去不复返了。这开头三句说得毫不掩饰，而词直意深，语淡而悲，读来使人心惊。这三个句子写得不动声色，却包含了很深的怀念和遗憾的感情。只有心中有真情和深爱的人，方能如此在不加修饰仿佛脱口而出的词语中，带着情不自禁的口吻，写出一往情深的怀思与憾恨之情。这三个句子，语言的节奏与句意的表达，可以说是配合得恰到好处。开头一句感叹（赞叹）"绝代佳人难得"，接着短短一句，两个字顿住，可以说是再一声感叹——"倾国"，仿佛是开头这一声感叹（赞叹）的回声和呼应，读来使人有销魂荡魄之感。这"倾国"一句只有两个字，一般人很容易把只有两个字的短句写成可有可无的"衬字"，但在这里，这两个字却是用得很好，既是对上一句恰当的补充，又为下一句写相见无期的憾恨作了更充分的铺垫。接着第三句词意一转，"花下见无期"，前面两句的意思全落在这里了，在对佳人的赞叹中，包含了无望的相思所带来的无言的憾恨与悲哀。"花下见无期"，也就是第二首结句所说的"相见更无因"（见下文），都写得语淡情深、辞简意悲。"见无期"前面加上"花下"这个平常的词语，恰如其分地传达了对昔日美好情事的怀念。

接下去两句，"一双愁黛远山眉，不忍更思惟"，写佳人有一双含愁带恨的眉，像黛青色的远山一样的眉，写的是眉，其实也暗示了眼。眉眼原本就是连在一起的。佳人是这么美，美得让人"不忍更思惟"，不忍心多想。这两个句子，写相思的苦恨与难堪，也写出了佳人令人难忘的忧郁的美，是对开头两句的呼应。想念佳人的眉眼，想见她美丽而忧伤的容颜，只有意苦情深的想念，才有不忍思量的难堪。葛洪《西京杂记》写到卓文君的美貌，有"文君姣好，眉色如望远山"的句子。"眉色如望远山"，真是神思妙喻，写出了神采（虽然"眉若远山"后来成为形容美人套话），仿佛能从美人的眉眼间看见山容水态，领略自然神奇的风光——可见，要读懂这个妙喻，先得读懂山水，需要对自然的美先有深切的感受。人们无意中往往用自然物来比喻女人的美，可是人们并不知道山水与女色之美在本质上具有同一性，女人真正神奇的美正在于能使人从她身上看见一段自然的风景。我想起一首台湾的老歌，歌名叫《忘了我是谁》，李敖写的歌词："不看你的眼不看你的眉，看了心里都是你，忘了我是谁。"写的也是对美人眉眼的迷恋，同样是纯真的语言，带着少年人的迷思。李敖不是诗人，也不是歌词作家，但毕竟是一个有文化涵养、有性情的文人，所以偶一为之，也写得比那些流行的歌词好多了。（据说唐代妇女化妆有"远山眉"的眉样，所以很多人都说这里的"远山眉"，甚至卓文君的眉色都是画出来的。如果是这样的话，这种谁都可以画出来的"远山眉"，有什么稀罕的呢？事实上，我见过真正好看的眉都是天生的，从我个人的角度来说，我从来没有见过画出来的眉有什么动人而且值得赞叹的美感。）

　　词的下片写相思的失落感。"金凤"是翠屏上的图案，"翠屏金凤""罗幕画堂"，写的是居室之美，但是对于一个落寞的人来说，这华丽的居室却正好衬托出他暗淡的心情。"翠屏金凤"的"闲掩"，"罗幕画堂"的"空"，写的正是梦幻般的失落感。所谓"残梦"，正是追忆旧欢的迷思和梦想。"碧天无路信难通"一句写隔绝的悲哀。正是"美人如花隔云端"，那美人远在天边，碧天无路，音信难通。李商隐有一首《春雨》诗，最后有两句"玉珰缄札何由达，万里云罗一雁飞"，说要寄去玉珰和信，可是"何由达"，怎么能够寄到远方的人的手里呢？我多想凭借那从万里云天飞过的一只孤雁寄去我的情意。写的其实也是音信难通的悲哀。"云罗"，意思是"像绮罗一样的云"，可是余恕诚先生却错解为"罗网般的云天"。（见《唐诗鉴赏词典》）词的结拍忽然以"惆怅旧房栊"一句收住，由此我们才知道这眼前的居室，是过去和她一起住过的旧房子。这一句使人觉得这无穷的悲哀和憾恨，仿佛就隐藏在房子的门窗之间以及那房间的每一个阴暗的角落里——对于伤心人来说，这令人"惆怅"的"旧房栊"正是诱发哀愁的触媒。"房栊"的"栊"意思是"窗棂"，"房栊"虽然差不多可以直接解释为"房子"，但是词语给人带来的感觉却是不同的——"房栊"是一个更感性的词，能使人直接想起窗户。

　　前面已经提到，在这两首《荷叶杯》中，有两个相似的句子："花下见无期"和"相见更无因"。"一双愁黛远山眉，不忍更思惟"这两个句子，也让人想起韦庄一首《浣溪沙》词中的句子："暗想玉容何所似？一枝春雪冻梅花，满身香雾簇朝霞。"写的都是对佳人容颜最深切的思念。下片"碧天无路信难通"一句，与作者一首《谒金门》词中的句子"天上嫦娥人不识，寄书何处觅"的意思也是相似的。韦庄的词中无疑深藏着刻骨铭心的爱情，所以他总是不自觉地就写出一些相似的话语，在反复的表达中，透露出了念兹在兹、不能去怀的相思和痛苦。

　　接着我们看第二首：

　　记得那年花下，深夜，初识谢娘时。水堂西面画帘垂，携手暗相期。

　　惆怅晓莺残月，相别，从此隔音尘。如今俱是异乡人，相见更无因。

　　开头三句写当年初识伊人的情景（"谢娘"和"杜娘""萧娘"一样，是唐宋诗词中用来指称美人的词语）。"花下""深夜""谢娘"——地点、时间、人物，这不是一首叙事诗，但是开头十三个字，就把地点、时间、人物都写进来了，给人一种特别真切、分明的印象。落笔以"记得"一词领起，口吻也很真切。这写景抒情的真切和分明正是韦庄词的特点。"水堂西面画帘垂，携手暗相期"，接着写"那一夜"的情景。前一句写景依旧分明，约会是在垂着画帘的近水的厅堂的西面；后一句具体写"那一夜"的情事："携手暗相期"，彼此手拉着手订下了密约。开头已经点明了时间、地点，在"初识谢娘时"之后，接着照理就应该写到了人，应该写具体的情事，可是接着一个七言的句子"水堂西面画帘垂"，仍然写的是约会的背景，然后才缓缓引出了上片结拍一个简短的句子："携手暗相期"。"暗相期"就是"暗暗相约相许"。作者写当年幽会的情事，真是惜墨如金，点到即止，刚开了头，就没有了下文。那"初识"之夜的幽会，作者写得更多的是"布景"，而人物的活动却退隐在幕后，只透露出一点消息而已。那夜色中水边的厅堂、低垂的画帘，还有花，给词人留下了难忘的印象，那是爱情的光辉，照见了黑暗中平凡的事物，而只有纯情之爱才会焕发出这样奇异的光辉。韦庄词写男女之情，往往笔墨省净，别有一种清纯的意趣。

下片开头笔锋一转，就写到了离别，"惆怅晓莺残月，相别"，真使人有世事无常转头成空之感。"惆怅晓莺残月"，是清晨离别时凄凉的情景，"相别"一句，辞短意促，加上"月""别"是入声的韵脚，读来似乎更有点仓促的意思，让人想见别意的仓皇。"相别"之后，紧接着"从此隔音尘"，就写到了别后的隔绝。这短短的十三个字，写得一气流转，从当时的离别写到日后的隔绝，读来教人唏嘘。最后两句说，如今彼此都是漂泊在异乡的人，就更没有相见的因缘了，更进一步写相见无由的悲哀与憾恨，而在这种悲哀与憾恨之中也包含了漂泊者的忧伤。

北宋词人周邦彦《兰陵王·柳阴直》词的最后写追忆旧欢云："念月榭携手，露桥闻笛。沉思前事，似梦里，泪暗滴。"我特别喜欢这几个句子，节奏感太好了，作者可是音乐家啊。这几个句子内容跟韦庄的这首词颇为相似，但是周词写得音情顿挫，辞显意哀，韦词却几乎没有直接抒情的句子，写得含而不露，语淡而悲，可谓异曲同工，各有妙处。许昂霄《词综偶评》说韦庄的这两首《荷叶杯》"语淡而悲，不堪多读"，确实是有感而发的评论。

我年少时读韦庄的词，就喜欢它的真切和单纯。刚上大学的时候写了一首《如梦令》，现在看来似乎是受了韦词的影响，词云："记得去年今夕，明月秋风归客。珠泪滴寒衣。惆怅病蛩凄恻，相忆，相忆。别后更无消息。"后来读晏殊的词，发现他的一首《破阵子》开头一句是"忆得去年今日"，看来落笔要写出别人没说过的话，还真是不容易的事啊。

第八讲 冯延巳的三首词（附说王衍词一首）

第一节 冯延巳《抛球乐·其一》

这一讲我们主要讲五代时期的南唐词人冯延巳的两首《抛球乐》词。

冯延巳，字正中，广陵（今江苏扬州）人。从少聪颖好学，博学多才。南唐开国，被烈祖李昪任命为校书郎。南唐中主李璟早年在庐山筑读书堂，他随侍左右，后为李璟元帅府掌书记。李璟继位后，他很受宠信，几度为相。后因用兵失败，屡遭攻击，被罢相，任太子少傅，不久死去。

冯延巳爱好填词，"虽贵且老不废"（陆游《南唐书·冯延巳传》）。词集名为《阳春集》，存世的词有百余首，数量在五代词人中最多。他的词虽然大多也是写男女离别相思之情，但情思深沉，颇有言外之意。冯延巳是五代词坛的大家，他对北宋词人晏殊、欧阳修都很有影响。王国维评他的词说："冯正中词虽不失五代风格，而堂庑特大，开北宋一代风气。"（《人间词话》卷上）

冯延巳《阳春集》著录有《抛球乐》同调词八首，这里我们选讲其一和其二。

我们先讲《抛球乐·其一》。我们先来把这首词读一下：

酒罢歌余兴未阑，小桥流水共盘桓。波摇梅蕊当心白，风入罗衣贴体寒。且莫思归去，须尽笙歌此夕欢。

词的开头两句说，"酒罢歌余"，在酒筵歌席散去之后，自己是意犹未尽，还没有尽兴，所以就在"小桥流水"之间"盘桓"。"盘桓"在这里就是"徘徊"的意思。"共盘桓"的"共"，指的是与"小桥流水""共盘桓"，而不是与人"共盘桓"的意思。与"小桥流水"共"盘桓"，就是"盘桓"在"小桥秋水"之间的意思。仔细说来，是因为"小桥流水"那种回旋曲折的感觉，也可以说是"盘桓"，所以用一个"共"字把人和外在的物联系在一起。这个"共"字的用法，跟杜甫《曲江二首·其二》的"传语风光共流转"的"共"字用法差不多。杜诗的意思是说要告诉春天的风光，希

109

望春光和人共流转，也是说人跟外物一起"流转"。"流转"在这里的意思恰好也跟"盘桓"差不多。有人赏析这一首词，说是"与美人共盘桓"（见《唐宋词鉴赏辞典》），那是错误的，是因为不熟悉古代诗词的语法，缺乏语感而产生的误读，所以无中生有生出一个美人。这种误读比比皆是，而且看起来似乎无懈可击，似乎比正确的理解更正确。这个句子中没有"别人"只有"自己"。实际上在冯正中的词中，往往都没有"别人"，所以我曾经说过，他的抒情是喃喃自语的"独白体"（或者借他自己《鹊踏枝·几日行云何处去》中的词句"泪眼倚楼频独语"中的"独语"一词，可以称之为"独语体"）。温庭筠的词是"代言体"，韦庄的词似乎有一个倾诉的对象，是"对话体"，相比之下，冯延巳的这种"独白体"实际上透露了词人内心更加深微和孤寂的忧思。

这起首两句写得真是含蓄。表面上只写宴游玩赏的兴致，却仿佛在不经意间，隐约流露出深藏在心底的难以排遣的忧思。"兴未阑"，其实是因为心中犹有隐忧不能排遣，所以在"酒罢歌余"之后，需要接着借流连光景来缓解。结拍"且莫思归去，须尽笙歌此夕欢"两句与起首两句呼应，表面上写的也只是宴游玩赏的兴致，却在固执的口吻中，更进一步表现出对歌酒宴乐的沉迷——而正是在这种沉迷中流露出了掩藏在心底的悲哀。这是冯延巳词所固有的执迷不悔的口吻，"日日花前常病酒，不辞镜里朱颜瘦"（《鹊踏枝·谁道闲情抛掷久》），在任纵与沉迷的态度中隐藏着内心更深沉的忧思和悲哀。这让人想起晏殊两首《浣溪沙》词中的名句："一向年光有限身，等闲离别易销魂，酒筵歌席莫辞频。""无可奈何花落去，似曾相识燕归来。小园香径独徘徊。""酒筵歌席莫辞频"，也正是在沉迷歌酒的表达中见出心中的忧伤；"小园香径独徘徊"与"小桥流水共盘桓"，则同样是在流连光景的叙述中，隐含了排遣忧思寂寞之情的意思。宋人刘攽《中山诗话》说，晏殊"尤喜江南冯延巳词，其所自作亦不减延巳"，其词作颇受冯延巳词的影响。前面所举《浣溪沙》词，与冯词确实有相似的表情和语气，只不过晏词对于忧思的表达更为直白，而这种直白在某种意义上意味着对忧思的排遣和释放，我们读晏殊的词，可以感觉到他在表达忧思的时候，仍然不失其平和的意态与玩赏的兴致。冯延巳词所表现的往往是一种固结难解的深沉的忧思和哀感，他的词中所表现出来的玩赏的兴致是一种更深的沉迷和耽溺，是一种饮鸩解渴式的消遣，这样的消遣能使人在忧思中陷得更深。冯词《鹊踏枝·梅落繁枝千万片》云："昨夜笙歌容易散，酒醒添得愁无限。"在笙歌散尽之后，留给伤心之人的更是无限的憾恨和哀愁。然而，冯延巳的词在表现深沉的忧思时往往不失其从容的意态，往往隐含着珍重顾惜的情意。王国维认为冯延巳的"词品"可以用冯延巳的词句

"和泪试严妆"（《菩萨蛮·娇鬟堆枕钗横凤》）一句来形容，可谓一语中的。"和泪试严妆"，就是含着泪水整装打扮——带着反省之后的觉醒与执迷不悔，带着珍重顾惜的心情，在生命的悲剧中沉沦。

词的中间两句"波摇梅蕊当心白，风入罗衣贴体寒"，表现的是内心难以觉察的寂寞凄凉的感觉。梅花的影子在水波中摇荡，在波心涌现出一团白光。在这种带着梦幻感的冰凉的景物中，浮现出词人寂寞凄凉的眼神。冯延巳《谒金门》词起首云："风乍起，吹皱一池春水。"这首词写的是闺怨，开头却写下了这两句如同废话的名句，可是李清照的《词论》却居然说这两句是"亡国之音哀以思"。李清照的意思是说，这样的句子中隐含着深沉的哀思，这种哀思与衰乱之世与国家的衰亡似乎有某种（象征性的）关系。李清照的确不是凡俗之人，这样的评论令人称奇，可谓是别具只眼，她在如同废话的句子中，读出善感而又寂寞的词心，这样的心能在一阵风吹过春水之际，唤起无名的哀感。如果套用李清照的评语（语出《乐记》和《毛诗序》），也可以说"波摇梅蕊当心白，风入罗衣贴体寒"两句也是"亡国之音哀以思"。"风入罗衣贴体寒""独立小桥风满袖"（《鹊踏枝·谁道闲情抛掷久》），"砌下落花风起，罗衣特地春寒"（《清平乐·雨晴烟晚》），冯延巳的词善于在凄风来袭所带来的贴体的寒意中，表现敏感的身心所承受的凄凉寂寞之感。

第二节　冯延巳《抛球乐·其二》

下面我们来讲冯延巳《抛球乐》的第二首。我们先来把这首词读一遍：

逐胜归来雨未晴，楼前风重草烟轻。谷莺语软花边过，水调声长醉里听。款举金觥劝，谁是当筵最有情？

这首词跟前面讲过的那首词所表达的情感内容颇为相似，都是在宴游玩赏的兴致中，曲折传达出内心深沉的忧思。但是，比起前一首，这首词所传递给我的，是一种更深的触动。我曾在某一次的旅途中想起这首词，心里充满了词人传递给我的深深的悲哀。

"逐胜归来雨未晴"，落笔从游赏（结束）归来写起，跟前面一首从酒筵歌席散去写起，是同一种写法，实际上都是从玩赏结束所带来的失落感写起。"逐胜"是追逐胜景的意思，写的大概是踏青游春之类的"胜赏"之事。"逐胜"二字见出游赏的热切和兴致，从"雨未晴"可以猜想这"逐胜"游赏可能是冒雨去的——这就更见出了追欢逐乐的迫切心情——然而正是在这种迫切的追逐中，已隐隐浮现着心灵的阴影。"逐胜归来"，是游赏的活动已经结束，对于带着热切的心情追逐胜景的人来说，这种结束大约总是使人扫兴的。"逐胜归来"，接着"雨未晴"三个字，写的不过是天气，却连带写出了经过逐胜赏春而未能消解的暗淡的心情。"楼前风重草烟轻"，接着"雨未晴"写雨中风烟草色的凄迷。"风重"就是风劲，但"重"这个字，却更能传达心灵的压力，在冯延巳的词中，"风"原本就是袭击人心的力量。叶嘉莹先生赏析这首词，曾引柳永的词句"草色烟光残照里，无人会得凭阑意"（下句原文应是"无言谁会凭阑意"，词句出自柳词《蝶恋花·伫倚危楼风细细》），说"可见'草色烟光'的景色，是确实可以引起人内心中之一种感发的"。我倒是更想起了冯延巳自己一首《南乡子》开头不同凡俗的句子："细雨湿流光，芳草年年与恨长"，这雨中的草色烟光，足以引发心中无名的憾恨。"细雨湿流光"，体物非常细致，写细雨中的草色烟光，那种浮动的湿润的光，那种凄迷的感觉，写得很传神。下一句突然就说"芳草年年与恨长"，但其实是既突然又自然，因为那细雨中凄迷的草色烟光，适足以引发心中无名的憾恨。"芳草年年与恨长"，这是花间词中不可能有的句子，写出了心中无名的憾恨和哀感。这种年年与芳草一起生长的恨，仿佛是一种与生俱来的恨，"忧来无方"，莫可名状。他的《鹊踏枝·谁道闲情抛掷久》下片开头也说："河畔青芜堤上柳，为问新愁，何事年年有"，也是借河边"青芜"的草色和烟柳来起兴，写年年和春草一起生长的难以解脱的旧恨新愁。冯延巳词所表现的，常常正是潜藏在词人心中的这种无名的憾恨和哀感。

我们回到《抛球乐》这首词上面来。"谷莺语软花边过，水调声长醉里听"，两句写的仍然是玩赏的兴致。从花边传来的是"出于幽谷"的娇软的莺声，带着醉意听的是曲调深长动人的曲子，沉醉在鸟语花香的春色与笙歌美酒的宴乐之中，这该是多么令人迷醉的"胜赏"啊。然而，在这迷花醉酒的"胜赏"之中，所隐含的仍然是冯词所惯有的与沉迷和耽溺联结在一起的深沉的忧思和哀感。《乐府诗集》引《乐苑》云："《水调》，商调曲也……声韵怨切。"对于忧伤的人来说，忧伤是一副迷药，沉迷在美酒和忧伤的乐曲中，可以使人在无望的沉沦中获得自慰式的快感。由此自然引出了结拍两句："款举金觥劝，谁是当筵最有情？"殷勤地举杯相劝，请问：谁是这筵席上最有情的人？这两句带着一醉方休的口吻，在更为沉酣的兴味中，似乎隐含着一点按捺不住的激动，隐隐呈现出心底不能自已的情感波澜。说"谁是当筵最有情"，表面上问的是别人，实际上问的是自己——一个原本不需要答案的问句，这个"谁"字其实是指向自己的，他要殷勤相劝的正是自己。叶嘉莹先生说这两句是"如此珍重地想要将芳醇的美酒呈献给一个值得呈献的人"（见《唐宋词鉴赏辞典》），所说犹未达一间，对句意的理解还是有隔膜的。那么，为什么要劝"有情"的人喝酒呢？因为归根结底只有"有情"的人才"有义"，才有甘于牺牲的精神——才会不惜病酒伤身，一醉方休；当然，更重要的是，"最有情"的人所感受到哀乐皆过于常人，有一分深情的投注往往便有一分悲哀和憾恨，所谓"仆本恨人"，正须借酒浇愁，痛饮狂歌。这首词和前面一首一样，写宴游玩赏之事都是一个接一个的。前面一首开头说"酒罢歌余"，是先已经有宴饮之事，结尾又说"须尽笙歌此夕欢"，是"此夕"接着又有宴乐；后面这一首开头说"逐胜归来"，是先有游赏之事，下文又写歌酒宴乐之事，皆可见出对于宴游玩赏的沉迷。

　　李贺《金铜仙人辞汉歌》云："天若有情天亦老"；欧阳修《玉楼春·尊前拟把归期说》云："人生自是有情痴，此恨不关风与月"，说的都是有情就有恨的意思。《世说新语·言语》记名士卫玠南渡云："卫洗马初欲渡江，形神惨悴，语左右云：'见此芒芒，不觉百端交集，苟未免有情，亦复谁能遣此？'"所谓"情之所钟，正在我辈"，人生在世"不免有情"，又如何能排遣心中这"万不得已"（用况周颐语）的悲哀与憾恨之情呢？也许我们真应该感谢第一个酿造出那种芬芳醉人的液体的人，使有涯之生在"伤怀日，寂寥时"得以借此消遣，使勇于沉沦的生命得以在"妇人"之外拥有"醇酒"。曹操说："何以解忧，唯有杜康。"陶渊明说："酒能祛百虑，菊解制颓龄。"杜甫说："宽心应是酒，遣兴莫过诗。"李白说："五花马，千金裘，呼儿将出换美酒，与尔同销万古愁。"这些非凡的人物，他们都是酒的知己。阮籍以嗜酒善饮著称，但在诗中却极少写到酒，《咏怀诗》写到饮酒，只有零星句子，如"临觞多哀楚""对酒不能言"，但是光看这两句，也可见他呼酒买醉时的暗淡的心情了。冯延巳词写到饮酒，常常总是在沉迷和耽溺的心态中，曲折传达出心中固结难解的深沉的忧思。只是这两首《抛球乐》词，写忧思却是从宴游玩赏的兴致中见出，写得特别深沉含蓄，读来使人感叹。尤其是后面这一首，写得更有兴致，写得更加不动声色（既没有"病酒""朱颜瘦"之类显示暗淡忧郁心情的词语，甚至也没有"兴未阑""贴体寒"之类多少流露出一点寂寞冷落之感的词语），却在更加热切、沉酣的兴致中，传达出内心更加曲折、深沉的忧思和哀感，可谓意在言外，寄沉郁之思于清俊之辞中。刘熙载《艺概》评冯词云："冯延巳词，晏同叔得其俊，欧阳永叔得其深"，冯延巳的这两首《抛球乐》词可以说兼有他自己的"俊"和"深"。

　　五代十国时期，人文之盛莫过于南唐。冯延巳和二主的词，并辔扬镳，旗鼓相当，都达到了花间词所未曾达到的水平和境界。君臣三人好像都得了忧郁症似的，他们的词都善于写心中的哀感，表现了难以解脱的深沉的忧思。这种"忧郁症"无疑跟国势日蹙的现实所带来的危机感有关——他们的词虽然写的往往仍然不过是伤春怨别之情，但是其中无所不在的忧思，却在某种程度上曲折地反映了现实给他们带来的感受。冯延巳的这两首词，让我想起南唐画家顾闳中不朽的名作"韩熙载夜宴图"。夜宴的内容丰富多彩，夜宴的气氛是热切、沉酣的，可是整个画面素艳与青黑色调的映衬，却在繁华中显示出沉郁的气息，而画面中夜宴的主人——身为南唐大臣的韩熙载更是表情冷峻，始终显得郁郁寡欢。我觉得冯延巳的这两首词，与"韩熙载夜宴图"所显示出来的精神面貌是相似的。说起"韩熙载夜宴图"，让人想起法国十八世纪洛可可风格的代表画家华铎，他画了不少以贵族游宴为题材的"雅宴图"，在清新华丽的色彩所呈现的享乐画面中，散发着淡淡的忧郁和没落的气息，预示着繁华易尽，好景不常。由此也可见人心是相通的，文化也是相通的。

第三节　王衍《醉妆词》和冯延巳《归国谣·何处笛》

下面我想在这个小节里附带讲两首词，算是延伸阅读。由冯延巳的这两首词，我想到了前蜀后主王衍的自度曲《醉妆词》，其词云：

者边走，那边走，只是寻花柳。那边走，者边走，莫厌金杯酒。

孙光宪《北梦琐言》云："蜀王衍尝裹小巾，其尖如锥，宫人皆衣道服，簪莲花冠，施胭脂夹脸，号'醉妆'，因作《醉妆词》。"从孙光宪的记载来看，这首《醉妆词》正是这位年轻的亡国之君荒淫享乐生活的见证。王衍有两句诗让人过目不忘："月华如水浸宫殿，有酒不醉真痴人"，可以跟《醉妆词》相印证。这个荒淫的年轻人是很有才情的艺术家，精通各种文艺，可能还是服装设计师，这醉妆就是很有创意的设计。从诗歌艺术的本质来看，这是一首有水平的奇特的词。此词极写宴乐之忘情，带着民间歌词的调子，造语自然，声情谐婉，短短的二十二个字，写醉生梦死的生活和心情，可谓活灵活现，形神兼备。一般人读这首词只看到它表现了荒淫享乐的生活，而我却在醉生梦死的描写中，同时看到了人生的困境，甚至是走投无路的绝望——其实用来形容生活荒淫的"醉生梦死"这一个词语，原本就是绝望的。"者边走，那边走"与"那边走，者边走"，句式的颠倒复沓，真是配合得恰到好处，自然传神，不但写出了享乐生活的迫切与迷乱，而且更在这种迫切与迷乱中表现出了如同笼中困兽一般的生活情状，显示出了生活本身荒谬、无望的本质。"只是""莫厌"两个词，也用得非常妥帖自然，上下呼应，口吻生动，充分展示了醉生梦死的生活状态。这首词句句押韵，押的又是仄声韵，读来更有一种局促杂沓之感，更好地表现了迫切、迷乱的生活和心情。冯延巳的词与王衍的这首词，无论内容和风格都是不同的，但是两者在表现宴游玩赏的兴致，以及隐藏在兴致后面更深层的心理感受这个方面，却是颇有相通之处。

最后，我想简单谈一谈冯延巳《归国谣·何处笛》这首词。其词云：

何处笛？深夜梦回情脉脉，竹风檐雨寒窗隔。

离人几岁无消息，今头白，不眠特地重相忆。

词写离别相思的哀愁，质朴浑厚，与中唐文人词的风格相似。俞陛云《五代词选释》评曰："格高气盛，嗣响唐贤。"我是在读初中的时候，在龙榆生先生所著的《唐宋词格律》中读到这首词的。词的上片写夜里闻笛，触动离别相思之情，在凄凉的"竹风檐雨"之声中，真切地表现了终夜魂梦悠扬、辗转相思的感觉。但是我特别喜欢的是词的下片，如此朴素平凡的句子，却给少小的心灵留下了闪光的记忆，我无法表达最初的阅读带给我的惊喜和慰藉。过片"离人几岁无消息"一句始点出相思怀人之意。对于有情人来说，离别已是难堪，彼此消息断绝，就更是可悲的事了。结拍二句说如今老了，"不眠特地重相忆"，从头来想想这个曾经相爱的人。"特地"在这里是"特别"的意思。人之常情，到老了感情就淡了，过去的人和事就不去多想了。可是这两句却说要"特地重相忆"，"特地"又加上一个"重"字，写得情深意重。人老睡得少，"不眠特地重相忆"，也符合老人生活的实际情况，也可以说是写得真实。人老了，来日无多，再不想很快就没有时间想了，所以要"不眠特地重相忆"，平实而深厚的词语中隐藏着可悲的意思。这里写如今人已老，用了"今头白"三个字，舍去了所有的修饰，舍去了所有的"修辞手法"（如人们所爱用的"霜鬓""华发"之类的词藻），剩下的是赤裸裸的如同种子一般的原初的词语。"今头白，不眠特地重相忆"，平直、朴素而又简洁的词句印证了内心的真诚，表达了真切的怀念与至老不渝的深情厚意。元稹的名篇悼亡诗《遣悲怀三首·其三》云："惟将终夜长开眼，报答平生未展眉"，表达对亡妻的怀念，并且说要以长夜不眠的怀念来"报答"从前困苦的生活给妻子带来的忧愁。元诗与冯词所写的，怀念的对象虽有死者与生者之别，但都表达了"不眠特地重相忆"的意思，然而元诗词意的造作与鄙陋，与冯词相比真不啻有仙凡之隔（虽然冯词字面比元诗要浅俗得多，但是正如王国维所说的："词之雅郑，在神不在貌。"元诗是俗在骨子里），不眠叫"长开眼"、忧愁叫"未展眉"，其实说的都不是人话，尤其是用于悼亡，都是一些不能原谅的词语，读来令人作呕。

"长开眼"与"未展眉",措辞鄙俗、轻佻,只求字面的工巧,完全是装饰性的语言。说只有以终夜不眠来"报答"自己给亡妻生前带来的忧愁,让人觉得他的不眠不是出于至爱之诚,不是由于思念之深,而是出于某种自我补偿的心理需要,实际上也削弱了怀思悼念的情感。元稹的这两句诗,大家却更喜欢,从来就比冯延巳的这首词有名得多,知言难得,由此也可见一斑。

外篇

曹丕《大墙上蒿行》题旨论析

阳春无不长成。草木群类随大风起，零落若何翩翩，中心独立一何荣。四时舍我驱驰。今我隐约欲何为？人生居天壤间，忽如飞鸟栖枯枝，我今隐约欲何为？

适君身体所服，何不恣君口腹所尝。冬被貂鼲温暖，夏当服绮罗轻凉。行力自苦，我将欲何为？不及君少壮之时，乘坚车、策肥马良。上有沧浪之天，今我难得久来视；下有蠕蠕之地，今我难得久来履。何不恣意遨游，从君所喜？

带我宝剑，今尔何为自低昂？悲丽平壮观，白如积雪，利如秋霜。驳犀标首，玉琢中央。帝王所服，辟除凶殃，御左右，奈何致福祥。吴之辟闾，越之步光，楚之龙泉，韩有墨阳。苗山之铤，羊头之钢，知名前代，咸自谓丽且美。曾不如君剑良绮难忘。

冠青云之崔嵬，纤罗为缨，饰以翠翰，既美且轻。表容仪，俯仰垂光荣。宋之章甫，齐之高冠，亦自谓美，盖何足观。

排金铺，坐玉堂。风尘不起，天气清凉。奏桓瑟，舞赵倡，女娥长歌，声协宫商。感心动耳，荡气回肠。酌桂酒，鲙鲤鲂，与佳人期为乐康。前奉玉卮，为我行觞。

今日乐，不可忘，乐未央。为乐常苦迟。岁月逝，忽若飞。何为自苦，使我心悲？

《大墙上蒿行》是建安诗歌中罕见的长篇，也是曹丕写得最出色的诗作之一。王夫之《古诗评选》评云："长句长篇，斯为开山第一祖。鲍照、李白领此宗风，遂为乐府狮象。"然而对于这首诗的理解却多歧说。如清代朱嘉徵《乐府广序》论其题旨云："大墙，地据高危，蒿亦丛之。阳春所被虽广，秋风起，零落独先。喻高危者先蹶也。"又如近人黄节《魏文帝诗注》则在该诗的最后一条注文中说明此诗主旨："老子曰：'朝甚除，田甚荒，仓甚虚。服文采，带利剑，厌饮食，财货有余。是谓盗夸，非道也哉。'此篇是也。"他的意思是说，曹丕这首诗的主旨是讥刺在上者富贵佚乐的。前人对此诗的理解未见有正确的意见。如前引朱、黄之说颇近于荒谬，与诗意殊不相合。今人注曹丕诗，就我所见，则都认为《大墙上蒿行》是一首招隐诗。如余冠英《三曹诗选》在这首诗下面的注（一）中说："这是劝隐士出山做官的诗，和汉高祖所说的'有能从我游者，我能尊显之'意思相同。"其说实出清代朱乾《乐府正义》："劝驾也。墙上生蒿，隐士之居。极言佩服之美、宫室女乐酒醴之盛，凡所以乐贤者无不尽。汉祖云：'有能从我游者，我能尊显之。'正此意。"魏晋文人乐府诗沿用乐府旧题，所写内容已渐渐脱离题意，多与旧题无关。朱说直接联系乐府旧题解说诗意，谓"墙上生蒿，隐士之居"，望文生义，语近无稽。《大墙上蒿行》属《相和歌辞·瑟调曲》，古辞已不传，原来是写什么内容已不得而知。要说"墙上生蒿"有什么象喻之意，那倒是最可能与死亡相关：因为"蒿里"原本就是汉代挽歌的曲目，"蒿里"一词也因此成为丘墓的代称和死亡的隐喻。就此而言，这个题目倒是与曹丕诗中感叹生命无常的意思相合。实际上《大墙上蒿行》立意显明，根本就不是什么招隐诗。许多年前，我读余注《三曹诗选》，曾在余注旁写了两句眉批："此非招隐之辞，旧说亦失其谊。诗盖谓人生苦短，应当及时行乐。诗中极写冠剑游宴之美，而实寓悲凉之感，其意仿佛《招魂》。"把这首诗读作招隐诗，是与对"隐约"一词的误解直接相关的，即误以为"隐约"是"隐居"的意思。余注本在注（四）中注释说："'隐约'，隐居，过穷困的生活。"实际上诗中第一段重复出现的"隐约"一词并非"隐居"的意思，而是"困苦"的意思。余注以"隐居"释"隐约"，而又补充说"过穷困的生活"，似乎也有游移不定的意思。"隐约"的本义是穷困，如桓宽《盐铁论·盐铁取下》云："故余粱肉者，难为言隐约；处佚乐者，难为言勤苦。"隐约意谓穷困，而引申也可以兼指精神状态的困苦。曹丕《典论·论文》云："盖文章经国之大业，不朽之盛事……是以古之作者，寄身于翰墨，见意于篇籍，不假良史之辞，不托飞驰之势，而声名自传于后。故西伯幽而演易，周旦显而制礼，不以隐约而弗务，不以康乐而加思。"文中"隐约"一词与"康乐"对举，其义甚明，正是指身心的"困苦"。《典论·论文》本是名篇，但其中"隐约"一词却可能被注诗的人忽略了。否则《典论·论文》中有"隐约"一词，原本可以给注诗的人提供重要的参考和旁证。

"穷困""困苦"是"隐约"一词的常义。实际上至少在魏晋以前，在曹丕的时代，"隐约"一词并无"隐居"之义。比如《大戴礼记·卷十》云"隐约而不慑，安乐而不奢"；嵇康《答难养生论》云"不以荣华肆志，不以隐约趋俗"；傅亮《故安成太守傅府君铭》云"不以栖迟改其闲，不以隐约改其操"。这些例句中"隐约"一词都是"穷困""困苦"的意思。"隐约"一词有时也可以指安于清贫，这是由"穷困"之义转化出来的。比如曹操《请封田畴表》云"清静隐约，耕而后食"；《后汉书·赵典传》云"笃行隐约"（此条为黄节注曹丕诗所引）。这些例句中，"隐约"一词都是

"安于清贫"的意思。安于清贫则其志行颇近于隐士，但这并不意味着"隐约"一词与隐士有必然的关联，更不说明"隐约"一词是"隐居"的意思。不过"隐约"一词既有安贫守志的意思，更进一步引申也可以借指"隐居"。谢灵运《与庐陵王义真笺》云："至若王弘之拂衣归耕，逾历三纪；孔淳之隐约穷岫，自始迄今。"句中"隐约"由形容词而转用作动词，含有"隐居"的意思。但是这个意思也必需在上下文的关系中才能见出，因为严格说来，"隐约"解作"隐居"并不是"隐约"一词所固有的含义，而只是一种词义的转移和借用。这种例子也只是迟至晋宋之际才出现，而且也不常见。

今查《辞源》，于"隐约"一词下列有四个义项：一是潜藏，二是义深言简，三是穷困，四是依稀不明貌。又查《辞海》，于"隐约"一词下也列有四个义项：其一指依稀、不清楚、不明显，其二指穷困，其三犹言潜藏，其四谓义深言简。《辞源》和《辞海》对"隐约"一词的解释大致相同。在两种辞书所给出的四个义项中，"潜藏"一项义近"隐居"，而二书中所举句例则同为《庄子·山木》中"夫丰狐文豹"一段话。为便于讨论，不妨把这段话以及直接相关的上下文一并引录在此：

市南宜僚见鲁侯，鲁侯有忧色。市南子曰："君有忧色，何也？"鲁侯曰："吾学先王之道，修先君之业，吾敬鬼尊贤，亲而行之，无须臾离。居然不免于患，吾是以忧。"市南子曰："君之除患之术浅矣！夫丰狐文豹，栖于山林，伏于岩穴，静也；夜行昼居，戒也；虽饥渴隐约，犹且胥疏于江湖之上而求食焉，定也。然且不免于罔罗机辟之患，是何罪之有哉？其皮为之灾也。今鲁国独非君之皮邪？吾愿君刳形去皮，洒心去欲而游于无人之野。"

这段话的大意是，市南宜僚劝鲁侯要抛弃国家和名位，"而游于无人之野"，以为只有这样才能去除忧患。文中以丰狐文豹为譬，说丰狐文豹虽然僻处山林岩穴，昼伏夜出，行为审慎，心怀戒惧，即便"饥渴隐约"，也不敢随便去江湖上求食，但仍"不免于罔罗机辟之患"，那是因为皮毛丰美而招来的灾祸。文中以"丰狐文豹"之皮毛比喻鲁国，比喻鲁侯所拥有的名位。这一段话中个别词语的解释虽多有歧义，但大意是很清楚的。这里的"隐约"一词，一向有不同的解释，举其大要则有以下三解：其一是成玄英《南华真经注疏》释为"斟酌"；其二是王先谦《庄子集解》释为"潜藏"，林希逸《庄子口义》释为"僻处"，与王说相近；其三是近人杨树达《庄子拾遗》释为"穷约"，其说曰："隐约，犹穷约也。《荀子·宥坐》云：'奚居之隐也'，杨注'隐谓穷约。'《论语·里仁》云：'不可以久处约'，皇疏云：'约，犹贫困也。'"这三种解释中只有杨树达的解释是正确的。成疏释为"斟酌"，于文意显然不通，几近于不可解，只就词义而言，"隐约"释为"斟酌"也是没有根据的。王先谦、林希逸释作"潜藏""僻处",于文意也是不通的。文中的意思是说,丰狐文豹即便"饥渴隐约"也不敢随便去求食,说明它们心志镇定、行为审慎("定也")。若释"隐约"为"潜藏"或"僻处",则是说"即便饥渴潜藏也不敢随便去求食",行文显然不通。又且,"饥渴隐约"连文,则"饥渴"与"隐约"二词其义必有相涉。若谓"饥渴隐约"为"饥渴潜藏(僻处)"则其文不类,意不相属。若谓"饥渴隐约"为"饥渴穷约"则其义相属,同指狐豹困苦的生活状态。杨树达所谓的"穷约",也就是穷困、穷苦的意思。"隐约"是由单音词"隐"和"约"组成的双音词。"隐"和"约"都有"穷困"的意思,组成双音词表示穷困之义,是同义并列组合,这是汉语组成双音词常见的方式。上文所引杨树达的解释,也正是从组成"隐约"一词的词素(即"隐"和"约")的基本含义的引证说明中作出的。

"隐约"本来是指物质生活的贫困,引申指精神状态的困苦。这种形式的形容词转义兼指是汉语的常例。诸如"落魄""潦倒""困苦"之类的词,皆可兼指物质生活与精神状态两个方面。在上文所引《庄子·山木》的这段文字中,"隐约"一词似乎更侧重指心志的困苦。曹础基《庄子浅注》直接以"困苦"解释"隐约",甚为恰当。

对于"隐约"一词的曲解,可谓由来已久。王逸《楚辞章句》于庄忌《哀时命》"居处愁以隐约兮,志沈抑而不扬"句下注云:"言己放于山泽,隐身守约而志意沈抑不得扬见于君。"以"隐身守约"解释"隐约"一词显然失当。"隐约"在句中是形容"处愁"的形容词,也是"困苦"的意思。而且"隐约"本为同义并列组合的双声词,不可加以割裂,解作"隐身守约"。后人对于"隐约"一词的误解,从源头上说也许与王逸的曲解有关。

"隐约"一词是理解《大墙上蒿行》一诗主旨的关键。以上对"隐约"一词的含义作了辨析。然而,撇开"隐约"一词的含义不论,《大墙上蒿行》一诗带给读者的感受也不应与招隐的主题有什么关系。

这首诗显然有比较强烈的忧伤情绪。先只就前面二段来看,第一段由草木零落起兴写四时驱驰,人生无常之感;第二段又说"上有沧浪之天,今我难得久来视;下有蠕蠕之地,今我难得久来履",写人生短暂无常之感,可谓反复致意,语意颇为沉痛。倘若这是一首招隐士出来做官的诗,则显然不应有如此忧伤沉痛的感叹。第一段中一再说"今我(我今)隐约欲何为",反复感叹,言下若有深悲。倘若"隐约"一词是"隐居"的意思,如此反复感叹则不免辞浮于意。再从诗的最后一段来看,紧接着上文对行乐的铺陈,说"今日乐,不可忘,乐未央",则此诗显然是一首游宴诗,而与招隐无关。

倘若把《大墙上蒿行》看作招隐诗，则诗的前两段是设为隐士之辞，也就是借隐士的口吻来写的。第一段中"今我（我今）隐约欲何为"的"我"是隐士自称。第二段中的人称"君"和"我"交替出现，各重复三次。这里"君"和"我"是借隐士的口吻设为问答之辞。正如余冠英注释"适君身体所服"二句的大意之后补充说明的那样："本诗中的'君'和'我'都指一人，是自问自答时用的代称。"（按，此段诗中"适君身体所服"句前省"何不"二字；"不及君少壮之时，乘坚车、策肥马良"二句前省"何"字，"不及"即"何不及"之意。）如此说来，诗中的"隐士"反复表达的是他不甘心做隐士而企慕富贵的心情——这样的隐士完全可以不招自来，何必费辞相招？这么写招隐，虽是出于虚设之辞，却终不免有悖于情理。诗的第三、四、五段写冠剑服饰的奇丽和饮食女乐的盛美，倘若照余注所说的"本诗中'君'和'我'都指一人"，则第三段开头"带我宝剑"（其下"今尔何为自低昂"一句中"尔"指宝剑）和第五段结尾"为我行觞"的"我"也是隐士自称。照这么说，三、四、五三段是设想"隐士"出山后沉缅于富贵行乐的情景。这三段写富贵行乐，颇极铺张之辞，如此陶醉于富贵行乐的"隐士"又何必费辞相招？

也许有人不同意余冠英所说的"本诗中'君'和'我'都指一人"，而认为"带我宝剑"的"我"应该是作者自称，而略去"带"的主语——"君"（指隐士）。那么这个句子可以读作"你带着我的宝剑"。从语法的角度来看，这么读也是可通的。然而在古汉语的表达习惯中，"带我宝剑"这样的句式，"带"的主语一般也是"我"，如曹丕《善哉行·上山采薇》中的"策我良马，被我轻裘"，陶潜《荣木·其四》中的"脂我名车，策我名骥"。从招隐诗的角度来看，读作"你带着我的宝剑"倒是符合招隐的意思，是说要让隐士出山来分享"我"的富贵。然而从总体上看，这三段铺陈富贵行乐全然是自我陶醉的口吻，这沉缅于行乐的主体只能是"我"自己，而不可能是别人（"君"）。第五段结尾说"前奉玉卮，为我行觞"，这里的"我"无疑正是行乐的主体。倘若"带我宝剑"的"我"不是"带"的主语——行乐的主体，同是写行乐而两个"我"字所指却异，则前后行文扞格不通，人称也极为混乱。而且诗中说宝剑是"帝王所服"，也不像是隐士可以带的。实际上，从诗意的表达看，单就"带我宝剑，今尔何为自低昂"（曹丕《于谯作》中也有"长剑自低昂"之句）两句来说，"带我宝剑"一句也不能读作"你带着我的宝剑"，因为这么一读，下一句顾盼自喜、顾影自怜的表达就没有着落了。不过，照余注说"本诗中的'君'和'我'都指一人"，如此则全篇设为隐士之辞，全是隐士自说自话的"一面之辞"，那也就体现不出"招"的意思了，与所谓"招隐"之意其实也是不相合的。从招隐诗的角度看，诗的结尾说"何为自苦，使我心悲"，倒是有一点像是"招隐"的意思，因此也最有可能造成误读。这两句好像是说："你（隐士）为什么隐居自苦，让我（作者）心里悲伤呢？"然而这两句其实并非分指二人，"自苦"和"心悲"的实际主语是同一人，它的意思是说"我为何自苦而使自己伤心呢？"诗歌由于句式的限制，要分作两句说，又为了避免重复，省去了一个主语，看上去会给人两句分指二人的感觉。倘若这里的"我"指作者，而上文其他的"我"又都是指隐士，那这个"我"字也未免显得过于突兀而于理不通。这两句与第二段中"行力自苦，我将欲何为"两句句式相近，而"行力自苦"两句的实际主语也是同一个人，这两句的意思合为一句说，就是"我今隐约欲何为"。孤立地看，这种句子是可能产生歧解的，但是联系上下文，放在具体的语境中来看则不应有任何歧解。

诚如余冠英所言，"本诗中的'君'和'我'都指一人，是自问自答时用的代称"，只不过指的不是余注所谓的隐士，而是作者自己，或者说是带有作者色彩的抒情主体。只有明白了这一点，才不会为诗中人称的转换变化所迷惑，以至于产生误解。这是一首有点奇特的自言自语的诗，而正是自言自语的表达方式，自然导致了人称的转换——"君"作为"我"自我分裂的幻影成为自我倾诉的对象，而正是在扪心自问的诉说中，作者更深切地抒写了彷徨无告的忧伤。

以上分析诗中的人称，目的在于更进一步说明诗意与招隐无关。自《楚辞》收有淮南小山《招隐士》之后，晋代作者陆机、张华、张协、闾丘冲、王康琚等都写过招隐诗（只是其中不少作品立意正好与淮南小山《招隐士》相反）。一般招隐诗，不管立意如何，总要涉及隐士的生活，而《大墙上蒿行》这么长的一首诗，却并没有一句涉及隐士生活（除了"隐约"一词被误解为"隐居"之外），实与招隐之辞不甚相合。而且就曹丕的身份和思想来看，劝人出来做官，也不会专以富贵行乐相诱，而没有一句以功名相激励的话。说这首诗的立意与汉高祖"有能从我游者，我能尊显之"的意思相同，似乎也不是知人之言。刘邦的话倒是活脱脱见出他这个亭长出身的皇帝的口吻和性情，而曹丕这样具有高度文化素养的贵族皇帝，是不会轻易说出这样的话来的。

曹丕这首诗的立意其实是很明显的。诗的第一段由草木零落起兴，引出生命无常、人生困苦的感叹，又借飞鸟栖枯枝为比，反复致意，写得慷慨低昂，颇有哀激之思。而正是在生命无常的感叹中，极为自然地引出了及时行乐的心情。此诗用大半的篇幅铺陈行乐，写冠剑服饰与宫室、女乐、饮食的奇丽华美，写法近于辞赋。这是诗中最令人惊异和感叹的部分。在第一、二两段反复感叹人生短暂无常之后，转入行乐的铺陈，在自言自语的叙述中，带着自恋（自怜）和赞叹的语气，极力形容冠剑宴乐的美好和奇特。这样的行乐仿佛是在死亡的阴影中跳舞，闪现出奇诡的光辉。这是脆弱的、终究不免一死的人对物质世界的留恋和赞叹。这冠剑之所以如此奇丽，因为那是从"临终的眼"里映现出来的幻影（川端康成在散文《临终的眼》中引述芥川龙之介《给一个旧友的手记》说："所谓自然的美，是在我'临终的眼'里映现出来的"）。这首诗中铺陈冠剑服饰与宫室、女乐、饮食的奇丽华美，很容易使人想起《楚辞·招魂》中相关的描写。只是《招魂》中有关宫室、饮食、歌舞的铺写带有更加鲜明的梦幻色彩——那原本不过是绝望之余对狂欢极乐的幻想罢了。

把人生的忧思和行乐的心情结合在一起写，在汉末魏晋的文学作品中颇为常见。"生年不满百，常怀千岁忧。昼短苦夜长，何不秉烛游"（《古诗十九首·生年不满百》），不正是在人生的忧思中，引发了秉烛夜游、及时行乐的心情？苦乐相因原本正是悲喜无常的人生的真相，乐极生悲有时甚至并不需要过渡，正如庄子说的："乐未毕也，哀又继之"（《庄子·知北游》）。汉末魏晋之间的诗文多叙及游宴之乐，而往往在写游宴之乐的时候忽发变徵之声，转写人生的忧思。如《古诗十九首·今日良宴会》一诗，前半写"今日良宴会，欢乐难具陈。弹筝奋逸响，新声妙入神"，写宴会上顾曲赏音之乐，后半却忽而转出了"人生寄一世，奄忽若飙尘。何不策高足，先据要路津"这样感叹年命短促、人生失意的句子来。又如曹植的《箜篌引》，前半首写置酒高会："置酒高殿上，亲交从我游。中厨办丰膳，烹羊宰肥牛。秦筝何慷慨，齐瑟和且柔。阳阿奏奇舞，京洛出名讴。乐饮过三爵，缓带倾庶羞。主称千金寿，宾奉万年酬。"可谓极写宴饮歌舞之乐，而后半却忽然转出"惊风飘白日，光景驰西流。盛时不再来，百年忽我遒。生存华屋处，零落归山丘"这样忧伤的咏叹。宾朋聚会，歌酒相娱，本是人生乐事。然而正是在游宴欢会之际，却往往更容易触动忧思，更能使人深切地感受到人生的无常与欢会的难得，于是在"对酒当歌"之际，"人生几何"的感叹便油然而生。这及时行乐的背景，正是短暂无常而又充满忧患的人生，而这转眼间就散去的宴会，岂不正是无常人生的缩影？转眼之间，曲终人散，一切复归于沉寂，那片时的欢乐，反而更映照出人生的虚幻无聊。

曹丕的诗文也每每从游宴的欢乐中写出人生的忧思。《与吴质书》中有一段话追忆旧游之乐，而结尾却忽然说"乐往哀来，凄然伤怀"。又如《善哉行·朝游高台观》一诗，前面写游宴之乐："朝游高台观，夕宴华池阴。大酋奉甘醪，狩人献嘉禽。齐倡发东舞，秦筝奏西音。有客从南来，为我弹清琴。五音纷繁会，拊者激微吟。溪鱼乘波听，踊跃自浮沉。飞鸟翻翔舞，悲鸣集北林。"紧接着忽又转出悲伤之意："乐极哀情来，寥亮摧肝心。"对于怀有忧思的人来说，长歌可以当哭，在欢乐中似乎便潜藏着忧伤，于是在觥筹交错、丝竹乱耳之际，忽然悲从中来，情难自禁。《大墙上蒿行》也是一首游宴诗。诗中表达了及时行乐的迫切心情，着力铺陈冠剑服饰的奇丽与饮食女乐的华美，这些原本都是游宴诗常见的内容，是题中应有之义。而此诗写行乐之情也正是与人生忧思的抒写纠结在一起。诗从生命无常、人生困苦的感叹写起，又以忧思的抒写作结。诗的最后一段颇有卒章见志的作用，既点明这是游宴诗，又以忧思收束全篇，重现主题，呼应第一段中有关人生忧患困苦的感叹。"今日乐，不可忘，乐未央"（此三句宜连读。余注本"不可忘"句下用句号，应改为逗号为宜），三句极言今日宴会之乐，是顺承上文铺陈行乐之意；"为乐常苦迟"以下四句是反跌，重申忧思悲伤的主题。不过所谓顺承、反跌，也只是就表层的意思来说的。因为在正面表达欢乐的诗句中未尝不可以包含有悲哀的意味。"今日乐"三句直接表达欢乐，但读来却能使人心中恻然，因为这眼前的欢会转瞬即逝，说"今日乐，不可忘"，说"乐未央"，欢乐被表述得越是充分，语气越是肯定，就反而越是见出想要留住这片时欢乐的徒劳可悲的心愿。在有关快乐的陈述中，可以读出悲伤的意味，那归根结底是因为欢乐中原本潜伏着忧伤，就好比盛开的花朵已隐含着凋谢的消息。

曹丕《善哉行·上山采薇》云："高山有崖，林木有枝。忧来无方，人莫知之。人生如寄，多忧何为？今我不乐，岁月如驰。"这首《善哉行》是写游子思乡的，但中间这一段诗所表达的深广的忧思却和《大墙上蒿行》十分相近，可以看作是同一主题在不同题材中的重现。

"望南山"与"见南山"
——陶渊明诗《饮酒·其五》论笺

　　《饮酒·其五》是陶渊明诗中的名篇，其中"采菊东篱下，悠然望南山"则是名篇中的名句。"悠然望南山"这个句子中的"望"现在都写作"见"。这一个字的异文，最早是苏轼提出来的，他认为句中"望"字应当作"见"，作"望"乃是"妄人俗士"所改，致使"一篇神气都索然矣"。《东坡题跋》卷二《题渊明〈饮酒〉诗后》云："'采菊东篱下，悠然见南山'，因采菊而见山，境与意会，此句最有妙处。近岁俗本皆作'望南山'，则此一篇神气都索然矣。古人用意深微，而俗士率然妄以意改，此最可疾"；《仇池笔记》也记有苏轼类似的说法。晁补之《鸡肋集》卷三十三《题陶渊明诗后》亦引其说云："记在广陵日，见东坡，云陶渊明意不在诗，诗以寄其意耳。'采菊东篱下，悠然望南山'，则既采菊，又望山，意尽于此，无余蕴矣，非渊明意也。'采菊东篱下，悠然见南山'，则本自采菊，无意望山，适举首见之，故悠然忘情，趣闲而心远。"此外《东坡志林》也有相关的记载。内容大同小异的反复记载，显示出苏轼对于他的这个"发现"大约颇为在意，所以广为宣传，在不同的场合表达了相似的意思。当时论者如黄庭坚、晁补之、蔡居厚、沈括等，皆从其说或又有所发挥，大底以为"见"字高明，能写出"无意望山"的高妙的意趣，而"望"字则因为不免"有意""着力"，有"有意看山"之嫌，而显得俗不可耐。于是在宋人眼里，"见"字应是"正文"，就已经成为定论。黄庭坚出自苏门，他的见解本来是从苏轼那里听来的，但是从当时人的记述来看，听起来却像是他自己的原创。彭乘《墨客挥犀》卷一云："鲁直曰：如渊明诗曰'采菊东篱下，悠然见南山'，其浑成风味，句法如生成，而俗人易曰'望南山'，一字之差，遂失古人情状，学者不可不知。"惠洪的《冷斋夜话》也有相同的记载。由于说法出自苏、黄这样的权威，后世学者多附其说，少有异议，至今人程千帆犹著文重申其说，力辩"见"字之好。又比如朱光潜，在《朱光潜谈美》（《"慢慢走，欣赏啊！"——人生的艺术化》一文）中说："一篇好文章一定是一个完整的有机体，其中全体与部分都息息相关，不能稍有移动或增减。一字一句之中都可以见出全篇精神的关注。比如陶渊明的《饮酒》诗本来是'采菊东篱下，悠然见南山'，后人把'见'字误印为'望'字，原文的自然与物相遇相得的神情便完全丧失。"朱先生是高明的学者，是修养有素的美学家，可是他在此强调的仍然是古人的那么一点意思，强调的是人与物之间自然而然、"相遇相得"的那种漫不经心的无意和偶然。当然对于这个早已有"定论"的问题，也还是有人提出了异议，以为其字本应作"望"，但是他们的异议终为成说所掩，并没有得到人们的认可。这一方面是因为成见太深，根深蒂固，又加上古今权威的支持，想要清除它，非有力者不办；另一方面是因为提出异议的人，或者并不能就自己的观点展开阐述，或者虽欲有所阐述，但其论证本身往往无的放矢、言不及义，甚至其论证本身是错误的。所以这个一千年前遗留下来的问题，就有重新讨论的必要，而且一个这么有名的问题，历经千年而得不到解决（或者被误以为已经解决），甚至也没有见到真正中肯有力的论证，其实也是不应该而且令人感到遗憾的。显然，对于绝大多数人来说，这不是个问题，而对于少数似乎看出问题而又说不清楚的人来说，这是一个难题，于是就一直错到现在。这个问题虽然只是一字之差的小问题，但真正要把它弄清楚，却涉及前人所说的义理、考据、辞章等各个方面。类似这样的问题，在经典流传的历史过程中，在经典阐释的历史过程中，实际上比比皆是。陶渊明的这首诗是如此有名，苏轼提出来的这个问题也是如此有名，可是如此广为人知的问题却历经千年而得不到解决，人们对它仍然缺少应有的认识——这说明在经典流传的过程中，类似的情况十分普遍，说明经典的阐释还存在大量的问题，说明人们的理解存在巨大的误区和盲区。在我看来，从某种意义上可以说，经典的阐释史，实际上就是以讹传讹的历史，就是一本糊涂账。我这种消极的看法跟一般人的看法完全不同。一般人的看法认为，历代累积的阐释，已经基本上解决了那些重要的经典文本阅读理解的问题，在他们看来，对一些最重要的经典文本的理解（比如《论语》，《孟子》，陶渊明、李白、杜甫的诗歌）则几乎可以说已经达到"穷尽"的地步。不少人非常乐观地认为，那些出自历代权威的阐释，不但基本解决了阅读理解的问题，而且"丰富"了经典文本的意义，甚至包含各种错误的众说纷纭的解读也"丰富"了经典的意义（这些人往往在一知半解的情况下中了西方接受美学和阐释学的毒；实际上"郢书燕说"从来没有使作为文本本身的"郢书"的意义更加"丰富"）。近几十年来，甚至还流行一种观点，认为经典的解读（特别是文学经典的解读，文学经典中特别是诗歌文本的解读）无所谓对错（"诗无达诂"之类的话，常常被他们挂在嘴边）。持有这种观点的人，对于经典的阐释往往也持有十分乐观的态度，因为他们几乎从来没有看到（更不用说发现）任何问题。实际上，如果真的无所谓对错,一切问题就没有讨论和辩解的必要。所以,我讨论"望南山"与"见南山"孰为"原文"这个问题,目的也不止是在解决这个问题本身,我希望我对于这个问题的讨论能起到举一反三的作用,能引起人们对经典文本阐释问题的关注和思考。

本文认为,在陶渊明的这首诗中,"悠然望南山"一句,其正文本字应作"望",而从诗意的表达来看,其字作"望"或"见",差别并不大,非如旧说所言,一字之差,形同玉石,判若云泥。实际上宋人的意见,是自呈臆说,夸大其词。在此我想先引何焯和黄侃的意见,他们是前人中极少数反对成说提出异议的人。何焯《义门读书记》卷四十七(《文选》条)云:"'望',一作'见'。就一句而言,'望'字诚不若'见'字为近自然,然山气飞鸟,皆望中所有,非复偶然见此也。'悠然'二字从上'心远'来。东坡之论不必附会。"黄侃《文选平点》云:"望字不误。不望南山,何由知其佳邪?无故改古以申其谬见,此宋人之病。"何焯其人徒有其名,说诗少有见地,但是这里的话却大体说得不错。"山气日夕佳,飞鸟相与还"两句所写的景物,确实都是"望"中所见。说"'悠然'二字从上'心远'来",也说得好,因为"心远",所以"望山"便有"悠然"自得之意。但是他说"就一句而言,'望'字诚不若'见'字为近自然",却是错误的,暴露了他对这个问题认识的不足。他既然认为"山气飞鸟,皆望中所有",实际上这个"望"和"见"是分不开的,而且"就一句而言"来讨论问题是没有意义的(如果这首诗只有"悠然见南山"一句,讨论"见"是不是更"自然"这个问题是没有意义的);再说,就审美的本质而言,纯粹的"望"本身无所谓"自然"或不"自然"(比如说"看山"这个词以及它所指示的行为本身,无所谓"自然"或不"自然");换言之,"望"可以有"自然"的"望",也可以有不"自然"的"望","悠然"而"望"所表达的正是"自然"的"望"。黄侃说"不望南山,何由知其佳邪",照黄侃的意思来说,正是因为"望"才知道山的"佳",那么,看不见山气之"佳"的那种"见",难道如何焯所言是更接近"自然"、更可取的状态,难道才是诗人看山应有的态度?黄侃说"不望南山,何由知其佳邪",问得是直截了当,可谓一语中的。不过他的这个问句,正是从何焯"山气飞鸟,皆望中所有"一句引申出来的。何、黄两人虽然没有就他们的观点展开论述,但是他们在只言片语中对自己提出观点的理由,做了触及问题本质的有效的提示和说明。他们的看法原本应该有助于解决问题、纠正成说,有助于把问题的讨论引向深入,但是实际上他们的看法对于认识问题的本质、对于真正解决问题,似乎没有起到应有的作用。坚信成说,主张本字是"见"而不是"望"的人,对何、黄的看法可能视而不见,或者见了也不以为然。程千帆在《陶诗"结庐在人境"篇异文释》一文(见所著《古诗考索》一书）中，正是在引了何焯和他的先师黄侃的话之后，重申旧说，反复辩解，竭力论证"见"是而"望"非。对于后来反对成说、提出异议的人来说，他们的主张原本与何、黄一致，照理应该从何、黄二人的看法中得到共鸣和启发，并进一步推动问题得到讨论和解决。可是令人遗憾的是，事实并非如此。这些为数不多的提出异议的人，往往自作聪明地把问题的讨论引向歧途和绝路。他们对于何、黄二人议论中显而易见的合理性并不理会（他们引何、黄的话，作用仅限于借权威的观点来给自己撑腰），他们的论证往往是无效的、错误的，甚至完全陷入了与为旧说（谬说）辩护的人一样的充满曲解而又纠缠不清的话语的泥潭之中。在此姑且举徐复的短文《陶渊明杂诗之一"望南山"确解》（作者称《饮酒·其五》为"杂诗之一"，大概是为了表示对《文选》的尊重，萧统所编《文选》，收了《饮酒·其五》这首诗，题为"杂诗"）为例来说明我前面提出的问题。

徐复先生是章太炎和黄侃的学生，曾先后师从黄侃和章太炎，生前是南京师范大学的教授，他在九十五岁时口授此文，由他人记录（发表在南京师范大学文学院学报，2006 年第 4 期）。在这篇文章中，作者并没有引何焯和黄侃的言论，而是直接对以苏轼为代表的宋人的观点提出了批评。他说："宋人之所以肯定'见南山'，完全是为了说明写诗'不用意'，采菊之次，偶然见山，便偶然写下，简直有如神仙。"准确地说，应该说宋人之所以肯定"见南山"，主要是为了说明看山"不用意"，是"偶然见山"，而不是"完全是为了说明写诗'不用意'"。徐文为了说明陶渊明并不是"不用意"（从而进一步说明"望南山"是正确的），提出了如下的辩解：

陶渊明辞官归隐之后，有过"饥来驱我去"的乞食经历。他采菊，哪里是吃饱了没事干，玩玩插花？所采的也不是什么龙勾凤羽之类的名贵品种，而只不过像屈原"夕餐秋菊之落英"那样而已。躬耕而自食其力，日子过得很艰辛。而颜延之等老朋友又挂念着他，常常希望一施援手。但先生却一直坚持着自己的信念。这信念就是诗末所说的"此还有真意"的真意。既然"鸟倦飞而知还"了，再艰苦也不能作其他考虑。所以"悠然望南山"，既是先生劳累之后，舒展腰身休息时，对南山景物的自然欣赏。同时也是对自己生活道路的再次肯定。

……他解绶以后，躬耕自资，这分明已经是在独善其身。晋禅宋以后，则更是绝意仕途了。饮酒诗也好，杂诗也好，也只能是他解绶以后，另寻生活道路的作品。另寻生活道路何尝不是一种追求？不是一种用意？诗句应该从最早也就是萧统的说法，是"悠然望南山"，这个"望"是表示向往的"望"。南山也实有所指。《晋书·隐逸传》："翟汤，字道深，寻阳人。笃行纯素，仁让廉洁，不屑世事，耕而后食。人有馈赠，虽釜庾一无所受……司徒王导辟，不就。隐于县界南山……康帝复以散骑常侍征，汤固辞老疾不至。年七十三卒于家。子（翟）庄……遵汤之操，不交人物，耕而后食。"陶渊明生于晋哀帝兴宁三年，仅后于翟汤十几年，与翟庄差不多同时。隐居之地正是寻阳，其志行一如翟汤。那么，他在选择自己的生活道路时，向往本乡的先贤，那不是很自然的事情吗？为什么一定要把清楚不过的事，硬要贬为俗本，说是"褰裳濡足，失之空灵"（朝华按，原文如此）了呢？后代的诗评家，常常喜欢用自己的兴趣爱好去改造古人，改造古人的作品。

为了说明陶渊明写诗和"望南山"不是"不用意"，作者分析了陶渊明的生活，一则认为陶渊明过的是艰苦的隐居生活，他采菊花完全是出于实用的考虑（为了要吃菊花），不是为了把玩、欣赏，他采菊花的时候根本没有闲心思，所以连带"望山"也没有闲心思，根本谈不上"不用意"；再则认为陶渊明"独善其身"的隐居生活是"另寻生活道路"，而这本身就是"一种追求""一种用意"，所以原文应该是"望南山"，"望"这个字"表示向往"，包含了为了"另寻生活道路"而有所"追求"的"用意"。且不论陶渊明采菊花的时候，是否真的像徐文所说的那样没有闲心思（"采菊东篱下，悠然望南山"，正如"悠然"一词所表示的那样，这两句诗表现的显然正是一种俯仰自得的闲心思，虽然有闲心思不等于宋人拼命强调的"无意"；如果陶渊明连这么一点采菊看山，欣赏景物的闲心思都没有，他还是陶渊明吗？徐文为自己不得已提到陶渊明"对南山景物的自然欣赏"而觉得忸怩不安，所以前后夹攻，又加上了"舒展腰身休息时"和"同时也是对自己生活道路的再次肯定"这两个莫名其妙的句子来限定它——在徐文看来，陶渊明这个自古得到人们一致赞颂的高士却连看个山都那么不自在，还附加了两个非常"有意"的目的：舒展腰身和肯定自我），徐文的讨论实际上完全脱离了具体的文本，脱离了文本所建构的具体的语境，从根本上说也偏离了本题，纯粹是对诗人生活不着边际的议论，这样的议论对于诗意的理解和问题的解决毫无意义。作者把自己对诗人生活的臆想，随意强加给作品，实际上是对作品的宰割和践踏。他可以说"另寻生活道路"是"一种追求"、是"一种用意"，但是怎么可以把这种"追求"和"用意"跟"悠然望南山"的"望"字强行扯在一起呢？更令人吃惊的是，最后作者认为"望南山"是"实有所指"，表达的是对住在南山的隐士翟汤的向往之情。同样令人吃惊的是，作者对于"望南山"的解读，在短短的两段文字中，经历了魔幻般的变化：先是"对南山景物的自然欣赏"和"对自己生活道路的再次肯定"，接着是寄托了诗人对生活的追求和向往，最后则是表达了诗人对山中隐士翟汤的爱慕之情。

下面言归正传，我们继续来讨论正题，对陶诗原文应是"望南山"而不是"见南山"这一问题展开论述。本文的论述，某种程度上可以看作对何焯、黄侃观点的呼应和补充，虽然二十多年来，我多次在课堂上讨论这个问题时，从来没有想起和引用何、黄的言论。本文主要从以下四个方面来论述这个问题。

一、版本问题

南朝萧统所编《文选》最早著录陶渊明《饮酒·其五》这首诗，题为"杂诗"。《文选》一书，从唐代到宋代一直到现在，所有的版本著录陶渊明的这首诗，原文都是"望南山"，从未见有作"见南山"的。众所周知，在陶诗流传的过程中，萧统是一个特别重要的人物。他最早编了八卷本的《陶渊明集》（已佚），并且为陶集作序，为陶渊明作传。从版本学的角度来说，《文选》所著录的这首"杂诗"，在文本的可信度方面，无疑具有一定的权威性。初唐人欧阳询主编的类书《艺文类聚》也收了陶渊明这首诗（收在卷六十五《产业部》），其文亦作"望南山"。北宋人所见陶集，如苏轼所自言，亦"皆作'望南山'"，可知旧本其字原本作"望"，其原文为"望南山"是由来已久，根本不是苏轼说的那样是"近岁俗本皆作'望南山'"，而且在苏轼本人提出异文之前，关于"望南山"的原文也不曾有任何异说。所以，显然不可根据苏轼一人含混不清、颇为可疑的说法，而改易其字为"见"。关于这一点，现在反对附会苏轼说法的人，似乎有比较明确的认识。值得特别强调的是，苏轼的说法根本缺乏版本方面的支持，因此他的说法是站不住脚的。《东坡志林》卷五云："自予少时，见前辈皆不敢轻改书，故蜀本大字书皆善本。蜀本《庄子》云：'用志不分，乃疑于神。'此与《易》'阴疑于阳'、《礼》'使人疑汝于夫子'同，今四方本皆作'凝'。陶潜诗'采菊东篱下，悠然见南山'，采菊之次，偶然见山，初不用意，而境与意会，故可喜也。今皆作'望南山'。杜子美云：'白鸥没浩荡，万里谁能驯。'盖灭没于烟波间耳。而宋敏求谓予云：'鸥不解没，改作"波"字。'二诗改此两字，便觉一篇神气索然也。"苏轼说他"少时"见过"蜀本大字书皆善本"，并举了一个《庄子》异文的例子来说明"蜀本大字书"的优点，然后就举出陶渊明的诗句，说明"见南山"的好处，最后没头没脑、含糊其辞地说了一句"今皆作'望南山'"，可是他并没有交代"见南山"的出处，没有交代他是在什么版本中看到"见南山"的。苏轼的话也许会让人觉得，他似乎暗示他是从"蜀本大字书"看到陶诗原文是"见南山"的（实际上如果真的看到，他显然应该直说），但是他实际上是把陶诗的例子和杜诗的例子放在一起说（所以说"二诗改此两字，便觉一篇神气索然也"），而有关杜诗异文是非的事，只是发生在他和宋敏求之间，与"蜀本"毫无关系，只有所举《庄子》异文的例子与"蜀本"有关，实际上他提起"蜀本"，只是为了证明"前辈皆不敢轻改书"，与"见南山"的出处毫无关系。所以，苏轼说陶诗原文是"见南山"而不是"望南山"，可以说是毫无根据的话；他一再强调说原文写作"望南山""非渊明意也"，显然正是主观臆断的口气。但是他的说法一千年来仍然得到众多的附会和广泛赞同。在此必须特别指出的是，讨论陶诗原文是"望南山"还是"见南山"，必须把陶诗原文用的是"望"还是"见"这个问题，跟用"望"还是"见"更好这个问题区别开来。实际上这是两个不相干的问题，不可以混为一谈。只有在证据可靠有利于对异文作出判断的前提下，这两个问题才可以有关联性；换言之，只有在前一个问题解决或基本解决的前提下，讨论后一个问题才有意义。在没有可靠的版本依据的情况下，一味强调"见"比"望"好，并因此进而认定原文就是"见"，这样得出来的结论其实是没有意义的。何况"望"这个字在原文中原本是通顺的，而且"望"和"见"在字形和读音两个方面都差别很大，在传抄、刻印的过程中也不容易混淆。宋人以及后来附和苏轼说法的人，通常都是在没有提到任何证据的情况下，一味强调"见"比"望"好，并从而认定原文就是"见"——说来真是怪事，好像大家理所当然地认为，这个异文的判断不需要任何证据。

二、"有意"与"无意"

从诗意的表达来看，其字作"望"或"见"，差别并不大，作"望"字甚至更可取。可以从以下三个方面来说明这个问题。

第一，正如词语"望见"一词所显示的那样，"望"和"见"本来就是连在一起的，既无所"望"，又何所"见"——没有"望"哪来的"见"？实际上"见"这个字已包含了"望"（或"看"）的意思。其实，从人的感知心理来说，没有"有意"的"望"或"看"，人们是不会有所"见"的。所以，不应夸大"望"和"见"的差别，也不应夸大"见"是"无意看到的"。在主张原文是"见南山"的人看来，"无意"或"无心"的"见"，体现了物我融合无间或物我两忘的高妙的境界。王国维《人间词话》正是特别举"采菊东篱下，悠然见南山"两句来说明"无我之境"的。所谓的"物我融合无间"或"物我两忘"或"无我"，实际上只是一种修辞，借以表达人与外物交接时的那种接近自然的、自得的、投入的、出神的状态。从观物（或审美）的角度来看，只有在主客两分（或合而仍分）的情况下，只有在"对象化"的过程中，观物（或审美）的活动才得以产生和完成。所以在观物（或审美）的活动中，不存在无意的、无我的、物我融合无间或物我两忘的状态。后人附会苏说，往往说得更夸张，把苏轼发明的"无意""无心"的说法更引向"妙不可言"的玄虚的境地中。苏轼只说"无意望山"，后人索性更进一步，一并连采菊也说成"无意"的。王士禛《古学千金谱》云："篱有菊则采之，采过则已，吾心无菊。忽悠然而见南山，日夕而见山气之佳，以悦鸟性，与之往还，山花人鸟，偶然相对，一片化机，天真自具，既无名象，不落言诠，其谁辨之？"这个"神韵派"的大师，话经常说得很神，这话就像是神汉说的。在他看来，陶渊明是刚好看到"篱有菊"就采了一下，采过就算了，就忘了，"采过则已"，说明"无心"到了物我两忘的地步，仿佛得了痴呆症似的。吴淇《六朝选诗定论》卷十一云："'望'有意，'见'无意。山且无意而见，菊岂有意而采，不过借东篱下以为见山之地，而取采菊为见山之由也。"也是连采菊都说成"无意"的了。"山且无意而见，菊岂有意而采"（看山尚且都是无意的，采菊难道还会是有意的吗）可真是一句莫名其妙（或者"妙不可言"）的话啊。我们世间凡夫恐怕也很难体会这种"无意采菊"的神奇的状态。

不过，在我看来陶渊明的采菊应该是颇为"有意"的。陶渊明的诗喜欢写松树和菊花。"秋菊有佳色，裛露掇其英。泛此忘忧物，远我遗世情"（《饮酒·其七》），这是我特别喜欢的句子，写秋菊，写带着露水采菊，是多么的"有意"啊，而这"有意"正是它的好处所在。一个"无意"的人，一个眼里心里没有菊花的人，哪能写出这样"有意"句子啊。我于是想起了颇有"意淫"之思的《闲情赋》，想起了写《闲情赋》的陶渊明，因为我看到他眼中的菊花，仿佛有佳人的影子，也同样寄托了他的高情，寄托了他的绮思和梦想。

实际上，自然物，特别是其中的动植物，在本质上跟人类具有深刻的同一性。比如，人们习惯用花来比喻女人，实际上这样的比喻就其本质而言不是一种修辞手法，而是对事物同一性、对事物本质的指认——所以，欣赏菊花和欣赏女人在本质上是相通的。除了《闲情赋》，陶渊明的诗文中几乎没有写到女人，更无涉于艳情，可是这个习惯于歌唱纯朴的田园生活的田园诗人，这个像农民一样依恋乡土的高士，却写了这么一篇想入非非的艳情赋，不免让很多人感到疑惑。萧统说"白璧微瑕者，惟在《闲情》一赋"，说它的毛病是"劝百讽一"，"卒无讽谏"（《陶渊明集序》）。苏轼表示反对，讥之为小儿之见，说："渊明《闲情赋》，正所谓《国风》'好色而不淫'，正使不及《周南》，与屈宋所陈何异？而统乃讥之，此乃小儿强作解事者。"苏轼搬出圣贤的经典来替陶渊明作辩解，实际上也是给陶渊明戴了一顶高帽，使人觉得《闲情赋》似乎也大有芳草美人比兴寄托的意思。后来附和苏轼的人也很多，也都往比兴寄托这一方面去想，以至于越扯越远。萧统的议论有"道学气"，苏轼反对萧统从道学的角度去看《闲情赋》，但是他自己也在"无意"之间给陶渊明戴了一顶散发着"头巾气"的高帽。

萧统和苏轼都是陶渊明的功臣，都可以说是陶渊明的异代知音。没有萧统和苏轼，陶渊明的面目就不会如此清晰地映现在历史的屏幕上。对于陶渊明这样一个旷古稀有的人物来说，这样的知音是如此难得，以至于让人觉得，萧统和苏轼的出现仿佛是天意的安排，他们与陶渊明之间，都有一种穿越时空的心灵感应，他们来到这个世界都有一个使命：打开一卷前人留下的书，用那闪光的词语去照亮暗淡的世界。

但是即便是萧统和苏轼，他们对于陶渊明的认识也不可能是全面和完善的。苏轼对于《闲情赋》和《饮酒·其五》的议论，都不足为训。钱钟书对《闲情赋》的议论，也颇引起人们的关注，他特别指出"闲"是"防闲"的意思（"闲情"也就是"止情"的意思），并从题目入手评论说："题之意为'闲情'，而赋之用不免于'闲情'，旨欲讽而效反劝耳。流宕之词，穷态极妍，淡泊之宗，形绌气短，诤谏不敌摇惑。以此检逸归正，如朽索之驭六马，弥年疾痃而销以一丸也。"他的话其实是对萧统观点的发挥，说《闲情赋》是"旨欲讽而效反劝耳"，实在不是知人之言。殊不知陶渊明写《闲情赋》就像是酒徒写《戒酒文》，是往往难免要写成《酒德颂》的，往往是打着劝诫的旗号，来抒写自己不能自已的、戒不掉的那种心情，虽然在这种抒写中有时也难免流露出一些矛盾的心情。所以一篇《闲情赋》，表面上说是要约束自己的"情"，写来却满纸都是"意淫式"的白日梦般的绮艳之思，也就不奇怪了。陶渊明本人就写了一首名为《止酒》的诗，"止酒"就是"戒酒"的意思，可是他在诗中却说："平生不止酒，止酒情无喜。暮止不安寝，晨止不能起。日日欲止之，营卫止不理"，这哪里是要戒酒的意思，分明是嗜酒的宣言啊！如果我们认识到陶渊明写美人，就像他写"有佳色"的菊花一样，都只是因为作者心中有此一段情意，有此一片痴情的欢喜和赞叹，就不会觉得疑惑，就不会有许多无谓的争辩了。

说来"意淫"也有雅俗之别。宝玉和贾珍、贾琏、贾蓉、贾瑞之类的人都有"意淫"之癖，但宝玉的"意淫"立意较高，站位不同，就跟这帮偷鸡摸狗的苟且之徒区别开来了。苏轼说得好，"从来佳茗似佳人"。我于是想起了汉武帝《秋风辞》中的句子"兰有秀兮菊有芳，怀佳人兮不能忘"，他在不经意之间，把兰菊和佳人联系在一起。这是兴而不是比，所以有一种更自然、更深切的触发和感动，兰菊与佳人，妙在离合之间，浑然天成，不落言筌。我说陶渊明眼中的菊花仿佛有佳人的影子，那是因为他眼中有菊，他对菊有纯真的同情和爱慕。林逋的《山园小梅》写梅花大有脂粉气，颇有贾珍、贾琏式的意淫之嫌，写梅花居然写出"霜禽欲下先偷眼，粉蝶如知合断魂"这样低俗不堪的句子。可是他因为隐居出了名，使不免好名的世人受了遮蔽，影响了他们对其人其诗的判断，连苏轼也夸他这首梅花诗写得好。

多年前，有一天早晨我突然想起一个句子："世短意常多"，心中为之恻然，一时却想不起是谁写出这么好的句子，后来查了一下才知道是陶渊明的诗句（真应该是他的诗句啊。"世短意常多，斯人乐久生"，这是《九日闲居》的开篇两句）。"世短意常多"，这样的句子非有深情者不能道。这个句子的意思跟古诗"生年不满百，常怀千岁忧"差不多，但我觉得陶渊明这五个字，深沉朴茂，古诗之美，犹有不及。陶渊明《游斜川》诗云："中觞纵遥情，忘彼千载忧。"这是一个心中有"遥情"的人，他和李白一样强烈地感受到有限的生命中有无限的情意。陶渊明和李白是不一样的人，但在这一点上他们是相似的。一个说"千载忧"，一个说"万古愁"，只有心中特别"有意"的人，只有超越了现实局限的人，他的心中才会有这种不能自已的千载万古的忧愁。陶渊明正是一个心中"意常多"的人，可是大家却偏偏把他说成是一个全然"无意"的人。陶诗的好处正在于它的"有意"，因为"有意"，所以如苏轼所言是"质而实绮，癯而实腴"，所以朴素中有丰富、平淡中有至味。"万族各有托，孤云独无依。暧暧空中灭，何时见余晖？"（《咏贫士·其一》）谁能为了天空中转瞬即逝的一朵孤云，写出这么深情动人的句子呢？

实际上，"看山"不用"望"字，还能用什么字呢？"望"和"山"连在一起，可以说是再自然不过的搭配了。"看山"不许用"望"字，那是不许人"看山"。所以古人的诗文中用"望"字写"看山"的句子可以说是随处可见。在此不遑多举，姑且略举一二以见其余。李白《春日独酌二首·其二》云："我有紫霞想，缅怀沧洲间。且对一壶酒，澹然万事闲。横琴倚高松，把酒望远山。"诗写悠然望山以见其高世之意，用的也正是"望"字，而且很难换成别的字。王维《山中与裴秀才迪书》云："当待春中，草木蔓发，春山可望。""可望"之"望"表达的正是作者对"春山"的喜爱和想望之情，如果改成"春山可见"，那就不成话了。值得顺便一提的是，李白《望终南山寄紫阁隐者长安》诗云："出门见南山，引领意无限。秀色难为名，苍翠日在眼。有时白云起，天际自舒卷。"这里用的是"见"字，字面写的是"见南山"，但从下文"引领意无限"以下诸句来看，显然是"见"中已包含了"望"的意思。在这里"见南山"改作"望南山"，意思也完全是一样的，诗题中用的就正是"望"字。如果有人说李白这里写看山，是先有"无意"的"见"然后才有"有意"的"望"，你应该不会同意这种奇谈怪论吧？可是人们在讨论陶渊明的"见南山"与"望南山"

的时候，对各种类似的奇谈怪论却往往见怪不怪。李白说"出门见南山"，虽然用了一个"见"字，可是他并没有借这个"见"字表现自己"无意望山"，而是恰恰相反，紧接着"引领意无限"一句，表现的正是大有意于望山。

第二，看山何妨"有意"，这"有意"正是高人的境界，他看的是山，又不是金元宝或者乌纱帽。王维《终南别业》诗云："行到水穷处，坐看云起时"，李白《独坐敬亭山》诗云："相看两不厌，只有敬亭山"，从来没有人说他们用的"看"字不好。"相看"到了"两不厌"的地步，看得是多么"有意"啊。辛弃疾《贺新郎·甚矣吾衰也》甚至说："我见青山多妩媚，料青山、见我应如是"，虽然用的是"见"字，但显然也包含了"看"的意思，而且"看"的意思是多么强烈多么刻意啊，这么写大家也都说好。其实，"有意"看山，正是高人和俗人的重要区别之一。俗人不爱看山，也看不出什么"意"来，是真正的"无意"看山。孔子说"知者乐水，仁者乐山"（《论语·雍也篇》），这是真正的高见，只有上达于仁智之境的高人，才有山水之乐，才懂得看山看水，才会在登山临水之际乐在其中。看山不妨"有意"，甚至必须"有意"，所以苏轼刻意强调"悠然见南山"的漫不经心，说得跟梦游似的，并不足以见出陶诗的高妙。"采菊东篱下，悠然望南山"，确实能写出诗人望山之际得意忘言、悠然兴会的感受，但是这种感受本质上并非"无意"而是"有心"，"望南山"作为一种审美活动，是一种有意识的、有情感和意志参与其中的活动，它需要的正是精神（心意）的投注——就此而言，"望"字比"见"字用得更好。《和郭主簿·其二》有句云："陵岑耸逸峰，遥瞻皆奇绝"，"遥瞻"就是"远望"的意思，"遥瞻"而能见众峰之"皆奇绝"，不也正是因为诗人心中自有一段"奇绝"之意吗？若是"无意"看山，如何能见到众峰"皆奇绝"呢？《归去来兮辞》中有句云："云无心以出岫"，这"无心"的云，却正是从"有心"人的眼里看出来的。我特别喜欢陶渊明《和郭主簿·其一》中的诗句："遥遥望白云，怀古一何深。"这个"望"字用得好，正是在遥望白云的投注中寄托了作者美好而又高远的情怀。

在宋人看来，陶渊明的这个"悠然见南山"，其所以高妙，全在于"无意望山"，在他们看来这个"望"字因为有"有意"之嫌，所以是一个十分低俗的字眼，他们都很恨这个"望"字，因此不惜曲解强解，硬要把这个"望"字打倒。由此也可见成见、偏见的力量。蔡居厚《蔡宽夫诗话》云："悠然见南山，此其闲远自得之态，直若超然邈出宇宙之外。俗本多以'见'字为'望'字，若尔，便有褰裳濡足之态矣。乃知一字之误，害理有如是者"，而且认为这一字之差"并其全篇佳意败之"。吴曾《能改斋漫录》云："东坡以渊明'采菊东篱下，悠然见南山'，无识者以'见'为'望'，不啻碔砆之与美玉。然余观乐天效渊明诗有云：'时倾一尊酒，坐望东南山'，然则流俗之失久矣。惟韦苏州《答长安丞裴说》诗有云：'采菊露未晞，举头见秋山。'乃知真得渊明诗意，而东坡之说为可信。"白居易的诗虽然标明是"效陶潜体"，但不见得要亦步亦趋，照搬陶诗的字面，白诗此处用"望"字，完全不必与陶诗有关。而且我们应该可怜白居易，他在这里没办法不用这个可恨的"望"字，他不好把这个句子写成"坐见东南山"啊。再说，假设白居易这里用"望"字是照抄陶诗"悠然望南山"的用字，也不应该得出"流俗之失久矣"的结论，而是应该得出相反的结论，即陶诗原文可能就是作"望南山"，而苏轼的说法是可疑的（由于认定原文是"见南山"，有了先入为主的成见，于是就把不利于自己的证据处理成有利于自己的证据，愚妄的人总是在不知不觉间颠倒是非，歪曲事实）。至于所引韦应物诗句"采菊露未晞，举头见秋山"，更没有"效陶潜体"之类的说明，与陶渊明的诗句原本更没有必然的承袭关系（写采菊和看山并不是陶渊明的专利）。韦诗原句是"临流意已悽，采菊露未晞。举头见秋山，万事都若遗"，吴氏截取其中原本分属上下二联（暂且借用律诗术语）而并不相连的两个句子，凑合成一联两句，如此这两句诗就与陶诗"采菊东篱下，悠然见南山"一样，一句写采菊，一句写看山，但即便如此也不足以证明韦诗用的"见"字是照抄陶渊明的。就字面来看，韦应物的诗句与陶渊明的诗句显然也是大不相同的，十个字只有三个字相同，凭什么就认定"见"这个如此常见以至于几乎难以避免的动词是从陶渊明的诗句里抄来的？而且，韦应物这一句诗用"见"字也不见得比用"望"字好。我倒是记得韦应物《郊居言志》诗中的句子："负暄衡门下，望云归远山"，真是词高意远的好诗，用的却是"望"字，这里"望"的既是云也是山，这两句诗中的"望"字是关键的字眼，显然比用"见"字好。值得一提的是，很多人为了证明某一个诗人和另一个诗人有承袭的关系，凡是看到字面略有相似的地方，就都当做了证据，这是非常荒唐愚妄的做法。实际上古人的诗句有大量具有某种相似度的字面，而彼此并没有任何具体的承袭关系。这种整体的相似性，是由语言系统和整个写作传统决定的，而并非出于一个诗人对另一个诗人具体的承袭。

第三，从词语的搭配来看，用"悠然"来形容"望"也更合适，"悠然"是形容远望的状态和感觉。"望"是"远看"的意思，表达的是"看"这个动作本身，"见"是"看到"的意思，着重表达的是"看"这一动作的结果——用"悠然"来形容"看"显然比用来形容"看到"更合适、更妥当。而且，如果说"见南山"果然完全是"无意"的，那么也不需要用"悠然"来形容——"悠然"正是对某种意态的形容。

我偶尔写文章总觉得自己的思路可能跟别人不一样，所以很少先看别人的相关论文，这跟我偷懒的心理也有关系。近几年胆子小了，有时写了一半会停下来查阅相关论文，怕自己在关键的地方说了别人说过的话。这篇文章写了一半，我停下来查阅相关论文，结果就发现有两篇文章也谈到用"悠然"一词来形容"望"是不合适的。中国社会科学院研究员范子烨在论文《"悠然望南山"：一句陶诗文本的证据链》（淮阴师范学院学报，2012 年第 4 期）中说："'悠然'作为形容词，与'见'是不能搭配的，因为'见'的意思是看见、看到，乃是'望'的结果"。不过在这个作者之前，已经有人谈到这个问题。袁庆德在《"采菊东篱下，悠然望南山"——还陶渊明诗以本来面目》一文中说："从语言的角度看，'悠然见南山'的说法是不符合语法的。'悠然'这个短语可以用来形容动作行为的状态，意思相当于'悠闲地'，所修饰的动词应该是动态动词（表示持续动作的动词），在古代诗歌里，都是这样使用的……而动词'见'是静态动词，不是动态动词，是不能用'悠然'来修饰的。"范文也许受到了袁文的启发，但他在文中给自己的相关论述取了一个奇特的全新的标题——"历史语言学角度的审查"。令人遗憾的是，总的来看，这两篇论文的相关论证都有问题。范文为了证明陶诗原文是"望南山"，从唐前到宋代，硬生生地找出了一条"证据链"，几乎把字面略有相似的句子，都找来作为证据，都说是"化用"了陶渊明的"悠然望南山"。作者在"唐前《饮酒》其五的流传"这一节中说："其实，即使对《文选》的相关情况忽略不计，我们也仍然能够找到'悠然望南山'早期传播的踪迹。"文中接着举了谢朓《游东田》中的诗句"不对芳春酒，还望青山郭"和《冬日晚郡事隙》中的诗句"苍翠望寒山，峥嵘瞰平陆"为例来说明"'悠然望南山'早期传播的踪迹"。作者认为，"'不对'二句，化用《饮酒》其五'悠然望南山'"，"'苍翠'句，意本《饮酒》其五'悠然望南山'"（原文所引谢朓原诗较长，这里只转录与"悠然望南山"直接相关的句子）。在作者看来，诗句中只要出现"望"和"山"的字样，那就是化用陶诗"悠然望南山"这个句子，就足以证明陶诗原文是"望南山"。这真是令人惊异的想法。作者说"即使对《文选》的相关情况忽略不计，我们也仍然能够找到'悠然望南山'早期传播的踪迹"，这也是颇为离奇的想法——因为《文选》的相关情况"是我们判断陶诗原文是"望南山"的重要依据，如果《文选》作"望南山"的事实可以"忽略不计"，那《艺文类聚》作"望南山"以及苏轼自言所见"近岁俗本皆作'望南山'"的事实也可以"忽略不计"，那我们对于陶诗原文是"望南山"的判断就失去了版本依据——如果没有任何依据可以判断原文是"悠然望南山"，连是否有"悠然望南山"这个句子都成问题，那我们又如何"也仍然能够找到'悠然望南山'早期传播的踪迹"呢？好在作者找到的"踪迹"跟"悠然望南山"这个句子原本毫无关系，谢朓根本不需要先有"悠然望南山"的句子作为摹本，才写得出"苍翠望寒山"之类的诗句。作者在"唐代《饮酒》其五的流传"一节中，也引了我前文所引的李白的两首诗。为了阅读的方便，我把作者所引的李白诗句的原文转抄在这里。一是《望终南山寄紫阁隐者长安》："出门见南山，引领意无限。秀色难为名，苍翠日在眼。有时白云起，天际自舒卷"；二是《春日独酌二首·其二》："我有紫霞想，缅怀沧洲间。且对一壶酒，澹然万事闲。横琴倚高松，把酒望远山。长空去鸟没，落日孤云还。"作者在文中说明这两首诗跟陶诗的承袭关系时说："'有时'二句，则本于陶潜《和郭主簿》二首其一：'遥遥望白云，怀古一何深'"；"'且对'四句，本于《时运》：'清琴横床，浊酒半壶。'以及《饮酒》其五：'悠然望南山。''长空'二句，本于《饮酒》其五：'山气日夕佳，飞鸟相与还。'"心智正常的读者应该一眼就可以看出，作者所指认的这种李诗"本于"陶诗的关系，根本就不存在。在"宋代《饮酒》其五的流传"一节中，作者说"苏轼的'见南山'之说虽然得到多数人的赞赏，却未能一统天下，'望南山'的文本依然得到遵从"，接着就举王安石的诗句"晨兴望南山，不见南山根"（《晨兴望南山》）和"遥望南山堪散释，故寻西路一登高"（《成字说后与曲江谭君丹阳蔡君同游齐安》）为例来说明这个问题，并且说："王荆公酷爱陶诗，二诗皆称'望南山'，自然与'悠然望南山'有关。"这样的推论显然也是荒谬的。所举王安石的诗句，字面虽有"望南山"三个字，但与陶诗"悠然望南山"之句完全不必有承袭关系。"南山"是常见的事物，"望"是常有的行为，"望南山"的表达几乎是不可避免的。从本质上说，"望南山"与"采菊"或"望月"一样，都是不必有"所本"的、普通的、一般化的动宾结构的词语。所以，早在陶渊明之前，就有不少人写过"望南山"，而他们之间也不必有任何承袭关系。范文本身就举了三个例子：司马相如《哀二世赋》之"临曲江之隑州兮，望南山之参差"；阮籍《清思赋》之"望南山之崔巍兮，顾北林之葱菁"；嵇康《思亲诗》之"欲一见兮路无因，望南山兮发哀叹"。这也说明，一看到陶渊明之后有人在诗中用了与"望南山"相同或相近的字面，就认定他是"本于"陶诗"悠然望南山"之句，显然是荒谬的。可惜作者引了上面这三个例子，并没有因此引起警觉，发觉自己原本的思路是完全错误的；他引这三个例子却是为了错误地说明它们是陶渊明"悠然望南山"这个句子的"渊源"，是陶诗之"所本"。作者在这一节的论述中，还涉及苏轼的诗，他说：

尤其值得注意的是，就创作而论，苏轼也并不排斥"悠然望南山"，如《东坡全集》卷二十八《歇白塔铺》诗：

甘山庐阜郁长望，林隙依稀漏日光。吴国晚蚕初断叶，占城早稻欲移秧。迢迢涧水随人急，冉冉岩花扑马香。望眼尽从飞鸟远，白云深处是吾乡。

庐阜就是庐山，"郁长望"就是痴情地远望。而"望眼尽从飞鸟远"一句则从"飞鸟相与还"脱化而来。这里明显地透露出苏东坡对"悠然望南山"的遵从，而与其"见南山"之说自相矛盾。

看了这样的论述，真是让人瞠目结舌。苏轼这首诗中的"望"何尝与陶诗有关？何尝是"对'悠然望南山'的遵从"？只是因为苏轼的诗句中也写到了"飞鸟"，就说这个句子是"从'飞鸟相与还'脱化而来"，实在是扯得太远了。反对"望南山"的苏轼也难免要用"望"字，那是因为"望"这个常见字是大家难免都要用的，也说明大家用这个字根本与陶诗无关，可是范文却由此得出这样的结论："这里明显地透露出苏东坡对'悠然望南山'的遵从，而与其'见南山'之说自相矛盾。"按照范文的看法，张九龄的《湖口望庐山瀑布泉》、孟浩然的《晚泊浔阳望庐山》和《彭蠡湖中望庐山》、李白的《望庐山瀑布》，这些诗题也可以说都是化用陶渊明"悠然望南山"的句子，这些大诗人连取个诗题都要套用陶渊明的诗句。而且问题是，他们在这些题目中能不用这个"望"字吗，难道可以改用"见"字吗？

范文的主要内容是为了证明陶诗原文是"望南山"而找"证据链"。文中从唐前、唐代、宋代的诗中找出了很多"证据"，我这里只是举了其中的几个例子。按照作者的做法，区区一百来首的陶诗，恐怕就可以涵盖南北朝以来的诗歌史，而成为所有诗人写作时造句的摹本和取之不尽用之不竭的"源泉"，在陶渊明之后，南北朝以来的历代诗人，差不多学一个陶渊明就够了，他们所有的诗句差不多都可以看作是对陶渊明诗句的剿袭、模仿和化用，都可以看作是承袭陶诗的产物。范文所引李白诗，有"出门见南山"之句，可是范文并没有把它当作陶诗原文应是"见南山"的"证据"，我相信他如果愿意去找，按照他的做法，一定还可以找出一条"悠然见南山"的"证据链"。吴曾找出韦应物"举头见秋山"的句子，来作为陶诗原文应是"悠然见南山"的证据，他的做法和范文是一样的（不知是否为范文"所本"），只是他没有进一步写出一条"证据链"来。范文之所以能写出这么一条"证据链"来，显然靠的是电子检索的方便，所以检出一堆所谓的"证据"来的同时，不幸也检出了一些"反证"（司马相如、阮籍、嵇康用"望南山"的例证，苏轼用"望"字的例证），可是更不幸的是，居然能把这些"反证"都转化为正面的"证据"。

袁庆德的文章《"采菊东篱下，悠然望南山"——还陶渊明诗以本来面目》，论证也是有问题的。比如文中也说"'坐望东南山'则是化用'悠然望南山'的诗句。可见，当年白居易所看到的版本是作'悠然望南山'的"，又举唐代诗人苏颋《闲园即事寄韦侍郎》中的诗句"结庐东城下，直望江南山"为例说"前一句是化用陶渊明

《饮酒》其五的'结庐在人境'一句，后一句则显然是化用'悠然望南山'诗句。这就说明，苏轼所看到的这首也是作'悠然望南山'的。"这种举证方法，跟范文如出一辙（"结庐"是常语，跟我们现在说"盖房子"差不多，不必有"所本"。"结庐东城下，直望江南山"，根本不必化用陶诗，跟陶诗不必有任何关系。另外，我在前文已经说过，白诗"坐望东南山"用"望"字，完全不必与陶诗有关）。此外作者的主要论点，也有问题。以下是文中三个主要的论点：第一，陶渊明归隐田园后，就在南山附近居住，每天随时都可以看见南山，不存在偶然发现南山的问题；第二，根据陶渊明"山气日夕佳"等诗句可知，陶渊明有眺望南山的习惯，这是他调节自己心境的需要；第三，陶渊明采菊不是为了欣赏，采菊不会使他达到全神贯注、以至忽视周围一切的地步。作者对这些论点都有展开论述，但只要看这三个论点的提出，就足以见出其荒谬。第一，主张原文是"见南山"的人，只是说诗句表达的意思是"偶然看见南山"，并没有人说是"偶然发现南山"，南山就在附近，天天都可以看到，自然不需要"发现"，没有人会愚蠢到认为诗人平时都没有"发现"南山的存在，是"到今天才偶然发现南山"的（如果有人用了"发现"这个词，他的意思其实也是"偶然看见"的意思）。第二，"根据陶渊明'山气日夕佳'等诗句"，根本无从得知"陶渊明有眺望南山的习惯"，而且陶渊明有没有"眺望南山的习惯"，与论题毫无关系。第三，就诗歌文本本身来说，至少无法得出"陶渊明采菊不是为了欣赏"的结论（哪怕不从诗歌文本来看，而只是从生活的角度来看，仅仅因为知道一个人有拿菊花来泡酒喝的事实，就认定这个人在采菊的时候不能带任何"欣赏"的态度，显然也是无比荒谬的。审美行为本身虽然是超越实用的，但是审美行为的发生完全可以跟实用的工作和态度结合在一起。一个人为了泡酒去采菊花，并不意味着他采菊花的时候对菊花不能有所欣赏）。而且"为了欣赏"而采菊，也未必会达到"忽视周围一切的地步"（纯粹功利性的劳动有时可能比欣赏活动更加让人全神贯注），其实也没有人说陶渊明在诗中表达了因为欣赏菊花而"忽视周围一切"的意思。我本来只是因为我关于"悠然"与"望"字搭配更合理的观点与范、袁两人文中的观点有所重复而涉及他们的论文，但我还是忍不住顺便对他们文章论证的谬误做了一些说明，这是为了补充说明我前文提到的说法，即为"望南山"做辩护的文章，往往不能对自己的观点进行有效的论证，往往把问题的讨论引向歧途和绝路。照他们这样讨论问题，问题永远得不到解决。这样的论文与主张原文是"见南山"的错误的看法一样，对于是非的辨别有害无益。

三、"采菊"与"望山"

苏轼说"既采菊，又望山，意尽于此，无余蕴矣"，其实本来是一句莫名其妙的话，照他的意思，好像同时做两件事，即既采菊又看山，就没意思了——那是什么意思啊？苏轼说"'采菊东篱下，悠然见南山'，则本自采菊，无意望山，适举首见之，故悠然忘情，趣闲而心远"；又说"因采菊而见山，境与意会，此句最有妙处"。苏轼的说法，特别强调了"采菊"和"见山"的关系，使人觉得"采菊"只是作为偶然间"见山"的铺垫和凭借出现在诗中。沈括《梦溪笔谈》云："陶渊明《杂诗》：'采菊东篱下，悠然见南山。'往时校订《文选》，改作'悠然望南山'，似未允当。若作'望南山'，则上下句意全不相属，遂非佳作。"沈括的话正是从苏轼的话引出来的，也认为"采菊"只是作为偶然间"见山"的铺垫出现在诗中，"采菊"的意义依附于"见山"，为"无意"的"见"提供了凭借，如果用了"有意"的"望"，那"采菊"就失去了它作为铺垫和凭借的作用，这样上下两句就变成各有各的意思、各自独立的、"全不相属"的句子。如果不知道他这个话实际上是从苏轼的话引出来的，那么他说什么"若作'望南山'，则上下句意全不相属"，也完全是一句让人摸不着头脑的话——为什么写作"望南山"，"上下句意"就"全不相属"了呢？当然，沈括的话在实质上仍然是让人摸不着头脑的莫名其妙的话——因为走出户外到东篱下采菊，固然给看山提供了必要的条件（假设在室内看不到山），就此而言，"采菊"确实与"见山"（或"望山"）有某种关联性，在某种意义上也可以说是给"见山"（或"望山"）提供了铺垫和凭借。但是，毫无疑问，"采菊"的目的原本并不在于"见山"（或"望山"），"采菊"和"见山"（或"望山"）原本仍然是有各自行为指向和意义的各自独立的两件事——如果"采菊"的目的和意义只是为了"见山"，那么这个"采菊"的铺垫也太造作太刻意了，显然也完全违背了正常的生活逻辑。你想"见山"，出门即得，何必为了"无意见山"，而做出如此"有意"的安排呢？这是什么居心啊！苏轼说"因采菊而见山"（凭借采菊这件事"顺便"见了山），这么说自无不可，但是"采菊"和"见山"原本是两码事，不能说"见山"是"采菊"之因，不能说"采菊"是为了"见山"；苏轼说"本自采菊，无意望山"，照他这么说，意思也是"采菊"和"望山"（或"见山"）原本是两码事，可是一旦"因采菊"而"见"了山，他似乎就忘了"采菊"和"见山"是两码事，就把"采菊"看成偶然间"见山"的绝妙凭借，于是"采菊"就失去了它自己的意义——否则，"既采菊，又望山"有什么不好呢（它们原本就是两件事啊），怎么会使诗意丧失以至于"意尽于此，无余蕴矣"呢？黄庭坚说："'采菊东篱下，悠然见南山'，其浑成风味，句法如生成，而俗人易曰'望南山'，一字之差，遂失古人情状。"用"见"字或"望"字，本来与"句法"无关，用了一个"见"字居然就可以使"句法如生成"，黄庭坚的意思其实跟沈括是一样的，也是认为用了这个"见"字，就使"采菊"作为偶然间"见山"的铺垫出现在诗中，这样看来上下句意就有了更加紧密的因果关系（"采菊"是为了"见山"），而非"上下句意全不相属"，照黄庭坚的说法，这就叫做"句法如生成"。照苏轼、黄庭坚、沈括等人的说法，"采菊"本身没有独立的意义，它只是作为"见山"的铺垫和凭借出现在诗中，所以后人附会其说就更进一步把"采菊"也说成纯属无意识的行为。前文所引吴淇的话"山且无意而见，菊岂有意而采，不过借东篱下以为见山之地，而取采菊为见山之由也"，就在明确把"采菊"本身看成无意识、无意义的行为之余，更直接把"采菊"看作"见山之由"。

在此附带说一下，沈括说："'采菊东篱下，悠然见南山。'往时校订《文选》，改作'悠然望南山'，似未允当。"他这么说给人造成一个印象，好像《文选》原本原文是"悠然见南山"，后来被人"校订"为"悠然望南山"，他这么说完全是无中生有。古今各种版本的《文选》，包括日本所藏《唐抄文选集注》残卷、《日本足利学校藏宋刊明州本六臣注文选》以及韩国奎章阁本《文选》（现存最早的宋本《文选》）等，其原文皆作"悠然望南山"。

四、文学风尚

对于陶渊明的"采菊东篱下，悠然望南山"这两句诗，宋人力主"见"比"望"好，这是与宋人的文学风尚有关的。由于受禅学影响，宋人论诗尚意，而在他们看来，最好的"意"是"无意"之"意"。苏轼说"陶渊明意不在诗，诗以寄其意耳"，陈师道《后山诗话》说"渊明不为诗，写其胸中之妙尔"，黄庭坚《题意可诗后》说"至于渊明，则所谓'不烦绳削而自合'"，都强调陶渊明写诗是无为而为，妙合自然。在宋人眼里，陶渊明的诗是无意于工而自工的典范，他们更愿意看到的陶渊明是不但无意于看山，亦且无意于作诗的。对"见"比"望"好这一字之差的强调，也与宋人论诗重诗眼、重一字之工有关（宋人"诗眼"之说，也与禅学有关）。

在讨论完"望南山"与"见南山"这个问题之后，我想引述一下程千帆文章的主要观点，以便读者对他的说法有所了解。程先生在文中说：

试就作者当时之情景推求之：其初来东篱，本为采菊；采菊之次，偶然见山。是采菊原在意中，看山则在意外。王安石《书湖阴先生壁》绝句有云："两山排闼送青来。"(《王荆文公诗》卷四十三，大德本)颇足与此相证成。盖皆示人在悠然之际，山灵色相忽呈。虽句法有殊，而境界若一。陶诗中人之所见，即王诗中山之所送也。本事采菊，山色忽呈。采菊之心情遂移为看山之心情。继复由欣赏山气之佳，而及于飞鸟之还。此时或已忘其初乃为采菊而来篱下矣。斯缘胸次冲夷，原无意必，故得随其所寓，而含一片化机之妙。殆观赏既久，始觉其境之胜，其意之真，而有欲辨忘言之叹。察其所由，则又源于心远地偏……准斯而谈，则陶公此诗，于菊于山，虽无意为宾主之分；然论其时情事，则实先采菊，后见山。悠然一句，无意之见。山气二句，有意之望。当其初见南山，则固未凝望也。此点既明，乃可进审下列两说之是非。《复斋漫录》云："东坡以元亮'悠然见南山'，无识者以见为望。予观乐天效渊明诗曰：'时倾一尊酒，坐望东南山。'然则流俗之失久矣。惟韦苏州《答长安丞裴说》诗云：'采菊露未稀，举头见秋山。'乃知真得渊明诗意，而东坡之言为可信。"(又见吴曾《能改斋漫录》卷三，《悠然见南山》条。案：《能改斋漫录》在南宋初尝毁板。南宋人引《能改斋漫录》多作《复斋漫录》。陶《注》此条，引自《苕溪渔隐丛话》后集卷三，故亦题《复斋》也。)吴菘驳之云："见改为望，神气索然，固已。但以乐天'时倾一尊酒，坐望东南山'为流俗之失，此却不然。如渊明采菊之次，原无意于山，乃忽见山，所以为妙。若对山饮酒，何不可云望，而必云见邪？且如其言，剿说雷同，有何妙处？"(二则均陶《注》引)平章二说，吴氏为长。盖白诗以山为主，酒为宾，故用"望"字；韦诗则全规原作，由菊而山，故用"见"字。斯衡以宾主之区别，著意之轻重，而知其并行不悖者。且更足以证明陶公原作，亦以作"见"为佳焉。何、黄二君所言，殆未审作者视力之转移，乃自无意而有意。

这段文字，看起来像推理小说，又像是近年来电视上流行的为还原故事而编的"情景再现"。程先生把"采菊东篱下，悠然见南山"这两句颇为平直的即兴式表达的诗句，加以曲解演义，把诗中写到的看山强分出"无意"和"有意"，把陶诗的采菊和看山以及白诗的饮酒和看山强分出宾主。他的辩解不免自说自话。

下面我想接着顺便谈一谈我对《饮酒·其五》这首诗整体的一些看法。

王安石说："渊明诗有奇绝不可及之语。如'结庐在人境'四句，有诗人以来无此句。"(李公焕《笺注陶渊明集》引)"结庐在人境，而无车马喧。问君何能尔？心远地自偏。"这开头四句诗，纯出议论，带有玄言诗的语调，意思似乎也颇为平直枯燥，为什么能得到王安石这么高的评价呢？

其实这四句诗的表达方式和基本内容，与陶渊明所处的那个玄学流行的时代的风尚以及士人的思想观念原本也有相通之处。郭象注《庄子·逍遥游》云："夫圣人虽在庙堂之上，然其心无异于山林之中，世岂识之哉？""圣人"之所以能做到身居庙堂而心在山林，不也就是因为"心远"吗？《世说新语·言语》载："竺法深在简文坐，刘尹问：'道人何以游朱门？'答曰：'君自见朱门，贫道如游蓬户。'"僧家是方外之人，却不妨出入王侯之门，面对问难，这位"深公"不愧为名僧，回答得十分轻巧自如。身在朱门，却"如游蓬户"，不也是因为"心远"（此心远离红尘俗世）吗？与陶渊明有深交，而且与陶渊明、刘遗民合称"寻阳三隐"的周续之，后来在刘裕称帝之后应召出山。《莲社高贤传·周续之传》曰："（宋）武帝践祚；召至都间……上甚悦。问曰：'身为处士，时践王廷，何也？'答曰：'心驰魏阙者，以江湖为桎梏；情致两忘者，市朝亦岩穴耳。'时号通隐先生。"周续之回答刘裕的话，与竺法深的话如出一辙，而"情致两忘"正是"心远"的最佳状态。"朱门"有如"蓬户"，"市朝"好比"岩穴"，字面不同，意思则是一样的。王康琚《反招隐诗》所谓"小隐隐陵薮，大隐隐朝市"，更加直截了当地表达了郭象、竺法深、周续之他们共同的心声。他们的话都说得很轻巧，在他们身上出与处的矛盾被消解了，名教与自然得到了统一。隐逸的本义诚如《周易·蛊》上九爻辞所言，是"不事王侯，高尚其事"。一个人贪禄怀势，不甘心隐退，原本也是人之常情，但是干脆就把自己迷恋爵禄直接说成是隐逸，而且还是"大隐"，而真正隐于山野的人，却反而被贬为低人一等的"小隐"，这样的"高论"，按照孟子的话来说，真可谓是"无耻之耻，无耻矣。"《逍遥游》一篇的主题是"小大之辩"，可是对于已经将出与处、现实与超脱、名教与自然统一起来的晋代士人来说，"小大之辩"已经没有意义。郭象等人对于《逍遥游》的理解，都不约而同地背离了庄子的原文，对庄子反复申说的主题都视而不见。我曾在《〈逍遥游〉主旨论析》一文中的摘要中说：

"小大之辩"是《庄子·逍遥游》一文的主要论题及要义之所在。文章反复申说"小大之辩"，展示境界大小的不同，意在指引人们突破自身的局限，自致于远大，并从而获得身心的解放与自由。然而，自向秀、郭象和支道林以来，对于《逍遥游》主旨的认识便一直存在曲解和分歧。这些曲解，至今仍然严重影响了人们对庄子思想的理解和认识。支道林与向秀、郭象的观点表面上相反，而实际上相通，都抹煞了"小大之辩"，抹去小与大的界限，反映了晋代门阀世族混世媚俗的心理状态。

我在正文中又说道：

《逍遥游》篇中明明反复强调"小大之辩"，一再借对立的事物以见出境界大小的不同，而郭象的注却说"小大虽殊，逍遥一也"，是说大鹏、小鸟都可以逍遥，都是自由的。这样实际上抹煞了小与大的区别，这样《逍遥游》通篇反复说明的"小大之辩"在郭象的眼里都成了无谓的空言……庄子的逍遥游是对现实的超越，郭象的逍遥游则是对现实的适应与归依。《逍遥游》写"藐姑射之山，有神人居焉"，文中着意描写了神人"不食五谷，吸风饮露"，远绝凡尘，超然物外的境界。可是郭象却说："此皆寄言耳。夫神人即今所谓圣人也。夫圣人虽在庙堂之上，然其心无异于山林之中，世岂识之哉！"这样的注解完全是对原文的歪曲，而所谓庙堂无异于山林，与王康琚《反招隐诗》所说的"小隐隐陵薮，大隐隐朝市"如出一辙，是晋代士大夫中颇为流行的观念。郭象所谓的"逍遥游"实际上反映了甘于堕落而又自命清高的晋代门阀世族士人的某种精神状态，把庄子心目中超尘绝俗的神人、真人降格为现实中高视阔步的门阀贵族……支道林的见解，认为大鹏与小鸟都是不逍遥的，这一点恰与郭象相反；但是支道林的见解也抹去了大与小的界限，在这一点上又与郭象相同，同样严重歪曲了庄子的思想。在支道林看来，大鹏和小鸟都是不逍遥的，它们的境界没有本质的差别。这种见解把庄子所标榜的理想的自由境界——绝对无待的自由当作自由的唯一形态，并以此否定了大与小的差别，实质上也否定了在现实人生中获得自由的可能性与合理性。而既然大小并无差别，大鹏与小鸟同样是不自由的，那么现实人生也不必区区计较于境界高低的分别——这样的见解在实质上与郭象的见解殊途同归，为顺时混世乃至于阿世媚俗的处世态度提供了借口，这在一定程度上也真实反映了支道林这位游于权势之门的高僧、名士的人生态度。

"结庐在人境，而无车马喧。问君何能尔？心远地自偏。"从大意来看，从说法（表达方式和思路）来看，陶渊明这四句诗原本与郭象、竺法深、周续之的话语以及王康琚的诗句，颇有相似相通之处。但是陶渊明的诗句，是出自一个弃世遗荣、已然决意归隐田园的隐士之口，在事实上便与郭象等人身在"朝市"为"朝隐"张目的话语截然不同。陶渊明诗句中的"人境"已非"朝市"，身在山野田园中的人和身在势利之途中的人，他们的语境是不同的。同样是对"超脱"（也就是《心远》）的自我标榜，陶渊明的诗句在斩绝有力的语气中展示的是内心的真诚和自信，而郭象、竺法深、周续之、王康琚的话语，却不免是轻巧、油滑的遁词。

"结庐在人境"四句，放在诗的开头，凭空发言，绝无依托，写来便有天矫不群之意。这开头四句写得如此坦白、自然，精力弥满，显示了内心的坦荡与真诚。"结庐在人境，而无车马喧"两句，用一个"而"字衔接，转折有力而又出于自然。"问君何能尔？心远地自偏"，自问自答，写得从容不迫，表现了出于自我省思的自信和自得。这四句诗有转折有问答，读来却有一气呵成之感，一个"而"字，一个"自"字，两个虚词前后呼应，给诗句带来了生气，使表达更加有力。陶渊明的"心远"，是他真实的感受，是经过精神修炼的有道之士才能抵达的高超的人生境界。就此而言，这开头四句也可以说是"奇绝不可及之语"。但是在我看来，这样的表达还不够简约，还不是最好的，还不免过于用意，不免像一般的玄言诗一样，落入言筌。对于陶渊明这样真正超群绝伦的人来说，不需要有这样多余的问答和说明。所以我更喜欢的是这样的诗句："寝迹衡门下，邈与世相绝"（《癸卯岁十二月中作与从弟敬远》），言简意赅，直指人心，读来使人慨然有遗世绝尘之思。

"采菊东篱下，悠然望南山。山气日夕佳，飞鸟相与还。"这四个句子写的是田园日常生活的情景。在采菊和望山之间，表现了诗人俯仰自得的生活状态。通过采菊和望山，人和自然建立了纯朴的关系，在篱笆、菊花、飞鸟、远山所构成的简单而又丰富的图景中，揭示了诗意生活的本质，展现了渴望自由的灵魂在自然、田园的怀抱中最终获得解放和安顿的欣喜之情。这种诗意生活本质的呈现和身心获得解放和安顿所带来的感受，大概就是"此中有真意，欲辨已忘言"的"真意"（句中的"辨"通"辩"）。在对这种"真意"的体会中，包含着个体生命向大道回归的憧憬。《庄子·外物》云："言者所以在意，得意而忘言。"真正的"得意"大概都是"忘言"的，"忘言"其实就是"得意"的一种状态。在后人的眼里，作为高士的陶渊明，他的形象是与"采菊东篱下，悠然望（见）南山"这两个句子联系在一起的。手把菊花，远望南山，成为画家笔下陶渊明的标准形象。然而在诗人自己，那原本只不过是日常生活中普通的一幕罢了。前面说过陶渊明的诗喜欢写菊花和松树，并举了《饮酒·其七》"秋菊有佳色，裛露掇其英"之句。其诗《和郭主簿·其二》云："芳菊开林耀，青松冠岩列。怀此贞秀姿，卓为霜下杰"，其诗《饮酒·其八》云："青松在东园，众草没其姿。凝霜殄异类，卓然见高枝"，也都是写菊花和松树的好句。在诗人的眼中，菊花和松树都有一种特别美好的姿色，菊花更有一种特别耀眼的光彩。只有心中真正有诗意和同情的人，才会在平凡的草木身上看见自然的光辉，才会如此带着感激和赞叹的语气歌颂这些平凡而又神奇的事物。诗人对菊花和松树的赞美，不是出于简单的道德比附，不是"君子比德于玉"式的赞美，不是像《爱莲说》那样把某种德性强加于莲花，诗人的赞美是出于对自然物本身的同情和爱，出于对人与万物本质相通的感悟和发现。"采菊东篱下"，虽然没有写到菊花的姿色之美，但是读者仍然可以想见诗人对菊花的欣赏之情。《爱莲说》对莲花的赞美，是一种强加的、粗暴的"赞美"，在本质上是对自然物的侮辱。因为作者心里只有"道德"没有莲花，他的"赞美"实际上是一种道德自慰。这样的"赞美"充分暴露了心灵的贫乏和精神的萎缩。作者说"予独爱莲"，意欲自我标榜，却暴露了内心的狭窄——天地间花木可爱者甚多，何以

"独爱"莲花一种？又说"莲之爱，同予者何人？"也是意欲自我标榜，却暴露了内心的无聊——爱莲的人难道不是很多吗？

山是造化对仁智之士最好的馈赠（没有山我们也会失去水，而且最美妙的水往往都在山中。可惜现在的山往往都没有水）。如果没有可居可游可望的山，中国古代的许多仁智之士，将无处安顿他们的身体和灵魂。出于对山的热爱，中国人还发明了假山。中国古代士人对于山的热爱往往达到痴迷的地步。生活在晋宋之际差不多比陶渊明小十岁的名士宗炳就是个很好的例子，虽然他对于山水的态度显得过于刻意。他是一个画家，也是一个屡次拒绝官府征召的隐士。他一生喜欢游遨于山水之间，"栖丘饮谷，三十余年"，晚年老病退居江陵，将平生所见名山风景绘于居室壁上，自言："老疾俱至，名山恐难遍睹，惟当澄怀观道，卧以游之。"（《宋书·宗炳传》）他的"卧游"虽然传为佳话，但是这种做法在陶渊明这样通达的人看来，大概不免过于刻意而且有作秀的痕迹。宗炳是一个佛教徒，但是他对于山水的态度，不免过于"着相"。对于真正达观的人来说，一丘一壑便足以栖迟。他所说的"澄怀观道"，和他在《山水画叙》中提出的"山水以形媚道"的想法一样，乃是以玄学家的眼光看世界，还属于"看山不是山，看水不是水"的层次，离真正的觉悟还有一定的距离。居住在一处随时有远山可望的房子里，是人间的艳福，对于如今蜗居在高楼林立的城市里的人来说，则已然是一种奢望。曾经住在京都的川端康成，特别留恋当时在古都街巷的尽头和旧式民居的屋顶之上还能看到的三面环绕的青山。对他来说这是古都的魅力所在，他说每次抵达京都时看见群山连绵的景象，心中便觉得特别平静。可是当时京都的高楼大厦越来越多，在城里已渐渐不能看见原本随处可见的山，他为此叹息，深感遗憾。他邀请东山魁夷趁群山消失之前，把古都画下来，于是就有了东山的《京洛四季》。天空是大自然的画布，而在阴晴晦朔之中变幻无穷的山色，则是这幅画布上唯一画图。特别是在晴天，一天之中，早晨和黄昏的山色往往是最美的。"山气日夕佳"，写的正是黄昏中美妙的山色。这应该是一个秋日晴天的黄昏，山色如画，归巢的鸟儿结伴从山前飞过，给这个秋日美丽的黄昏，平添了些许宁静安详而又灵动的气息。陶渊明的诗喜欢用"佳"这个字，如："春秋多佳日，登高赋新诗"（《移居·其二》），"今日天气佳，清吹与鸣弹"（《诸人共游周家墓柏下》），在平常的词语和景物中寄托了诗人欢欣美好的心情。"山气"在这里指的是"山的气象"，也就是"山色"，这里的"气"和"气色"的"气"意思差不多，实际上"气"就是"色"。大家都把"山气"的"气"解释成"云气"，其实是错误的，比如叶嘉莹先生就解释说："'山气'在中国是指山上的烟霭、峰峦与云气在夕阳下交织在一起所构成的朦胧绚丽的样子"

（《叶嘉莹说陶渊明饮酒及拟古诗》）。"飞鸟相与还"这一句，大家都理解为是对诗人自己归隐的托喻之辞。实际上这也是想得太多、求之过深的过度解读。虽然诗人写过"鸟倦飞而知还"（《归去来兮辞》）、"羁鸟恋旧林"（《归园田居·其一》）之类的句子，借鸟为喻来表现自己的归隐的心情，但是这并不意味着他写到鸟或归鸟就有托喻的意思。"山气日夕佳，飞鸟相与还"，写的只是"眼前的"景物，是一时看到的情景，不可坐实为托喻之辞。陶渊明的诗特别喜欢写鸟和树。各种各样的鸟体现大自然生命的丰富多彩，它们是自然的精灵，像神一样飞来飞去，来去无踪，形影飘渺。对于回归自然、热爱田园生活的诗人来说，鸟和树木都是诗意生活中不可缺少的事物。诗人在《与子俨等疏》中对自己的生活有过这样的自叙："少学琴书，偶爱闲静。开卷有得，便欣然忘食。见树木交荫，时鸟变声，亦复欢然有喜"；《读山海经·其一》云："孟夏草木长，绕屋树扶疏。众鸟欣有托，吾亦爱吾庐。"鸟和树木对于诗人来说，不仅丰富了他的生活和感觉，而且他还从这些平凡的事物身上发现自我，在人与万物的关系中体悟宇宙自然的真谛。

陶渊明的《饮酒·其五》使我想起波兰裔美籍诗人米沃什写于1971年的名作《礼物》：

> 如此幸福的一天
> 雾一早就散了，
> 我在花园里干活。
> 蜂鸟停在忍冬花上。
> 这世上没有一样东西我想占有。
> 我知道没有一个人值得我美慕。
> 任何我曾遭受的不幸，我都已忘记。
> 想到故我今我同为一人并不使我难为情。
> 在我身上没有痛苦。
> 直起腰来，我望见蓝色的大海和帆影。
>
> （西川译）

同样的从容、平静和自足，同样放下了心灵的负担，关注眼前平凡的事物。"蜂鸟停在忍冬花上"，人与物并置于世界上，各得其所，这个平常的句子如此清晰地显示出世界本来的面目，透过眼前的事物，仿佛可见那隐藏在事物背后的平静、单纯的目光。直起腰来，米沃什看到的是海和帆影，陶渊明看到的是山和飞鸟。与陶渊明这首诗所表现的单纯和明朗不同，米沃什的诗句更隐藏着冷峻的沉思，他平静的目光仿佛是在穿越了人事的沧桑和心灵的痛苦之后，才抵达眼前的事物。这种不同不仅是源于米沃什历经磨难的人生际遇，也是源于现代诗歌本身所特有的与古典诗歌不同的气质。

朱熹说："晋宋人物，虽曰尚清高，然个个要官职。这边一面清谈，那边一面招权纳货，陶渊明真个能不要，此所以高于晋宋人物。"（陶澍注《靖节先生集》附录引，又见《朱子语类》）在那个希慕隐逸，以隐为高的时代，作为隐士的陶渊明，与那些忽隐忽现、优游林下的贵族型的隐士（或隐士型的贵族）完全不同。那些贵族型的隐士，往往一边隐居在自己奢侈的田庄中，一边觊觎名位，伺机而动。他们过着神仙般的养尊处优的"隐逸"生活，所以他们表现隐逸生活和心情的诗文，常常都带着游仙的气息。然而，对于陶渊明的人生来说，归隐之路，远没有那么轻松，出与处，沉沦与超脱，仍然是严重的抉择。《饮酒·十九》云："畴昔苦长饥，投耒去学仕。将养不得节，冻馁固缠己。是时向立年，志意多所耻。遂尽介然分，终死归田里。"因为"志意多所耻"，所以有"终死归田里"的决绝。"志意多所耻"，用《归去来兮辞》序中的话来说，是"怅然慷慨，深愧平生之志"。他是带着逃脱尘网、樊笼，不能与世俗苟合的孤绝的心情踏上归隐之路，回到他梦想中的田园的。就此而言，隐士在某种意义上其实就是"烈士"。能看到这一点，我们就能理解陶渊明这个在许多人看来"平淡"到"无意"的诗人，为什么会写出歌颂荆轲、歌颂精卫和刑天的诗来（《咏荆轲》《读山海经·其十》）。所谓"金刚怒目式"，正是"烈士"精神的体现。就其实质而言，荆轲和精卫、刑天都是"烈士"。陶渊明歌颂精卫和刑天，正是因为他们和荆轲一样都是悲剧英雄，都是"烈士"精神的化身。《拟古·其八》云：

> 少时壮且厉，抚剑独行游。
>
> 谁言行游近？张掖至幽州。
>
> 饥食首阳薇，渴饮易水流。
>
> 不见相知人，惟见古时丘。
>
> 路边两高坟，伯牙与庄周。
>
> 此士难再得，吾行欲何求！

这也是一首歌咏"烈士"的诗，写"烈士"的壮烈和孤绝。而这首诗中的"烈士"，却正是诗人灵魂的自画像。"饥食首阳薇，渴饮易水流"，表达了诗人在精神上对古人的景仰和认同。这两句诗，前一句涉及伯夷和叔齐，后一句涉及荆轲。在一般人的印象中，荆轲自然是个不折不扣的"烈士"，而伯夷叔齐则是一般所谓的"贤人"，在历代文人的眼里，他们是隐士的代表和祖师。其实在我看来，伯夷叔齐首先也是"烈士"。真正的隐士，往往有一颗不能自甘于沉沦、勇于拒绝和反抗的心。他们借"消极"避世的生活方式保存了这颗心，而在伯夷叔齐则甚而至于以身相殉。正是有见于此，连汲汲欲有所为、抱有执着的用世之心的孔子也说"贤者辟世"（《论语·宪问》），并对那种在他看来极其罕见的能够"隐居以求其志"（《论语·季氏》）的避世之士表示赞许。既然是"烈士"，隐士在精神上与侠客自然也是相通的。"事了拂衣去，深藏身与名"（李白《侠客行》），在李白的理想中，隐士与侠客正是统一的。陶渊明《拟古·其二》所歌颂的"节义为士雄""生有高世名"的田子泰，正是身兼豪侠与隐士的人物。我说了这么多，只是为了说明，作为隐士的陶渊明，他有一颗"烈士"的心，他身上兼有隐士和"烈士"所共有的慨然独往的孤绝的精神。"烈士多悲心"（曹植《杂诗·其六》），陶渊明诗多悲慨，也跟他有"烈士"之心相关。只有颂其诗而知其人，我们才能理解陶渊明的"心远"确实是别有"奇绝不可及"之处，与那些擅长"朝隐"的高人和贵族型的隐士所标榜的那种富贵闲人式的"心远"，貌合神离，迥异其趣。陶渊明的生活和诗歌因此也不同于当时贵族型的隐士的生活以及表现他们思想感情的玄言诗。

龚自珍《己亥杂诗·其一百三十》云："陶潜酷似卧龙豪，万古浔阳松菊高。莫信诗人竟平淡，二分梁甫一分骚。"我们确实应该理解陶渊明平淡中的不平淡。但是，与其说陶渊明近于"骚"，还不如说近于"庄"和"侠"。至于说"酷似卧龙豪"，那就更与陶渊明无关。陶渊明与"好为梁甫吟"常常以管乐自比、隐于隆中心怀天下的诸葛先生是完全不同的。龚自珍的诗句，大概是受了辛弃疾的影响。辛弃疾《贺新郎·把酒长亭说》词中有"看渊明、风流酷似，卧龙诸葛"的话。陶渊明自己应该也不会觉得，自己的人生以及隐居生活跟诸葛亮有什么好比的。他常常引为同道的，是古代那些固穷守节的贫士。荆轲传奇般的人生际遇，对于陶渊明以及绝大多数人来说是不可能有的。而伯夷、叔齐以及前代那些固穷守节的贫士，他们在进退之际的人生选择，则是可以借鉴的，他们于是成了陶渊明心中念念不忘的"遗烈"（"遗烈"和"先烈"的意思差不多，指的是前代的节烈之士）。《癸卯岁十二月中作与从弟敬远》诗云："历览千载书，时时见遗烈。高操非所攀，谬得固穷节。"诗人在贫寒、孤独的隐居生活中，常常带着深情缅怀那些古代的节烈之士。《咏贫士》七首，深切地表现了诗人这方面的思想感情。对于陶渊明来说，守节固穷是隐士的本分。他充分地意识到自己"竟抱固穷节，饥寒饱所更"（《饮酒·其十六》）的艰苦的隐居生活，与那个时代士大夫们所追求的高视阔步的隐逸风尚不同。《与殷晋安别》云："良才不隐世，江湖多贱贫。"诗人说良才是不会避世隐居的，自己不是"隐世"的贤良之士，不是什么高隐之士，而只是沦落江湖的贫贱之士——他这么说，实际上也是把自己跟当世的"贤达之士"区别开来。《饮酒·其九》借"田父"之口说："褴缕茅檐下，未足为高栖。一世皆尚同，愿君汩其泥"，也是对自己不同于流俗、"未足为高栖"（与流俗所标榜的"高栖"不同）的躬耕生活的确认。从总体上来说，陶渊明也是贵族士大夫阶层中的一员，但是他对于当时的门阀贵族以及靠军功和政绩起家的新贵都怀有强烈疏离感；陶渊明身上具有一种接近乡土接近民间的情怀，对于古代那些沦落民间的"贫士"有深切的认同感，这跟他"爵同下士，禄等上农"（颜延之《陶征士诔》）的实际地位有一定的关系。我们只有对诗人的思想和生活状态以及不同于流俗的人生追求有深切的认识和理解，才能对他的诗歌所表现的精神境界有真实、确切的体认。

从精神生活的层面来看，陶渊明不仅远离了流俗，而且在某种程度上也抛弃了他的时代，抛弃了那个他认为是"真风告逝，大伪斯兴"（《感士不遇赋》）的时代。《时运》诗云："黄唐莫逮，慨独在余"；《饮酒·其二十》诗云："羲农去我久，举世少复真"；《赠羊长史》诗云："愚生三季后，慨然念黄虞。得知千载上，正赖古人书"；《与子俨等疏》云："常言五六月中，北窗下卧，遇凉风暂至，自谓是羲皇上人"；《五柳先生传》云："衔觞赋诗，以乐其志，无怀氏之民欤？葛天氏之民欤？"诗人有很深的怀古情结，出于对纯朴、自然的理想生活的向往，他特别怀念传说中的上古时代，怀念黄虞、羲农之世。不过，诗人对于上古的怀念和向往，在某种意义上，仅仅意味着一颗伟大的心灵对宇宙精神的呼应。陶渊明出去做官的时候，甚至在后来归隐田园的时候，都跟当时的名流和权势人物有一些直接或间接的关系，但是他的诗中很少涉及时事和人物。他有时就像是一个上古的"遗民"，带着寂寞的心情生活在一个不属于自己的时代里，仿佛生活在另一个世界。这让我想起庄子所说的"陆沉"，他形容的是那种彻底的隐遁，身在人间而心在天外："方且与世违，而心不屑与之俱，是陆沉者也。"（《庄子·则阳》）对我来说，这是令人动心的句子。这样的隐遁，用博尔赫斯的比喻来说是"像水一样消失在水中"，是彻底的消失；这样的隐遁，是一种"活埋"，是有意要在现世中埋没自我。生活在一个充满喧哗与骚动的世界上，我有时也幻想彻底的沉没，幻想着和陆地一起沉入水中——虽然我原本也已经活在一种沉沦的状态中。由"陆沉"这个词，我又想起了东方朔。《史记·滑稽列传·东方朔传》载云："朔行殿中，郎谓之曰：'人皆以先生为狂。'朔曰：'如朔等，所谓避世于朝廷间者也。古之人，乃避世于深山中。'时坐席中，酒酣，据地歌曰：'陆沉于俗，避世金马门。宫殿中可以避世全身，何必深山之中，蒿庐之下！'"东方朔说自己是"陆沉于俗"，"避世于朝廷间"，他实际上是"朝隐"这一说法的发明者和实践者。但是东方朔自称"避世于朝廷间",是自我解嘲,在玩世不恭的话语中,表达了他的愤世之意,其用意与《答客难》相同,在本质上跟我前面所说的晋朝那些贵族型的隐士大不相同。所以同样是标榜"朝隐",却也有本质的差别。不过东方朔发明的"朝隐",却无疑给后世大量的"效颦"者,提供了榜样和借口。

在我看来,陶渊明是一个远在天边而又近在眼前的人。他的人和诗一样,质朴自然,平淡无奇,在看似平凡的生活和语言中,显示了远不可及的非凡的境界。辛弃疾《鹧鸪天》词云:"若教王谢诸郎在,未抵柴桑陌上尘",在辛弃疾看来,那些风流自赏、风光无限的王谢子弟,还比不上诗人故乡路上的尘土。对于这个在愚昧、无聊和贪欲中沉沦的世界来说,陶渊明就像是一匹神马,超凡脱俗,绝尘而去。生前就负有盛名,和陶渊明一样性情狷介的颜延之,是诗人的挚友,是第一个对陶渊明有比较深刻的理解并能在著述中加以表达的人,虽然令人遗憾的是,他也和他同时代的人一样,对于陶渊明诗歌的价值和成就缺乏应有的认识。他的《陶征士诔并序》表达了对诗人崇高的敬意和深切的同情。他在诔文的开头说道:"物尚孤生,人固介立,岂伊时遘,曷云世及?嗟乎若士,望古遥集,韬此洪族,蔑彼名级",对诗人孤介的志尚和蔑视门阀、名位的思想境界,给予了充分的理解和高度的赞扬。文中指出诗人的性情是"和而能峻","不隘不恭",亦可谓知己之言。陶渊明正是这样的人:志行高尚,气节刚贞,孤高狷介,不能苟合于流俗,却又能和光同尘,不流于矫激,不失其宽容。这是孤介与通脱的奇妙结合。颜延之的诗文在当时与谢灵运齐名,但是后人所能记住的也许只有这一篇《陶征士诔并序》。应该说,这是他对文学史最大的贡献,仅此一篇也就足以名垂久远。

二十多年前,我就想写一篇讨论"望南山"与"见南山"异文问题的文章,并且想顺便也谈一谈我对《饮酒·其五》这首诗的一些认识和理解。拖到现在终于把这篇文章写出来了,写的过程中发现自己总是节外生枝,越写越长。对于陶渊明其人其诗,我感觉自己似乎有很多话想说,又怕自己一旦放下就懒得说了,所以不知不觉就把一些"题外话"也扯进来了。好在"题中""题外"也都没有离开陶渊明这个主题。通达的读者如果不嫌我啰嗦,"题外"原本也可以看作是"题中"的延伸,也许还可以读出一点内外相参的效果。不久前我写了一首古风,题为"己亥八月初二,晨起读陶渊明诗",我把它抄录在这里,作为这篇文章的"结束语",借此表达我对诗人的怀念和敬意:

> 昔年游庐山,徘徊山下路。
>
> 因念古时人,曾在此间住。

斯人不可见，但见道旁树。
时世今殊异，怀古增顾慕。
当时高栖士，往往居大厦。
唯公最萧索，伏处在田野。
发言多感慨，类不似达者。
生平实爱酒，寂寞用自写。
后来慕隐沦，当年颇拮据。
偶留一卷诗，空负千秋誉。
蝉蜕出尘埃，其人死不亡。
开卷对遗篇，仿佛见辉光。

杜甫《饮中八仙歌》"逃禅"一词辨义

饮中八仙歌

知章骑马似乘船，眼花落井水底眠。汝阳三斗始朝天，道逢麹车口流涎，恨不移封向酒泉。左相日兴费万钱，饮如长鲸吸百川，衔杯乐圣称避贤。宗之潇洒美少年，举觞白眼望青天，皎如玉树临风前。苏晋长斋绣佛前，醉中往往爱逃禅。李白一斗诗百篇，长安市上酒家眠。天子呼来不上船，自称臣是酒中仙。张旭三杯草圣传，脱帽露顶王公前，挥毫落纸如云烟。焦遂五斗方卓然，高谈雄辩惊四筵。

此诗中"逃禅"一词，向来有两种相反的解释，一为逃避禅修，一为避世参禅。清代仇兆鳌《杜诗详注》力主前说，其说出自王嗣奭《杜臆》。《杜臆》云："逃禅，盖学浮屠术而善饮酒，自悖其教，故云。而今人以学佛者为逃禅，误矣。"仇注云"持斋而仍好饮，晋非真禅，直逃禅耳。逃禅，犹云逃墨、逃杨，是逃而出，非逃而入。《杜臆》云'醉酒而悖其教，故曰逃禅，后人以学佛者为逃禅，误矣！'"仇注影响至大，今人注解杜诗"逃禅"一词，自冯至编选浦江清、吴天五合注的《杜甫诗选》，萧涤非的《杜甫诗选注》，聂石樵、邓魁英的《杜甫选集》，以至于近年新出的一些注本，如韩成武、南思雁的《杜甫诗歌精选》与张忠纲《杜甫诗选》等，无不沿袭王、仇旧说，以"逃禅"为逃避禅修，连同各种古代作品选本、唐诗选本对杜诗"逃禅"一词的解释也未见有异议，杜诗"逃禅"一词解释为逃避参禅几乎成了定论。实际上"逃禅"一词，不仅在杜诗中，而且在其他地方都只能解释为参禅事佛，更简单地说"逃禅"就是"坐禅""参禅"的意思。王嗣奭说"后人（按，仇注引作"今人"）以学佛者为逃禅，误矣。"实际上，无论"前人"还是"后人"，诗文中用"逃禅"一词，就我所见都是参禅事佛的意思，倘若"后人"诗文中有用"逃禅"一词指"逃避参禅"的，那才真是"误矣"，是错会了词意。而且宋人最早注杜，皆以"逃禅"为参禅事佛，未见有任何异议，怎么能反过来说是"后人""以学佛者为逃禅"？《饮中八仙歌》是杜诗名篇，对"逃禅"一词的解释，由正确走向错误，以至于影响了人们对这一名篇的理解，这种现象是值得深思的。类似的情况在古代诗文的注释与解读中并不少见。

我在落笔写这篇文章之前，查阅《文史知识》2006年第11期登有北大钱志熙教授的《杜诗〈饮中八仙歌〉"逃禅"解》一文，对于"逃禅"一词注释的错误有所辨析，我先摘要抄录其文中主要论段，然后再作一些补充，其文云：

但在事实上，宋人杜修可、赵次公、郭知达诸家，都是将"逃禅"解释为"逃于禅"的。《分门集注杜工部诗》(台湾黄永武主编"杜诗丛编"影宋本)："修可曰：晋，颛之子也。逃禅言逃去而禅坐耳。此东坡所谓蒲褐禅、同夜禅者也。以晋好佛故也。"此书前列集注所引诸家名中有"城南杜氏修可《续注子美诗》"，可知修可即杜修可。又郭知达《九家注杜诗》卷2"赵云，逃禅，言逃去而禅坐耳。此苏东坡所谓蒲褐禅、同夜禅者也。以晋好佛故戏之云"。赵即赵次公，今人林继中《杜诗赵次公注先后辑校》(上海古籍出版社，1994)第39页引郭知达《九家注杜诗》，林氏并有按语云"此条百家注作修可曰"。关于这一条注解是修可首创，还是赵次公首创，本文暂时不能考证其先后。但是从宋代众家都采用此说。可见以"逃禅"为"逃于禅"，原是宋代普遍的看法。王、仇以为此为"今人""后人"之说是不明源流的说法，或是为了贬弃此说而故意昧其源流。

清代自王、仇之说流行后，以"逃禅"为逃避参禅之说渐成主流，但也仍有以逃禅为"逃于禅"者，如浦起龙《读杜心解》即反对王说，其解云："逃禅，即事佛。《杜臆》以背其教为逃禅，穿凿可笑！"又光绪丁丑刊行许穆堂先生定本《杜诗注释》(东大汉籍中心藏，有著名学者森槐南藏印)卷2："师氏注云：晋得胡僧绣弥勒佛一本。宝之曰，是佛好饮米汁，愿事之。逃禅即是佛事。"此云师氏，即郭知达《九家注杜诗》中的师民瞻。日本近代杜诗研究家森槐南的《杜诗讲义》(大正二年文会堂书店印行)也持"逃于禅"之说："所谓'逃禅'有两说，一云逃避禅，以于佛前为饮酒这样的禁忌之事，是破戒的。但以逃禅为破戒，是十分可笑的解释。仍当以做'逃于禅'解为当。这是说一边醉酒，一边事佛，于佛前抛开一切世事，惟饮酒而乐。窃以后说为佳。"

上述两说之中，宋人"逃于禅"之说，初看似牵强，其实是正确的。只是诸家引苏轼"蒲褐禅""同夜禅"来解杜，却都忽略了杜诗中有很现成的用例，可确证"逃禅"为"逃于禅"，而非"逃出禅"。杜甫《寄题江外草堂诗》(仇兆鳌《杜诗详注》)：我生性放诞，雅欲逃自然。嗜酒爱风竹，卜居必林泉。"雅欲逃自然"，别本如清郑沄乾隆年间刊本《杜工部集》又作"难欲逃自然"(此据日本文化九年京都书林覆刻本)，然终以"雅欲逃自然"为佳。(说见下)。逃自然者，逃于自然也。仇注云："雅，常；高彪诗："涤荡去秽累，飘逸任自然。""醉中往往爱逃禅"与"雅欲逃自然"用词的方法正好接近。以此例之，逃禅当为逃于禅而非逃出禅。笔者由此悟"逃禅"之义，深讶历代主"逃于禅"者为何忽略了这样一个重要证据，不然这个问题早就可以息谳了。

由此可见，"难欲逃自然"应该是"雅欲逃自然"之误。再说，"难欲逃自然"这样一个表达，无论从思想的逻辑还是从语言习惯来说都是很别扭的。一个人放诞于自然，正是一种适性的生活态度，并无外在的压迫，当他想从自然中出来（无论是从自然山水还是自然的生活态度）中出来时（引者按，原文如此），并没有来自自然方面的任何阻挡其逃出自然的外在意志。所以只有归于自然之说，没有逃出自然之说，更没有难以从自然逃出的说法。由此可见吉川所见版本这一句作"难欲逃自然"，"难"字应当是"雅"字之误，或者"难欲"亦做"甚欲""深欲"之解。一旦证明《寄题江外草堂》为"雅欲逃自然"，则正如吉川上文所云，自然就能证成《饮中八仙歌》中"苏晋长斋绣佛前，醉中往往爱逃禅"之"逃禅"为"逃于禅"，而非从禅中逃走。这对于明眼之人来说，实在是不需要再做论证了。这不啻于杜甫自己对自己诗句的注释。以"逃禅"为修禅学佛之意，在其他的文献中也可找到类似的用例，嘉庆十七年解红轩刊本二知道人评《红楼梦》："贾媪终养，宝玉逃禅，其家瑟缩愁惨，直如冬暮光景，是《红楼》之残梦耳。"（转引中华书局《红楼梦资料汇编》上册，84页）这也是古人称修禅学佛为逃禅的有力证据。

我们再来分析杜甫说苏晋耽酒而"逃于禅"的用意。《饮中八仙歌》中写每一个饮酒者在饮酒时的表现，目的都是要突出他们的个性特征，指出他们的个性特征与饮酒的合拍，如贺知章的个性是真率疯颠，又是个南方人，骑马不稳，像坐船一样，所以说他眼花落井水底眠，实写其因思念南方水乡，酒醉更甚。李白诗才敏捷，并傲睨权贵，所以写他斗酒诗百篇，酒醉后"天子呼来不上船"。张旭草圣，则写其酒醉后草书更加出神入化。焦遂善谈，则写其酒后"高谈雄辩惊四筵"。同样，苏晋长斋事绣佛，也是其个性所在，并且无论事佛还是醉酒，都是耽于自然、蔑弃世事之事，所以非但两不相碍，而且是相辅相成。由此可证，酒醉更能事佛，才是杜甫的原意。

总结宋代清代诸家之说，再证以杜诗"雅欲逃自然"的内证，我认为，"醉中往往爱逃禅"的杜氏原意，实是指苏晋嗜酒而耽禅，是逃于禅，而非逃出禅。我想这大概是可以成定论的。

以上不厌其烦引了钱文的大部分内容，一则是为了省事，钱文已说过的我可略去不说，二则是为了针对钱文而有所补充。我要补充的有以下两点：

其一，"逃禅"是一个词义固定、明确的词，如我在上文中已经说过的，它不仅在杜甫的这首诗中，而且在其他诗文中都只能解释为参禅事佛或避世参禅，如有歧义则属误解、误用。"逃禅"一词，唐人除杜甫之外未见有人用过。（《全唐诗》卷四百六十七收有署名牟融的《题寺壁》一诗，其诗云："青山远隔红尘路，碧殿深笼绿树烟。闻道此中堪遁迹，肯容一榻学逃禅？"但今人陶敏、刘再华《〈全唐诗〉牟融集证伪》一文已论其为伪作。诗中"逃禅"一词的词义显然是参禅事佛的意思，虽出自明人伪托，但至少可以说明在作伪者的眼里，"逃禅"一词也是参禅事佛的意思。）我猜想"逃禅"一词虽然在唐代不是一个常用的词，但有可能也不是杜诗首创，大约是由于文献大量散佚的缘故，我们今天所能见到的只是其中一部分，所以在唐人诗文中难得见到"逃禅"这个词。宋人诗文中"逃禅"一词颇为常见，其中不少是与杜诗有关的，是化用杜诗句意的，因为对于尊崇、爱好杜诗的宋人来说，杜诗中的"逃禅"已经是一个"熟典"了。宋代以后，元、明、清三代诗文中"逃禅"一词也不少见，其词义大抵与宋人无异，都是参禅事佛的意思。元、明、清去杜甫的时代较远，暂且不论，下面略举宋代诗赋为例，以见"逃禅"一词之义：

苏轼《谢苏自之惠酒》云："杜陵诗客尤可笑，罗列八子参群仙。流涎露顶置不说，为问底处能逃禅？"（《东坡全集》卷二十六。苏诗谢人惠酒，故意与杜诗唱反调。"为问底下能逃禅"，是说喝醉了酒如何能参禅呢？）

黄庭坚《次韵盖郎中率郭郎中休官二首·其二》云："黄公垆下曾知味，定是逃禅入少林。"（《山谷集·外集》卷六）

李彭《次陶渊明赠羊长史韵寄李翘叟》云："冷官类逃禅，未减汉庭疏。"（《日涉园集》卷四）

吕南公《足疾》云："足疾在中年，萧衰只自怜。徐行如敬长，顽坐似逃禅。"（《灌园集》卷四）

李纲《次韵题乐全庵赠邓季明》云："宾来聊一醉，醉中亦逃禅。鸡鹜自扰扰，独鹤方云骞。"（《梁溪集》卷九）

李光《成氏园》云："焚香隐几如逃禅，一枰胜负聊欣然。"（《庄简集》卷二）

李弥远《彦术权郡大夫，相邀昭亭，以病酒不果往，得所示佳句，辄次韵呈》云："访古千秋暗，逃禅百虑赊。"（《筠溪集》卷十三）

朱熹《归宗寺》云："逃禅公勿遽，且毕区中缘。"（《朱子全书》卷六十六）

储国秀《宁海县赋》云："或守柴桑之庐而厌仕，或结香山之社而逃禅。"（《历代赋汇·补遗》卷六）

从以上例子中，可以清楚地见出宋人诗文中"逃禅"一词的明确含义。其中苏轼、黄庭坚、李纲诗中用"逃禅"一词，皆与杜甫诗意相关。宋人用"逃禅"一词，其含义是明确、一致的，这也见于宋人对杜诗的注解。除了钱文所举《分门集注杜工部诗》《九家注杜诗》之外，黄氏《补注杜诗》、蔡梦弼《杜工部草堂诗笺》也对"逃禅"一词作出明确的注解。《补注杜诗》引"修可曰"，其文与《分门集注杜工部诗》所引略同。《杜工部草堂诗笺》注亦云："逃禅，谓逃去而禅坐耳。"

严格地说，"逃禅"一词只有参禅事佛一义，有人认为"逃禅"有相反两义也是错误的。例如，张忠纲《杜甫诗选》注云："逃禅：有两义，一是逃出禅戒，一是遁世而参禅。此处指前者，逃有背离意。"比起坚信"逃禅"只有"逃出禅戒"一义的人来说，张注本似较为通达，但毕竟也是错误的。其说盖出自《汉语大词典》，《汉语大词典》释"逃禅"一词，即谓有两义，一为"逃出禅戒"，一为"遁世而参禅"。

钱文说"以'逃禅'为修禅学佛之意，在其他文献中也可以找到类似的用例"，并引《红楼梦》评语来作证明。然而实际上，"以'逃禅'为修禅学佛之意"，乃是"逃禅"一词应有、原有之义，并不是"也可以找到类似的用例"。可见钱文对于"逃禅"一词含义的认识仍有模糊不清之处。文中又引杜诗"雅欲逃自然"一句以证成其说，实则所引"逃自然"一语，最多也只是一个旁证，只能说明"逃"字在杜甫诗文中有"逃入"之义，根本不足以证明"逃禅"是"逃入禅""逃于禅"。倘若对"逃禅"一词的含义没有清楚的认识和说明，单凭"逃自然"一语根本不足以"自然就能证成""'逃禅'为'逃于禅'"，而使"这个问题早就可以息谳了"。倘若杜诗中出现了"逃难"或"逃世"之类的词，那岂不是又可以倒过来证明"逃禅"是"逃避参禅"了吗（杜甫即有《逃难》一诗，开篇云"五十白头翁，南北逃世难"）？

"逃"有"避开""背离"的意思，就此而言，"逃"和"避"是近义词。"逃世""逃名""逃禄""逃学""逃荒"以及仇注所引的"逃墨""逃杨"（语出《孟子》），这些词中的"逃"都是"避开""逃离"的意思，而且"逃"字的意义指向对后面的宾语名词所代表的事物的舍弃和逃避。然而"逃"字还有另外的用法，在"逃生""逃命"这样的词中，"生"和"命"显然不是舍弃和逃避的对象，而恰恰相反，是"逃"的结果所要获得的事物。碰巧的是，在古代汉语中，除了有"逃生""逃命"这样沿用至今的词语之外，还有现在一般弃而不用而在古代汉语中颇为常见的"逃死"一词。"逃死"也就是"逃生""逃命"的意思，但是两个"逃"字的用法相反。"逃死"与"逃学"的"逃"用法相同，"逃死"就是"逃开（避）死"；而"逃生""逃命"既不是"逃出（开）生命"，也不是"逃入生命"，而应该解释为"逃开以获得（求得）生命"，也就是从危险中逃开以求保全生命，"逃"字本义仍是"逃避""逃开"的意思，而并非"逃入"。"逃禅"一词与"逃生""逃命"的语法结构相同，"逃禅"既不是"逃出（避）禅"，也不是"逃入禅"，而应该解释为"逃开以便参禅"，也就是遁世避俗而参禅的意思——由此也可以解释为什么宋代注家会一致用"逃去而禅坐"这一句别扭拗口的话来注释"逃禅"一词而不直接解释为"逃入禅"的缘故。"逃去而禅坐"就是"逃开而去坐禅"的意思（"逃去"意为"逃离""逃开"），说得更简单一点，也就是"逃去坐禅"的意思。不过说"逃开而去坐禅""逃开以求生"，实际上也就是"从世俗中逃开而入于禅""从死亡的危险中逃开而入于生"的意思，那么说得简单一点，似乎也可以说是"逃入禅""逃入生"，所以说"逃禅"是"逃入禅""逃于禅"，大意也可以说是对的。在古代汉语中，由"逃"字组成的词，与"逃生""逃命""逃禅"结构相同的还有并不常见的"逃耕"一词，如清代陈厚耀《春秋战国异辞》卷三十一云："老莱子，楚人也，亲没逃耕于蒙山之阳"（陈氏此书系杂录古书而成，此处引文出于《高士传》）。"逃"字本义是"逃亡"，引申而有"隐遁"之义（《说文·辵部》"遁，逃也"；《广雅·释诂四》"遁，隐也"）。"逃禅"一词实际上有"遁迹于禅""隐于禅"的意思（"逃耕"一词也有"遁迹于耕""隐于耕"的意思）。清代康熙年间所修《江西通志》卷六十九记明人汪应娄生平事迹云："逃禅寄酒，徜徉山水间"，"逃禅"与"寄酒"对文，"逃"亦犹"寄"，皆有托身遁迹之意。

综上所述，我们对"逃禅"一词的含义可以有明确的认识。其一，"逃禅"一词义为参禅事佛，不但可以在古代诗文中得到证明，而且也可以从词义上加以说明，从根本上来说，"逃禅"一词词义的解释并无须也不能靠杜诗中"逃自然"这一词语来证明。其二，从诗意本身来看，"逃禅"也应该是"参禅"的意思。这一点钱文也没能说清楚。在此我想简单谈两点。一是苏晋长斋事佛而又醉酒，而醉中还要参禅（大约是喝得醉醺醺的，还要摆出一副参禅打坐的样子），正是在反复的矛盾中见出人物性格的喜剧色彩，并写出苏晋率性任真的性格——率性任真以至于任诞是诗中所写"八仙"最主要的共同特点，而"酒"是一个共同的道具。倘若苏晋一事佛便规规矩矩不敢饮酒，那又如何能见出他任诞的性情，又何足以入此诗中而与李白、贺知章等"狂人"同列？"醉中往往爱逃禅"，是说苏晋既长斋事佛却又爱饮酒。以为既然醉酒则"逃禅"便是"逃出禅戒"既昧于知人，也昧于知诗，实不足以理解人物的性情与诗意之所在。倘若杜甫写了一个"醉中往往爱破戒"的人，那有何意味呢？那是呆人加上呆诗。值得一提的是，《饮中八仙歌》是一首从诗题到内容都具有鲜明的喜剧色彩的诗，有人却要把它读作一首富于悲剧意味的专写痛苦的诗，显然是歪曲了诗意。（见莫砺锋所著《杜甫诗歌讲演录》中《〈饮中八仙歌〉新解》一文。《饮中八仙歌》用带有喜剧色彩的漫画般的笔墨勾勒了各人的形象，写出了"饮中八仙"豪纵自由的性情与放荡不羁的才气，也在一定程度上体现了盛唐那个自由解放的时代的精神面貌。莫砺锋先生的文章主要联系诗中人物的生平来证明他们饮酒都是痛苦的，以至于说诗中写贺知章"知章骑马似乘船，眼花落井水底眠"，"很有可能是对政治的一种厌恶，对政治的一种疲倦。这是我们读这两句诗时应有的体会"；而写焦遂的两句诗"焦遂五斗方卓然，高谈雄辩惊四筵"，则是"酒后吐真言，喝醉以后把满腹牢骚毫无顾忌地倾吐出来，这当然也不是什么愉快的心态。"这样读诗，不是"知人论世"，而是自说自话，是用人物的生平事迹取代作品的描写，全然抹去了作品本身。照这么说来，一写到喝酒便是痛苦——因为谁的"生平"没有痛苦呢？莫先生是当世最有素养的文史学者之一，但这篇文章中的观点却值得商榷，这也许跟他太过笃信师说有关——莫文是对其师程千帆所作《一个醒的和八个醉的》一文的发挥。莫文对于"逃禅"一词亦误解为"逃避参禅"。）二是苏晋既长斋事佛而又醉酒，既醉酒又还要参禅，表面上看确实是矛盾的，而内在却是统一的。这是因为，参禅事佛与醉酒都是逃世的途径，都是脱俗的表现，两者在本质上是相通的。上文所引《江西通志》中的话正是把"逃禅"与"寄酒"连在一起说的。李白《对酒》诗云："三杯通大道，一斗合自然"，也正是把酒和超凡脱俗的"自然"之"道"联系在一起的。白居易《和知非》一诗，更是直接把醉酒与参禅合二为一，其诗有云："因君知非问，诠较天下事。第一莫如禅，第二莫如醉。禅能泯人我，醉可忘荣悴……除禅其次醉，此说非无谓。一酌机即忘，三杯性咸遂……劝君虽老大，逢酒莫迴避。不然即学禅，两途同一致。"（《白氏长庆集》卷二十二）杜甫诗中的苏晋正是出入于醉酒与参禅之间，在看似矛盾的行为中表现了人物内在品质的统一性——任真达道。何况醉中参禅虽不合于规矩（或者说也是一种"破戒"），但醉中犹爱参禅，犹不忘参禅，岂不是也正体现了苏晋"长斋事佛"的专心和诚意？就此而言，"醉中往往爱逃禅"也仍然写出了人物性格的统一性。旧注只看到"醉酒而悖其教"，乃是皮相之见。

杜甫《垂老别》诗中"孰知"非"熟知"辨

——兼论"孰知二谢将能事"与"孰知江路近"句中的"孰知"一词

垂老别

老妻卧路啼，岁暮衣裳单。孰知是死别，且复伤其寒。此去必不归，还闻劝加餐。

以上是《垂老别》诗中的片段，其中"孰知"一词，所见今人注本，凡是有对此词作注解的，皆解释为"熟知"。如萧涤非《杜甫诗选注》注云："孰知，即熟知，是说分明知道这一别是死别"；聂石樵、邓魁英《杜甫选集》注云："孰知，分明知道。孰，同'熟'"；韩成武、张志民《杜甫诗全译》注云："孰知：熟知。"新出的署名萧涤非主编的《杜甫全集校注》注云："'孰知'，即熟知。《荀子·富国》：'寒暑和节，而五谷以时孰。'又《议兵》：'凡虑事欲孰。'"新出的谢思炜《杜甫集校注》注云："孰知：《史记·礼书》：'孰知夫出死要节之所以养生也。'正义：'孰知，犹审知也。'施鸿宝谓此句孰知当作熟知。"

旧注对于此诗中"孰知"一词一般不做注解，所见只有蔡梦弼《草堂诗笺》解释句意云："岂知此行乃是死别，必不获归，尚何更忧其寒且饿耶？"照此解释，是以"孰知"为"岂知"，则"孰"是"孰何"之"孰"（也就是"谁"或"哪里"的意思）。"孰知是死别，且复伤其寒"，句中"孰知"应从《草堂诗笺》所解，是"岂知"的意思，而非"熟知"。蔡氏解释诗意说："哪知道这一去就是死别，一定是回不来了，还担心什么寒与饿呢？"他似乎是误把"伤其寒""劝加餐"都看作是老妻对丈夫的担忧挂念之辞（实则"伤其寒"是丈夫忧老妻衣裳单寒，"劝加餐"才是老妻忧丈夫挨饿而劝其"加餐"），但是对诗句大意的理解却是正确的。"孰知是死别"以下四句的意思是说"（他）哪知道这是死别，还要可怜她衣裳单寒。这一去再也回不来了，还听到她劝丈夫要多吃饭。""孰知"义犹"岂知"，翻作白话就是"哪知道"。可是这里的"孰知"（"岂知""哪知道"）表面上虽然也是以疑问词表示否定的意思，但是实际上却包含有肯定的意思。疑问词一般有表示否定的意思，比如通常人们说：

163

"他哪知道？"意思就是说"他不知道。"但是有时人们说"他哪知道？"却是在表面的否定中表达了肯定的意思。比如夸赞一个人不顾危险舍身救人，就可以这么说："他哪知道危险？"而实际的意思是，"他"并非真的不知道危险，而是"明知故犯"，"哪知道"就是"哪顾得上""哪管得了"的意思。所以，"他哪知道危险？他只想着救人"，这一句话实际上的意思是"他明知有危险，可是他只想着救人。"通常表示否定意义的疑问词，有时却在表面的否定中包含某种肯定的意思，这是常见的语言现象。比如杜诗《宾至》云："岂有文章惊海内，漫劳车马驻江干"，"岂有"实际上包含"有"的意思，是以否定的形式表达某种程度上肯定的意思；又如《旅夜书怀》云："名岂文章著，官应老病休"，表面上说"名岂是因文章而著"，实际上却也包含了"名是文章著"的意思，"岂""应"二字互文见义，也正可见出"岂"字含有肯定的意义；又如《楠树为秋风所拔叹》云："根断泉源岂天意"，"岂"也包含肯定的意思（"岂有文章惊海内""名岂文章著"，这两句诗，各家注解多不得其意，有严重的曲解，在此暂且不论）。

"孰知是死别，且复伤其寒"的"孰知"正是"哪知道""哪管（得了）"的意思。这两句诗的意思就是："（他）哪知道这是死别，（心里）还只顾可怜她衣裳单寒"——人情之可悲可悯往往如此，明知是死别，却顾不上（不愿意）去多想，却反而只顾关心与生死相比显得无足轻重的痛苦——这两句，连同下面"此去必不归，还闻劝加餐"两句，因此写出了"垂老别"（实际上就是死别）的可悲可悯，语浅意深，读来令人感叹。这里的"孰知"，并非真的不知，而是明明知道而不想知道，所以下文更直接说"此去必不归"。就此而言，将这里的"孰知"一词解释为"熟知"——"分明知道"，解释词义虽然是完全错误的，但是串讲句意却仍然可以说得通。只是语气不同，误解为"熟知"，则语意平直，失去了语言的张力，失去了疑问的语气所带来的曲折感叹之意。而且严格说来，"明知道是死别"这个意思，用"熟知"一词来表达其实也不恰当。"熟知"的"熟"，是详尽、周全的意思，知道"是死别"，不宜说"熟知"。

王维《少年行四首·其二》云："孰知不向边庭苦，纵死犹闻侠骨香"，句中"孰知"与杜诗"孰知是死别"的"孰知"，词义与用法完全相同。王维这两句诗可直译为："哪知道不去边庭吃苦，就算死了，也还留下侠骨的芳香"，说得更明白一点，意思就是："为了行侠仗义去从军，就算死了也值得，哪管它边庭的艰苦呢？"这里的"孰知"也正是"哪知道""哪管（得了）"的意思，也不是真的不知，而是"明知故犯"。我曾记得，有人在注解中直接解释这首诗中的"孰知"一词为"孰不知"——这样的解释虽然错得有些奇怪，但是将诗中的"孰知"解释为"孰不知"（也就是"分明知道")在句意的串讲上也是可通的(偶见葛景春选注的《王孟体诗选》,书中解释此诗"孰知"二句云:"意即谁不知道到边庭打仗是苦差事,但就是死了,也会有芳名流传百世",似乎正是将"孰知"解释为"孰不知"的)。

"孰知"一词是"谁知""岂知""哪知道"的意思,一般多用于表示单纯的否定,如:

《老子》第六十章云:"天之所恶,孰知其故?"

《庄子·齐物论》云:"孰知天下之正道哉?"

屈原《天问》云:"东流不溢,孰知其故?"

贾谊《鹏鸟赋》云:"命不可说兮,孰知其极?"

储光羲《汉阳即事》云:"楚国千里远,孰知方寸违。"(《储光羲诗集》卷五)

元结《六英二章·其二》云:"元化油油兮,孰知其然?"(《次山集》卷一)

柳宗元《捕蛇者说》云:"孰知赋敛之毒有甚是蛇者乎?"(《柳河东集》卷十六)

孟郊《古意赠梁肃补阙》云:"不有百炼火,孰知寸金精?"(《孟东野诗集》卷六)

白居易《续古诗十首》其九云:"出游欲遣忧,孰知忧有余?"(《白氏长庆集》卷二)

但也有在表面的否定中含有某种肯定的意义,与"孰知是死别"一句中"孰知"意思相近,可译为"哪管(得了)""哪知道(哪顾得上)""谁知道",如:

《史记·晋世家》云:"重耳曰:'人生安乐,孰知其他?'"

高适《淇上送韦司仓往滑台》云:"孰知非远别,终念对穷秋。"(《高常侍集》卷五)

张籍《省试行不由径》云:"田里有微径,贤人不复行。孰知求捷步,又恐异端成。"(《张司业集》卷四)

白居易《劝酒寄元九》云:"三杯即酩酊,或笑任狂歌。陶陶复兀兀,吾孰知其他?"(《白氏长庆集》卷九)

其中高适的诗句,意思是说:"哪知道(哪管得了)不是远别(淇上离滑台不远),终不免对着穷秋而产生思念的忧愁",写朋友此去虽非远别而仍不免引起深切思念,与"孰知是死别"二句的意思相反而又相似,差可比照。

开头所引谢思炜《杜甫集校注》注"孰知"一词,引《史记·礼书》:"孰知夫出死要节之所以养生"之句,并引张守节《史记正义》云:"孰知,犹审知也。"张守节解释《礼书》句中的"孰知"为"审知"(也就是"熟知"),其实是错误的,"孰知"

在这里是"谁知"的意思。《礼书》原文云:"孰知夫出死要节之所以养生也,孰知夫轻费用之所以养财也,孰知夫恭敬辞让之所以养安也,孰知夫礼义文理之所以养情也。人苟生之为见,若者必死;苟利之为见,若者必害;怠惰之为安,若者必危;情胜之为安,若者必灭。故圣人一之于礼义,则两得之矣;一之于情性,则两失之矣。故儒者将使人两得之者也,墨者将使人两失之者也。是儒墨之分。"这段话总的意思是说,礼义可以保护人的生命、性情、平安,违背礼义,一意求生、求财、求性情之所安所养,则必适得其反,招来祸害。文中"孰知"一词,显然都是"谁知"的意思。"孰知夫出死要节之所以养生也",意思是说"谁知道轻生死重名节(勇于献出生命、树立名节)正是为了爱养生命?"所以下文说"人苟生之为见,若者必死",意谓人若一意求生,如此则必蹈死地。司马贞《史记索隐》解释说:"言人谁知夫志士推诚守死,要立名节,仍是养生安身之本,故下云'人苟生之为见,若者必死'。"其说与张守节不同,却无疑是正确的。又,开头引《杜甫全集校注》注云:"'孰知',即熟知。《荀子·富国》:'寒暑和节,而五谷以时孰。'又《议兵》:'凡虑事欲孰。'"注文引《荀子》《富国》《议兵》之文,以证明"孰"是"熟"的意思。"孰"原是"熟"的本字,"孰"字可解释作"熟"(可以有成熟之熟、熟食之熟、熟虑之熟诸义),在先秦典籍中,可谓比比皆是。只是不足以引来证明杜诗"孰知是死别"的"孰知"是"熟知"的意思。值得一提的是,注文只顾引《荀子》文中的"孰"字来作证明,却反而没有引《荀子》文中的"孰知"一词来作"证明""孰知"不是"熟知"——前文所引《史记·礼书》的那一段话,正是出自《荀子》的《礼论》。

除了《垂老别》中的"孰知是死别"之外,杜诗中用"孰知"一词还有两处,一见于《解闷十二首·其七》,一见于《舍弟占归草堂检校聊示此诗》。《解闷十二首·其七》云:"陶冶性灵存底物,新诗改罢自长吟。孰知二谢将能事,颇学阴何苦用心",《九家注》引赵次公云:"孰知者稔孰之孰,古用此字,非孰何之孰也。公自言其稔孰知谢灵运、谢惠连将此作诗为能事,而我亦为能事也",则是以为句中"孰知"一词应读作"熟知";《草堂诗笺》注此句亦云:"孰者,稔孰之孰也。甫自言稔孰知谢灵运、谢惠连将作此诗为能事也";黄氏《补注杜诗》此句作"熟知二谢将能事"(仇注本此句亦作"熟知"),并引赵次公之言云:"公自言其稔熟知谢灵运、谢惠连将作诗为能事"。由此可见,宋代注家都认为"孰知二谢将能事,颇学阴何苦用心"句中"孰知"乃是"熟知"的意思(《补注杜诗》甚至原文即作"熟知"),对于这个解释,古今注家并无异词。只是句中"将能事"三个字,比较难解,所以对于"孰知二谢将能事"这个句子的理解就有分歧,而且大多数解释都有含糊其辞、似通不通的毛病。

比如前文引到的赵次公的解释，就是完全不通的话。说"杜甫自己说他熟知谢灵运、谢惠连将作诗当做能事"，完全是一句莫名其妙的话，而且"将能事"也绝不能解释为"将作诗为能事"。今人张忠纲的《杜甫诗选》，在该诗的注文中也赞同赵次公的说法，只是解释"二谢"为"谢灵运和谢朓"，与赵说略有不同（"二谢"指"谢灵运和谢朓"，这是明清以来一致的看法）。又比如聂石樵、邓魁英的《杜甫选集》则注云："孰知：熟知，久知，有'久慕'意。孰，同'熟'，一本径作'熟'。二谢：指南朝著名诗人谢灵运、谢朓。将：近，庶几。能事：精于此道。"其意以为句意是说自己久慕二谢作诗的"能事"。但是"将"解释为"近，庶几"，置于句中实有不妥，而且"熟知"也很难说有"久慕"的意思。聂、邓的注解颇有影响，但其实也是有问题的。近来新出的两种全集校注本，《杜甫全集校注》注解这两个句子，只是杂引赵次公、仇兆鳌、浦起龙诸家的注解，而毫无主见，而且诸家见解原本都是错误的，意见又相左（注云"将，将近也"，未加引号，实出自仇注，又引浦说云"'将'字与'纵之将圣'将字，同一微婉"），显得十分混乱（这是这个注本的一大缺点）；谢思炜的《杜甫集校注》除引了赵次公的解释之外，又引了几家的说法："仇注'将能事，将近其能事。'曹慕樊谓此用《论语·子罕》：'固天纵之将圣，又多能也。'将训大，唐人习言'将圣多能'。按，能事与用心为对，曹说不确……将能事，谓运用能事。"从他所引的几种说法，也可以看出见解混乱。按照谢注的意思，他自己对"孰知二谢将能事"这个句子的理解，可表述为"熟知二谢运用能事"，则显然也是莫名其妙的话。所见各家注解，只有萧涤非的《杜甫诗选注》解释这个句子的大意是对的，可是不见有人赞同他。萧注云："孰知，犹熟知，即明知意。二谢，谢灵运和谢朓。将能事，用其能事。谦言不能如二谢之得心应手，不假改窜。'能事'是赞美之词，杜诗中常用，如《题王宰山水图歌》：'十日图一水，五日画一石，能事不受相促迫，王宰始肯留真迹。'又《遣兴》诗：'君看渥洼种，态与驽骀异。不在蹄啮间，逍遥有能事。'又《寄章待御》诗：'指挥能事回天地，训练强兵动鬼神。'"参照萧先生的意思，这两句诗可以解释为：我深知二谢能用其能事（即能施展他们的能事），自由挥洒，可是我（达不到这种境界）还是回头来学阴、何的用心苦吟（呼应上文"新诗改罢自长吟"）。这样理解诗意就豁然贯通了，实际上是在略带自谦的语气中表达了自己的主张，表达了自己"苦用心"的写作态度。"能事"一词，至少在杜甫的诗中是特别用来指那种无所拘束、自由挥洒的才能，萧注所引的几个例子中所用"能事"一词皆有此意。

《舍弟占归草堂检校聊示此诗》云："久客应吾道，相随独尔来。孰知江路近，频为草堂回。"此诗各本皆作"孰知江路近",但仇兆鳌《杜诗详注》于"孰"字下注云"今本作熟",并引朱鹤龄注云:《说文》:'孰,食饪也。'古文惟有孰字,后人加火以别生熟之熟,《汉书》'孰计'皆作'孰'。"此诗各家注解基本一致,没有什么问题,也都认为"孰知"应解释为"熟知"。诗写于广德元年(1763年),诗人避乱在梓阆时。诗写为了料理草堂的事务,其弟杜占屡次为自己往返梓州与成都之间,已"孰知"江路的近(梓州成都之间,可沿涪江、锦江往来,较陆路为近)。

杜诗用"孰知"一词共三次,俱见于上文所引。我认为"孰知是死别"句中"孰知"一词,今人注解都误解为"熟知",是受了《解闷·其六》《舍弟占归草堂检校聊示此诗》这两首诗中"孰知"一词的影响。这两首诗中的"孰知"一词,确实是"熟知"的意思,古今注解也都解释为"熟知",而且还指出这两首诗中的"孰知"一词,旧本原文亦有作"熟知"者。今人注"孰知是死别"句中"孰知"一词,大概很难不受到这两首诗相关解释的影响。然而我认为,《解闷·其六》与《舍弟占归草堂检校聊示此诗》这两首诗中的"孰知"一词乃是"熟知"之讹,这两首诗中的"孰知"一词的"孰"字原文应作"熟"。"孰知是死别",句中"孰知"一词未见有异文作"熟知"者,而这两首诗中的"孰知",旧本皆有异文作"熟知",正是其文原本即是"熟知"的"遗迹"。换言之,这两首诗的"孰知"本应作"熟知",是与"孰知是死别"句中的"孰知"不同的词。宋人众口一词解释《解闷·其六》与《舍弟占归草堂检校聊示此诗》这两首诗中的"孰知"一词为"熟知",而未见有解释"孰知是死别"句中的"孰知"为"熟知"的,也许多少也可以说明"孰知是死别"句中的"孰知",与另外两首诗中的"孰知"原本应是不同的词。只是"孰"字原是"熟"的本字,"孰知"与"熟知"之易于混淆也是颇为自然的事——这另外两首诗中的"熟知"一词在流传过程中被篡改作"孰知"也就不足为奇了。前文提到张守节的《史记正义》误解"孰知"为"审知"(即"熟知"),可见唐人对于"孰知"这个词的理解就已出现了问题。

前文已经提到,《九家注》注解"孰知二谢将能事",引赵次公之言,谓"孰知"当解作"熟知",而杜诗用的"孰"是"熟"的本字。仇注引朱鹤龄注解释"孰知江路近",也认为杜诗用的是"熟"的本字,"孰知"故应解作"熟知",并引《汉书》"孰计皆作孰"为证。赵、朱所说实则大谬不然。"熟"字本作"孰","孰"是本字,"熟"是后起字,但是"熟"这个后起字,大约在战国时期就早已经有了(《说文段注》虽然说《玉篇》中始收有"熟"字,但"熟"字早在《玉篇》成书之前很久就出现了)。汉人"孰""熟"并用,"熟"字已颇为常见,凡"成熟""熟食""精熟""熟视"

诸义，其字已多作"熟"。朱注谓《汉书》"孰计"一词字皆作"孰"，其说大体符合实际（也偶有例外，如《汉书·陈胜项籍传》："愿将军熟计之"）。但朱注欲据《汉书》用字以论定数百年后杜诗的用字，却无疑是荒谬的。就算《汉书》中"孰计皆作孰"，或者干脆不见有"熟"字，也丝毫不能证明在"熟"字流行数百年之后，杜诗中也应以"孰"字代"熟"字，而将"熟知"写作"孰知"。何况事实是，《汉书》本身也用"熟"字，如《叔孙通传》："方今樱桃熟"，《严安传》："五谷蕃熟"；更不用说在《汉书》之前，"熟"字已常见于汉人的著作中，如《春秋繁露·王道》："一年不熟乃请籴，失君之职也"，《史记·天官书》："色白为旱，黄为五谷熟。"而且《史记》也可见"熟计"一词，如《赵世家》："愿王熟计之也"，《廉颇蔺相如列传》："唯大王与群臣熟计议之。"《战国策》一书多见"熟计"一词，而皆不作"孰计"，即便出自刘向的改易（可能性不大），也早于《汉书》。

到了唐代，"熟"字已是通行的字，凡"成熟""熟食""精熟""熟视"诸义，作"熟"字已是正字，除引述古书外，少有作"孰"字者。即如"熟知"一词，在唐人诗文中颇为常见，而字皆不作"孰"，如陆贽《论宣令除裴延龄度支使状》："臣虽熟知不可，犹虑所见未周"（《翰苑集》卷十八），白居易《策林·风行浇朴》："载在国史，陛下熟知之矣"（《白氏长庆集》卷六十二），皇甫湜《论进奉书》："臣虽熟知陛下上圣之姿"（《文苑英华》卷六百七十六），韩愈《与冯宿论文书》："仆之所守，足下之所熟知"（《文苑英华》卷六百八十七）。唐人既用"熟"字为正字，"熟"字是十分通行的常见字，这里就不再多举例子。仅就杜诗本身的情况作一点说明。杜诗中用"熟"字约三十次，凡"成熟""熟食""精熟""熟视"诸义，字皆作"熟"，而不作"孰"，未有例外。在此略举数例，以见其余，如《泛溪》之"浊醪自初熟"，《百忧集行》之"庭前八月梨枣熟"，《重过何氏五首·其三》之"自今幽兴熟"，《堂成》之"缘江路熟俯青郊"，《宗武生日》之"熟精文选理"。可见杜诗中，本有"熟"字以区别于"孰"字，未尝混用，故"孰知二谢将能事"与"孰知江路近"，其原文应作"熟知"，而不应有例外。另一方面，唐人诗文中用"孰知"一词，一般也没有"熟知"的意思，上文所引储光羲、高适、元结、张籍、白居易、柳宗元诸人的诗文即是其例。再说，"孰知"一词由来甚古，而且自周秦以至于唐代都是一个常用词，不用说杜甫这样对语言特别敏感的大诗人，就是一般的作者，也不会（在"熟"字已然通行的时代）将"熟知"写作"孰知"，因为这是对语言规范应有的尊重，否则必然导致语言的混乱。杜诗《绝句漫兴九首·其三》："熟知茅斋绝低小，江上燕子故来频"，句中"熟知"一词，词义明确，不易产生误解，而诸本皆未见作"孰知"者，也可见

"孰知""熟知"词本不同，未可相混。由此也可以说明"孰知是死别"的"孰知"不可解释为"熟知"。《解闷十二首·其六》与《舍弟占归草堂检校聊示此诗》两首诗中，"熟知"一词，被改作"孰知"，或许与句意不够明确有关（特别是"孰知二谢将能事"一句）。但是不管怎么说，这两首诗中的"孰知"一词，应该不是像赵次公、蔡梦弼、朱鹤龄、仇兆鳌等注家所认为的那样，以为是杜诗的原文，而且认为杜诗用的是"熟"的本字。

杜诗《投简咸华两县诸子》诗题
"咸华两县"所指应为咸宁、华阴辨

赤县官曹拥材杰，软裘快马当冰雪。长安苦寒谁独悲？杜陵野老骨欲折。南山豆苗早荒秽，青门瓜地新冻裂。乡里小儿项领成，朝廷故旧礼数绝。自然弃掷与时异，况乃疏顽临事拙。饥卧动即向一旬，敝衣何啻联百结。君不见宫墙日色晚，此老无声泪垂血。

　　此诗篇首二句，各家注解多有失误，诗题"咸华两县"所指何县，亦未有正确的解释。仇注于诗题下注引黄鹤之言云："梁氏编在上元二年成都作，盖以'成'为'成都'，'华'为'华阳'。《唐志》：成都、华阳两县为负郭，乃次赤。按诗云'长安苦寒'，又言南山之豆、东门之瓜，皆长安京兆事。其云'故旧礼数绝'，又云'弃掷与时异'，当是天宝十年召试后，送隶有司参选时作。'成华'当作'咸华'，盖咸阳、华原二县也。"仇注又云："首段有慨身世。惟少年得志，故老成落魄。自称'杜陵野老'，诗作于长安明矣。'赤县官曹'本谓长安贵人，不指两县诸子，盖投简诸子者，另有其人也。朱注误认两县为赤县，故有畿县之疑。《正异》不知'长安'即'赤县'，故欲改为'长夜'，总错在诗题'成华'二字耳。《元和郡县志》：大唐县有赤、畿、望、紧、上、中、下六等之差，京都所治为赤县，京之旁邑为畿县。"（按：仇注引《元和郡县志》谓唐县有赤、畿、望、紧、上、中、下六等之差。查今本《元和郡县志》并无此语，或许所引并非原文，只是根据《元和郡县志》的有关记载，引述其大要。既明言赤、畿、望、紧、上、中、下，则当为七等，谓有"六等之差"，盖误。中华书局点校本仇氏《杜诗详注》此句标点作"大唐县有赤、畿、望、紧上、中、下六等之差"，合"紧上"为一等以就"六等"之名，尤为荒谬。《通典·职官》云："大唐县有赤、畿、望、紧、上、中、下七等之差"，并于各等下注明县数几何，所记明确，不应误为六等。《文献通考·职官》亦云："唐县有赤、畿、望、紧、上、中、下七等之差。"然自宋人引杜氏《通典》亦或有误为六等者，如廖行之《省斋集》卷五《统县本末劄子》云："按《通典》，唐县有赤、畿、望、紧、上、中、下六等之差"，王应麟《玉篇·官制》亦引《通典》而谓"唐县赤、畿、望、紧、上、中、下六等之差"，但王氏所著《小学绀珠·地理类》则有"县邑七等"之目，下列"赤""畿""望""紧""上""中""下"之名，并自注云："唐陆贽奏议，县邑有七等之异。"按，《宋史·职官制》云："建隆元年令天下诸县除赤畿外，有望、紧、上、中、下"，谓"除赤畿外"，则是合"赤畿"而言之，给人以归为一等的印象，实际上宋代县邑仍当分为七等，赤县畿县地位不同，等级有差，未可混同。然建隆诏令谓"除赤畿外"另有五等，却给人合而言之则为六等的错觉。此诏宋代公私著录多有引用，误"七等之差"为"六等"，或由于此。宋以后以讹传讹，误引为六等者尤多。明代方以智《通雅·官制》云："唐县有赤、畿、望、紧、上、中、下六等，赤畿为一等也。一作七等"，就明确以"赤畿"为一等，但仍留有余地，不敢确信，故又云"一作七等"。宋人注杜甫此诗，就我一时所见，未有如仇注之引《元和郡县志》者。朱注引《元和郡县志》云："大唐有赤、畿、望、紧上、中、下六等之差，京都所治为赤县，京之旁邑为畿县。"仇注所引或当出于朱注。此处引文为韩成武等点校朱鹤龄《杜工部诗集辑注》原文，点校者亦误合"紧上"为一等以就"六等"之名。《读杜心解》《杜诗镜铨》亦引《元和郡县志》云云。《心解》王志庚氏点校其文为"唐县，有赤、畿、望、紧、上、中、下六等之差"，依标点则实为"七等"之差。《镜铨》郭绍虞氏点校本其文为"唐县有赤畿、望、紧、上、中、下六等之分"，则是合"赤畿"为一等以就"六等"之名，同样的错误已见于前人，可谓其来有自。今人注本选《投简咸华两县诸子》一诗，就一时所见有萧注本和聂注本。聂注未引《元和郡县志》之语。萧注引《元和郡县志》云云，但在"赤畿望紧上中下六等之差"一句中，未加标点，无从知道萧注如何区分"六等之差"。）

　　按，诗题《投简咸华两县诸子》中"咸华"二字，宋人旧本杜集多作"成华"。《宋本杜工部集》（卷四）、《九家集注杜诗》（卷七）、《补注杜诗》（卷七）、《杜工部草堂诗笺》（卷十九）、《集千家注杜工部集》（卷一）皆作"成华"；《能改斋漫录》卷九引此诗诗题亦作"投简成华两县诸子"，《钱注杜诗》自云所据为宋人旧本"吴若本"，题亦作"投简成华两县诸子"。但是黄氏《补注杜诗》于此诗题下，有黄鹤补注一则（略如仇注所引），辩"成华"之当为"咸华"。《集千家注杜工部诗集》亦于此诗题下引黄氏语，并从其说，将此诗依作年在前移至卷一。黄鹤辩"成华"当为"咸华"，甚为确当。清人注杜诗多从其说，如仇注、《心解》《镜铨》，今人注杜诗如萧注本、聂注本，亦无异议。但是，钱注注释"赤县"一词云："地理志。成都、华阳二县。并次赤。鹤曰。南山、青门皆长安事。疑是咸阳、华原二县。咸误作成也",则是两说并存,未有判断。朱注则反对黄鹤之说,注引黄鹤之语后云:"按:诗云'赤县官曹拥材杰',盖指成、华两县诸子也。《唐志》:成都、华阳两县为附郭,次赤,而咸阳、华原原乃畿县,又相去颇远,不应连及。则此诗之作于成都审矣。'长安苦寒',当以《正异》定本为允。下云'朝廷故旧礼数绝',亦是谪官后语。'南山''青门'自嗟被废,岂必居长安者始可用乎?"朱注反对黄鹤之说,与仇注赞成黄鹤之说,问题的关键实在于对"赤县"一词的理解。黄氏辩"成华"之误虽然颇为确当,但是留下了一个实际上没有解决的问题,那就是"赤县"一词究竟何所指?倘若如仇注所言,"赤县"就是"长安","赤县官曹"指的是"长安贵人",则黄氏认为"成华"系"咸华"之误,而"咸华"实指"咸阳""华原"二县,其说便没有明显的破绽;倘若如朱注所言,"赤县官曹"当指"两县诸子",而"咸阳、华原乃畿县",不得称为"赤县",则黄氏所说便难以成立,而朱注认为诗题仍当作"成华",指"成都""华阳"二县,便有一定的说服力——因为"成都""华阳"二县为"次赤",可得称为"赤县"(按,成都曾由大都督府改称"成都府",号为"南京",故二县得为次赤)。仇注云:"'赤县官曹'本谓长安贵人,不指两县诸子,盖投简诸子另有其人也。朱注误认两县为赤县,故有畿县之疑。《正异》不知'长安'即'赤县',故欲改为'长夜',总错在诗题'成华'二字耳。"朱注、仇注的分歧实在于"赤县"所指为"两县"或为"长安"。仇注谓"总错在诗题'成华'二字耳",实际上问题的关键更在于"成华"二字的对与错,直接关系到"赤县"一词的解释(即所指为何),而"赤县"一词作何解释又直接关系到篇首两句诗的理解。

先且看宋人的意见。郭知达《九家集注杜诗》于题下注云"明皇幸蜀,号成都为南京,故成华得称赤县";又于"赤县官曹"句下注云《十洲记》:神州赤县";又于"杜陵野老"句下注引赵次公之语(原文作"赵云")云:"京畿倚郭谓之赤县。《史记》邹衍所谓'神州赤县'。成都当此时号为'南京',故公诗指两县得谓之赤县";接着又引赵次公之言云:"蔡伯世云:'此成都诗不应言长安,其"夜"字之讹,故误作"安"耳,况卒章之意明甚。'其说非长。此公虽在成都,而远念长安之寒。下句'南山''青门'则言长安之地矣。"可知郭氏《九家集注杜诗》虽明确以"赤县"指"成都""华阳"二县,却并不赞同蔡伯世(兴宗)贸然改字而以"长安"为"长夜"之讹,所引次公之言,直斥其非。不过,果如次公所言,诗中所写是"虽在成都而远念长安之寒",则显然不合情理——作者投诗于人,望人接济以救饥寒,不应该不说眼前的困境,而转说往日长安的饥寒。朱注或有见于此,故不独认为"赤县"当指"成都""华阳"两县,而又认为"'长安苦寒'当以《正异》

定本为允"，即以蔡兴宗（著有《杜诗正异》）之言为是。

黄氏《补注杜诗》虽然姑且保留了诗题中的"成华"二字，但是在补注中已力辩"成华"之误。可是《补注杜诗》并未注明"赤县"所指为何，只是在首句下注引王洙之言云：《十洲记》：神州赤县。"又在"青门瓜地"句下补注云："南山、青门俱在县境内。南山，即《志》所谓引南山水入京城，又谓尹黎干自南山开漕渠，抵景风延喜门入苑，以漕炭薪。青门，即城东门，《三辅黄图》曰：长安城东第一门曰青门，或曰霸城门。"补注谓"南山青门俱在县境内"，则此所谓"县"不当指咸阳、华原二县。咸阳、华原俱为畿县，去都城稍远，南山、青门俱不在县境内。疑黄氏辩"成华"为"咸华"，此"咸"当指"咸宁"而非"咸阳"。按咸宁县即万年县，《元和郡县志》卷一载京兆府万年县于"天宝七年改为咸宁，乾元元年复名万年县。"则此"咸华"之"咸"当指"咸宁"，始与黄注所谓"南山青门俱在县境内"相合。黄氏补注一则谓两县为"咸阳""华原"，一则言"南山青门俱在县境内"，不免自相矛盾，黄氏补注原本"咸阳"似当作"咸宁"为是，而误作"咸阳"，或为后来手抄、传刻之误。就我一时所见，古人注本引黄鹤补注，除《镜铨》外，所引皆作"咸阳、华原"。而《镜铨》于题下引"鹤注"云云，则谓"当是天宝间在京师简咸宁、华原二县者"。《镜铨》引"鹤注"作"咸宁、华原"，当有所据，杨氏所见或即为"鹤注"之原貌。今人注本，出于省便，如萧注、聂注皆直接将"咸华"二字作为诗题正文而不再作说明，但对于"咸华"具体指哪两个县，则有不同的解释，萧注解释以"咸华"指"咸阳和华原二县"，聂注则从《镜铨》所引，以"咸华"为"咸宁华原二县"。

《集千家注杜工部诗集》于诗题下引"鹤曰"以明"成华"乃"咸华"之误，但是对于"赤县"一词所指为何亦无明确的解释，只是在篇末引赵次公之言云（原文作"赵曰"）："京邑属县有赤有畿，其浩穰者为赤。"（此本既从黄鹤之说，认为"成华"是"咸华"之误，故所引赵次公语解释"赤县"一词颇与《九家集注杜诗》所引不同。）

蔡梦弼《杜工部草堂诗笺》以"成华"为"成都、华阳"，但解释"赤县"一词则异于各家，"赤县官曹"句下注云："公指成都、华阳两县谓之'赤县'，'神州赤县'乃神仙之所居，以美诸子有神仙标格者也。"各家或引《史记》或引《十洲记》所谓"神州赤县"之言，皆意在注明"赤县"一词的出处。只有《草堂诗笺》直接引"神州赤县"来解释"赤县"一词，认为"赤县"一词是称美"诸子有神仙标格"。按，"神州赤县"之言，实出于战国邹衍之说，见《史记·孟子荀卿列传》，而旧题东方朔所撰《十洲记》亦有"神州赤县"之说。邹衍之说既多不经之辞，《十洲记》所载更杂神仙之言，后世言"神州赤县"，遂多与神仙联系在一起。

以上列举宋代注本关于诗中"赤县"一词的注解。《九家注》认定"赤县"指"成都""华阳"两县，则"赤县官曹"所指为诗人"投简"的"两县诸子"。《补注杜诗》辩"成华"为"咸华"之讹，而没有注明"赤县"一词所指为何。《集千家注》从黄鹤之说以为"成华"当作"咸华"，而对于"赤县"一词所指为何亦无明确的解释。但篇末引赵次公之言，谓"京邑属县有赤有畿，其浩穰者为赤"云云，详察其意，似乎是暗示作为"京邑属县"的"咸华"（"咸阳""华原"二县）便是"赤县"，否则引赵次公的话便无的放矢，没有着落。也许因为"咸阳""华原"本为畿县而非赤县，所以没有把话说明白。《草堂诗笺》亦如《九家注》明确认定"赤县"指"成都""华阳"两县，"赤县官曹"指"两县诸子"，但是《九家注》认定"赤县"指"成都""华阳"两县，与两县为"次赤"有关；而《草堂诗笺》认定"赤县"指"成都""华阳"两县，与所谓"次赤"毫不相干，认为只是借"赤县"之名"美诸子有神仙标格者也"，可见在蔡梦弼看来，"赤县官曹"指诗人"投简"所赠的"两县诸子"，是十分自然的事（不需要借"次赤"之名来认定）。

综上所述，可以见出宋人注解《投简咸华两县诸子》一诗，总的来说，倾向于认为"赤县"指诗题中的"两县"（且不论其为"成华"或"咸华"，亦不论其对"赤县"一词的理解有何差异），而"赤县官曹"指"两县诸子"。然而仇注却以"赤县"指"长安"，"赤县官曹"指"长安贵人"，"不指两县诸子"。仇注这么认为大约有两个原因：一是"咸阳""华原"是畿县，自不可称"赤县"，所以只好以"赤县"指"长安"；一是"赤县官曹拥材杰，软裘快马当冰雪"二句所写与诗人困顿形成对比，语似刺讥，如此则"赤县官曹"便不应指诗人投简所赠的"两县诸子"，而应指"长安贵人"。萧注本即进一步发挥仇注之意，注"软裘快马"一句云："有此一句，上句所谓'材杰'，便成笑骂。"仇注对于此诗的解释颇有影响。浦氏《心解》即上承其意，注云："《仇注》：官曹，指朝贵，不指诸子"，其说亦以开篇二句为刺讥。杨氏《镜铨》对"赤县"以及"赤县官曹"未作明确解释，只是在首句下引《元和郡县志》唐县有七等之差云云（见上文），并加上"京都治为赤县"一句，似亦以"赤县"指长安；又在"软裘快马"句旁批曰："反对自家"，其意似亦以为语带刺讥，是写他人之得意以反衬"自家"之落魄。倘若以为诗句意在刺讥，则"赤县官曹"自然也不应指诗人投诗所赠的"两县诸子"，而应该另有所指，或如"仇注"所言为"长安贵人"。今人注本，所见如萧注、聂注亦承仇注之意。萧注云："赤县：旧时京城辖县，如唐代的长安、万年两县。此处指长安"，又云："此处赤县官曹，实亦指长安贵人。"聂注大约受《镜铨》的影响，也以"咸华"为"咸宁"（即万年）、"华原"，可是在注解中虽举长安、万年两县为例说明"赤县"，但仍以为诗中"赤县"指的是（作为京都而不是县的）"长安"。这大概是因为咸宁虽是赤县，而华原却不是赤县的缘故。

然而，仇注以"赤县"指（京都）"长安"，以"赤县官曹"指"长安贵人"，却其实是错误的。先从诗意来看，若"赤县官曹"指"长安贵人"，或如《心解》所谓"朝贵"，则与下文"乡里小儿""朝廷故旧"二句文意重复，而且同为讥刺之词，一则称"材杰"（一本作"才杰"），一则称"乡里小儿"，前后措辞相反，于理不通；再者，若"赤县官曹"为"长安贵人"，则全篇只是反复讽刺、嘲骂别人的得意与无情，却无一语说到投赠的对象"两县诸子"，显然也不合情理，也不合写诗送人的规矩。况且此诗投简友朋，自诉穷困，有望人接济之意，更不应无一语及于对方。实际上写诗送人，写一写投赠的对象是题中应有之义，而且往往是一落笔就先写对方，而所写自当以赞美、揄扬为主。此诗"赤县官曹"自当指"两县诸子"，开头两句正是写"诸子"的风光，称之为"材杰"，正是叹美之意；而在叹美之余，也自然引出了自己的困顿，欣慕之余，望人接济，正是君子之风，也自合于诗意。这两句略无讽刺之意，杜甫并没有自己失意就不许别人得意的意思。诗写"诸子"的风光得意，颇有豪宕之情，与诗人《壮游》一诗中自叙昔日"放荡齐赵间，裘马颇清狂"的情形亦正相同，都是正面的描写而非讥贬。蔡梦弼《草堂诗笺》以为首句是"美诸子之有神仙标格者也"，虽然误解了"赤县"的词意，但认为诗句是称美之意，对于大意的理解却是正确的。杜诗如《奉寄章十侍御》，开头便写道："淮海维扬一俊人，金章紫绶照青春"，也是赞美对方的得意和风光；又如《送陵州路使君赴任》云："霄汉瞻佳士，泥途任此身"，前一句写对方的飞腾得志，后一句写自己的落魄，虽在困厄之中，对于对方也只有称美欣慕之意，故曰"瞻佳士"。（按，萧注本注此诗"霄汉"一句云："霄汉二字双关。表面上指官位的高贵，实际上是指品质的高洁。二句是说只要你能做一个受人景仰的好刺史，那么我个人即使穷途潦倒也可以随它去。"韩注本注此二句，也说："前句是希望他做个顶天立地的好刺史，后句是说自己可以任凭一生穷途潦倒。"所说离题甚远，大失诗意，在此附带指出，不遑置论。）

已如上文所述，宋人注本解释此诗开头两句多倾向于认为"赤县官曹"指"两县诸子"，这是宋人见解超过后来注家的地方。朱注认为咸阳、华原二县"相去甚远，不应连及"，又认为"'长安苦寒'当以《正异》定本为允"（即应改"长安"为"长夜"），所说固不足信；又说"'南山''青门'自嗟被废，岂必居长安者，始可用乎"，亦似是而非。盖"南山""青门"虽是用典而意在写实，与托辞寄意，并无实指者不同。诗中"长安""杜陵""南山""青门",皆有所指实,岂是托喻之辞?但他认为"赤县官曹"应指"两县诸子",对于诗意的理解却是合理的。

以上所言,是从诗意看,认为"赤县官曹"应指"两县诸子"。剩下的问题是:"咸华两县"是否可称为"赤县"?唐人诗文中称"赤县"一般有二义,一是指行政区划意义上的"赤县",包括"次赤(县)"(即唐县有"七等之差"中第一等之"赤县"),二是指作为国家名称的"中国"(与今人说的"中国"意思差不多,义近于古人说的"天下",不是古人称京都为"中国"的"中国",如李贺《李凭箜篌引》"李凭中国弹箜篌"之"中国"),语出《史记》所载邹衍之言曰:"中国名曰赤县神州"。唐人诗文中称"赤县",以前者为常例,以后者为较少见,此处为了避免繁琐,暂不举例。仅就杜诗而言,用"赤县"一词共有三次,除见于《投简咸华两县诸子》外,两次分别见于《桥陵诗三十韵因呈县内诸官》之"居然赤县立,台榭争岩亭",以及《奉先刘少府新画山水障歌》之"闻君扫却赤县图,乘兴遣画沧洲趣"。两诗所写皆与奉先县有关。奉先本同州蒲城县,以管桥陵(睿宗陵)之故,改名奉先,属京兆府,开元十七年制官员同赤县(见《旧唐书·地理志》)。奉先制同赤县,即是次赤县,故两诗中"赤县"皆指奉先(萧注云:"中国古称赤县神州,但唐人也称京师所辖诸县为赤县。《赤县图》,可能是画长安或奉先县的形势图。"其说语焉不详,应从钱注所说:"刘为奉先尉,写其邑之山水,故曰赤县图")。从诗意看,如上所述,《投简咸华两县诸子》一诗中"赤县官曹"应指"两县诸子",则"赤县"应指"咸华"二县。"咸"指"咸宁"(说见上文),本是赤县,自不必论。"华原"却是畿县,不得称为赤县。今查《唐会要·量户口定州县等第例》,于"新升次赤县"下列有"郑县、华阴、下邽三县"(按,三县属华州),于"开元四年二月二十六日升"为次赤县。则此诗"咸华"之"华"当指"华阴"而非"华原",如此则"咸华"两县俱可称为"赤县",与诗意相合。而咸宁、华阴两县皆为京师郊县,去长安不远,诗人身在长安,困顿之中,向相去不远的"赤县官曹"诉苦求援,也正是情理中的事。

杜诗注解辨正二题

曲江二首（其一）

一片花飞减却春，风飘万点正愁人。且看欲尽花经眼，莫厌伤多酒入唇。江上小堂巢翡翠，苑边高冢卧麒麟。细推物理须行乐，何用浮名绊此身？

此诗三、四两句语意明白，本无难解之处，但今人注此诗，对于三、四两句的解释却多有差错。

三、四两句是倒装句，照一般词序应改作"且看花经眼欲尽，莫厌酒入唇伤多"（不过这是散文的句式），这样的倒装句主要是为了合律而改变词序，在中国古代诗歌中十分常见，以至于成为中国古代诗歌的常规句式，也符合律诗造句化平直为夭矫、变散缓为精炼的要求。这种词序的简单调整，照理并不足以给阅读带来任何障碍。如果不考虑平仄与韵脚，那么这两句诗也可以写作"且看经眼花欲尽，莫厌入唇酒伤多"。诗句的意思是说，且看那花过眼便将凋零殆尽（春天也就要过去了），就别因为对身体多有伤害便拒绝喝酒。"伤多"是指酒对人伤害多，饮酒伤身。花转眼将尽，故须饮酒才能解愁，才不辜负这转眼即将逝去的春光。诗有及时行乐之意，但是在看似颓放的言语中，包含了诗人对人生深切的感慨与珍重之情，而写来又不失其风流蕴藉之致。一片花飞便减却了春色，何况是风飘万点，对此情景，真当痛饮。南唐冯延巳《鹊踏枝》词云："日日花前常病酒，不辞镜里朱颜瘦"，命意与此诗三四两句最为相近。然而，今人注此诗多失其意，见解相当混乱。

萧涤非《杜甫诗选注》云："欲尽花，将尽之花。杜甫《阆山歌》：'松浮欲尽不尽云，江动将崩未崩石。'欲字与将字互文。经眼，犹过眼"；又云："伤多酒，过多之酒，即超过饮量的酒。齐己《野鸭》诗：'长生缘甚瘦，近死为伤肥。'伤肥即过肥。前人有的解为'伤心之事多于酒'，误。此二句为上五下二句法，当在花字、酒字读断。"萧注如此作解，有些不可思议，与所引"伤心之事多于酒"的误解同样离奇。硬生生地要把这两句读成上五下二的句式，则严重破坏了整首诗节奏韵律的和谐。而且"欲尽花""伤多酒"语近于不辞，从没有人把过多的酒称为"伤多酒"，而且将"伤多"解释为"过多"，显然也是错误的。所引齐己诗句，其中"伤肥"一词亦非

178

"过肥"之意。"伤肥",即为肥所伤,指因肥而受损害,故曰"近死",其构词法与"伤风""伤寒"相同。宋人周必大《读乐天诗戏效其体》云:"岂有花经眼,何尝酒入唇"(《文忠集》卷五),诗句出自杜诗,正是以"花经眼""酒入唇"连读为句的。又,宋人黄庭坚《次元明韵寄子由》云:"春风春雨花经眼"(《山谷集·内集》卷七),喻良能《次韵谢子良咏雪》云:"不厌诗雕肾,宁辞酒入唇"(《香山集》卷七),亦以"花经眼""酒入唇"三字连读为句,而"宁辞酒入唇"亦犹"莫厌酒入唇"之意。"花经眼""酒入唇"三字连读,语意妥贴自然,在"花"字、"酒"字读断,不但割裂了词意,而且连句子也不成话了。韩成武《少陵体诗选》也选了这首诗,注解三、四两句,完全同于萧注。

聂石樵、邓魁英《杜甫选集》解释"且看"两句云:"且放眼看眼前欲尽之花,勿因感伤多而厌酒。"诗句的本意是说,花事将残,故当不惜病酒伤身,以酬春光,语气是伤感而固执的。聂注却把这两句诗读作放达之辞,似乎"放眼"看一看"欲尽之花"便反而能得到宽慰,便可以在"感伤"中振作起来。这样的解读完全违背了诗意。而且,将"伤多"解释为"感伤多",就语法与句意而言也是完全不通的。再说,这两句诗的开头"且看""莫厌"两个词语,在语法上是贯通全句的:"且看"一词不只是"且看""花经眼",而且是"且看""欲尽花经眼"(即"且看""花经眼欲尽");"莫厌"一词不只是"莫厌""酒入唇",而且是"莫厌""伤多酒入唇"(即"莫厌""酒入唇伤多")。分开来说,"且看"既是"且看""花经眼",又是"且看""(花)欲尽","莫厌"既是"莫厌""酒入唇",又是"莫厌""(酒)伤多"。将"伤多"解释为"感伤多",则"莫厌伤多酒入唇"就成了"莫厌感伤多酒入唇",这显然是一句莫名其妙的不通的话。聂注或知其不通,只好曲之为辞,把句意解释为"勿因感伤多而厌酒",则完全割裂了词语,扭曲了句意(把"伤多"解释为"感伤多",那"莫厌伤多"也只能解释为"莫厌感伤多",而显然不能解释为"莫因感伤多"),而且情理上也说不通——按照常理,难道不是更应该倒过来说"勿因感伤多而纵酒"吗?冯至编选,浦江清、吴天五合注的《杜甫诗选》注"伤多"一词亦云"多所感伤",聂注或出于此。

张忠纲《杜甫诗选》注云:"欲尽花:将尽之花。经眼:犹过眼。伤多酒:因悲伤而过多地饮酒。"似乎综合了萧注、聂注的错误。实际上张忠纲的注本确实是"出入"于萧注本与聂注本之间。只是解释"伤多酒"为"因悲伤而过多饮酒",更不免使人觉得莫名其妙,不知道"伤多酒"如何可以解释为"因悲伤而过多饮酒",也不知道它到底是把"伤"字解释为"悲伤",还是如同萧注解释为"过"。

仇注解释此诗云："一片花飞至于万点欲尽，此触目之堪愁者，故思借酒以遣之"，又云："伤多，伤于酒也。"其说皆合于诗意。仇注说"伤多"是"伤于酒"，其说甚明，今人作注却都视而不见，一无所取。注书犹如积薪，本当后来居上，可是事实往往并非如此。一部古书的注解，有时甚至是越注越乱，越注错误越多，这真是令人感到遗憾的事。清人注杜用力甚勤，颇能有所发明，但也增添了不少错误。今人注杜总体水平，乃更在清人之下，也可说是"后来居下"了。

然而仇注又引王嗣奭《杜臆》云："飞一片而春色减，语奇而意深。欲尽、伤多一联句法亦新奇。"仅看仇注所引，会觉得王嗣奭的话也还说得不错。可是仇注所引，却原来只是断章取义，并不能见出王氏的本意。查《杜臆》原文，则云"'且看欲尽花''莫厌伤多酒'，五字为句，而下缀以'经眼''入唇'二字，此句法之奇；'永夜角声'一联亦然，乃老杜创格。"王氏所谓"句法亦新奇"，却原来是指上五下二的句法，其说大谬。金圣叹《杜诗解》亦谓"'欲尽花''伤多酒'，以三字插放句腰，其法亦异"，所见与王氏相同，盖皆为萧注所本。仇注既以"伤多"为"伤于酒"，则显然不是将诗句读作"莫厌伤多酒"，所见本与王说不同，妄引王氏之言，不但乱人耳目，而且自乱其意。仇氏注杜亦每有此病。《杜臆》又云："起句语甚奇，意甚远，花飞则春残，谁不知之？不知飞一片而春便减，语之奇也。"大意正如仇注所引"飞一片而春色减，语奇而意深"，其说自无不当。可是《杜臆》原文紧接着又说："以比君心一念之差，便亏全德，朝政一事之失，便亏全盛，所以知几者戒坚冰于履霜，此意之远也。以此推之，而风飘万点，意可识矣，奚能不愁？盖花既飘，未有不尽者，以比君骄政乱，未有不亡者，故欲尽花更进一步，危斯极矣，愁更甚矣。酒不伤多，非真好饮，若非此无以解其愁也。前六句皆比也。"原来王氏所谓句奇意远，是看到杜诗中的"一片花飞"包含了对"君心""朝政"的忧思。如此穿凿比附以说诗，是不许诗人有落笔的余地了。王氏所谓"酒不伤多，非真好饮，若非此无以解其愁也"，则是把"伤多"解释为"嫌多"的意思。"酒不伤多"也就是"酒不嫌多""酒不厌多"的意思。杜诗原文云："莫厌伤多酒入唇"，王注则又云"酒不伤多"，"不伤"与"莫厌"词义重叠，就原文的理解来看，"酒不伤多，非真好饮"云云，真是莫名其妙的话，足见其理解与表达的混乱不清。由此也可以见出说诗之难，仅此"伤多"一词，便会引出许多无谓的曲解和误会来。

上文所论对于此诗的误解，是与注家对诗歌句式、对诗歌语言结构缺乏正确的认识相关的。由于古代汉语语感的缺失，这种错误在今人的著作中尤为常见。近读《马茂元说唐诗》，书中有《思飘云物动，律中鬼神惊——论杜甫和唐代的七言律诗》一文，文中论及《曲江》一诗，亦云"《曲江》中的'且看欲尽花经眼，莫厌伤多酒入唇'，以'欲尽花''伤多酒'入句中，变上四下三的七律句法为上五下二"，认为这是"从造句用词来看，杜甫往往不拘常格"的表现。

九日蓝田崔氏庄

老去悲秋强自宽，兴来今日尽君欢。羞将短发还吹帽，笑倩旁人为正冠。蓝水远从千涧落，玉山高并两峰寒。明年此会知谁健，醉把茱萸子细看。

今人杜诗选注本多未选入此诗，偶有选入此诗者，也未见注解有重要的错误。关于此诗的注解，我原本不想多说什么，只因以前曾在信中偶与人论及此诗，我想就我信中涉及的问题作一点说明和讨论。

有个朋友认为此诗末句"醉把茱萸子细看"的"看"是指看山——而不是看茱萸；另外有人引了杨伦《杜诗镜铨》中的话"看字即指茱萸，意更微妙"来表示反对。从杨伦的话来看，必是有人认为末句所写，"看"的不是茱萸。可见这个朋友认为"看"是"看山"，也是有出处、有依据的。我查了一下仇注，才知道出处所在。仇注云："看茱萸明是伤老，顾注谓手把茱萸，眼看山水。非是。"仇注所谓"顾注"是指顾宸的《杜律注解》。将"醉把茱萸子细看"解释为"手把茱萸，眼看山水"，就好比是将"我端起饭来就吃"理解为"我端起饭来就吃西瓜"——当然这种误解要有一定语境，那就是必须在上下文提到"西瓜"。把"醉把茱萸子细看"的"看"误解为"眼看山水"，也正是因为上联写到了眼前可以见到的山水。这种误读并不少见。这样的误读是对文本直接的歪曲。

不过，有些错误有时很难辩驳。比如杜诗《诸将五首·其五》云"西蜀地形天下险，安危须仗出群才"，句中"出群才"的意思是"出群之才"，"超出一般人的杰出的人才"。但是如果有人硬要把"出群才"解释为"出一群人才""出众多的人才"，就很难加以辩驳，因为这样的误读在语法与句义的理解上几乎没有漏洞。实际上对语言的理解，在很大程度上必须依赖于"语感"。这"语感"不是一种单纯的"语言感觉"，而是与个人对历史、文化、社会、人生诸方面的认知经验密切相关的一种综合的感觉。诗文注解中的许多错误，是与"语感"的缺失直接相关的，而古代诗歌语言的模糊性更加重了错误的严重性。比如杜甫此诗中"羞将短发还吹帽，笑倩旁人为正冠"两句，意思是说："我羞于（学孟嘉的样子）任风把帽子吹落，为的是免得让人看到我老来短少的头发，所以笑着请别人帮我把帽子戴正、戴好（古人蓄发，帽子比较难戴，有如妇女挽髻，往往需要别人帮忙）。"这两句诗意思很直白。可是金圣叹的《杜诗解》却解释说："人老则发短，后生偏要以此笑老人。万一醉后登高，风吹帽落，在诸少年面前露此短发，索然无趣，故羞。势必须整自己底帽，于是反倩诸君各自整其冠。彼诸少年那个要整冠？只为各去整冠，我之整帽便不为少年所觉耳。在己云'帽'，在人曰'冠'。'老去'暨'尽君欢'等字，一一承足，承又承得好。"

金圣叹的解释在语法上是完全说不通的。"笑倩旁人为正冠"，如何能解释为"后生偏要以此笑老人""反倩诸君各自整其冠"呢？金圣叹解读杜诗最大的特点是语无伦次，其人虚负狂名而实近于妄。他的解读仿佛是病狂者的自说自话，几乎是没有正常的"语感"——如此解读文本，无疑会在阐释的迷途中越走越远。

今人流行的注本中，萧注本、聂注本都没有收《九日蓝田崔氏庄》一首。张忠纲的《杜甫诗选》收有此诗，关于"明年此会"两句，张注云："把：把玩。把玩者茱萸，看者亦茱萸。""把"不可解释为"把玩"，"把"就是"拿"，没有"玩"的意思。说"把玩者茱萸，看者亦茱萸"，与杨伦说"看字即指看茱萸，意更微妙"一样，可能多少还是受到了误读为"看山水"的干扰，否则不必做此说明。实际上误读为"手把茱萸，眼看山水"，可能与受到陶诗"采菊东篱下，悠然见南山"（《饮酒·其五》，句中"见"字本应作"望"，这里引文暂且从俗）两句的影响有关——当然杜甫看他的茱萸，陶渊明看他的南山，原本是两不相干的。而且，"山"或"山水"其实也是不用"子细"去"看"的，只有这手中的"茱萸"才是可以"子细"看一看的。下面是我写给朋友讨论此诗的信，附录于此，聊供参考：

此诗末句，诗人已自说得明白，明明说是"醉把茱萸子细看"，当然是看茱萸，如何说是看山？此不辩而自明，固不待西河言之也。由今日之良辰佳会，忽然想起明年此会，不知彼此尚能安然无恙如今日否？世事无常，人生多故，读之令人惘然。然由此却转出看茱萸一句，悲慨中自有珍重之意，与一味颓放者异趣。草木微物，能动诗人之思。盖此今日之茱萸非明日之茱萸，此今年之茱萸非明年之茱萸，而况此今年之人将非明年之人乎？然则此眼前之茱萸又如何能不"子细看"耶？"子细看"三字，大好。此亦少陵本色，非泛泛所能道。坡公中秋词云："此生此夜不长好，明月明年何处看"，大意似之。

说诗固不必如朴学，亦不可如朴学，皮氏（锡瑞）经师之见，不无偏颇，未足深信也。诗固性灵之物，自不可规规然求之于鲁鱼亥豕之间，此庄生所谓得意忘言、孟子所谓不以辞害意者也。说诗固当如吾兄之有心于求活法，否则不解翻空，务求坐实，则终不免死于句下矣。然而此所谓活法，又当求之于文字之间。读诗贵能得意，而此意岂有不在于文字之间者乎？故读诗不可固执言筌，胶柱鼓瑟，而又不可脱离文字，凭空说法。呜呼，此岂易言哉？

英美之所谓新批评，所重尤在文本细读。趋时之士或已讥为前朝旧说，不屑齿及。新批评理论颇有矫枉过正之弊，然文本细读实说诗之不二法门，何可废耶？古人作诗有所谓炼字，说诗有所谓诗眼，此其细其精有在于一字者也。细读何可废耶？今世学者最善于附会作家生平、时代背景以说诗，往往言不及义，洋洋千言，却无一语道着，弟尝谓"绕着作品转圈圈"者也。此文本细读实有以救其弊者。海内谈诗之士，真能知诗为何物者，弟之所闻知，不过十数人而已矣。

吾兄多才，读诗自有心得。如读九日崔氏庄一首云："惟善自宽者能尽余欢"，语虽平实，而有当于诗心、人心者，唯所言过于简略耳。

在中国古代诗人中我最爱杜甫，我读杜甫诗感触也最多、最深。我曾写过《读杜集》七律一首，现在也顺便抄录在这里，既可见我一时读诗的感想和心得，又可借以表达我对诗人的敬意。诗云：

歌哭惊天意自深，谁怜未见有知音？（公《南征》诗云："百年歌自苦，未见有知音"）可堪怀古催霜鬓，况复悲秋伤客心。万里江山劳踯躅，百年人事费沉吟。与公愁病颇相似，每读遗篇泪不禁。

邓绍基《杜诗别解》误读举例

邓绍基先生的《杜诗别解》出版于 20 世纪 80 年代，在近人有关杜诗的补注之类的著作中，也算是一部名著，各种有关杜诗研究的综述往往都会提到它，但是却没有见到有关评论的文章。傅璇琮在序文中评价说："作者似乎不打算把摊子铺得大，他主要守住清代的几部注杜名作，即钱谦益、杨伦、仇兆鳌、浦起龙几家注本，从这几位有代表性注家的意见中引出歧义，由此而征引有关的材料，断以己意。"序文又说："但本书倒并不以材料见长，而是能把材料及时收束，不使之旁溢，从前人种种附会割剥中，寻求杜诗的本意；在考订是非、解释疑滞中，不故作高深，不生立奥义，而是结合杜甫作诗时的环境与心情，作实实在在的探讨，每读一篇，都使人有化繁从简、弃芜存菁、推腐致新的感觉。"序文确实能指出该书的一些特点，但是说"每读一篇"都能使人有"弃芜存菁，推腐致新的感觉"，却是过情之誉，这种过誉大概是给人作序免不了的事。

《杜诗别解》主要是针对杜甫生平和诗歌中存在的各种认识和理解的分歧问题，进行辨析，提出自己的看法，其中有关于史实考证的，但更多的是关于诗意理解的问题。该书涉及杜诗近百首，都是对每一首诗分别进行讨论。从书中可以看出，每篇文章都是有针对性的，体现了一个学者应有的敢于面对问题、解决问题的学术精神，与现在大多数学者不能面对问题徒事空言的著作不同。可惜的是，作者对于所涉及的问题的讨论和分析，往往思之未深，辨之不明，其论述与表达也难免含糊不清。而且，作者在讨论问题的过程中，往往旧的问题还没解决，又产生了新的问题，又提出了新的错误的意见。这种错误的叠加，实际上在古往今来的诗歌注疏阐释之学中也有充分的体现。

本文因篇幅所限，又加上写作时间仓促，故未能对《杜诗别解》一书存在的问题作比较深入全面的讨论。本拟暂且选取书中七八篇文章，就各篇所讨论的有关作品的具体问题，以及邓文本身的问题，做详细的分析讨论，可是只写了两篇，篇幅就已经很长了，所以在此暂且只讨论其中的三篇。我的兴趣主要不在于就事论事来讨论《杜诗别解》这本书，而更在于讨论杜诗本身，所以我所选取并加以讨论的，都是在阅读理解方面仍然存在问题而悬而未决的作品。今人研究文学，著书立说，无论走的是传统的路子还是新式的路子，往往都是在读不懂原著（对作品缺少真实的感受和知见）的基础上写出鸿篇巨著的。阅读理解（鉴赏），是一切文学研究的出发点和归宿，本文的写作因此对阅读理解的相关问题有颇为繁复的论述，这对我来说也可以说是"予不得已也"。

前面提到《杜诗别解》在讨论问题提出意见时，往往犯了新的错误，在此姑且略举数例以见一斑。如解释《楠树为风雨所拔叹》"野客频留惧霜雪，行人不过听竽籁"中"野客"一词云："'野客'句分明切己，'行人'句才为推开。大抵杜诗中出现'野客''野老'都是诗人自言"，又妄引杜甫《归燕》诗来附会作解，说"野客"句"借用燕鸟'客游'喻诗人由北南来卜居"。按，"野客"与"行人"互文，不能指诗人自己，诗人也不需要在自己家门口的树下"避霜雪"；又解释"虎倒龙颠委榛棘，泪痕血点垂胸臆"中"泪痕血点"为："'泪痕'属诗人，'血点'属楠树，而这'血点'并不指泪"，而是指楠树"赤黄色"的花。所说虽然新鲜，但是全凭臆想。诗写楠树为风雨所拔，据诗意当是五六月后的风雨，邓文所说也与楠树春季开花的事实不符。"泪痕血点"的"血点"实指树折断后流出来的像血一样的红色的汁液，这一点从没有人想到过。"泪痕血点"写楠树倒折在雨水中的情景，"泪痕"指雨水，并非"属诗人"。又如解释《闻官军收河南河北》"白日放歌须纵酒，青春作伴好还乡"两句中的"白日"为"太阳"，而"青春作伴"一句的意思是在春天与逃难的旅客作伴还乡。所说完全不合句法，"在太阳下唱歌"，不可以说"白日放歌"，犹月下放歌不可以说"明月放歌"，"白日"当如常解作白昼解；"青春"句解释更离谱，姑且不论（原文的意思是指与"妻子"作伴还乡）。又如解释《王十五前阁会》首联"楚岸收新雨，春台引细风"中"春台"一词云："仇氏释文中又云：'上二前阁春景'，似又把'春台'释为春天之台。按南方民间把一种纳凉用的榻称为'春凳'，因疑'春台'指纳凉之台"，显然是节外生枝。又如解释《月三首·其二》"并照巫山出，新窥楚水清。羁栖愁里见，二十四回明"（这是诗的前半首）中"二十四回明"一句为："这诗中'二十四'可能是以二十四个节气来喻年，句意为月亮年年岁岁运行不断，这种解释似为醒豁"，其说更离谱，于诗意了无所当。按诗作于大历二年，诗人到夔州还不满两年，只有十六七个月，故诗说月亮"二十四回明"，似乎有点费解，注家所见多有分歧，其实联系上句"羁栖愁里见"，应知诗人所谓"二十四回明"是从永泰元年夏天去蜀东游开始算起的，则合于二十四月之数。

邓绍基先生是以治古代小说、戏曲著称的学者，傅璇琮在序文中特别赞扬他能继承前辈学者的遗风，能开拓学问的领域，由治小说、戏曲而拓展到杜诗的研究。从总体来看，《杜诗别解》与现在流行的那些非常无聊、往往令人难以卒读的"专著"确实有所不同。《杜诗别解》虽然有很多失误，但我仍然愿意认真把这本书读完，因为它的作者毕竟是一个有学问兴趣和基础的读书人。

赠别何邕

生死论交地，何由见一人。

悲君随燕雀，薄宦走风尘。

绵谷元通汉，沱江不向秦。

五陵花满眼，传语故乡春。

此诗送绵谷尉何邕赴长安。其作年尚未可定。黄鹤云："何邕，即前所谓何十一少府。诗云：'绵谷元通汉'，当是何为绵谷尉。又云：'五陵花满眼，传语故乡春'，则何与公同京兆人也。按绵谷属利州，而利州与剑州为邻，剑至绵不满三百里，公宝应元年送严武至绵时，作此诗以送之。"浦起龙云："黄鹤以邕为绵谷尉，又谓公送严武至绵州时作，皆误也。绵谷去成都将及千里，公觅桤木，岂千里能致百根耶？又绵谷、绵州，绵字虽同，地实相左，安得编入绵州耶？邕盖官于成都近境，上元二年春，在草堂送之入京耳。"上元元年（760年）春在浣花溪畔营建草堂时，杜甫曾有诗《凭何十一少府邕觅桤木栽》致何邕，向他求桤木苗。结合前后写给何邕的两首诗，黄鹤推断何邕为绵谷尉，其说可信。但黄鹤推断此诗为宝应元年（762年）送严武至绵州时作，却未必的确。黄鹤之所以做出这个判断，是因为绵州离利州比较近，觉得杜甫在绵州比较有可能见到何邕并作诗赠别。绵州距利州也有三四百里，黄鹤似乎是为了把距离"缩短"一点，所以不直接说绵州距利州有多远，而节外生枝地说剑州距绵州不满三百里。黄鹤对此诗作年的推断有一个前提，即此诗不大可能作于成都，因为成都离绵谷太远，见面不易。

浦注驳黄鹤，说得振振有词，其实是经不起推敲的。如其所说，何官于成都附近，则"绵谷元通汉"一句无可解。颈联上句切何下句切己，上句说绵谷原本就与汉中相通（绵谷离汉中确实不远，而离汉中不远就意味着离长安不远。此句是说何随时可以回长安，既有祝贺也有羡慕的意思。此处"汉"指汉中，与下句"秦"字对文，不必如各家注解解释为汉水），下句说自己却滞留蜀中回不了长安（沱江为岷江支流，流经成都城外。句中"秦"字实指长安。此句自伤漂泊无归）。浦注说"绵谷""乃邕还京所经"，则完全是胡言（其说盖出于朱鹤龄，朱注谓"何归京师，将取道绵谷", 见《杜工部诗集辑注》卷之八)。"绵谷"只是"所经"何足以言"元通汉", 说"元通汉"就成了废话, 这么说连下句也没着落了——如果只是"所经", 那杜甫也可以从"绵谷"入秦啊。浦注又说绵谷离成都近千里, 如果何邕于绵谷, 那杜甫怎么可能从千里之外的地方求致"百根"的桤木苗呢? 这只是想当然的怀疑, 杜甫写诗给何邕求桤木苗的同时, 写诗给绵竹县令韦续、涪城县尉韦班分别求绵竹苗与松树苗, 两县离成都也有数百里之遥。浦注因为认定何邕任官不在绵谷, 所以顺便否定了黄鹤认为诗作于送严武至绵州时的推断。黄鹤的推断原本具有一定的合理性, 远在绵谷任官的何邕, 的确不大可能在入京前与杜甫在成都见面话别。黄鹤的推断比较明显的问题是, 在时间上与诗意有所不符, 据诗的尾联看, 送别应是在春天, 而杜甫送严武至绵州则是在七月。但我觉得黄鹤以及其他注家, 最大的问题是都忽略了杜甫此诗作于阆州的可能性, 他们的注意力似乎都集中在上元二年 (761年) 春至宝应元年 (762年) 七月之间。如果如浦注认定何官于成都附近, 认定诗是作于成都, 那么最合适作诗送别的时间的确是上元二年春与宝应元年春, 因为宝应元年七月后, 杜甫就避乱去了梓州和阆州。如果明确判断何官于绵谷, 那作诗赠别的地点在成都的可能性就很小, 因而诗作于上元二年春天或宝应元年春天的可能性也就很小。杨伦显然意识到若认定何官于成都附近, 则诗意有不可解, 故弃浦说不取而赞同黄鹤以何为绵谷尉 (他在诗题下即明确引黄鹤注云: "邕时为绵谷尉赴长安"), 可是仍将此诗编于"上元宝应间"成都诗内, 则显然是受了浦注的影响。今人注此诗, 韩成武、张志民《杜甫诗全译》同意黄鹤注, 定为宝应元年送严武至绵州时作, 新出的萧涤非、张忠纲等主编的《杜甫全集校注》定为宝应元年春作。其实这首赠别之作有可能作于广德二年 (764年) 春一二月间, 其时诗人在阆州, 其地离绵谷不过两三百里, 以时地而言, 此时送别何邕最有可能。又因诗人是避乱暂寓梓、阆, 其旧居犹在成都, 故诗中仍以"沱江"指言己之所在, 而且实际上以"沱江"指其地, 本有泛指蜀川之意。

　　此诗词句颇为明白, 注家对诗意的理解照理不应有明显的错误。然而, 各家注解对于此诗的解读, 却仍然存在许多令人惊异的严重的误读和曲解。上文所述浦注有关此诗写作时、地的错误判断, 实际上是与对诗意的误解有关。为方便讨论, 在此我们就围绕邓绍基《杜诗别解》所提出的问题来做进一步的说明。邓说: "诗中并无深奥的典故, 却有不甚好懂处, 注家也有歧见。有谓何邕由绵谷尉入京, 有谓诗人送何去绵谷任职, 有谓诗人由成都草堂送何入京。"实际上问题远不止邓所列的这几点, 邓在文中讨论的也不止是这几个问题。邓所提出的这三个问题, 除了"有谓诗人送何去绵谷任职"这个问题外, 其他两个问题都已在上文中讨论过了, 这里只就邓氏的相关看法做点说明。邓文引了浦注对黄鹤的批驳之言后说：

> 浦氏此言，固为雄辩，但对颈联"绵谷"的解释却不能服人，因为"绵谷元通汉，沱江不向秦"，出句切何，对句自言，言己犹滞蜀地。那么诗人缘何用"绵谷"切何，难道仅是该地"乃邕还京所经"（浦氏语）之故吗？从诗法言，浦氏"所经"之地说也较难成立。所以晚于他的杨伦作注时又回到黄鹤的看法。杨伦是聪明人，长于择善而从，他为此诗作注时扬弃了黄鹤的编次法，不入绵州诗，而在成都诗内编次。杨氏或许认为诗人成都赠别，与何邕为绵谷尉无碍。杨氏更不提及诗人写觅榿木诗时何邕是否即为绵谷尉的问题。或许他认为觅榿木诗既作于上元元年，即使该时何邕任官"成都近境"，与次年任绵谷尉也无碍。看来杨氏编次比较得当。

这一段话看出浦注对"绵谷"一句的解释"不能服人"，不过这一点别人也都看出来了，而且他对浦注错在哪里说得也不够清楚，要把一个道理讲清楚其实是不容易的。杨伦赞同黄鹤的说法，认为诗是送绵谷尉何邕赴京的，但又认为诗写于"上元宝应间"诗人在成都时。杨伦这么处理实际上是游移于黄和浦之间，这是因为他对于此诗写作的时、地还没有明确的判断，这么处理其实是含糊的，对于杨伦来说也许是不得已的。邓文对此却颇为赞赏，认为是聪明的做法，把事实上含糊不清、需要面对的问题一笔勾销，都说成是"无碍"的。

关于"有谓诗人送何去绵谷任职"这一问题，邓文云：

> 在浦、杨之前，王嗣奭有新解，他认为此诗乃诗人送何邕赴绵谷任职，他释颈、尾两联云："言何仕绵谷，水可通汉，犹去己不远；己在沱江，水不通秦，尚无归期，然总是异乡客也。悬想五陵之花，今正满眼，此故乡之春，止堪传语，不得目见；则风尘之悲，吾二人共之矣。"

王氏之解，于"绵谷元通汉"句甚切，但对"传语故乡春"之释恐难以使人同意，而且，若不认为何邕归京，首联"生死论交地"，也无从着落。

王氏说杜勇于自逞己见，常常脱离原文自说自话，说出一些不着边际的话。他认为此诗是送何赴绵谷任职的，这么理解尾联就完全没有着落了。尾联设想何邕回到长安，正当春光无限、满眼花开的时节，希望何邕能把故乡长安春光的美好、春天的消息传达给自己。这两句表达了诗人对何邕归京的羡慕，更表达了诗人对长安的向往和思念，而天涯沦落的漂泊之悲则见于言外。"传语故乡春"，实际上是一种虚拟的写法，借此表达诗人对故乡的向往和思念，多少也包含了一点希望对方保持联系的意思。王氏解结句为"此故乡之春，止堪传语，不得目见"，增字解经随意发挥，实无异于郢书燕说。他的解释如果不是故意曲解，那就是对诗歌语言缺乏正常的感受与理解能力。王氏误以为此诗是送何去绵谷任职的，故解释"绵谷元通汉"一句意为诗人庆幸何在绵谷离自己不远（实际上绵谷即使与汉水相通，也离诗人很远，与诗人无涉，因为汉水流不到蜀中。所以王氏解释句子的字面意思也与事实不符）。照王氏所说，颈联上下两句也就成了缺乏逻辑关系的并不相干的句子，诗句原本所具有的，在对仗的形式中生成的互文呼应的关系也就完全消失了。好在王氏关于此诗的意见和解说，后来的注家大多并不接受。邓文也认为王氏对于结句的解释"恐难以使人接受"。可是奇怪的是，邓文却认为王氏解释"绵谷"一句"甚切"。王氏误读"绵谷"一句，是跟他对与诗意相关的基本事实的错误判断（即误以为此诗是送何去绵谷任职的，这一错误的判断又是与他对整首诗的误解有关）联系在一起的。邓氏既然也认为此诗是送何去长安的，照理就不可能赞同王氏对"绵谷"一句的解释，可见邓本身对诗意理解尚需商榷。

我之所以不惮其烦就王氏对尾联的误解做辨析，是因为各家注解对于尾联的解读仍然存在严重的问题。出人意料的是，各家对于尾联有相当一致的误解，因为见解一致，所以大概差不多已成定论了。为了方便起见，在此暂且只抄录新出的《杜甫全集校注》所引的各家解说。该书卷八《赠别何邕》一诗的第四条注释列举了前人对尾联的解释，其中对句意有比较明确解释的有下列诸条：

顾宸曰：不曰"传语故乡人"，而曰"传语故乡春"，非惟风物关心，亦见人情恶薄，同调寂寥，故国之思，惟付之无情花鸟而已。

张溍曰：所关心者止故乡风物耳，即起"何由见一人"意。

黄生曰：七、八嘱其传语京师故人以己留滞之意，皆以影语见之。

仇注：长安不见而欲传语春光，公思乡之意切矣。

石闾居士曰：末联回应首联作收结，用意更深。是说君到京时，若见五陵之花满眼而开，但将我之近况传语于故乡春光知之可也。一收见故乡离散，无人寄语，惟有向满眼春光传我寥落之慨而已。

该条注释也引了王嗣奭的解释，其文已见前述所引。原注文引张溍语尚有不相联贯的一句话，且无关紧要，故从略。该书注解引仇兆鳌注简称"仇注"，这里也照抄。以上抄录了五家的解释，连前文已引的王嗣奭的解释共有六家。除王嗣奭之外，其他五家的解释虽然也有差别，但是有一点根本的看法是一致的，那就是认为"传语故乡春"的意思是指诗人想托何邕向故乡的春光传话。浦起龙和杨伦也是这么理解的。浦解释末句云："君到五陵，为我寄语春光也"；杨则只引顾宸一人的话来作解释。对如此明白的诗句有如此一致的误读，其实是令人吃惊的，而这种不应该有的误读，在古今有关古典诗歌的阐释之作中其实是随处可见的。这种误读，说明注家对诗歌语言、对诗人遣词命意的旨趣和一般规则缺乏基本的理解和认识的能力。尾联的意思十分明白，上文已经说过，是设想何邕在满眼花开的春天回到长安，诗人希望何邕能把故乡长安春的消息传达给自己。解读为诗人托何邕向故乡的春光传话，与王嗣奭"止堪传语，不得目见"的解释一样，实际上也割裂了上下句的文意，使上句"五陵花满眼"，成了莫名其妙的多余的句子。而且，这么解释句意也不完整，传话给春光到底是什么意思呢？句意其实是不完整的。各家注解为了把意思说"完整"，于是只好添油加醋，各逞臆说。黄生说是"传语京师故人以己留滞之意"，还是说得没头没脑，而且把传语故乡"春"转化为传语"京师故人"也直接脱离了原文（《杜甫全集校注》在有关此诗的"集评"中，引黄生语则云"传语故乡春色以己不归之情"）；顾宸、张溍和石闾居士，则都说传语春光意味着京师朋旧离散或"人情恶薄"，因而无人可以寄语，把诗句原本所传达的单纯的思乡之情，曲解为对故乡长安的不满；只有仇注还算平实，说"传语春光"是表现诗人"思乡之意"，虽然解读为"传语春光"是错误的，但是说是"思乡之意"却说明对诗意还是有感觉的。

对"传语故乡春"一句的误读，大概是受到《曲江二首·其二》结联"传语春光共流转，暂时相赏莫相违"的影响。然而，这两句与《赠别何邕》的结联虽然有相近的字眼，但是语境和句子的结构是完全不同的，受此影响，以此释彼，张冠李戴，真可谓得言忘意，也可见注家泥于字面，固执言筌的弊病。

新出的《杜甫全集校注》对于结二句的注解，但引诸说而不置一词，显然是赞同诸说向春光传语的解释。韩成武、张全民的《杜甫诗全译》也没有不同的解释，译结二句云："长安此时鲜花正艳，请你把我的思乡之情传给故乡。"邓氏《杜诗别解》对此也并无"别解"，其说云："还是解为叹息京中人事全非，为好，唯是如此，故国之思，只能传语春光，呼应首句，真乃通首灵动。"其说以为"京中人事全非"，故"只能传语春光"，又以为"呼应首句"（其意指呼应首联，认为"何由见一人"即是"京中人事全非"之意）。其说实与上文所引张溍之说同意。邓文对于"何由见一人"一句的解释颇为得意，实际上可能正是得到张溍的"启发"，只是他们对首联的理解是错误的。

对于有"文字障"的人来说，此诗最难理解的其实是首联。我在《杜诗别解》中读到这首诗的第一反应是有一种提心吊胆的感觉，我预感到注家对开头这两句诗一定会有曲解。读这两句诗需要一点读诗的才情——所谓才情其实就是语感，就是对诗歌语言的感悟的能力。首联的意思是说，昔日在生死论交之地长安结交的朋友，难得在此远离长安的地方能见此一人。首联与尾联呼应，由尾联可知论交之地指故乡长安，其地是杜何两人"生死论交"之地，故起句虽然突兀，但对何而言却毫无突兀之意。"何由见一人"，不是"无由见一人"的意思，而是"何由能见此一人"的意思，用白话说就是："怎么能够在此见到你这个人呢？"在这里，"何由"与其说是疑问词，不如说是感叹词。这是用疑问句表达肯定的意思，与"名岂文章著""岂有文章惊海内"以疑问语气表达肯定的意思一样，这些句子在疑问句所表达的表面否定的意思中包含了肯定的意思。"何由见一人"，在疑问的语气中强烈表现了诗人与何异乡相逢的珍重与欣幸之情，换成"难得见到你"之类的陈述句，就不足以表现这种强烈的感情，也与上句郑重其辞的表达不相称。说到"难得见到你"这句话，让我想到这种表达与"何由见一人"这个句子有一个共同点，那就是都可以作出两种相反的否定或肯定的解释（"难得见到你"的意思可以是"很难见到你""见不到你"的意思，也可以表达"很高兴难得见到了你"的意思），而应该做出何种解释，就要看具体的语境了。这开头两句诗语言表达的跳跃，也给各家注解带来了障碍。"生死论交地"，在此实际的语义指向是指在"生死论交地"结交的朋友。诗歌语言的跳跃，给诗意带来了张力，却给一般读者的理解带来了障碍。

此诗首联写诗人与何异乡相逢的珍重与欣幸之情，但在"生死""何由"这两个郑重的词语中（"何由见一人"虽然不是"无由见一人"的意思，但在半是诘问半是感叹的语气中包含了更复杂深沉的感情），却显示出诗意悲凉的底色，在语重心长的表达中，其实包含了"飘泊哀相见，平生意有余"的感慨。接下去颔联写对何沦落风尘的同情，但在对方身上其实也映照出诗人自己飘泊的影子，进一步表现了"飘泊哀相见"的心情。

注家对于首联的解释，几乎都是错误的，概括起来主要有两种读法。一是认为"何由见一人"就是"无由见一人"的意思，感慨身在异乡见不到故交。有的注家只是泛泛地说，诗句是写故交零落之感，如蔡梦弼说："言朋友避乱而离散也"；汪瑗说："言素相知之深者，相逢之少也。"有的注家，如王嗣奭、仇兆鳌，则认为"何由见一人"具体指何去后自己再也见不到一个朋友了。二是认为首联是感慨长安城里故交零落，再也没有相知之人（这类的注家心里一定是念念不忘"五陵裘马自轻肥"这个句子，对他们来说这是一句咒语），甚至认为更表达了对人情世态的感愤之情。上文所引顾宸、张溍的解释都是这么读的。又如吴瞻泰说即："一、二愤世"，更直接认为首联是"愤世"之辞。这种读法认为，首尾两联是呼应的，诗人感慨长安没有故交，所以只好托何给春光传话了。这种读法，既误解了首联也误解尾联，将两个错误串通一气，叠加在一起。关于这一点上文已有提到。前一种读法，把原本富于张力的句子读成平直无味的句子，失去了诗句原本所具有的感激悲凉的意蕴。而且，如果只是感慨故交零落，也不能说是"无由见一人"，这么说将置何邕于何地？这种读法根本不符合题意；如果解释为指的是何去后再也没有一个朋友了，则解释句意显然过于曲折，既不符合语法，也不符合实际情况——何去后诗人在蜀中并非一个故交也没有，至少还有高适或严武（虽然可以说"无由见一人"不必实指为"一人"，但是说何去后自己就"无由见一人"，终究是虚浮之辞）。第二种读法显然更加离谱，一定程度上是因为对句法有所不明造成的，即不知道"生死论交地"乃是一种省文，是一种省略式的表达，实际上指的是"生死论交地"结交的朋友。当然，造成这种误读的根本的原因是——根本不知道诗在写什么。诗送友人由蜀入京，开头突然就说："在'生死论交'的长安，再也见不到一个朋友了"，完全是莫名其妙、文不对题的话，也与颔联完全脱节。对于这种读法的注家来说，这开头两句的作用似乎只是为了跟结尾呼应一下。照这种解读，一首八句的诗，诗人不惜用了头尾四句来表达一个文不对题的意思：故乡长安都没有我的朋友了。下面抄录邓氏《杜诗别解》中讨论首联的文段，并稍作说明，邓文云：

事实上，王氏解首联确也不见贴切，王氏云："起语见何乃亲交，却悲其随燕雀而走风尘，云何由见一人以此。"后来仇兆鳌之释相同于王氏，仇云："生死交情，既难多得，何又随燕雀而走风尘，更觉孤寂矣。"王、仇把"何由见一人"释作诗人悲何邕走后，难得再有如此生死交情的朋友相聚，未必妥善，且于"生死论交地"的"地"字也无着落。

浦起龙却认为"地"指京师，"论交处着一地字，指京师也。言往时彼处结交之辈，此间难得一人"，浦氏并云："起笔直提中朝朋旧，通首灵动。"杨伦进一步发挥浦说并使之更趋圆满，他从为"首句便含末句意"。按诗家手法，首末尽可呼应，末句"故乡"正指"五陵"，即京师。

王、仇和浦、杨对"何由见一人"之解，实际是一致的，即解为"此间难得一人"，似不甚贴切。细玩诗意，总觉得跌宕悲凉，何邕回京，京中正是诗人与何邕等生死结交之地，唯此日早已人事全非，所以谓之"何由见一人"，首句即道出悲凉……尾联"传语故乡春"，更显万般悲凉。顾宸认为……亦见人情恶薄云云……"人情恶薄"之说或过于引申，且意属浅露，还是解为叹息京中人事全非为好。

邓文的见解，实际上与顾宸以及上文提到的张溍、吴瞻泰的见解差不多，只不过顾、吴说得更严重一些，认为不止是感慨"人事全非"，更有对"人情恶薄"的感愤。

邓文反对王、杨、仇、浦诸家的解释，却未说出理由来，只是说"未必妥善""似不甚确切"。

《杜甫全集校注》对于首联的解释体现在有关该诗的第一条注释中，但该条注释也只是杂引诸说而不置一词，而所引诸说也不出上文所说的两种错误的读法。《杜甫诗全译》译释首联云："世上之人的生死之交，由来十分稀少"，译文有欠通顺，而且完全脱离了原文。

寄高适

楚隔乾坤远，难招病客魂。

诗名惟我共，世事与谁论。

北阙更新主，南星落故园。

定知相见日，烂漫倒芳樽。

仇兆鳌注于题下加按语云："按：代宗即位，在宝应元年四月，此时公在成都，高在蜀州，不得云乾坤隔远。自严武还京，高适代尹成都，公则自绵入梓，故有隔远之语。此诗寄高适，当在是年之秋，旧编俱未当。"又云："此诗诸家聚讼，多疑赝本。顾注疑高适还京在广德二年，不得称新主。不知送高还朝，别有一诗，此则喜代宗初立而作，不必牵合同时。朱注疑成都为巴蜀，不得言楚。考七国时，蜀本楚属，前《送李校书》诗亦云：'已见楚山碧'，则高在成都，亦何不可言楚？《杜臆》疑适家沧州，不得言故园。按：公本杜陵人，故以长安为故园，原未尝专指适也。诸说纷纷，今并正之。"

此诗出自宋人所辑杜诗佚作，故如仇注所言，有疑其为赝本者，但仇兆鳌以及后来的浦起龙、杨伦都认为是杜甫所作。今观其遣词命意，正是杜诗风格，毋庸置疑。至如仇注所引顾注、朱注所指出的疑点，都是由于对诗意有所不明，而产生了不必要的疑虑（仇注引王嗣奭《杜臆》，谓其"疑适家沧州，不得言故园"，系断章取义，非王氏本意。《杜臆》原文云："适家在沧州，乃知故园公自谓也"，是明确以"故园"指长安，并无所疑。仇注谓"公本杜陵人"云云，正是王氏本意。仇注如此断章取义，难免诬罔掠美之嫌），但仇注本身对于诗意也同样有所不明，故所谓"今并正之"云云，也难免无的放矢。首先，自仇注以来，各家都误以为此诗是作于宝应元年（762年），时杜甫在梓州，得知高适代严武为成都尹、西川节度使，因有此作寄赠。今人解说此诗就一时所见数种，亦皆同意仇注，未有异辞。实际上，这首诗是写于广德二年（764年）正月高适被召回京师之际，从诗意看，这一点十分明白，不应有任何异议。首联因高适将回京师，而触发自己滞留蜀地之悲，尾联想象高适回京之后与京华朋旧（杜与高共同的朋友）相聚之欢，首尾呼应，表达了诗人阻归之悲与向阙之思。这一层意思是流寓蜀楚之间的诗人在送人归京的诗作中反复表达的，以至于几乎成了"俗套"。广德二年正月，诗人在阆州，"楚隔乾坤远"，是说自己与长安相隔天遥地远，"楚"这里指阆州一带。东川巴西一带本可以称为"楚"，而此处称"楚"，也与下一句"招魂"相关。张溍《读书堂杜诗注解》云："首二句自谓居蜀如屈平谪居沅湘，去君甚远，而招不归也。以《楚辞》有《招魂》，故用楚事"，其说以为称"楚"与"招魂"相关，显然是对的，但说什么"自谓居蜀如屈平"云云，则过于坐实，不可谓知言。这里称阆州一带为"楚"，大约也与语感有关——总不好说"巴隔乾坤远"或"阆隔乾坤远"吧？颈联"南星落故园"，是指高适回京，"星"即"使星"之星，因高持节西南，故曰"南星"；"故园"自然指的是诗人魂梦所牵的长安；至于"北阙更新主"，也不必如顾注所疑，以为若是作于广德二年，便不应说"更新主"。宝应元年四月代宗登基，至广德二年正月召回高适，中间相隔只有一年零八个月，而且对于高适来说，他回朝任刑部侍郎，也还是第一次见到新皇帝，为什么就不能称刚做了一年多的皇帝为"新主"呢？以为只有登基的当年才可以说"更新主"，对于词语的理解，未免太拘泥了。

把这首诗看作是宝应元年诗人得知高适任成都尹、西川节度使时寄给高适的，其实根本是说不通的。

一则，高适初从蜀州刺史升任成都尹、西川节度使，诗人寄诗相赠，落笔就哀叹自己回不了长安，可谓文不对题。至于仇注以为"楚"指成都，"楚隔乾坤远"是说身在梓州（具体应该说在阆州）的诗人与在成都的高适相隔遥远，其说显然是荒谬的。梓州去成都不过二三百里，何足以言"楚隔乾坤远"？诗人在梓州还曾于宝应元年秋回了一趟成都，把家人接到梓州，区区二三百里，何足以兴远隔之叹，而且这么解释，下句"招魂"也没有着落。所以浦起龙《读杜心解》纠正仇注云："一、二自慨，非谓与高隔，与乡国隔也。"只是浦氏也误以为此诗作于宝应元年高适初任成都尹、西川节度使时，他对于首联的理解虽然比仇注合理，但是因为对此诗的作意实有误解，所以这种局部的"合理"，放在整体错误的判断中，也就失去了合理性。

二则，以此诗为宝应元年寄赠高适，则颈联"南星落故园"句实不可解。仇注以为"故园"指长安，解释句意为"公与适将自南而回，故曰落故园"，又说"新主初立，则故园可归"，其说显然十分牵强。对杜甫生平及其诗歌稍有了解的人都应该知道，代宗即位并没有给杜甫北归长安带来任何新的希望。广德二年初，朝廷召补为京兆功曹参军，他没有接受任命，也多少反映了他的这种心情。在一生中的最后七八年，对于诗人来说，虽然北归之心未死，向阙之思犹存，但是在衰病余年，诗人是带着更加绝望和悲凉的心情辗转于楚蜀之间。此诗首联写阻归之悲，就表现了这种心情。广德元年在涪城县作《涪江泛舟送韦班归京（得山字）》亦云："追饯同舟日，伤春一水间。飘零为客久，衰老羡君还。"在杜甫晚年的诗中，这种深切的飘零之悲表现得十分突出，可谓反复其辞，一唱三叹。而且对于杜甫这个老病交加的前朝"旧臣"来说，对于代宗作主的"新朝"，可能带有更多的疏离感，虽然出于忠爱之诚，他对于代表国家的君主和朝廷一直还是心存向往的。

　　仇注谓"公与适将自南而归，故曰落故园"，以为"南星"兼指杜甫和高适，则更是对"南星"一词的误解。上文已提到，"南星"当是指"使星"，高适为节度使是朝廷的使臣，又因为西川地处西南，故以"南星"指高适，与诗人本人无涉。以"使星""星使"指使臣，是唐诗中常用的熟典。古人认为天节八星主使臣持节宣威四方，故称使臣为"使星"或"星使"。古人诗文中用此故典，或又兼用《后汉书·李郃传》所记李郃事。郃为汉中蜀县候吏，夜观星象，见"二使星向益州分野"而知朝廷遣二使赴益州。西川地属古益州，此用"使星"之典指言高适最是贴切。古人用使星、星使之典，或曰星轺、星车、星传，用词不一，此诗因高适在南而称"南星"，从用典的角度来看，字面稍有变化，本来是十分正常的，并无隐晦之处，而所用又是熟典，但前人注此诗中"南星"一词，却没有看出它是用典。不过，即便不看作用典，也不会影响对于句意的理解，仅就字面来看，理解为以"南星"喻指高适，也是可通的，意思也差不多。唐人的诗中原本有时也以"文星"或并非专指的某一星作为喻指官员的美称。此诗中"南星"一词，无论从用典或不从用典的角度看，都是明白浅显的词语，但各家注解却作出了荒谬的曲解，如朱鹤龄《杜工部诗集辑注》云："南星，南极老人星也。《晋志》：'老人星见，则治平'"；顾宸《辟疆园杜诗注解》云："南极老人星即金星也。《天文志》：金星在北月在南，则单于不当败，金星在南而月在北，则单于当败，搀枪尽扫，太平复现，公盖占天文而得之，正上文所言世事愿与适共论也"；卢元昌《杜诗阐》云："南星，即南极老人星，公与适皆旧臣，故曰老人星。"诸说望文生义，想入非非，离奇谬妄，无以复加。所举卢注云云，当为仇注所本。此诗中"南星"一词，只因高适在南故曰"南星"，不是特指"南极星"，各家注解又因"南极星"而节外生枝，做出更离谱的曲解。各家注"南星"为"南极星"也许与杜甫大历二年秋在夔州所作的《送李八秘书赴杜相公幕》一诗有关。李八由蜀还京，过夔州，杜甫作此诗相赠，中有"南极一星朝北斗"之句，"南极一星"指李八，"朝北斗"言其还京。此"南极一星"本与《寄高适》诗之所谓"南星"无关，诸家却可能因此产生不应有的联想，于是都说"南星"是"南极星"——实际上"南极星"一般也不能简称"南星"，犹"北斗星"不能简称"北星"。送李八诗以"南极一星"指李八，也只是因为南极星在南（益州分野）与李八在蜀相合，故借以为辞，也没有别的意思。实际上《寄高适》诗中"南星落故园"一句与送李八诗中"南极一星朝北斗"一句大意是一样的，"南星"虽然不是"南极星"，但在诗中的表意功能却是相近的。各家注送李八诗中"南极一星"未见有"治平""单于当败""旧臣"之类的附会曲解，而注"南星"一词却反而无端生出许多枝节来，大概只是因为高适身为节镇重臣，所以不免在注解的时候释词忘义，疑神疑鬼，在"诗外"下了太多的"功夫"，以为"南星"一词一定也包含了什么重要的信息——这种善于发现"微言大义"的读法，是古人的痼疾，今人注书在许多方面不及古人，但在这一点上可谓无愧前贤。

"南星"指高适，而不得如仇注所言，兼指高适与作者，这本来是显而易见不足深辩的。单从遣词命意的角度看，诗人在此不可能以一星而兼指二人，更不可能兼指自己。上文已说过，代宗继位并没有给诗人带来北归的希望，而且从作意看，若以此诗为高初任成都尹时的寄赠之作，作者写诗给刚刚升任要职的高适，也不应有贸然预言其将归长安之语。高适任成都尹、西川节度使，为期不足两年，因抵御吐蕃无功，致使维、松、保失守，至广德二年正月即被召回朝廷，但这是"后话"，在当初是高适本人也不会料到的。仇注云："公与高适将自南而返，故曰'落故园'"，真不知是从何说起。按照仇注的意思，这首诗是高适初任成都尹、西川节度使时杜甫寄赠给他的，杜甫怎么可能在诗中说自己和高适"将自南而返"，回到长安呢？仇注恐怕正是以后来发生的事实提前拿来印证原本与之无关的诗句。古今热衷于"以史证诗"的说诗家，常不免如此穿穴组织之病。

浦起龙《读杜心解》对于"南星落故园"一句，针对仇注提出了新解："南星指高，西川本南郡，蜀州又在成都南也。公称后尹杜鸿渐，亦云南极一星。仇见《史记》南河北河注有南星北星字，引以为证，可笑"；又云："是诗疑团在'故园'二字，或指适沧州之故园，或指公京师之故园，辗转不合。不知公入蜀后，三年而成一草堂，身虽频出，家口寄焉，草堂固可云故园也。严武再镇成都，公寄诗云'故园犹得见残春'是显证也，诸家何遂忘之！解此，则诗意豁然，而编次亦属一定。"浦说唯一的优点是明确指出"南星指高"。与其他注家一样，浦注也误指"南星"为"南极一星"，又由于不知此诗乃作于高适应召北归之际，误以蜀州之"在成都南"来解释"南星"。高由蜀州刺史升任成都尹、西川节度使，浦注乃以为"南星落故园"指高由蜀州转任成都，不知蜀州去成都不过数十里，何足以言"南星落故园"（若以"南星"指"南极一星"，则此星之所照临，岂唯蜀州而已，自应包括成都在内，是此"南星"本已"落"在"故园"矣。前引《送李八秘书赴杜相公幕》云"南极一星朝北斗"，即指李八由成都归京）。而且，浦注以"故园"指草堂，以"星落"草堂，喻言高镇成都，语亦不伦，以区区一丘之草堂，亦何足以当"南星"之所"落"耶？

浦注自喜有见，实际上只是在前人的错误之上，又加了一个新的错误。所引"故园犹得见残春"一句，虽偶以故园指草堂，但不足以为此诗之证。浦注既为杨伦《杜诗镜铨》所取，今人注解此诗亦引以为据。新出的萧涤非、张忠纲等主编的《杜甫全集校注》以及信应举《杜诗新补注》与韩成武、张志民《杜甫诗全译》等皆依浦说作注。这些注本，往往在原注错误的基础上又增添了错误，如《杜甫诗全译》题解说这诗是"今叛乱渐平，杜甫遂生回草堂之念，写诗向高适询问是否可行"，所说与诗意了不相干。又其翻译云："楚地与蜀地相隔遥远，想那宋玉也难招回我这病客之魂。你的诗名只有我能与之相齐，眼下却无人与我共将世事讨论……"，据此译文，则仍是误以楚蜀相隔（诗人与高适相隔）解释第一句；第二句略用楚辞招魂之意，译文不应如此坐实直接把宋玉扯进来；第四句"世事与谁论"，也不是"眼下却无人与我共将世事讨论"的意思，而是自谓彼此相知之意。

三则，以此诗为高适初任成都尹时寄赠之作，解释尾联为设想由梓州归成都时与高适欢聚酣饮的情景，其实也是十分不通的。诗云"定知"是悬想之词，若谓己与高相聚，不必有此意；"烂漫倒芳樽"正是悬想中的情景，想象高适归京与故旧欢聚的情景，表达了作者"衰老羡君还"的心情，也表达了作者为高适能回京与朋旧欢聚而高兴的意思。作者在天宝中曾与高适同在长安，二人有一些共同的朋友，高适此行归京，岑参、贾至、薛据皆在京师，他们正是二人共同的朋友。应知尾联悬想回京欢聚的情景，并非泛泛之言，乃是想象高在长安与两人共同的朋友相聚的欢乐，否则尾联云云便是无谓之语。而且若是设想自己与高相见，曰"烂漫倒芳樽"，则是不合自己当时身份的轻佻之语，实际上也不符合诗人当时的心情。辗转漂泊之际，忽见故人，按照诗人当时的心情和身体状况来看，多半不会有"烂漫倒芳樽"的豪兴，而应如《赠李八秘书别三十韵》写其在夔州与故交李八相见的心情是："漂泊哀相见，平生意有余。"

仇注说："不知送高入朝，别有一诗，此则喜代宗初立而作，不必牵合同时。"杜甫另有《奉寄高常侍》一诗"送高入朝"，这似乎是证明《寄高适》一诗不是作于广德二年初高适被召回京师之际的重要"证据"，这一"证据"可能直接造成了注家对

《寄高适》一诗系年的错误判断。事实上送别之作一诗不能尽意，多作一首相送也不是不可以的。杜甫于大历二年秋送李八秘书归京，就写了两首，一是《赠李八秘书别三十韵》，一是前面提到的《送李八秘书赴杜相公幕》；集中有作于梓州的《惠义寺园送辛员外》的送别之作，此首之外也另有《又送》一首赠别；严武受召回朝，杜甫作《送严侍郎到绵州同登杜使君江楼宴》，又作《奉济驿重送严公四韵》赠别。这种重复赠别之作，一般不会出现在临时匆促话别之际，作者写给高适的诗都是寄赠之作而非亲送，时间上更没有限制，二诗写作时间前后不妨有数日或旬月之差。此诗题作《奉寄高常侍》，或当作于高适归京之后，已由刑部侍郎转散骑常侍之时，而《寄高适》一诗或作于高适将归之时，则二诗写作时间，还是有些间隔的。杜集中与高适唱酬赠答之作共十首，题目皆称官名，此则径题"寄高适"，或与召命归京之际旧职已免新官未除有关。前面提到的《赠别何邕》一诗，径题其名，而此前所作一首则题官名，情况大概与此相类。

关于《寄高适》这首诗，黄鹤注谓其作于高适召还之时，其注曰："诗云'北阙更新主'，谓代宗即位，当是宝应元年作，是时公在成都而适召还矣，故曰'南星落故园'。"（《黄氏补集千家注杜工部诗史》卷十九）。黄氏定为高适召还时杜甫寄赠之作，说明他对于诗意有确切的认识，但因其系年偶与史实不符，遂为后来注家所弃，虽有个别注家仍从其说，但势难敌众，遂使谬见占了上风，影响至今，颇有已成定论之势（王嗣奭、张溍皆从黄说，但他们的理解也有问题，也不足以服人。如王氏《杜臆》解释"世事与谁论"为"盖欲与论济世之术"；又云："公家京师，今更新主，太平有期，公当归故乡与相见也"，说的都是不开窍而又自以为是的话，读来令人生厌。其说"今更新主"云云，当为仇注所本）。宋人注杜，对于词句以及诗意，往往有较后世注家更为确切的理解，明清注家虽多，往往如盲人摸象，各执一辞，自以为是，甚至常常抛弃了宋人正确的见解，而自立异说，以至于众口喧哗，淹没了前人正确的见解。给古书作注，本当在前人注疏的基础上更进一步，有所提高，如王绮所云注书当如积薪，后来者居上，但实际情况往往并非如此。

《杜诗别解》对于此诗系年作意大体沿袭旧说，未有主见，但对仇注、浦注颇致讥诮。其驳仇注云："仇氏'今并证之'之言，自负得意，其实疏漏，误断之处甚多。"邓氏不同意仇注的主要有两点。一是不同意以"楚"指"成都"，进而不同意"楚隔乾坤远"指成都与梓州远隔。其说辩《送李校书》诗中"已见楚山碧"之"楚山"未必指蜀，又云："按照仇氏援引战国时版图情况，不仅西川，就连汉中也都是楚地。高适在成都，杜甫在梓州，又怎能说是'楚隔乾坤远'呢？难道梓州不得称楚吗？足见仇说自相混乱。"他赞同浦注"西川不得云楚"的意见，认为仇注"对楚的解释，貌似有理，实则违反约定俗成"。其说驳仇注以"楚"指西川、指成都，以及以成梓相隔解释首句，可谓言之成理。但他驳仇注解释"楚"字的错误，未能更进一步联系上下句意来加以说明。从句法上说"楚隔乾坤远，难招病客魂"，两句一意，意思是连贯的，是说自己流落在远隔"乾坤"的"楚"地，病中作客，离散的魂魄难以被招回（暗指回不了长安）。无论"楚"指何地，都不应以"楚"指对方之所在，仇注以"楚"指高适所在的成都，实际上完全割裂了上下句的文意，这种注解实际上暴露出误读的严重性与诗歌阐释的困境。二是不同意仇注对"南星落故园"一句的解释。在对这个句子的理解上，邓氏其实与浦注见解完全一致，但他仍然对浦注提出讥评，说浦氏"讥笑'诸家何遂忘之'，并不公平，因'诸家'谈论的'家园'是广义的故乡之意，杜甫称草堂为故园，那是狭义的用法"，其说近于不知所云。又批评浦注云："浦氏解'南星'句为'幸高代镇，与草堂相邻'也不得要领。"邓氏既然同意"南星落故园"指高适代严武为成都尹节制西川，那么浦注这么说又有什么不对的呢？邓氏之所以对浦注如此挑剔，也许是因为他心里隐隐觉得浦注也不大对劲，所以最后说："实事求是地说，'南星落'"云云，是不太好解的……所以如果综合采纳旧注，也只能把杜甫此句解作是以南极星光落照草堂来喻高适坐镇成都。杜甫诗中常称节度使为'诸侯'，并比作星，夔州诗《送李八秘书赴杜相公幕》中'南极一星朝北斗。'即指当时成都节镇杜鸿渐还朝。此时高适为成都尹，'领西川节度使'，杜甫在这诗中以南极星照我的草堂这样意思的句子来祝贺高适，也还顺理成章，且也符合诗人当时的实况，因这诗中本就含有请求高适予以关照的意思。"这一通磕磕碰碰的话，看不出与浦注有什么本质的不同，实际上连所举《送李八秘书赴杜相公幕》一诗，也是照抄浦注的，而且也同浦注一样误以为"南极一星朝北斗"是指杜鸿渐还朝（此句应是指李八归京，但从来也有如浦注误解为指杜鸿渐还朝的，此因行文所限，暂不置论）。

《杜诗别解》真正的"别解"，在于对首句做出了与众不同的解释。邓氏云："结合杜甫在梓州、阆中时写的诸多诗篇考察，对'楚隔乾坤远，难招病客魂'句应有比较圆满的解释。杜诗研究者都知道，严武奉诏入朝时，杜甫由成都远送到绵州，遂游东川。他原打算返回草堂，《奉济驿重送严公》中说：'江村独归处，寂寞养残生。'后因徐知道叛乱，被阻东川。在东川期间，他又想东下吴楚，事实上他在成都时就曾有离蜀的念头。这《寄高适》诗却表示要回成都，所以开句'楚隔''难招'云云是说去楚之难，因去楚也难，故拟回草堂。如作这种理解，既于诗意相符，也合诗人当时心理。"其说以为"楚隔乾坤远"是说要去楚地太难，固有远隔之叹。其说实际上完全脱离了文本，只是就诗人行迹立论（这也是古今说诗之通病），而对于诗人行迹的理解也不免流于皮相，不得要领，其说之离奇又在诸家之上。事实上杜甫一直有东下吴楚的心思，而且从未觉得去蜀适楚有什么困难，而况从巴西沿江入楚，更不是一件难事。从诗句本身来看，以适楚之难，解释"楚隔乾坤远"，下句"招魂"云云，就没有着落了，因为在这句诗中"招魂"是与"楚客"连在一起的，要招的是流落在"楚"地的"病客"的魂。

清代桐城派论学提出"义理、考据、辞章"三位一体的观点。姚鼐《述庵文钞序》云："余尝论学问之事，有三端焉，曰：义理也，考证也，文章也。是三者，苟善用之，则皆足以相济；苟不善用之，则或至于相害。"（其所谓"考证"即"考据"，"文章"即"辞章"）。姚氏所说言简意赅，"学问之事"确实不出此"三端"，而关键在于善不善用、能不能相济。"考据"是为了发明"义理"，而"辞章"实际就包含在"考据"与"义理"之中（或者倒过来说，"辞章"实际上涵盖了"考据"与"义理"），对于文学作品来说"辞章"（语言表达，遣词命意）是第一重要的，对于"辞章"缺乏理解能力，就不能理解诗人遣词命意之旨，所谓"考据"就不免流于穿凿附会，对"义理"的理解则不免产生各种误读和曲解。实际上古今对于杜诗的阐释，误读和曲解是无所不在的，其严重性远远超出一般人自以为是的认知之外。而各种误读和曲解，在根本上是与注家对辞章缺乏感受和理解能力有关。古今治文史者，一向有重义理、考据而轻辞章的倾向，对语言的本体意义缺乏应有的认识，使陈陈相因的注疏之学陷入了泥途之中。

衡州送李大夫七丈勉赴广州

斧钺下青冥，楼船过洞庭。北风随爽气，南斗避文星。

日月笼中鸟，乾坤水上萍。王孙丈人行，垂老见飘零。

李勉以御史中丞出刺广州并充岭南节度使，大历四年路过衡州，杜甫作此相赠。李勉是宗室后裔，史载其人博学多才，好古尚奇，颇有名臣风节，也只有这样的人，配得起这样的诗。诗人在多病垂死之年，写出这样浩荡雄奇的诗篇，读来令人觉得震撼。可惜的是，古今对于这首诗的理解，特别是对颈联的理解，却有严重的错误。《杜诗别解》关于此诗颈联的讨论，文字不长，先抄在这里：

前代注家对五、六句释义不一。罗大经云："盖拘束以度日月，若鸟在笼中；漂泊于乾坤间，若萍浮水上。"有所意会，却未说透。方回说：日月，年年也；乾坤，处处也。但为什么是"年年"笼中鸟，方回未作合适的说明。张綖说第五句意为虚度日月，起下垂老句；第六句意为浪迹乾坤，起下飘零句。张氏释第六句无错，但以"虚度"解笼中鸟却不见贴切。王嗣奭《杜臆》说："日月照临之下，而我为笼中之鸟；乾坤覆载之内，而我同水上之萍。此垂老之飘零也。"仇氏引王说，但又加按语云："今按，日月笼中二句，须添字注释，句义方明。"浦起龙又是另一番见解："日月，至动也，自留滞者值之觉年年困坐；乾坤，至常也，自流离者处之觉在在无根。"他把"日月笼中鸟"释为"年年坐困"。杨伦却又认为"笼中鸟"是状日月之长："日月之长，但如笼鸟；乾坤之大，止作浮萍。"

以上种种说法，都不扣紧杜甫此时飘零是长期舟行的情况。舟和"鸟"其实颇有关系，除了"苍隼舟""青雀舟""鹦鹉舟""鹔鹴舟""凫舟"这类名称外，《说文》中还记述舟中有所谓"雀室"，"言于中候望，若鸟雀之惊现也"。杜甫的船当不是有"上屋""重室"的大舟，也就未必真有"雀室"。但小舟常称为凫舟，即所谓"小舟为凫形也"。诗人以船居为"笼中鸟"，极状栖身的局促，不仅有所本，也颇贴切。至于"乾坤水上萍"，更不难解，上述前人所作解释虽也有小异，但大抵相同，就是浪迹乾坤的意思。

按，"日月笼中鸟，乾坤水上萍"两句，意思是说：（在宇宙中）日月有如笼中的鸟，乾坤（天地）有如水上的浮萍；说得更简洁一点，这两个句子的意思是：日月是笼中鸟，乾坤是水上萍——以"笼中鸟"比喻"日月"，以"水上萍"比喻"乾坤"——这么解释，只不过添上了这两个句子中省略的表示比喻的谓词"是"（或"如"），这种省略在古代汉语特别是在诗歌语言中十分常见，照理不应该给阅读理解带来任何障碍——换句话说，从字面上看，这两句诗写得无比直白，根本不需要解释。然而，令人诧异的是，古今注家对于这两句诗的解释却存在如此严重的曲解，众说纷纭却几乎一无是处。这两句诗，以"笼中鸟"比喻"日月"，以"水上萍"比喻"乾坤"，有一个潜在而又显而易见的前提，那就是在"日月"与"乾坤"之外，更有浩茫的宇宙。对于中国古代的读书人来说，"觉宇宙之无穷"（王勃《滕王阁序》），对宇宙（有时用"天地"一词来表示）无限性的认识，是一个接近于常识性的观念，先秦道家、阴阳家、儒家、名家以及后来的佛教思想中都不同程度地包含了这种观念。杜甫的这两句诗，在恢张、新奇的想象和比喻中写出宇宙的浩茫，显示出超越尘寰的气象和境界；然而在这种气象和境界中，也隐约包含了有限的生命面对无穷的宇宙所产生的深沉的感慨，而"笼中鸟""水上萍"虽然是作为"日月""乾坤"的喻象出现在诗句中，但是笼鸟、浮萍的意象本身颇可引发有关生存状态的联想，也可以说在一定程度上暗示了诗人晚年羁泊的生涯——不过这一点"联想"和"暗示"，从语义本身来看完全是一种附带的、次要的引申。杜甫的这两句诗,让我想起了辛弃疾《水调歌头·送杨民瞻》词的开头两句:"日月如磨蚁,万事且浮休"(上句用典见《晋书·天文志》,有人以磨盘喻宇宙,以磨盘上的蚂蚁喻日月,磨盘向左飞转,蚂蚁虽在磨盘上向右爬行,却不能不随着磨盘向左旋转),两者遣词命意皆有相通之处。杜诗以笼鸟喻日月,辛词以磨蚁喻日月,皆所以见出天外有天、宇宙无穷之意,而悲慨之意隐含在其中。"乾坤水上萍"一句,与杜甫自己的名篇《登岳阳楼》中的"乾坤日夜浮"一句,立意无疑也是有相似之处,都写"乾坤"漂浮在水上,只是后者出于夸张,写的是洞庭湖浩荡无边的气象(说乾坤浮于洞庭湖上,固然可以说是以夸张的手法写洞庭湖的大,却也可以说与佛家所谓"纳须弥于芥子",或庄子所谓"天下莫大于秋毫之末,而泰山为小"之类的奇思妙想相通——这种奇思妙想的真实意义至今罕有人知,仍然被大家贴上"相对主义""诡辩"之类的标签,而斥为谬论),而前者出于比喻写的则是宇宙浩茫的气象(不过从某种意义上说,浩荡无边的洞庭湖体现的正是宇宙的气象,人们也正是在天高地远、湖海无边的景象中想象和体悟宇宙的无穷——"乾坤日夜浮"一句写洞庭之大,便有吞吐宇宙的气象,在某种意义上可以说,这个诗句中的洞庭湖乃是宇宙的象征)。

邓文所引诸家对于此诗颈联的解释,除了浦起龙之外,各家所说虽略有不同,但在最根本的一点上是相同的,那就是都把"笼中鸟""水上萍"解释为喻指诗人自身——可见俗人眼中没有天地宇宙——而这种误解,几乎是古今的共识。前面已经说过,这原本是两个十分平直的诗句,可是被各家惊人的曲解说得莫名其妙,扞格不通。添字解经本是注家所忌,各家解释这两句诗都不惜犯这个忌,结果并非如仇兆鳌所说的,是"须添字注释,句义方明",而是越说越不明白。"日月笼中鸟",如何可以解释为"拘束以度日月,若鸟在笼中";如何可以解释为"日月照临之下,而我为笼中之鸟"呢(而且,难道"日月笼中鸟"的意思是"我在日月之下就像笼中鸟"吗)?"日月"和"乾坤",又如何可以解释为"年年"和"处处"呢(而且,难道这两句诗的意思是"年年笼中鸟,处处水上萍"吗)?如此"添字注释",完全脱离了原文,也完全不顾语法。如此说诗,还有诗在吗?邓文引杨伦的解释说:"日月之长,但如笼鸟;乾坤之大,止作浮萍。"乍一看觉得杨伦的解释可能是对的,是将"笼鸟""浮萍"看作"日月""乾坤"的比喻。只从邓文所引的这两句话来看,会使人产生误解,以为杨伦对这两句诗有正确的理解,可是查一下《杜诗镜铨》原文,才知道杨伦的理解跟大家一样是错误的。原文在邓文所引的话的后面,接着还有这样的话:"二句即自述垂老飘零之状。方回曰:'日月,年年也,乾坤,处处也'。"引方回的话解释"日月""乾坤"为"年年""处处",可见杨伦所说的"日月之长,但如笼鸟;乾坤之大,止作浮萍"的意思原来是说:长年累月像笼鸟一样生活,在"乾坤"中处处飘荡,有如浮萍——所以又一言以蔽之曰:"二句即自述垂老飘零之状"。邓文所引诸说,只有浦起龙的说法似乎是把"笼中鸟"和"水上萍"看作"日月"和"乾坤"的比喻,只是"年年困坐""在在无根"云云,说得含糊其辞,夹缠不清。浦说似乎是要以"年年困坐"兼指"日月"和诗人,以"在在无根"兼指"乾坤"和诗人,但是这种兼指在语法上是不能成立的,所以不免含糊其辞,扞格不通——若以"年年困坐"指"日月",说"日月""年年困坐"显然是不通的;若以"在在无根"指"乾坤",说"乾坤""在在无根"显然也是不通的。浦氏说什么"年年困坐""在在无根",实际上是受了方回的影响(按照方回的意思,"日月笼中鸟"的意思就是"年年困坐如同笼鸟","乾坤水上萍"的意思就是"在在无根如同浮萍"。"在在"与"处处"同义),也可见他对诗意的理解并没有确切的主见。何况就算浦氏的解释确实是把"笼中鸟""水上萍"看作"日月""乾坤"的比喻,他的理解也只有局部的正确,因为他仍然是从附会诗人的遭际("留滞"与"流离")出发去理解这两个比喻的,完全没有读懂这两句诗的真义。附会时代背景与作家生平的"事实"来解读诗歌,处处务求坐实,不惜以意穿凿,割裂文字,这是古今学者积习难改的通病,其根本原因是由于囿于俗见,对诗人遣词命意的旨趣(辞章和义理)缺乏感受和理解的能力。对于包括注家在内的很多读者来说,离开了与时代背景、作家生平相关的"事实",诗就没法说就没什么可说的了,他们的眼睛只能看到实的,不能看到虚的,难以领会虚灵不昧的诗心。比如对于曹操的《步出夏门行·观沧海》一诗,读者往往只看到作者的"怀抱"(所谓海纳百川的政治怀抱),而没有看到作者眼中的"沧海"(这首诗写的就是"沧海",诗中甚至没有抒写"怀抱"的句子)——对于众多的读者来说,写"沧海"如果不是表现具体的"怀抱",那还有什么意思呢?各家对于"日月笼中鸟,乾坤水上萍"两句的错误理解,也是如此,只知道附会"事实",把诗意的理解完全落实在与作者生平遭际相关的"事实"之上。注家误解"笼中鸟""水上萍"为诗人自喻之辞,可能与杜诗《江汉》中的"(江汉思归客)乾坤一腐儒"、《旅夜书怀》中的"(飘飘何所似)天地一沙鸥"这两个句子有关。这两句诗的语境和语法与"日月"一联是不同的,以彼解此,其愚顽不化有甚于刻舟求剑。关于这个问题,这里就不再展开讨论了。

邓文对于各家解释的错误,不但没有辨别、纠正(邓文赞同各家对"乾坤"一句的理解),而且对于"日月笼中鸟"一句的解释,又提出了错误的看法。他既以为诗句是以"鸟"喻"舟",却又说"诗人以船居为'笼中鸟',极状栖身的局促",则又是以"笼"喻"舟",以"鸟"自喻,可见思路的混乱。

《杜甫全集校注》在关于此诗的第三条注解中,引了各家的说法来解释颈联二句,兹将第三条注解的全文转抄如下:

师曰:"笼中鸟,局促不得骋。子美客居,局促如笼鸟,飘如水萍。"(《分门集注》卷九)赵次公曰:"《鹖冠子》曰:'笼中之鸟,空笼不出。'而左太冲《咏史》云:'习习笼中鸟,举翮触四隅'刘伶曰:'俯观万物扰扰焉,若江海之载浮萍。'而江文通《拟王粲诗》曰:'朝露竟几何?忽如水上萍。'于前人诗中有此'笼中鸟''水上萍'六字,故两处取用,混成为对。其句盖言,我身于日月之下,如笼中之鸟,局而不伸于天地之中;如水上之萍,泛而无定。非谓言以日月为笼而我为鸟;以天地为水而我为萍也。"罗大经曰:"此自叹之词耳。盖拘束以度日月,若鸟在笼中;飘泛于乾坤间,若萍浮水上,本是形容凄凉之意,乃翻作壮丽之语。"(《鹤林玉露》卷十三)今按:此联尚有多种理解,于义均通,足见其内涵之蕴厚。如方回曰:"日月,年年也;乾坤,处处也。"(《瀛奎律髓》卷二十七)邵傅曰:"言岁月推移,而己局促如笼中之鸟;乾坤浩荡,而己飘泛如水上之萍。"王嗣奭曰:"日月照临之下,而我为笼中之鸟;乾坤浮载之内,而我同水上之萍。此垂老之飘零也。"何焯曰:"日月不居,长似笼中之鸟;乾坤至大,还同水上之萍。"朝鲜李植曰:"日月之久,而为笼鸟;乾坤之大,而比水萍;羁絷之苦,漂泊之远可知。"夏力恕曰:"羁旅寄食一纪有余,故曰笼中鸟也;客湖南率舟居,故曰水上萍也。"

这条注解中引师古、赵次公、罗大经三家所说为"正解",他们的解释基本相同,都是把"笼中鸟""水上萍"误解为诗人自喻之辞(赵说实为浦说所本)。该条注释中又加按语云:"此联尚有多种理解,于义均通,足见其内涵之蕴厚。"似乎是认为对于诗句的理解分歧越多,就说明诗写得越好。对于因为读不懂诗而特别喜欢说"诗无达诂"的人来说,看到众说纷纭的解释,心中一定会生出一种"窃喜"的快感。该条注释在按语之后,又罗列了方回、王嗣奭、何焯、李植、夏力恕诸家的说法,各家解释其实是大同小异,与师古、赵次公、罗大经的说法也差不多。何焯解释云:"日月不居,长似笼中之鸟;乾坤至大,还同水上之萍。"何氏所说与邓文所引杨伦的话相近似,我原本也以为他对这两句诗的解释是对的,照他的话来看,以为是把"笼中鸟""水上萍"理解为"日月""乾坤"的比喻,所以我在本文的初稿中说:"何氏解读唐人诗,多谬妄之谈,对于这两句诗,难得有如此明确的理解。"可是本文初稿写完后,我还是查了一下《义门读书记》中原文,发现自己又"上当"了。原文在前面所引的话后，又接着说："下三字皆喻公之身世。遭乱流离，虽欲归朝，不能奋飞也。若解成笼鸟比日月，水萍比乾坤，成何文义耶？"他不但误解了句意，而且还以自己的误解来批评正确的理解。

最后，我想把我许多年前与人论诗时写的，有关此诗颈联的一段文字抄录在这里，算是一个小结：

"日月"一联意象恢奇，想落天外，而放荡中若有悲慨。盖日月尚且为笼中之鸟，乾坤不过是水上之萍，而况垂老飘零，寄此一身之微于天地间者乎？《镜铨》引方回语云云，大失诗意，《杜臆》《心解》，有如痴人说梦，不知所云，皆无当于诗人之旨。杜诗《登岳阳楼》亦云："乾坤日夜浮"，命意与"乾坤水上萍"一句相通。盖以洞庭之大，波澜壮阔，涵混天地，因有乾坤浮于水上之感，此诗人之奇思妙想，固不必尽合于事实者也。至于此联，设想更奇，其所谓有见于天道者也。说者不知天外有天，盖以为乾坤不当浮于水上，日月不当囚于笼中，乃谓"我为笼中之鸟""我同水上之萍"，岂知此二句诗中安见有"我"字在者乎？如此说诗，诗何可说耶？足见俗人心中只有俗谛耳。呜呼，夏虫不可语冰，井蛙不可语天，岂虚言哉？尝见太虚上人书一对联云："日月笼中鸟，乾坤水上沤"，盖取杜诗而易其一字，岂非爱其立意造奇，迥出世间，而有合于浮屠氏之所说耶？

柳宗元《南涧中题》赏析

南涧中题

秋气集南涧，独游亭午时。回风一萧瑟，林影久参差。始至若有得，稍深遂忘疲。羁禽响幽谷，寒藻舞沦漪。去国魂已远，怀人泪空垂。孤生易为感，失路少所宜。索寞竟何事，徘徊只自知。谁为后来者，当与此心期。

此诗作于元和七年（812）的深秋，柳宗元被贬为永州司马头尾已经八年了。这一年秋天作者游览了永州城南的袁家渴、石渠、石涧和城西北郊外的小石城山，写下了"永州八记"中的后四记。其中《石涧记》写的"石涧"就是这首诗所写的"南涧"。关于此诗，韩醇《诂训柳集》云："公永州诸记，自朝阳岩东南水行至袁家渴，自渴西南行不能百步得石渠，石渠既穷为石涧。石涧在南，即此诗所题也。"

这首诗是柳宗元五古中的名篇。前八句主要写独游南涧所看到的景色。开头两句说，自己在中午的时候"独游"来到南涧，萧索寒凉的秋气聚集在山涧中。这个"集"字用得好，写出秋气的浓重，有一种逼人的凉意。有些人注意到这个"集"字，认为这个"集"字的好处在于"突出了诗人主观的感受"（见王国安关于此诗的鉴赏文章，文见《古诗海》）。吴文治的鉴赏文章说得更明白："一个'集'字便用得颇有深意，悲凉萧瑟的'秋气'怎么能独聚于南涧呢？这自然是诗人主观的感受，在这样的时令和气氛中，诗人'独游'到此，自然会'万感俱集'，不可抑止"（文见《唐诗鉴赏词典》）。他们认为"集"字表现了诗人"主观的感受"——诗人赋予景物以主观的色彩，夸大了秋气的浓重。这样的理解是不得要领的。这里写秋气的浓重，自然也写了作者的感受，但"集"字首先并非夸大式的主观表现，而是客观的描写，它的好处正在于十分准确地写出深秋时节深林幽谷间浓重的萧索寒凉的气息。三、四两句写一阵萧瑟的回风刮起，林木的枝叶在风中摇曳不定。"参差"这个词也用得好，写树木在大风中高低摇曳的样子很传神。柳宗元的诗造语省净、简练，有出色的表现力，显示出"简劲"的特点。这从前四句诗中就能看出来。宋人吴可《藏海诗话》说"回风"二句"能形容出体态，而又省力"，乃是有见之言。顺便应该指出的是，"林影"这一个词，指的是树林本身，意思与"林荫"一词相近，指的是树林的实体形象（"林

206

荫"一词有时也被人用以指树林的"阴影",此处暂且不论)。这里的"影"不是"影子"的意思,而是指实体本身的形象,用法与我们通常说的"身影"或"看不到他的人影"的"影"相同。"形影"相连成文,"影"也有"形"的意思,如李贺《咏怀》诗云:"弹琴看文君,春风吹鬓影",此处"鬓影"不是指鬓的"影子",而是指鬓发本身的形象。"林影"一词,在古代诗文中有时可见,一般都是指树林本身的形象,而不是指树木的影子。如宋人方万里《荔枝香》词云:"翠壁古木千章,林影生寒雾",是说古木荫翳,茂密的树荫中生出寒雾(寒冷的水气),"影子"显然不能说"生寒雾";又如近人陈寅恪《忆故居》诗云:"渺渺钟声出远方,依依林影万鸦藏",其中"林影"一词显然也是指茂密的树荫。"影"这个字用来指实体的形象,通常指那种由于光线、距离或主观心理原因等因素造成的多少有点模糊的或虚幻的形象或印象。从"林影久参差"这一句来看,"参差"一词形容树枝高低摇曳很准确,若形容树林的影子的摇晃就不合适了,树影摇晃看不出"参差"的样子。姜夔《点绛唇》词云:"残柳参差舞",也是用"参差"一词写柳枝在风中舞弄的样子。今人解读这首诗中的"林影"一词,通常都说是"树影",如高文、屈光的《柳宗元选集》注"回风"二句云:"谓旋风吹动树枝,地上树影参差,久久晃动不止。""林影"这样的词,对古人来说可能不易产生误解,对今人来说却很容易产生误解。从这个例子中,我们也可以看到理解的普遍困难,看到诗歌语言的理解存在的问题。

五六两句插入议论,"若有得""遂忘疲"都是直接表达南涧之游给作者带来的的快乐。但是说"始至若有得,稍深遂忘疲",却让人觉得对于一个怀有郁结难解的忧思的人来说,这一点快乐的所得,似乎来得有点迟疑,而且需要"稍深"的时间来加以验证。所以这两句看似平直的议论,也写出了作者独特的心理感受。沈德潜《唐诗别裁集》评这两句说:"为学仕宦,亦如是观。"沈氏本是一介俗儒,这样的议论正见出他鄙陋的面目。说出如此鄙陋的话而不自知,作为读书人是最可悲的事了。

七八两句上承开头四句,接着写南涧的景色。羁泊离群的鸟儿在幽谷中飞鸣,寒冷的水草在波光荡漾的水面上飘舞。这两句写涧中凄寂清幽的景象,细致而又分明,和三四两句一样,都可以见出作者摹写山水笔致冷峭而工于刻划的特点。鸟是"羁禽",草是"寒藻",景物的描写中融入了作者主观的感受。"舞"字上承"回风"二句,写水草在风中舞动,既见出涧谷多风,又给凄寂清幽的画面凭添了些许灵异的气息。这首诗一共十六句,具体写景的句子其实只有三、四和七、八四句。作者用近乎工笔刻划的笔致,描写了风气萧索、光影斑驳的秋涧景色,表现了作者对自然景物深切而又细腻的感受。在这种感受中既包含了诗人对自然景物的赏爱,体现了流连光景的心情，又在散发着凄凉气息的景物中隐隐浮现出诗人幽暗而寂寞的心灵世界。柳宗元在永州写的这些山水诗，无疑和他那些著名的游记有十分明显的互文性。作者习惯于用一种细致的笔触去描摹大自然斑驳的光影和凄清、明丽的景色。作者对于冷落清幽的景物，似乎有一种偏爱，也许是因为这种景物和他寂寞的心灵自有一份契合。读柳宗元的这些诗文，你能感受到作者发现山水的乐趣和流连光景的自得的心情，但他的笔下的山水景物似乎都是从一个失意的异乡人的寂寞的眼睛中映现出来。

实际上就柳宗元的作品来说，写景的细致，本身往往就意味着寂寞，因为参差的林影，波光闪动的水面，以及水面上随风飘舞的水草，这些清晰而又细致的物色，原本正是从空虚寂寞的心灵的明镜中映现出来的影像。"潭中鱼可百许头，皆若空游无所依。日光下澈，影布石上，佁然不动，俶尔远逝，往来翕忽，似与游者相乐"，《小石潭记》中这样细致的描写，读来便觉得有一种清冷寂寞的气息流露在字里行间。

诗的后八句是议论和抒情，抒写了诗人去国怀人的忧思和失路者孤独悲伤的心情。这么多议论的句子放在一起，占了全诗的一半，却并没有给人多余的感觉，那是因为这些议论和抒情的句子写得语重心长，深切地表达了诗人浓重的忧伤，与谢灵运诗中理过其辞、充满套话的枯燥的议论不同。远离京国，魂魄离散，这种无异于流放的斥逐，给诗人带来了难以自拔的痛苦。"怀人"而接以"泪空垂"，不经意就写出了悲伤不能自抑的绝望的心情。"孤生"二句也只是平直的议论，却写出了只有深深陷身在孤独失意的痛苦中不能自拔的人才有的感受。一个挣扎在绝望中的孤独失意的人，有如惊弓之鸟，紧张而又脆弱的心最容易为外物所触动，而且有身陷困境的感觉，坐卧不宁，进退失据。接着"索寞"二句，写的正是忧伤无告，顾影自怜的心情。诗的最后两句说，谁是以后投荒来到这里的人呢？他应该能理解我的心情，与我现在的心情相合。这种设想正见出索寞无聊的心思。杜甫《可惜》诗云："花飞有底急，老去愿春迟。可惜欢娱地，都非少壮时。宽心应是酒，遣兴莫过诗。此意陶潜解，吾生后汝期。"柳宗元是设想后来者与自己的心情相合，杜甫则是说自己的心意和陶潜这个前人是相合的。设想的对象有前人、后人之不同，但这种想象中所体现的索寞无聊的心思却是相通的。不过杜甫的诗意，是索寞之中仍能自遣，柳宗元则在索寞之中陷到了不能自拔的境地里去了。杜甫遭时丧乱，又以衰病之年颠沛流离，蒿目时艰，百忧交集。杜甫的忧患是最深广的，但他仍能自遣，在最困难的境遇中，仍然没有失去面对生活的勇气，在最深重的忧患中仍然没有失去对生活本身以及世界的兴趣。所以读他的诗，读他那些忧思深广的诗篇，你都能感受到一种坚强和浑厚的生命力。诗人晚年漂泊于江汉之间，实际上已经陷入了贫病交侵、走投无路的困境，但是他那首题为《江汉》的有名的诗篇中却写出了这样的句子："落日心犹壮，秋风病欲苏。古来存老马，不必取长途"，使人想起曹操"老骥伏枥，志在千里。烈士暮年，壮心未已"的名句，同样表现了在衰暮之年仍然没有失去的"壮心"，这样的"壮心"只有"烈士"才有，它能使人克服困难和绝望，能给生命带来超越困境的活力。《江汉》一诗的前半首"江汉思归客，乾坤一腐儒。片云天共远，永夜月同孤"，写的是漂泊思归的寂寞心情，但这种深沉的寂寞，却也正是在天高地远的气象中显示出来。所以读杜诗，你不会觉得局促和压抑。可是柳宗元却是忧思郁结，不能自解，他深深地陷在寂寞忧伤的深渊中，虽然他的境遇比杜甫要好一些。他与杜甫的这种不同，有很难说得清楚的性格、心理的原因，但无疑也反映了思想境界的不同。杜甫的忧患是那么深广，他有身世之悲，但更有家国之感，有对万物的悲悯和同情；柳宗元虽然也是一个有道之士、一个有理想的人，但是与杜甫相比，他的忧虑却更多与一己的遭际相关。他在忧伤中陷得那么深，也许跟这一点有关，他的注意力过于集中在内心的痛苦上。柳宗元是特别有思想的人，又特别服膺佛教，但他却在痛苦中陷得很深。他是一个具有悲剧人格的人，他生而为人似乎是为了体验和印证佛所说的苦——然而，烦恼即是菩提，这种体验和印证也许正是通往觉悟的道路。

我因为想起杜甫《可惜》一诗中有"此意陶潜解，吾生后汝期"的句子，可以拿来与柳宗元此诗最后两句参说，所以就更进一步把杜甫拿来跟柳宗元做了一点比较。我在比较中，对柳宗元难免略有微词。但是我的本意并不想贬低柳宗元，而恰恰相反，我想赞美柳宗元，我想替这位至今仍不免受人诬罔的古人说几句话。在我看来，柳宗元是李、杜之后，唐代最伟大的作家，可以和他比肩的只有刘禹锡、李贺和李商隐。他们都是我热爱的诗人。我不喜欢韩愈的浮夸，也不喜欢白居易的粗俗，但在一般人的评价中他们似乎高出了柳宗元。司马迁在《屈原贾生列传》中说："余读《离骚》《天问》《招魂》《哀郢》，悲其志。适长沙，过屈原所自沉渊，未尝不垂涕，想见其为人"；又在《孔子世家》中说："余读孔氏书，想见其为人。适鲁，观仲尼庙堂车服礼器，诸生以时习礼其家，余低回留之不能去云。"我们读古人的书，也要有太史公这样的态度，这样书才是活的，才不是一堆毫无生气的故纸堆。这样能够"想见其人"的读书就可能达到孟子所说的"尚友"古人的要求，千载之下读古人的书，心还是相通的，有一种会心默契的共鸣，有一种于我心有戚戚焉的同情和理解。在某种意义上，柳宗元郁结难解的忧思，正体现出诗人心灵的深度。我们对于其人其诗，也应该怀有司马迁对屈原的那种同情和理解。

苏轼《水调歌头》赏析

水调歌头

丙辰中秋，欢饮达旦，大醉，作此篇，兼怀子由

明月几时有？把酒问青天。不知天上宫阙，今夕是何年。我欲乘风归去，又恐琼楼玉宇，高处不胜寒。起舞弄清影，何似在人间？

转朱阁，低绮户，照无眠。不应有恨，何事长向别时圆？人有悲欢离合，月有阴晴圆缺，此事古难全。但愿人长久，千里共婵娟。

中秋是重要的传统节日，自唐宋以来有关中秋的诗词很多，但是都没有苏轼的这首《水调歌头》有名，胡仔的《苕溪渔隐丛话》甚至说："中秋词，自东坡《水调歌头》一出，余词尽废。"苏轼自己另外还写过几首吟咏中秋的诗词，但也都没有这一首有名。丙辰是宋神宗熙宁九年（1076年），苏轼时年四十一，在密州知州任上。题序中说"兼怀子由"，时其弟苏辙任齐州掌书记。

词的开头四句，提出了两个"问题"：明月是什么时候开始有的？天上的月宫，今夜又是何年何夜呢？这后一个问题，与古人对时间奇特的想象有关，他们认为"天上"与"人间"的时间尺度是不同的，这种想象与现代物理学的时间观暗合。对于现实生活来说，这两个"问题"都是没有意义的，甚至是荒唐的，通常人们也不会去问这样的"问题"。只有那些对宇宙和人生的奥秘怀有特殊兴趣、耽于沉思幻想的人，才会有这样的"问题"。在苏轼之前，写过《天问》的屈原、写过《春江花月夜》的张若虚、写过《把酒问月》的李白，都曾有过类似的发问，苏轼这首词的开头两句正是化用了李白的"青天有月来几时，我今停杯一问之"这两句诗。

这开头四句提出的两个"问题"，都是关于时间的。时间是永恒的谜，是谜中的谜。对于词人来说，这样的"问题"是没有答案的，这渺茫的叩问，与其说是发问，不如说是浩叹。那是置身在无边的月色之中的人，面对深远的苍穹、面对空中那一轮亘古常新的孤月而发出的渺茫的浩叹。在这渺茫的叩问中，寄托了词人的迷思梦想，寄托了词人面对永恒的宇宙所引发的悠扬缥缈的出尘之思。

这首词落笔写来便有"仙气"，读来使人神思飞扬。这种悠扬缥缈的出尘之思，

只有不甘于在俗世中沉沦的人才会有。郑文焯《手批东坡乐府》云："发端从太白仙心脱化，顿成奇逸之笔"，确是有见之言。在中国古代文人中，只有苏轼和李白自古以来就被大家称作"仙"，特别具有"仙名"。他们都是特别不甘于在俗世中沉沦的人。李白号称"谪仙"，他就像沦落人间的仙人，终其一生，痛饮狂歌，飞扬跋扈，不能在尘世中安顿自己。被人称作"坡仙"的苏轼其实也是以"上清沦谪得归迟"（李商隐《重过圣女祠》诗句）的"谪仙"自居的。对他来说尘世只是暂时的托身之所，那天上渺不可及的月宫才是永恒的归宿，于是在这清风明月之夜，便有"我欲乘风归去"的梦想。这飞天的梦想在他心中萦绕不去，在他有关月夜的吟咏中一再出现。其《念奴娇·中秋》词云："便欲乘风，翻然归去，何用骑鹏翼。水晶宫里，一声吹断横笛"；《中秋月寄子由三首》其一云："天风不相哀，吹我落琼宫"。前者写飞入月宫，后者写不幸从月宫"沦谪"，降落人间。《前赤壁赋》云："挟飞仙以遨游，抱明月而长终"，也表达了遗世脱俗的飞天之思。

然而，梦想终归只是梦想，何况远在"高处"的广寒宫想必还有令人受不了的寒冷呢。（《明皇杂录》记云："八月十五夜，叶静能邀上（指玄宗）游月宫。将行，请上衣裘而往。及至月宫，寒凛特异，上不能禁。"）在清美的月光下，翩然起舞，哪有比人间更好的去处呢？苏轼的妙处，正在于这一转念之间，从天上回到了人间。叶嘉莹《论苏轼词》说，这表现了词人"内心深处的一种入世与出世之间的矛盾的悲慨"（见所著《唐宋名家词论稿》），其实倒不如说，这表现了词人入世与出世的矛盾的消解。在出世与入世之间，在超脱与执着之间，在梦想与现实之间，苏轼找到了自己的平衡点。

这是一个勘破人生世相，不甘于在现世中沉沦的人，但这又是一个不能忘情于俗世的人，留恋尘世的温情，对歌哭无常的尘世怀抱深切的同情。在他身上，这两方面大体是统一的，而不是分裂的，这统一的基础，在于他有一种"平常心"。他是个真正的高人，却常常像个俗人一样愿意贴近民间生活，实际上也正是这种态度使他能够发现日常生活中的美，使他能够带着诗意的目光游遨于天地之间，暂住于这个不免有累的红尘俗世（韩愈《桃源图》诗云"世间有累不可住"）。就此而言，苏轼与披发伴狂、天马行空的李白大不相同，而与他所热爱的陶渊明颇为相似，他们都是远在天边而又近在眼前的人。"起舞弄清影，何似在人间"，意思是说，在这明月的清辉中翩然起舞，便觉得没有比人间更好的去处了——其实也就是说，在月下起舞，便觉得人间就是仙境了。这是带着飞天的梦想，带着一颗神仙的心，回到了人间。前面提到的《念奴娇·中秋》，下片云："起舞徘徊风露下，今夕不知何夕？便欲乘风，翻

211

然归去，何用骑鹏翼。水晶宫里，一声吹断横笛。"也是写中秋之夜在月下起舞，表现了飘然欲仙不知身在何世何时的沉醉之感。在《记承天寺夜游》一文的篇末，苏轼说，"何夜无月，何处无竹柏，但少闲人如吾两人者耳。"人间自有仙境，它属于怀抱诗意、爱好自由、不失其天真的人。蔡絛《铁围山丛谈》云："歌者袁绹乃天宝之李龟年也。宣和间，供奉九重，尝为吾言：'东坡公昔与客游金山，适中秋夕，天宇四垂，一碧无际，加江流顽涌。俄月色如昼，遂共登金山山顶之妙高台，命绹歌其《水调歌头》曰："明月几时有，把酒问青天。"歌罢，坡为起舞，而顾问曰："此便是神仙矣。"'吾谓文章人物，诚千载一时，后世安所得乎？"在我这个老乡（蔡絛是蔡京儿子，仙游人）的眼里，苏轼是不世出的神仙般的人物，这段记载颇可见出"坡仙"的风神。我因此想起欧阳修去世前一年写的，歌咏颍州西湖的词句："风清月白偏宜夜，一片琼田。谁羡骖鸾。人在舟中便是仙。"（《采桑子·其八》）我喜欢"人在舟中便是仙"这个句子，那是自有仙气的人才能说出来的话。对他来说，在风清月白的夜里，泛舟在"一片琼田"般的西湖之上，那便是人间的奇福了。

"何似在人间"的意思是说"哪比得上在人间呢"，这样的句子原本不应该读错。但是我还是看到常常有人读错。王水照的《苏轼选集》在注文里就说："何似在人间，谓月下起舞，清影随人，仿佛不像在人间了。""何似"不是"不像"（"哪里像"）的意思，是"哪里比得上"的意思。对于这首词主旨的理解也还有一些问题。其中比较常见的曲解，是认为"我欲乘风归去"是表达作者想回到朝廷的意思。夏承焘《苏轼的中秋词〈水调歌头〉》一文（见所著《唐宋词欣赏》）就说：

这几句也是指政治遭遇而言，想回到朝廷中去，但是又怕党争激烈，难以容身。末了"起舞弄清影，何似在人间"两句是说，既然天上回不去，还不如在人间好，这里所谓"人间"，即指做地方官而言，只要奋发有为，做地方官同样可以为国家出力。这样想通了，他仰望明月，不禁婆娑起舞，表现出积极的乐观的情绪。

夏文还说："'不知天上宫阙，今夕是何年？'表面上好像是赞美月夜，也有当今朝廷上情况不知怎样的含意。"现在有不少人对于这首词的理解，倒不像夏先生这样专主寄托，几乎完全把上片解读为托喻之辞，而往往是游移不定，干脆两边都照顾到，认为上片是写景而兼有托喻之意。这样的理解也是不恰当的。我前面已经分析了这首词上片的内容，这里就不再对这种曲解多加讨论。这种曲解由来已久，读诗爱好穿凿附会、有考据癖和索隐癖的清代学者，有不少人就是把"我欲乘风归去"理解为想回到朝廷的（如董毅《续词选》、刘熙载《艺概》、黄蓼园《蓼园词选》等），这大概跟南宋杨湜《古今词话》的记载有关。《古今词话》记载神宗读此词至"琼楼玉宇，高处不胜寒"，叹息说"苏轼终是爱君"，并将苏轼"量移汝州"。这个记载本身不可靠，夏承焘在文章中也表示反对，称之为"妄解"，并且说："此说与事实不符。苏轼移汝州在黄州之后，怎能说因这词而'量移汝州'？"夏先生虽然反对杨湜的记载，但是他对于词意的理解，却可能受到接受杨湜记载的某些学者的影响。照夏先生这么说，这首词是上片思念皇帝，下片思念弟弟。在一心爱慕权力和领导的俗人看来，这样的理解也可以说是顺理成章的了。作为古代的士大夫，苏轼不免也有"慕君"的时候，但是他显然不是一个一心"慕君"的人，更不是孟子说的那种"仕则慕君，不得于君则热中"的利禄之徒。当然，苏轼是否"慕君"，跟这首词其实也没什么关系，因为就文本本身的语境来看，这首词显然并无托喻之意。

这是写中秋的词，也可以说是中秋咏月之作。整首词从头到尾都围绕着月来写。这月只是眼前的月，并无托喻之意。"不知天上宫阙，今夕是何年"，是跟前面"明月几时有？把酒问青天"两句一气相连的句子，这两个"问题"是连在一起的。说"不知天上宫阙，今夕是何年"是对朝廷的关切和挂念，那前面两句就说不通了——"明月几时有"又会有什么托喻的深意呢——难道是要问世上是什么时候开始有皇帝的吗？词的上片跟题序所言"欢饮达旦"相照应，写由望月引发遐思，表现了词人在中秋佳节沉醉在月夜中的心情，表现了一颗超脱的心对美妙的月光以及造化的沉迷。词的下片则写见月怀人之情。作者与他的弟弟苏辙（子由）自上次分别以来，已有六七年没有见面了，这唯一的弟弟是他的知己，是他平生所牵挂的人。下片开头三个短句，写月光穿门过户，照人无眠。"转""低""照"三个字，写月光的转移与斜照，自然而传神，也写出了时间的流转与相思无眠的况味。由此更进一步转出"不应有恨，何事长向别时圆"两句，在仿佛是喃喃自语的无端的怨责之词中，写出了离别相思的怅恨之情。司马光《温公诗话》云："李长吉歌'天若有情天亦老'，人以为奇绝无对。曼卿对'月如无恨月长圆'，人以为勍敌。"一般注家注《不应有恨》两句，都会引司马光诗话所记石延年（曼卿）的这个对句，大约是认为苏轼的词句是化用了石延年的句子。石延年的对句实际上是一个死句，是对李贺原句刻板的仿造，又写得过于造作，而且作为对句，句意跟出句表面相反实则相似，一联之间语意毫无开阖变化，毫无张力，其病近于"合掌"。（李贺句子的好处，一定程度上在于天无所谓"老"而言"老"，便有奇绝之意，而月原本就是不"长圆"的，硬要把"长圆"、不"长圆"跟无恨有恨连在一起，就显得造作而且无聊。石延年的对句是对李贺句子刻板而且拙劣的仿造，字面虽有不同，把"天"换成了"月"，但意思跟"天若无情天不老"差不多，等于把李贺的话倒着说一遍。）苏轼词句的好处在于：其一，比石延年的句子意思更深一层。石延年句子的意思是说，月如果没有恨，也就是苏轼词句所说的"不应有恨"，那月就应该"长圆"，可是苏轼却说月如果没有恨，那月就不应该"长圆"，不应该"长向别时圆"——因为"长圆"更反衬出人事的残缺、不圆满，这意思就更深了一层；其二，更重要的是，苏轼的词句，口吻生动、真切，在"不应"与"何事"的呼应和转接之间，更深切、更有力地表达了词人心中的忧愁怅恨之情。

望月怀人是人之常情，何况值此中秋佳节，更不免平添了思念的忧愁。苏轼咏月的诗词中每多离别之思。写于熙宁十年中秋节的《阳关曲》（又名《中秋月》）云："暮云收尽溢清寒，银汉无声转玉盘。此生此夜不长好，明月明年何处看？"熙宁十年苏轼在徐州知州任上，苏辙来徐州看他，这个中秋节兄弟两人难得在一起度过，但是这首《阳关曲》却似乎抑制不住悲哀的心情，因为这短暂的欢聚，预示长久的别离与聚散的无常。然而在这首《水调歌头》中，词人却没有让自己陷入更深的悲哀，而是在离别相思的怅恨中转出达观之语与慰勉祝福之辞："人有悲欢离合，月有阴晴圆缺，此事古难全。但愿人长久，千里共婵娟。"这也正是苏轼的妙处，在悲慨中有超脱与达观。正如在出世与入世之间，他能找到自己的平衡点一样，在忧患与达观之间，他也能找到自己的平衡点。这个后来历经忧患的人，他的悲慨与旷达一样深沉。他的悲慨与旷达往往是分不开的，互相包含在一起的。"人有悲欢离合，月有阴晴圆缺，此事古难全"，在达观的话语中，也隐含着对人事无常的深沉的感慨。这种悲慨与旷达奇妙的结合，能使人避免陷于不能自拔的轻狂与郁闷之中。王闿运《湘绮楼词选》说得好："'人有'三句，大开大合之笔，他人所不能。"从忧愁怅恨中跳脱出来，宕开一笔，转出旷达之语，这可以说是大开；在旷达之语中又隐含着更深的悲慨，这可以说是大合。由此可见，这种"章法"上的"开合"，绝不仅仅是一种"修辞"，而更与心灵的张歙开阖息息相关。

海子的一首诗

不久前在 2007 年 1 月号的《书城》上读了张新颖的文章《海子的一首诗和一个决定》，重又引发了我想谈论海子诗歌的念头，于是决定就张新颖文章所讨论的海子的《面朝大海，春暖花开》一诗，谈谈自己的感想。张新颖的这篇文章与本文写作的起因有关，本文也将在谈论中涉及它。

从明天起，做一个幸福的人
喂马，劈柴，周游世界
从明天起，关心粮食和蔬菜
我有一所房子，面朝大海，春暖花开

从明天起，和每一个亲人通信
告诉他们我的幸福
那幸福的闪电告诉我的
我将告诉每一个人

给每一条河每一座山取一个温暖的名字
陌生人，我也为你祝福
愿你有一个灿烂的前程
愿你有情人终成眷属
愿你在尘世获得幸福
我只愿面朝大海，春暖花开

由于被选进中学语文教材，这首题为《面朝大海，春暖花开》的诗，成了海子诗歌中最广为人知的作品。然而对于这首广为流传的诗，人们仍然缺乏应有的理解。流行往往并不意味着真正被理解和接受。实际上，有时越是不被理解的东西越是流行。

应该说，在海子的诗歌中，这并不是一首难懂的诗。从字面上看来，这首诗写得特别简单、明朗，似乎仅仅表达了诗人对现世生活的向往和热爱。一般人对这首诗的理解也正是这样的。然而这原本是一首悲伤的诗，是一首充满矛盾、富于反讽的诗，在看似简单的词语中包含着丰富复杂的思想感情。

"从明天起，做一个幸福的人"，诗以十分平实的话语开头，说出了一个"决定"（借用张新颖文中的话），有一种贴近日常生活的口吻。这样的"决定"首先无疑意味着不幸——这不幸伴随着他，一直到"今天"。"从明天起，我要如何如何"，这话听起来似曾相识，那原本是陷身于困境中的人常常会说或者想说的话。而"幸福"如何能在一厢情愿的"决定"中兑现呢？一个人可以决定从明天起戒烟、戒酒，或者做某一件事，甚至也许还可以决定从明天起做一个正直的人或者一个勤劳的人，但又有谁能够"决定"做一个"幸福的人"呢？"从明天起，做一个幸福的人"，这由于简洁而更显得直截了当、勿庸置疑的话语，所表达的原本只是一个苍白的心愿，在平实的词语下埋藏着不幸与历经挣扎的悲痛。

张新颖在文章中说：

这个秋季，我在芝加哥大学东亚系讲课，其中一门是"近二十年来的中国文学"，专门讲一次海子的诗。本来设计的教学大纲里主要讲《麦地》《春天，十个海子》等作品，上课前一周，忽然想起让助教把《面朝大海，春暖花开》找来，分发给选课的学生。我当时的想法是，这首诗简单、明朗、亲切，也许有助于拉近学生和诗人的距离吧。

只是准备让大家读读就过渡到其他作品的这首诗，没想到却引起了很有意思的讨论。有西班牙血统的美国学生 Anne Rebull 问，这个自杀的诗人怎么会写出这样的诗？或者反过来问，写出这样的诗的人怎么会自杀？这首诗写出两个月之后，海子就在山海关卧轨而死。一个台湾出生、美国长大的女生说，为什么他的幸福里没有做老板、赚大钱？

我自己也产生了疑问。也许这首诗并不像表面那么"通俗"？对这首诗的态度过于草率了？

使我略感意外的是，张新颖是借助美国学生如此幼稚的提问才"产生疑问"，从而引起对海子这首诗的重新思考。张新颖的文章接着说：

这首诗为人喜爱，是喜爱它的开阔和明净；喜爱它在这么一个面朝大海、春暖花开的境界里，散发着暖融融的、清新的幸福气息；喜爱它对幸福的界定，是这么单纯、基本。人的幸福意识也许越来越复杂、精微和装饰化了，对它的追求越来越用力，反倒离它越远。幸福也许就在那些简单、普通却是基本的事情之中，或者就是那些事情本身，就是"喂马，劈柴，周游世界"，"关心粮食和蔬菜"，就是和别人愉快相处，"和每一个亲人通信"，"陌生人，我也为你祝福"。

"粮食和蔬菜"，作为关心的对象，作为幸福的元素，出现在这里，对熟悉海子诗的人来说，感觉是非常自然的；不过需要特别注意的是，这里出现的是土地上生长的食物的大类，而不是具体的、特殊的物种，不是海子一再写到的麦子和麦地，更不是"我则站在你痛苦质问的中心／被你灼伤／我站在太阳痛苦的芒上"的麦地（《答复》）。"粮食和蔬菜"，平凡、普通、中性的大类，幸福需要的正是这样没有尖锐性、可以包容很多东西的大类，不需要独特的与个人经验、意识、情感紧密相联的具体物种。"粮食和蔬菜"确实是海子关心的东西，在这里，却把独属于他个人的意识和感受搁置了起来。

这样的解读全然是游辞。"喂马，劈柴，周游世界"，以及"关心粮食和蔬菜"，这些幸福的要素，确实是"单纯、基本"的，它们滤去了世俗生活的杂质，呈现出生活纯真的本色。诗人要通过"喂马，劈柴，周游世界"，通过"关心粮食和蔬菜"——通过这些原始而古老的方式和世界建立原初的关系，重返纯朴的家园。然而在这个远离自然、日益喧嚣的时代，对于诗人，这个现代都市的流浪者来说，这样的"幸福"，仿佛是一个无家可归的旅人，在茫茫的夜色中对远处一点灯火的幻想而已。那纯朴的家园早已失落，诗人的"幸福"只不过是对手工作坊时代的梦想。在这个梦想中包含着这个出身农村，曾自许为"乡村教师"的诗人对家园、对乡村生活，以及对早已衰落的农业文明的深切怀念。这平实而确切的词语说出的却只是一串梦呓，明朗的调子掩盖着幻灭者的悲哀，在幸福的梦想中隐隐映现出现实惨淡的面影。

"马"和"粮食"是海子诗歌十分常见的词语，它们是作为生存的基本元素出现在他的诗句中。在《诗学：一份提纲》中诗人说"马是人类、女人和大地的基本表情。"而和马相比，粮食无疑与大地以及人类的生存有着更为原始和深刻的关联，在海子的诗中，它是希望和绝望的种子，是血汗和泪水的结晶。"喂马，劈柴，周游世界"与"关心粮食和蔬菜"在这里构成了"幸福"生活的基本内容，它意味着生存向大地的敞开和回归。"喂马"和"劈柴"意味着通过劳动创造生活——在最质朴的劳动中和世界、和大地建立原初的、真实的关系。在海子看来，劳动使人贴近土地，贴近真实可靠的生活，它本身就是美的。在《重建家园》一诗的结尾，诗人说"双手劳动，慰藉心灵"，他希望通过劳动，"用幸福也用痛苦／来重建家乡的屋顶"；组诗《汉俳》之六、题为"意大利文艺复兴"的这首诗写道："那是我们劳动的时光。朋友们都来自采石场"，诗人对"意大利文艺复兴"的向往在此集中表现为对劳动的赞美。海子诗歌对劳动的尊重，无疑与他"我本是农家子弟"（《诗人叶赛宁》）的出身有关，但也可能受到海德格尔相关思想的影响。海德格尔对于劳动，具有和马克思相近的看法。海德格尔是海子热爱的诗人荷尔德林在现代最重要的发现者和阐释者，海子对于海德格尔的思想大约并不陌生。

第一节诗的最后一行，从表层的意义上看，仍然是对"幸福"的陈述。和"喂马，劈柴"一样，"我有一所房子，面朝大海，春暖花开"也是"幸福"生活的内容，在开阔明朗的景象中寄托了诗人美好的憧憬。然而，比起"喂马，劈柴"与"关心粮食和蔬菜"，这样的"幸福"更加具有梦幻的色彩，它实际上超越（背离）了尘世的生活，是对诗歌开头所许诺的"幸福"的消解——或者说，它在有关"幸福"的陈述中扬弃了自己。这一点在诗的结尾进一步得到揭示。诗人在祝福"陌生人""在尘世获得幸福"之后，转而说"我只愿面朝大海，春暖花开"。诗人在对尘世表达了真诚的祝福之后，毫不含糊地背弃了它——这最后的诗句于是成了绝望的遁词。"大海"在此乃是绝望的象征；那"春暖花开"的美景则仿佛是诗人借以炫人耳目的幻象，它是用来遮掩内心绝望的幌子——而况对于凡俗的尘世来说，绝望就像不治之症一样是可耻的，它有时需要一块遮羞布。

"房子"使我们得以居住在大地上，它是人生的托庇之所，包含着尘世幸福与痛苦的所有秘密。但在海子的这首诗中，它似乎与尘世生活无关，它只是"面朝大海"的一个立足点，它座落在荒凉的海岸上，只是为了给诗人眺望的姿态提供一道栏杆。一望无际的大海原本就是绝望的，它会使守望者的灵魂迷失在水天茫茫的远方。对于绝望的人来说绝望是一种安慰，正如对于痛不欲生的人来说死亡是一种安慰。"天空一无所有／为何给我安慰"，在《黑夜的献诗》中海子写下如此沉痛的句子。在此天空是绝望的象征，一如荒凉的大地和大海，它们在海子的诗中具有相同的表情。

第二节第一行诗"从明天起，和每一个亲人通信"，表达了诗人对尘世生活及其温情的向往。诗歌至此再三重复了"从明天起，……"这一句式，迫切表达了诗人回归尘世生活，"做一个幸福的人"的心愿——而心愿的迫切正足以见出诗人内心隐藏的悲伤和不幸。对于漂泊者而言，回归是永恒的梦想。在长诗《土地》中诗人写道："故乡和家园是唯一的病，不治之症啊"。漂泊是自我放逐者的宿命，回归的梦想不过是内心永远无法消除的隐痛，只是在走投无路之余，这梦想忽然如此清晰地呈现在眼前，仿佛触手可及，犹如黑夜中迷路的孩子，在绝望之余，恍然间仿佛听到母亲迫切的呼唤。

和"喂马""劈柴"一样，"通信"也是古老的手工作坊时代的生活方式在现代的遗存。在诗人生活的 20 世纪 80 年代，这一古老的通讯交流方式正趋于衰亡——在诗人死后不到二十年的今天，则终于在数字网络通讯的喧嚣声中走到了尽头。喂马、劈柴和写信，在这些和石头一样朴实的词语中，寄托了诗人回归纯朴自然的生活、重返家园的梦想，而正是在这梦想中埋藏着一个漂泊者所有的伤痛。

关于第二节诗，张新颖的文章说：

"和每一个亲人通信／告诉他们我的幸福"，这里涉及到幸福的可沟通性，可分享性。幸福是可以说出来的，是说出来之后其他人马上就能够明白和理解的；幸福是可以传递的，是在传递过程中不但没有损耗而且还会增加的东西，不仅是传递给了别人，而且使传递幸福的人更加幸福。

这样的解读完全偏离了诗意。诗意所指与"幸福的可沟通性，可分享性"，与"什么样的幸福是可以说出来、可以传递的幸福"之类的问题了不相涉。这样的问题只是解说者无中生有的自说自话而已。这一节诗只是在表面上表达了要与他人分享幸福的愿望，而与幸福的是否可以沟通、分享、传递毫不相干。这就好比一个愤怒的人说"我要杀死他"，而这句话的意思并不涉及是否可以杀死的问题。这一节诗说要"和每一个亲人通信"，"告诉他们我的幸福"，并在最后进一步说要把幸福"告诉每一个人"，从表面上看，它表达了诗人要与他人分享幸福的愿望，而在这美好善良的愿望中无疑表达了诗人对尘世生活的热爱。然而从诗的开头"从明天起，做一个幸福的人"，到第二节第二行"告诉他们我的幸福"——同样是"从明天起"，却由刚刚"决定""做一个幸福的人"一下了就跳到"告诉他们我的幸福"——这"幸福"在跨过了四行诗之后就轻易地实现了，这恰恰更进一步暴露了"幸福"虚无的面目，它似乎只是诗人通过书写（写信），企图固定在纸上的东西。

从"和每一个亲人通信"，进而到"我将告诉每一个人"，诗人表达"幸福"的愿望显得越发迫切，在看似积极热情的表述中隐含着更深的不幸——因为只有不幸的人才会如此迫切地急于要表达他的"幸福"。在这一节诗中，"闪电"是一个不祥的词语，它使平静和谐的叙述出现了一道紧张不安的裂缝。"闪电"在这里显示了"幸福"的强度，却也显示了"幸福"电光石火般的短暂和虚幻，在它惊心动魄的毁灭性的闪现中，甚至隐含着不安和痛苦——实际上，强烈而短暂的幸福本身就是不幸的。

第三节诗从表面上看，也仍然延续了前两节诗对"幸福"的陈述，表达了诗人对世界美好的祝愿。无论是"给每一条河每一座山取一个温暖的名字"，还是对"陌生人"一连串的祝福，似乎都表现出"一个幸福的人"的热忱。但是，诗人在对"陌生人"说出了一番祝福之后，却毫不含糊地转身离去，背弃了尘世的幸福。"我只愿"三个字带着孩子气的固执，表达了诗人对自身孤独命运的体认与自甘弃逐的心愿。实际上"陌生人，我也为你祝福"，语意中已包含诗人对尘世的疏离感。而和"我只愿"相对照（对立），一连三个以"愿你"开头的句子，在对尘世的祝福中，则无疑包含着一个"走到人类尽头"（《太阳》）的疏离者更深的孤独感。"给每一条河每一座山取一个温暖的名字"，这是一个特别动人的诗句；它深切地表达了诗人对自然、对世界的爱，而在温暖的祈愿中泻露出内心冰凉的气息，那好比是对春天温暖的向往，却使人想见严冬的沉寂和寒冷。

值得特别指出的是，和前面两节诗相比，第三节诗的语气是不同的。给山河命名，这个带有创世意味的表述，给诗句带来了神的口吻。在这一行诗中，恰如其分地隐去了主语（"我"），而把它留给了下一行诗。这样，"给每一条河每一座山取一个温暖的名字"，便由"我（要）给每一条河每一座山取一个温暖的名字"的一般陈述句转为祈使句，从而赋予诗句祝祷呼告的意味；而隐去了主语，也在主体的模糊性中保持了表述的谦卑——因为给每一条河每一座山命名那是神的职责和权利，只有神才有资格给自然万物"取一个名字"。由这样一个带有神的口吻的句子开头，紧接着"我"对"陌生人"的祝福也俨然带着神（或者祭司）的口吻，特别是"愿你在尘世获得幸福"这一句，更把"我"明确地放在了超脱尘世的位置上。实际上，"祝福"原本就具有祝咒的意味，而对"陌生人"的祝福，则更使祝福者（"我"）超脱于自我之外，从而在某种程度上获得了神性——因为我们怀抱一己之私的普通人一般是不对亲友熟人之外的"陌生人"祝福的，对"陌生人"（所有的人）的祝福那原本也是神的职责和权利。当一个人像神一样开口说话的时候，他便拥有了神的纯洁和孤独。神的孤独是绝对的，一个"只愿面朝大海"的人，他和神一样有一颗孤绝的心。这最后一节诗出自如此纯洁而孤独的口吻，它在某种程度上给整首诗歌带来了神性的光辉。这使我想起海子的长诗《土地》中非凡的诗句：

这个春天你为何回忆起人类

你为何突然想起了人类　神圣而孤单的一生

想起了人类你宝座发热

想起人类你眼含孤独的泪水

这里的"你"是神，甚至是上帝，也是诗人自身形象的投影。和对"陌生人"的祝福一样，诗句中包含着诗人对人类最热切的爱，而在这热切的"回忆"中，更展现了只有神才具有的旷世的孤独。

这首诗虽然只是在表层的意义上表达了诗人对幸福的向往、对生活的热爱，但是这美好的心愿仍然在某种程度上给诗句带来明朗甚至欢愉的光芒——只是这光芒乃是绝望的回光返照，诗人对家园、对尘世生活的向往，只是一个浪迹天涯、流荡忘返的游子在绝望之余对故乡迷茫的回望。诗句带着绝望的平静诉说幸福，而幸福不过是不幸的面具，或者用诗人自己的话来说是"远方的幸福，是多少痛苦"（《远方》），是"忍受你的痛苦直到产生欢乐"（《我热爱的诗人——荷尔德林》）。幸福也是海子诗歌的中心词。然而无论对于苦乐无常的尘世来说，还是对于不能在现世中安顿的诗人而言，"幸福"都是一个十分可疑的词语，就像在这首诗中所表现的那样，它甚至只是不幸的面具。

海子的这首诗使我想起顾城《我是一个任性的孩子》一诗中的片断："我是一个任性的孩子／我想涂去一切不幸／我想在大地上画满窗子／让所有习惯黑暗的眼睛／都习惯光明"。这样的诗句与《面朝大海，春暖花开》一诗有十分相似的表情。同样带着梦幻的气质，同样在单纯、明朗的词语下埋藏着孤独和悲伤——那光明的梦想足以照见生命黑暗的深渊。只是比起海子的诗，顾城的诗句带有更明显的童话般的梦幻的色彩。

海子的最后一首诗——写在自杀前十二天的《春天，十个海子》，这样写道："春天，十个海子全部复活／在光明的景色中／嘲笑一个野蛮而悲伤的海子／你这么久的沉睡究竟为了什么？"诗句表达了诗人在春天这个万物复苏的季节，从"沉睡"中"复活"的渴望，在起死回生的幻想中他看到了"光明的景色"，那是一个长久在绝望的黑暗中"沉睡"的诗人，在渴望复活时眼前闪现出的一道灵光，是在绝望的黑暗中升起的光明。在自我分裂的挣扎之后，诗人终于回到绝望的黑暗中："在春天，野蛮而悲伤的海子／就剩下这一个／最后一个／这是一个黑夜的孩子／沉浸于冬天，倾心死亡／不能自拔，热爱着空虚而寒冷的乡村"——诗歌于是成为对死亡直接的预告，只是在"复活"的幻想中，这死亡被赋予了永生的意味。写于自杀前两个多月的《面朝大海，春暖花开》一诗，实际上可以看作是《春天，十个海子》一诗的先声，同样包含着矛盾和分裂，同样是绝望的回光返照，只是前者表现得相当平静，而后者则已按捺不住心中的激动。

后 记

在这里我想重申一下我对文本解读问题的一些基本想法。这些想法，我在本书"内篇"的第一讲中已有比较详细的说明。文本细读是解读文本的基本方式，文学文本细读是带有研究和批评色彩的的文学鉴赏。文学文本解读和鉴赏是一切文学研究的起点和归宿，对一切文学评论和研究都有至关重要的意义。然而，当代的文学研究与教学，实际上忽略了文本解读的重要性，而且由于理解能力的缺失，在文学研究与教学中普遍存在文本误读和曲解的严重现象，使各种文学研究与教学实际上陷于困境之中而不能自拔。清人论学强调义理、考据、辞章，认为学问之道不外乎此三者，而义理、考据、辞章三者，是相辅相成不可偏废的。鉴赏本身所需要的正是熔义理、考据、辞章于一炉的综合、贯通的审美认知能力。我所理解的文本细读，不排斥知人论世的方法，不排斥对外部因素的考察，不排斥文化批评的眼光，但是必须首先承认文本独立自足的本体地位，必须立足于文本本身。出于对文本阅读与鉴赏中普遍存在严重误读与曲解现象的认识，我认为真正有价值的理解是一种正确而且深刻的理解，真正有价值的理解离不开对文体客观意义的追寻和揭示。而在追寻文本客观意义的过程中，我们几乎必然会遇见各种各样的误读和曲解，所以文本解读的本质，在某种意义上，可以说是发现误读并克服误读的一个过程。我在讨论诗词作品的时候，往往涉及对误读和曲解的辨析，殚精竭虑，不厌其烦，这对我来说也可以说是不得已的。

现在有一种颇为普遍流行的观点认为，文本解读应该充分"尊重"各种不同的理解，甚至认为文本解读是"无所谓对错"的，这种看法充斥于各种论文和课堂中，是十分有害的。这种错误的认识，实际上是将文本理解的主观差异性与文本意义的客观性混淆起来。这种错误观点的流行，实际上是理解力缺失与价值观混乱的时代病症的表征。美国文学批评家哈罗德·布鲁姆在《读诗的艺术》一文中说："是什么让一首诗优于另一首诗？这个问题总是处于读诗的艺术核心位置。"读一首诗如果不能读出它的"好处"来，那就算是白读了。而一首诗之所以有"优于另一首诗"的"好处"，正是因为诗歌艺术的好坏有它客观的标准——而诗歌艺术标准的客观性正是与诗歌文本意义的客观性联系在一起的。可是令人惊讶的是，人们总是把诗歌艺术标准的模糊性夸大到失去标准的地步。我常常听到人们在谈论诗歌的时候，很爱说一句话："没有可比性。"在很多人看来，一个诗人和另一个诗人，甚至一首诗和另一首诗（在诗艺的高低上）都"没有可比性"。"没有可比性"就没有好坏之分。我常常看到或听到人们在谈论诗歌的时候，从不对诗的好坏或优缺点做判断（除了套话之外），在他们看来布鲁姆所说的"核心"问题似乎是不存在的。很多有关诗歌的"学术论著"，洋洋千万言，往往看不到作者对诗艺的"真赏"以及对诗艺得失中肯的评价。很多以文学研究和教学为生的专业人士，面对文本时既感到无能为力又缺乏应有的真诚，对他们来说，谈论作品的好坏似乎是多余的事，他们在研究和教学中基本上也很少涉及误读和曲解的问题——如果作品无所谓好坏，其实也就无所谓误读和曲解。

从本质上来说，阐释和批评是人类生存的基本方式，人们正是在不断的阐释和批评中认识这个世界的，对于具有文化修养富有知性的人们来说，阐释和批评更是与安身立命的根本问题相关。语言和世界具有同一性，对文本的解读和阐释，包含着人们看待世界的态度和眼光，就此而言，文本解读可谓有大义存焉。

本书略仿古人著书之意，将前后两个部分分为内外两篇。内篇是我开设的网络在线课程"诗词文本细读举例"的讲义，一共有八讲，主要讲解宋以前的诗词作品共二十余篇。这部分虽然是教学讲义，但是由于教学中涉及的问题有一定的难度和深度，所以从阅读的角度来看，有些文章也有一定的难度，与一般串讲式的讲义或所谓的鉴赏文章不同。本书的外篇是与文本解读有关的一些文章。因为课程的学时和教学内容有限，前一部分涉及的问题也是有限的，所以这后一部分的内容可以看作是对前一部分内容的补充，可以看作是内篇的"延伸阅读"，两个部分互相补充，能更充分地体现我对诗歌艺术的认识和理解以及我解读文本的一些思路。这部分的文章总共有十篇，除了最后三篇可以看作是纯粹的鉴赏之作外，其他各篇偏重考证和训诂，都不是鉴赏文章，但是所讨论的问题实际上都与文本解读和鉴赏有直接的关系。这些文章讨论的问题更复杂，对问题的讨论也更具体而且深入，其中有两篇文章长达两三万字，与前一部分（内篇）的文章相比，阅读难度可能更大。然而，真正的解读和鉴赏原本就是有难度的，从根本上来说这是因为诗歌本身是有难度的——所以真正意义上的写诗和读诗都是一种特别需要智慧的活动。外篇中的文章有好几篇是多年前写的，有的是发表过的，这次收在书中，基本保持原样。其中《海子的一首诗》，曾发表于《名作欣赏》，虽与古代诗词无关，但与文本解读有关，所以也收进书中。

感谢林继中先生赐序，美意嘉言，足资鼓励。我曾经是林先生的助教，侧身门下，忝列门墙之末，不肖无状，常蒙训诲。金明君是我的朋友和同事，多年来茶余饭后我们常在一起聊天，谈论的内容往往涉及与文学专业有关的问题。我不善于交游，独学无友，很少有机会跟别人讨论文学方面的问题，所以更加珍惜跟金明的友谊，拙稿编辑成书之后于是请他作序，对我来说这是对生活和友谊的见证。序文中多有美言，我也看作是对我的鼓励。林先生和金明君的序，在开头不约而同地提到解读的难处。文本解读诚非易事，所以前人有"解人难得"的感叹。我希望这本书能给爱好文学的读者提供一点帮助，也希望能得到读者的批评和指正。

二〇二〇年四月十六日